ars vivendi

Literarische Streifzüge durch Kneipen, Cafés und Bars

Herausgegeben von
Norbert Treuheit und Helga Blum

Anthologie · ars vivendi

Erste Auflage 1994

Typografie und Ausstattung: WMS&S
Umschlagillustration: Bernd Pfarr
Druck: Meyer, Scheinfeld

ISBN 3-927482-83-8

Diese Bars, so kurz nachdem sie aufgemacht haben für den Abend – da fühle ich mich richtig wohl. Wenn die Luft drinnen noch kühl ist und rein und alles glänzt und der Barmann seinen letzten Blick in den Spiegel wirft, um zu sehen, ob seine Krawatte auch gerade sitzt und sein Haar schön glatt. Ich mag die sauberen Flaschenreihen auf dem Regal hinter der Theke und die blitzblanken Gläser und die ganze Erwartung, die darüber liegt. Ich sehe dem Mann gerne zu, wie er den ersten des Abends mixt und ihn auf einen frischen Untersatz stellt und die kleine gefaltete Serviette daneben legt. Ich liebe es, den ganz langsam dann zu kosten. Der erste stille Drink des Abends in einer stillen Bar – das ist was Wundervolles.

Raymond Chandler, Der lange Abschied

Inhaltsverzeichnis

9 Jörg Fauser: Where Are You Tonight?*
16 Ernest Hemingway: Ein sauberes, gutbeleuchtetes Café
20 Antonio Muñoz Molina: Lady Bird*
27 Henry Miller: Keine Geduld*
31 Frank Schulz: Bier
38 Rolfrafael Schröer: Buccone – Die römische Vorhölle
41 Jacques Prévert: Das Fest geht weiter
41 Arthur Schnitzler: Leutnant Gustl
53 Douglas Adams: Die letzten Bestellungen, bitte!*
55 Georg Trakl: Zu Abend mein Herz
56 Malcolm Lowry: Yvonnes Rückkehr*
64 Sylvia Treudl: Café Royal. Bestandsaufnahme
70 Luis Antonio de Villena: Lob der schlechten Gesellschaft
77 Jean-Paul Sartre: Einer dieser Tage*
84 Jens Rehn: Der Zuckerfresser
89 Michael Zeller: Kaffeehausgemurmel
90 Manfred Seiler: Leben wie ein Abzählvers
100 Nikos Kazantzakis: Bubulina*
106 Lothar-Günther Buchheim: Bar Royal
115 George Orwell: Furex, der Kommunist*
119 Joseph von Westphalen: Warum ich trotzdem schreibe
128 Lou A. Probsthayn: So geht die Nacht im Goldenen Schwein
130 Heinrich Mann: Sittlicher Unrat*
147 Charles Bukowski: Das ausbruchsichere Paradies
152 Irmtraud Morgner: Kaffee verkehrt*
153 Robert Gernhardt: Körper in Cafés
153 James Joyce: Eine kleine Wolke
167 Gunter Gerlach: Ein letztes Treffen im Café Unter den Linden
171 Erich Kästner: Wer fürchtet sich vorm Schwarzen Mann?
175 Bernhard Windisch: Nelly und Sylvia
177 Eckhard Henscheid: Die Gage
191 Hans Fallada: Am Anfang war der Schnaps*
199 Gisbert Haefs: Liebe, Tod und Münstereifel
210 Blaise Cendrars: Dicke Luft*
214 Günter Bruno Fuchs: Pennergesang
215 Thomas Schulz: Frühstück
225 Padraig J. Higgins: Mehr Glück als Verstand*
235 Elisabeth Langgässer: Das Wirtshaus am Dorfende

239 Anna Seghers: Heimatverloren*
242 Ludwig Fels: Auf Frieden und Freiheit*
246 Helmut Haberkamm: Subber Dübb, subber drauf
248 Ivan Angelo: Bar

253 Quellenverzeichnis

* Die mit einem Stern versehenen Titelformulierungen stammen von den Herausgebern.

Jörg Fauser
Where Are You Tonight?

Rosa steht hinter dem Tresen ihrer Bar und zerstößt das Eis für den Bacardi Crusta.

Am frühen Abend ist das Lokal fast immer leer. Der Rausschmeißer sitzt mit einem Bier neben der Tür und studiert die Turf-Gazetten für das Meeting in Daglfing. Der Schnapslieferant verhandelt mit dem Geschäftsführer wegen einer neuen Marke Aquavit. Ein zufällig hereingeschneiter Gast, ein feister Produktenvertreter aus der Provinz, hockt im Mantel auf dem Rand eines Sessels unter einem Neonlicht, das ihm zu schummrig ist, über einem Bourbon mit Ginger Ale, der ihm zu stark scheint, und riskiert ab und zu einen Blick auf die von Topfpalmen und Säulen halbverdeckte Leinwand im Hintergrund, über die ein Pornofilm flimmert. Zwei Mädchen in geschlitzten Seidenröcken sitzen in einer offenen Nische und lesen sich die Horoskope aus den Boulevardblättern vor. Eine professionelle Stimmung liegt in dem Raum, in den kein Laut aus der Außenwelt dringt.

»Nun«, sagt Rosa nach einer Weile lächelnd zu Tristano, der kerzengerade auf einem Barhocker sitzt und sich dabei mit einer Hand an den Tresen stützt, »braucht der Schriftsteller wieder eine Ansprache?«

Rosa ist eine junge Frau von vierzig. Sie hat eine grazile Figur und einen festen Busen. Schwarze Haare rahmen ein ovales Gesicht mit mandelförmigen Augen, hohen Backenknochen und brauner Haut. Die meisten ihrer Falten könnten von ihrem Lachen gezeichnet worden sein, das sich durch ein zartes Beben ihrer Nasenflügel ankündigt und auch die Wurzeln ihrer Haare und die Hügel ihrer Brüste zu elektrisieren scheint. Sie hält nicht viel von Schminke, trägt aber massenhaft Schmuck und lackiert sich ihre Fingernägel so dunkel, daß sie im Schummerlicht der Bar schwärzlich glitzern. Ihr langes, schulterfreies Kleid aus olivgrünem Taft paßt zur Farbe ihrer Augen. Um ihren Hals liegt eine rote Korallenkette, an ihren Ohren blitzen schwere goldene Ringe. Manche halten sie für eine Zigeunerin, und solange dieser Glauben den Umsatz hebt, beläßt sie es dabei; sie stamme aber, hat sie Tristano erzählt, aus einer Pastorenfamilie in Norddeutschland. Sie sei Schauspielerin in Flensburg, Tänzerin in Pinneberg, Stripperin in Kassel, Callgirl in Gießen und Ehefrau in Bad Homburg von der Höhe gewesen; jetzt hat sie, wie sie sagt, von den Männern die Nase voll, führt eine Bar im Bauch von

München, gilt als Agentin mehrerer Nachrichtendienste, frequentiert in der Saison die Spielkasinos an der Côte d'Azur und veröffentlicht unter einem Pseudonym Gedichte in kurzlebigen Avantgarde-Zeitschriften. Dem Schriftsteller Tristano gestattet sie hin und wieder in ihrer Bar eine blaue Stunde, bis die betuchten Gäste kommen, dem Trinker einen Flirt, bevor das Geschäft losgeht.

»Nicht der Schriftsteller«, sagt Tristano mit einem Blick, der zwischen Rosas Busen und den Flaschen in ihren Händen schwankt, »braucht eine Ansprache, sondern der Trinker, der Trinker als lonely boy. Sie kennen mich doch, Rosa, ich bin mal wieder auf Achse.«

Die beiden sind, wie konservative französische Ehepaare, beim Sie geblieben, das Rosa für intimer hält als das professionelle Du der Bardame.

»Wenn Sie soviel trinken, Johnny, werden Sie es schwer haben, eine passende Frau zu finden.«

Sie gießt den Bacardi Crusta in zwei Gläser.

»Trotzdem: zum Wohl!«

Sie stoßen an und trinken.

»Danke, Rosa, der tut gut. Seh ich vielleicht aus, als sei ich besoffen?«

»Nein, Sie sehen nie so aus, und Sie verhalten sich auch nie so, Sie sind immer bei klarem Bewußtsein, und das mag ich ja an Ihnen. Aber auch wenn Sie bei Bewußtsein sind, bei Verstand sind Sie doch nicht, und schon gar nicht bei Trost, und das merken die Frauen. Sie spüren die Abweichung von der Normalität, das Kranke, wenn Sie mich richtig verstehen, und davor haben die meisten nun mal Angst.«

Tristano zwirbelt seinen Schnurrbart. Er fühlt sich vollkommen gesund, er strotzt geradezu vor Gesundheit, aber Rosa ist eine Frau, sie ist vielleicht die Frau schlechthin, ihr stimmt man gerne zu.

»Vielleicht haben Sie recht. Aber wenn ich bei Ihnen bin, denke ich nicht an andere Frauen. Sprechen wir lieber von Träumen! Wovon träumen Sie? Träumen Sie oft von der Jugend? Ich schon. Wenn sie nur mehr hergegeben hätte, finden Sie nicht auch? Mit jedem Haar, das mir ausfällt, fällt mir ein Traum aus. Das macht das Schreiben nicht gerade einfacher, oder? Übrigens sehen Sie heute wieder blendend aus.«

»Lassen Sie die Komplimente«, sagt Rosa, »der Charmeur steht Ihnen nicht, Johnny. Und von der Jugend träume ich fast nie.

Was war die Jugend? Feuchte Briketts, kratzende Unterwäsche, Bibelstunden, besoffene Onkel, die mir ihre Geilheit antrugen, Angst vor dem Leben, das war die Jugend. Vergessen wir sie. Wissen Sie, daß in jedem Augenblick auf der Erde die Sonne aufgeht? Aus diesen Augenblicken lebe ich. Zum Wohl, Herr Schriftsteller. Lassen Sie die Vergangenheit den Schakalen, konzentrieren Sie sich auf das, was jetzt ist und worüber Sie morgen schreiben, und denken Sie daran: Nach jedem Ihrer Sätze geht über irgendeinem Hügel die Sonne auf. Denken Sie daran beim Schreiben und beim Trinken, und denken Sie daran, wenn Sie die Frau, die Sie brauchen, suchen. Und«, fügt sie lächelnd hinzu, »denken Sie auch in Rosas Bar daran.«

Sie drückt auf eine Taste des Bandgeräts, das über dem Tresen aufgestellt ist. Einer ihrer Lieblingssongs klingt in den Raum, Dylans Where Are You Tonight?

There's a babe in the arms of a woman in rage
And a long-time golden-haired stripper on stage
And she winds back the clock and she turns back the page
Of a book that no-one can write
Oh, where are you tonight?

»Schön«, sagt Tristano, der mit der Musik nichts anfangen kann, nach einer Weile, »aber Ihnen als Poetin, als Gastronomin dazu, vor allem als Königin der Nacht gerinnt ja auch nicht fast jeder Sonnenaufgang zur Erinnerung und jede Erinnerung zur Qual, Sie zaubern noch, wie Theophrast das vom Luchs behauptet hat, aus der Notdurft Ihre Diamanten ...«

»Tristano«, unterbricht Rosa ihn mit gespielter Strenge, »Sie lassen sich gehen. Das werde ich nicht tolerieren. Ich mag Sie, weil ich Sie bei aller Romantik und Flauserei für einen Mann halte, der sein Geschäft viel unerbittlicher gegen sich selbst betreibt als die Produktenvertreter und Steuerhinterzieher und Volksvertreter, die ich hier sonst betreue. Aber lassen Sie diese Unerbittlichkeit niemals zum Selbstzweck werden, und lassen Sie sich vor allem nicht von sich selbst zu Tränen und sprachlichen Ungenauigkeiten rühren, ich könnte mit Ihnen kein Wort mehr wechseln und kein Glas mehr leeren.«

Sie lacht. Ihr Gesicht strahlt. Ihr Leib vibriert. Der Taft knistert elektrisch.

»Ende der Predigt«, sagt sie und nimmt eine Zigarette. »Ich fürchte, die Jugend sitzt bei mir auch tiefer, als ich mir das wünsche.«

Tristano gibt ihr Feuer. »Sie haben natürlich recht«, sagt er, »ich bin mir auch unleidlich, wenn ich meiner Wehmut nicht Herr werde, aber verdammt und zugenäht! da ist sie und glotzt mich wie eine wiederkäuende Kröte aus jedem Glas an, das ich leere. Sie wissen doch, der Alkohol verroht, aber er betört auch, und zwar oft an ganz falschen Stellen, und die Sprache präzisiert, aber sie exaltiert auch, und oft zur falschen Zeit. Na, lassen wir das, Sie sind ja vom Fach, was schwätze ich denn daher«, er lächelt etwas verbissen und hängt dann noch einen Schlenker an: »Tschechow hat das ohnehin viel besser gesagt, hören Sie sich diesen Satz an, ich habe ihn neulich irgendwo gelesen: Mein Leben ist traurig, ist schwer, eintönig, weil ich ein Künstler bin, ein seltsamer Mensch, seit frühester Jugend zerrissen durch Neid, Unzufriedenheit mit mir selbst, Zweifel an meiner Arbeit, ich bin arm, ich bin ein Vagabund. Tja, würde Bornheim, Sie kennen ja Bornheim, ich mußte ihn vorhin leider urplötzlich verlassen, ihn und seinen etwas überwürzten Orient, immer bei mir dieser plötzliche Drang, mitten im Satz aufzuspringen und mich woanders hinzubegeben und so immer in einem weg von einem Ort zum anderen zu taumeln, dabei hasse ich doch jede Bewegung, im Gegensatz zu Ihnen, liebe Rosa, ja, würde Bornheim sagen, da hängt der Hammer am Arsch.«

Aber Rosa hört ihm nicht zu, sie geht mit ihrem Geschäftsführer und dem Lieferanten die Bestellisten durch. Der einsame Gast hat inzwischen Gesellschaft bekommen, eines der Mädchen, eine Blondine, sitzt auf der Armlehne seines Fauteuils und kratzt gelangweilt mit einem langen blutroten Fingernagel an einem goldenen Polsterknauf. Über ihren Busen versucht der Gast noch immer, sich einen schlüssigen Eindruck von dem Pornostreifen zu verschaffen, der ohne Ton über die Leinwand rieselt. Aber sein Gesicht drückt völlige Ratlosigkeit aus. Tristano würde es ihm so erklären:

Auf Palmblättern, auf Tamarindenknospen, auf Asterblüten, im Goldregen, auf der Zunge des Goldenen Kalbs ihr Schritt, ihre Schenkel, ihre Scham, ein Vorgang mit geblähten Nüstern und gespreizten Gliedern, und von irgendwo weht ein Fön eine Haarlocke ins Bild, und ein Hauch von Sahnetorte und Badeöl teilt sich mit, und unter reichlicher Verwendung von Sputum und Magensaft kommt ein Jüngling zum Abgang und ein Linsengericht auf den Markt: Cut! Kopieren! Gestorben! Quasimodo, dein Buckel schmilzt, schalt die Höhensonne ein! Grind unter den Nägeln, zerschürfte Haut, zerbissene Zunge, Cold-cream auf den falschen Wimpern und der Purpur auf den Lippen, die Wollust mimten, war auch nicht kußecht: Alles ist Schwund.

»Was ist's, das geschehen ist? Eben das hernach geschehen wird. Was ist's, das man getan hat? Eben das man hernach wieder tun wird; und geschieht nichts Neues unter der Sonne.«

Tristano trinkt seinen Bacardi Crusta, er spürt einen gelassenen Rausch, vollkommen unter Kontrolle, wach und entspannt zur gleichen Zeit. Was ist's, das geschehen ist? Nichts Neues, in der Tat, und daraus kann man auch, siehe Rosa, Kraft und Zuversicht schöpfen. Und schreiben, letztlich gibt es nur das Schreiben, ab morgen gibt es nur noch das Schreiben, die trunkene Nüchternheit dieses Berufes: Ein paar hingekritzelte Worte, und schon sieht man in der Ferne einen Nebel, es ist der Rauch über den Tempeln Jerusalems.

Nichts Neues unter der Sonne, aber immer noch angemessenen Ausdruck für das Alte, Bleibende. Es ist alles gleich, alles wird gut, auch die Verwahrungen in den Rinnsteinen nächst dem Elfenbeinturm und der Erfassungskaserne, beide aus Scheiße, auch sie werden gut und sind übrigens alles, was dir bleibt, was du bist, haben sie dir gegeben, diesen Rest deines Lebens mit dem Rauch aus Jerusalem. Trink, Tristano, schau diesen Rauch: und dann schreib.

Ein Finger berührt seinen Arm, Lack schimmert, Ringe funkeln, Rosas Parfüm an Tristanos Haar: »Johnny, Sie machen doch nicht in meiner Kneipe schlapp?«

Rosa lächelt, der Lieferant wiehert, der Geschäftsführer lacht dreckig, diesen verkommenen Schmierfink mal in die Finger kriegen ... Tristano schüttet hastig den Rest Bacardi in die Kehle. Noch immer flimmert zwischen Säulen und Topfpalmen der Pornofilm. Der Produktenvertreter hat eine Hand am Knie der Blondine. Ihre Seide raschelt. Es wird Zeit für den Sekt. Mit dem ausdruckslosen Gesicht eines Bluffers beim Poker kreuzt der Rausschmeißer den Favoriten für das achte Rennen an. Rosa mixt noch einen Drink. Sie hört als einzige dem Sänger zu:

There's a lion in the road, there's a demon escaped
There's a million dreams gone, there's a landscape being raped
As her beauty fades and I watch her undrape
I won't, but then again, maybe I might
Oh, if I could just find you tonight.

Rosa schenkt ein. »One more for the road, Johnny, dann müssen wir unsern Plausch beenden. Cheerio!«

»Auf das Ihre! Und wenn ich einmal bliebe? Warum soll auch ich mir nicht ein bißchen Porno zu Gemüt führen, einer Mizzi Schampus in den Ausschnitt schütten, statt mit Flattermanns mit Blaumanns feiern, kurz: ein Bürger unter Bürgern sein?«

»Sie wissen, daß ich das nicht erlaube.«

»Leben wir nicht in einem freien Land?«

»Machen Sie sich nicht lächerlich.«

»Ich führe noch manches Tänzchen auf, Madame!«

»Aber nicht in meiner Bar.«

»Und Bornheim? Der darf hier nächtelang mit verfaulten Rosenblüten aus den Gärten dieses bornierten Scheich Maadi um sich werfen ...«

»Scheich Saadi hieß der Mann, und er war ein Poet und Erforscher der menschlichen Seele ...«

»Sie zitieren ja schon den Klappentext! Er hat Sie förmlich durchtränkt mit diesen albernen Dreigroschen-Sentenzen! So was goutieren Sie also, so ein Zimt paßt Ihnen in Ihre Bar, na, servus!«

»Ihr Freund Bornheim ist Geschäftsmann und ein Raconteur dazu, durchaus paßt er mir in meine Bar.«

»Und was ist mit Dunkel? Nun sagen Sie bloß, der hat hier eine Außenredaktion des Realist aufgemacht. Stehen Sie schon unter Vertrag bei ihm?«

»Dunkel ist Politiker, ein kommender Mann.«

Tristano stellt mit heftiger Gebärde sein Glas ab. »Nun hören Sie aber auf! Dunkel ein Politiker! Wollen Sie mich auf den Arm nehmen? Wissen Sie, was der ist? Ein verkrachter Sportreporter, der einen auf Anarcho macht! Rosa, Sie fallen doch auf alles Gedruckte herein und vor allem auf die, die drucken lassen! Außer mir, natürlich! Shittypoint! Dunkel, der tickt doch nicht richtig. Dieser Citizen Kane im Westentaschenformat! Dieser Möchtegern-Bakunin! Dieser irrelevante Agitprop-Stiesel! Da ist ja meine Belletristik staatsgefährdender als dem sein Anarchismus! Na, mal im Ernst, Rosa, das sind ja alle beide ganz solide Trinker, aber ich will ab heute Johnny Realist heißen, wenn einer davon ein kommender Mann sein soll!«

»Regen Sie sich nicht auf, Johnny. Dieser Dunkel ist ein ganz gewiefter Junge, der es weit bringen wird. Frauen haben dafür einen Instinkt.«

»So? Na, geschenkt. Soll er es weit bringen. Aber warum darf ich, der ich Sie verehre, nicht in Ihrer Bar meine Bedürfnisse beleuchten, einer wie alle sein, den kommenden Mann markieren ...«

»Gerade das dürfen Sie eben nicht, und gerade deshalb nicht. Sie dürfen ja etwas ganz anderes.«

Tristano räuspert sich, er weiß, er bewegt sich auf rutschiger Kippe: »So? Was darf ich denn schon? Nach Hause gehn und von den Exzessen träumen, die der Mafia-Mime und der Sports-Anarchist in Ihrer Bar aufführen ...«

»Sie dürfen am Abend als erster eintreten, das erste Wort an mich richten, den ersten Crusta mit mir trinken, mein erstes und aufrichtigstes Lächeln empfangen, und Sie sind zu nichts verpflichtet, dürfen als erster gehen und sich dies alles für die ganze Nacht bewahren, wenn Sie wollen, für immer.«

Tristano lächelt sie an, sein Lächeln ist sogar als Lächeln zu erkennen, ah, sie haben ihn hierher verschleppt in den Bauch Babylons, seine Gebärerinnen, aber sie haben ihn nicht allein gelassen, dankbar umfaßt er das Glas und schlürft den flüssigen Frost, der nach Süden schmeckt.

Auf Palmregen, auf Tamarindenblüten, auf Asterzungen hechelnder Atem, zitternde Glieder, ein Hauch von Nasenspray in mancher Scham. Die Fesseln klirren an den Füßen, die Geschmeide klingeln an den Locken, durchnäßt hängen die Ruten im Wind. Wo das Geschäft blüht, blüht nicht durchweg die Lust, auch teilt sich nur selten eine Ewigkeit mit. Aber doch ein Schmalz bleibt hängen an mancher Scheide, und aus purpurner Brust fährt ein Stöhnen, das nicht immer gespielt klingt. Die Wimpern brennen; die Geschmeide schmelzen; die Schminke verkrustet zu Dreck. Und wenn die Linsen gezählt und die Samenkörner ermittelt sind, darf die Klappe fallen: Cut! Kopieren! Gestorben!

»Es fährt alles an *einen* Ort; es ist alles von Staub gemacht und wird wieder zu Staub.«

Der Produktenvertreter, Sekt im Glas, die Blondine im Schoß, seufzt überm Kostenvoranschlag, vielleicht vor Glück; der Rausschmeißer gähnt, im letzten Rennen ist alles Schwund; der Lieferant trinkt einen Cognac auf Kosten des Hauses; der Geschäftsführer kontrolliert die Kassenbons; Tristano schwelgt in Rosa; und Rosa? Rosa, Poetin, Gastronomin, vielleicht Agentin, gewiß Königin der Nacht, sie lächelt, den beringten Zeigefinger auf den Lippen, Tristano zu, der als erster gehen darf.

»Auf Ihr Wohl, Madame Rosa!«

»Auf Ihr Wort, Herr Schriftsteller! Und denken Sie daran: auch in diesem Augenblick geht irgendwo die Sonne auf.«

»Also trinken wir auf die Sonne.«

»Aufs Überleben, aufs angemessene Überleben.«

There's a new day at dawn and I've finally arrived
If I'm there in the morning, baby, you'll know I've survived
I can't believe it, I can't believe I'm alive
But without you it just doesn't seem right
Oh, where are you tonight?

Die Tür fliegt auf, zwei Herren in Pelzen treten ein. »Hallo Rosa!«

»Schätzchen!«

»Na, Männer, was soll's sein?«

»Bei dem Wetter, Röschen? Zwei Eisbrecher, haha!«

Tristano gleitet vom Barhocker.

Ernest Hemingway
Ein sauberes, gutbeleuchtetes Café

Es war spät, und alle hatten das Café verlassen bis auf einen alten Mann, der in dem Schatten saß, den die Blätter des Baumes vor dem elektrischen Licht warfen. Bei Tag war die Straße staubig, aber nachts hielt der Tau den Staub nieder, und der alte Mann saß gern spät hier, denn er war taub, und jetzt in der Nacht war es still, und er spürte den Unterschied. Die beiden Kellner drinnen im Café wußten, daß er, obschon er ein guter Kunde war, ohne zu zahlen wegging, wenn er zuviel getrunken hatte, darum behielten sie ihn im Auge.

»Letzte Woche hat er einen Selbstmordversuch gemacht«, sagte der eine Kellner.

»Warum?«

»Aus Verzweiflung.«

»Worüber?«

»Über nichts.«

»Woher weißt du, daß es nichts war?«

»Er hat 'ne Masse Geld.«

Sie saßen zusammen an einem Tisch dicht an der Wand neben dem Eingang des Cafés und sahen hinaus auf die Terrasse, wo alle Tische leer waren bis auf den einen, an dem der alte Mann im Schatten der Blätter des Baumes saß, die sich leicht im Winde bewegten. Ein Mädchen und ein Soldat gingen auf der Straße vorüber. Das Laternenlicht fiel auf die Messingnummer auf seinem Kragen. Das Mädchen trug keine Kopfbedeckung und eilte neben ihm her.

»Die Wache wird ihn festnehmen«, sagte der eine Kellner.

»Was macht's, wenn er das bekommt, worauf er aus ist?«

»Er sollte lieber jetzt von der Straße verschwinden. Die Wache wird ihn festnehmen. Vor fünf Minuten sind sie vorbeigekommen.«

Der alte Mann, der im Schatten saß, klopfte mit seinem Glas auf die Untertasse. Der jüngere Kellner ging zu ihm hinüber.

»Sie wünschen?«

Der alte Mann sah ihn an. »Noch einen Schnaps«, sagte er.

»Sie werden sich betrinken«, sagte der Kellner. Der alte Mann blickte ihn an. Der Kellner ging fort.

»Der bleibt die ganze Nacht«, sagte er zu seinem Kollegen. »Ich bin schläfrig. Ich komme nie vor drei ins Bett. Er hätte sich letzte Woche umbringen sollen.«

Der Kellner nahm drinnen im Café die Schnapsflasche und eine neue Untertasse vom Büfett und schlenderte hinaus an den Tisch des alten Mannes. Er stellte die Untertasse hin und goß das Glas voll Schnaps.

»Sie hätten sich vergangene Woche umbringen sollen«, sagte er zu dem tauben Mann. Der alte Mann zeigte mit dem Finger. »Ein bißchen mehr«, sagte er. Der Kellner goß weiter ein, so daß der Schnaps überfloß und am Stiel des Glases bis auf die obere Untertasse des Stapels hinunterlief. »Danke«, sagte der alte Mann. Der Kellner nahm die Flasche ins Café zurück. Er setzte sich wieder zu seinem Kollegen an den Tisch.

»Er ist bereits betrunken«, sagte er.

»Er ist jeden Abend betrunken.«

»Warum wollte er sich umbringen?«

»Woher soll ich das wissen?«

»Wie hat er's denn angefangen?«

»Er hat sich mit einem Strick aufgehängt.«

»Wer hat ihn abgeschnitten?«

»Seine Nichte.«

»Warum hat sie es getan?«

»Angst um sein Seelenheil.«

»Wieviel Geld hat er?«

»'ne Masse.«

»Er muß an die achtzig sein.«

»Für achtzig halte ich ihn bestimmt.«

»Ich wünschte, er ginge nach Hause. Ich komme nie vor drei ins Bett. Ist das eine Zeit, um ins Bett zu gehen?«

»Er bleibt auf, weil er's mag.«

»Er ist einsam. Ich bin nicht einsam. Ich habe eine Frau, die im Bett auf mich wartet.«

»Er hatte auch mal eine Frau.«

»Von einer Frau würde er jetzt nicht viel haben.«

»Das weiß man nicht. Vielleicht ging's ihm besser mit einer Frau. Seine Nichte kümmert sich um ihn.«

»Ich weiß. Du hast gesagt, daß sie ihn abgeschnitten hat. Ich möchte nicht so alt werden. Ein alter Mann ist etwas Ekelhaftes.«

»Nicht immer. Der Alte da ist sauber. Er trinkt, ohne was zu verschütten. Sogar jetzt, betrunken. Sieh ihn dir an.«

»Ich will ihn nicht ansehen. Ich wünschte, er ginge nach Hause. Er nimmt keine Rücksicht auf die Leute, die arbeiten müssen.«

Der alte Mann sah von seinem Glas auf über den Platz und dann hinüber zu den Kellnern.

»Noch einen Schnaps«, sagte er und zeigte auf sein Glas.

Der Kellner, der es eilig hatte, ging hinüber.

»Schluß«, sagte er, und dann, unter Umgehung aller Syntax, wie's dumme Leute tun, wenn sie mit Betrunkenen und Ausländern sprechen: »Nichts mehr heute. Schließen jetzt.«

»Noch einen«, sagte der alte Mann.

»Nein, Schluß.« Der Kellner wischte mit einer Serviette über den Tischrand und schüttelte den Kopf.

Der alte Mann stand auf, zählte langsam die Untertassen, zog ein ledernes Portemonnaie aus der Tasche, zahlte für die Getränke und ließ eine halbe Peseta Trinkgeld liegen.

Der Kellner sah ihm nach, als er die Straße entlangging, ein sehr alter Mann, schwankenden Schritts, aber voll Würde.

»Warum hast du ihn nicht sitzen und trinken lassen?« fragte der Kellner, der es nicht eilig hatte. Sie ließen die Rolläden herunter. »Es ist noch nicht halb drei.«

»Ich will nach Hause, ins Bett.«

»Was ist schon eine Stunde?«

»Für mich mehr als für ihn.«

»Eine Stunde ist eine Stunde.«

»Du redest selbst wie ein alter Mann. Er kann sich eine Flasche kaufen und zu Hause trinken.«

»Das ist nicht dasselbe.«

»Nein, das stimmt«, gab der Kellner, der eine Frau hatte, zu. Er wollte nicht ungerecht sein. Er hatte es nur eilig.

»Und du? Du hast keine Angst, wenn du früher als gewöhnlich nach Hause kommst?«

»Willst du mich beleidigen?«

»Nein, *hombre*, ich mach' nur Spaß.«

»Nein«, sagte der Kellner, der es eilig hatte, und richtete sich auf; er hatte gerade die eisernen Rolläden heruntergelassen. »Ich habe Vertrauen, vollstes Vertrauen.«

»Du hast Jugend, Vertrauen und Arbeit«, sagte der ältere Kellner. »Du hast alles.«

»Und was fehlt dir?«

»Alles bis auf Arbeit.«

»Du hast alles, was ich habe.«

»Nein. Ich hab' nie Vertrauen gehabt, und ich bin nicht jung.«

»Los, komm! Red keinen Unsinn und schließ zu.«

»Ich bin einer von denen, die gern lange im Café bleiben«, sagte der ältere Kellner. »Mit all denen, die nicht ins Bett gehen wollen. Mit all denen, die nachts Licht brauchen.«

»Ich will nach Hause und ins Bett.«

»Wir beide sind ganz verschiedene Naturen«, sagte der ältere Kellner. Er war jetzt angezogen, um nach Hause zu gehen. »Es ist nicht nur eine Frage von Jugend und Vertrauen, obwohl beides wunderbar ist. Nur mit Widerstreben mach' ich jede Nacht zu, weil vielleicht jemand das Café braucht.«

»*Hombre*, es gibt *bodegas*, die die ganze Nacht offen sind.«

»Du verstehst das nicht. Dies ist ein sauberes und angenehmes Café. Es ist gut beleuchtet. Das Licht ist sehr gut, und jetzt sind auch noch die Schatten der Blätter da.«

»Gute Nacht«, sagte der jüngere Kellner.

»Gute Nacht«, sagte der andere. Er drehte das elektrische Licht aus und setzte die Unterhaltung mit sich selbst fort. Es ist natürlich das Licht, aber außerdem muß der Raum sauber und angenehm sein. Man will keine Musik haben. Man kann auch nicht mit Würde an der Bar stehen, obwohl das alles ist, was für diese Zeit vorgesehen ist. Wovor hatte er Angst? Es war nicht Angst oder Furcht. Es war ein Nichts, das er nur zu gut kannte. Es war alles ein Nichts, und der Mensch war auch ein Nichts. Es war nur das, und Licht war alles, was man brauchte, und eine gewisse Sauberkeit und Ordnung. Manche lebten darin und fühlten es gar nicht. Aber er wußte, es war alles *nada y pues nada y pues nada*. *Nada* unser, der du bist im *nada*, *nada* sei Dein Name, Dein Reich *nada*, Dein Wille *nada*, wie im *nada* also auch auf *nada*. Unser täglich *nada* gib uns *nada*, und *nada* uns unsere *nada*, wie wir *nadan* unsern *nadan*. *Nada* uns nicht in *nada*, sondern erlöse uns von dem *nada*; *pues nada*. Heil dem Nichts, voll von Nichts. Nichts ist mit dir. Er lächelte und stand vor einer Theke mit einer glänzenden Kaffee-Espressomaschine.

»Was bekommen Sie?« fragte der Mann hinter der Theke.

»*Nada.*«

»*Otro loco mas*«, sagte der Mann und wandte sich ab.

»Eine kleine Tasse«, sagte der Kellner.

Der Mann schenkte sie ihm ein.

»Das Licht ist sehr hell und angenehm, aber die Theke ist nicht poliert«, sagte der Kellner.

Der Mann sah ihn an, antwortete aber nicht. Es war zu spät in der Nacht, um sich zu unterhalten.

»Wollen Sie noch eine *copita?*« fragte der Mann.

»Nein, danke«, sagte der Kellner und ging hinaus. Er konnte Bars und *bodegas* nicht leiden. Ein sauberes, gutbeleuchtetes Café war etwas ganz anderes. Jetzt würde er, ohne weiter zu grübeln, nach Hause in sein Zimmer gehen. Er würde in seinem Bett liegen und endlich bei Tageslicht einschlafen. Schließlich, sagte er zu sich, ist es wahrscheinlich nur Schlaflosigkeit. Sicher haben das viele.

Antonio Muñoz Molina
Lady Bird

Fast zwei Jahre war es her, seit ich Santiago Biralbo das letzte Mal gesehen hatte, und doch fehlte unserer Begrüßung jedes Pathos, als wir uns um Mitternacht in der Bar des Metropolitano zufällig begegneten, es war, als hätten wir die vergangene Nacht zusammen durchzecht, und zwar nicht in Madrid, sondern in San Sebastián, in der Bar von Floro Bloom, wo Biralbo ziemlich lange gespielt hatte.

Jetzt spielte er im Metropolitano, zusammen mit einem schwarzen Bassisten und einem sehr jungen und nervösen, nordisch wirkenden französischen Schlagzeuger, den sie Buby nannten. Die Gruppe trat als Giacomo Dolphin Trio auf. Damals wußte ich noch nicht, daß Biralbo seinen Namen geändert hatte und Giacomo Dolphin nicht nur der klangvolle Künstlername des Pianisten war, sondern jetzt als sein eigener Name in seinem Paß stand. Noch bevor ich ihn sah, erkannte ich ihn beinahe schon an der Art, wie er Klavier spielte: als legte er so wenig Anstrengung wie möglich in die Musik, als hätte das, was er spielte, kaum etwas mit ihm selbst zu tun. Ich saß mit dem Rücken zu den Musikern an der Bar, und als ich hörte, wie das Klavier eben noch erkennbar die Melodie eines Stückes andeutete, an dessen Titel ich mich nicht erinnern konnte, hatte ich plötzlich ein Vorgefühl, vielleicht jene abstrakte Ahnung von Vergangenheit, die ich manchmal in der Musik wahrgenommen habe; und als ich mich umdrehte, wußte ich noch nicht, daß ich eine verlorene Nacht im Lady Bird in San Sebastián wiedererkannte, wo ich schon lange nicht mehr gewesen war. Das Klavier war kaum noch zu hören, es zog sich hinter den Klang von Baß und Schlagzeug zurück, und dann, als ich beiläufig meinen Blick über die im Rauch verschwimmenden Gesichter der Gäste und der Musiker schweifen ließ, entdeckte ich Biralbos Profil; er spielte mit halbgeschlossenen Augen und einer Zigarette zwischen den Lippen.

Ich erkannte ihn sofort, was nicht heißt, daß er sich nicht verändert hätte. Vielleicht hatte er das getan, aber auf eine durchaus voraussehbare Weise. Er trug ein dunkles Hemd und eine schwarze Krawatte, und die Zeit hatte seinem Gesicht ganz allgemein eine aufrechte Würde verliehen. Später erkannte ich, daß mir schon immer an ihm die Unveränderlichkeit jener Menschen aufgefallen war, die, ohne daß es ihnen bewußt wäre, ganz einem Schicksal leben, auf das sie wahrscheinlich seit ihrer Jugend fixiert sind. Ab dreißig, wenn jedermann einem Verfall zuneigt, der weniger edel ist als das Alter, vertrauen diese Menschen, verbissen und gelassen zugleich, mit einer Art stillem und scheuem Mut auf eine seltsame Jugend. Zweifellos lag in seinem Blick die größte Veränderung, die ich in jener Nacht an Biralbo bemerkte; dieser feste Blick voller Gleichmut oder Ironie war der eines durch Erfahrung gestärkten jungen Mannes. Ich begriff, daß es darum so schwer war, ihm standzuhalten.

Etwas über eine halbe Stunde beobachtete ich ihn und trank eiskaltes dunkles Bier. Er spielte, ohne sich über die Tasten zu beugen, hielt vielmehr den Kopf zurückgelehnt, damit ihm der Rauch seiner Zigarette nicht in die Augen stieg. Er sah ins Publikum, während er spielte, und nickte zwischendurch den anderen Musikern zu, und seine Hände bewegten sich mit einer Geschwindigkeit, die jeden Vorbedacht, jede Technik auszuschließen schien, als gehorchten sie allein dem Zufall, der sich eine Sekunde später, wenn die Noten in der Luft Klang wurden, von selbst zu einer Melodie formte, so wie der Rauch einer Zigarette die Form blauer Spiralen annimmt.

Jedenfalls war es so, als hätte das alles nichts mit Biralbos Gedanken oder mit seiner Aufmerksamkeit zu tun. Ich beobachtete, daß er oft zu einer blonden Kellnerin in Uniform hinübersah, die an den Tischen bediente, und ihr hin und wieder zulächelte. Er machte ihr ein Zeichen, und wenig später stellte die Kellnerin einen Whiskey auf den Flügel. Auch die Art, wie er spielte, hatte sich mit der Zeit verändert. Ich verstehe nicht viel von Musik, und eigentlich habe ich mich nie besonders für sie interessiert, aber wenn ich Biralbo im Lady Bird spielen hörte, hatte ich mit einer gewissen Erleichterung bemerkt, daß die Musik nicht unentzifferbar sein muß, sondern Geschichten enthalten kann. In dieser Nacht, als ich ihm im Metropolitano zuhörte, nahm ich undeutlich wahr, daß Biralbo besser spielte als vor zwei Jahren, aber nachdem ich ihm ein paar Minuten zugesehen hatte, hörte ich das Klavier nicht mehr, weil ich darauf achtete, wie sich seine Gesten verändert hatten: zum Beispiel, daß er aufrecht sitzend spielte und nicht, wie früher, über die Tasten gebeugt, daß er manchmal nur mit der linken Hand spielte, um mit der Rechten das Glas zu nehmen oder die Zigarette in den Aschenbecher zu legen. Ich sah auch sein Lächeln, nicht das, mit dem er hin und wieder der blonden Kellnerin zulächelte: er lächelte dem Bassisten zu oder sich selbst, mit einer abweisenden Freude, die die Welt ausschloß, wie ein Blinder lächeln kann, der sicher ist, daß niemand den Grund für seine Zufriedenheit erraten oder sie gar mit ihm teilen kann. Als ich den Bassisten ansah, dachte ich, daß diese Art zu lächeln häufiger bei Schwarzen zu beobachten ist und daß sie voller Herausforderung und Stolz ist. Das Übermaß an Alleinsein und eiskaltem Bier verführte mich zu willkürlichen Erleuchtungen: ich dachte auch, daß der nordische Schlagzeuger, so ganz auf sich selbst bezogen, einer anderen Spezies angehörte und daß zwischen Biralbo und dem Bassisten eine gewisse ethnische Verschwörung bestand.

Als sie zu Ende waren, hielten sie sich nicht damit auf, für den Applaus zu danken. Der Schlagzeuger blieb reglos und etwas abwesend sitzen wie jemand, der in einen zu hellen Raum tritt; Biralbo und der Bassist verließen rasch das Podium, unterhielten sich auf englisch und lachten, offensichtlich erleichtert, als beendeten sie beim Ton einer Sirene eine lange und unwichtige Arbeit. Den einen oder anderen Bekannten flüchtig begrüßend kam Biralbo auf mich zu, obwohl er, während er spielte, in keiner Weise zu erkennen gegeben hatte, daß er mich gesehen habe. Vielleicht hatte er bereits gewußt, daß ich an der Bar saß, bevor ich ihn gesehen hatte, und ich nehme an, daß er mich ebenso lange beobachtet hatte wie ich ihn, aufmerksam auf meine Gesten und mit größerer Genauigkeit als ich erratend, was die Zeit aus mir gemacht hatte. Ich erinnerte mich, daß Biralbo sich in San Sebastián immer wie ausweichend bewegte – ich hatte ihn oft allein durch die Straßen gehen sehen –, als sei er vor jemandem auf der Flucht. Etwas davon kam in der Art, wie er damals Klavier spielte, zum Vorschein. Jetzt, als ich ihn zwischen den Gästen des Metropolitano auf mich zukommen sah, dachte ich, daß er langsamer geworden war oder schlauer, als nähme er einen dauerhaften Platz im Raum ein. Wir begrüßten uns ohne Überschwang: so war es immer gewesen. Unsere Freundschaft war unbeständiger und nächtlicher Art gewesen, mehr auf die gleichen Vorlieben, den Alkohol betreffend, begründet – Bier, Weißwein, englischer Gin, Bourbon – als auf irgendeine schamlose Vertraulichkeit, in die wir nie, oder fast nie, gerieten. Als zuverlässige Trinker mißtrauten wir übertriebener Begeisterung und der Freundschaft, die der Alkohol und die Nacht mit sich bringen: nur einmal, schon gegen Morgen, hatte mir Biralbo unter dem Einfluß von vier unvernünftigen trockenen Martinis von seiner Liebe zu einem Mädchen erzählt, das ich nur flüchtig kannte – Lucrecia –, und von einer Reise mit ihr, von der er gerade zurückgekommen war. Beide tranken wir in jener Nacht zuviel. Als ich am nächsten Tag aufstand, bemerkte ich, daß ich keinen Kater hatte, sondern immer noch betrunken war und alles vergessen hatte, was Biralbo mir erzählte. Ich erinnerte mich nur noch an die Stadt, wohin jene Reise, die so überraschend endete, wie sie begann, hatte gehen sollen: nach Lissabon.

Anfangs stellten wir nicht allzu viele Fragen und gaben keine großen Erklärungen zu unserem Leben in Madrid ab. Die blonde Kellnerin trat zu uns. Ihre schwarzweiße Uniform roch ein wenig nach Stärke und ihr Haar nach Shampoo. Diese schlichten Gerüche mag ich an Frauen. Biralbo scherzte mit ihr und streichelte ihre Hand, als er einen Whiskey bestellte, ich blieb beim Bier. Nach einer Weile sprachen wir von San Sebastián, und die Vergangenheit stellte sich dreist wie ein Gast zwischen uns.

»Erinnerst du dich an Floro Bloom?« fragte Biralbo.

»Er mußte das Lady Bird schließen. Er ist in sein Heimatdorf zurückgegangen, hat seine Braut zurückerobert, die er schon als Fünfzehnjähriger kannte, und das Land seines Vaters geerbt. Neulich habe ich einen Brief von ihm bekommen. Er hat jetzt einen Sohn und ist Landwirt. Samstagnachts betrinkt er sich in der Kneipe eines seiner Schwäger.«

Ohne daß ihr zeitlicher Abstand etwas damit zu tun hätte, gibt es einfache und schwierige Erinnerungen, und die an das Lady Bird entzog sich mir nahezu. Verglichen mit den weißen Lichtern, den Spiegeln, den Marmortischen und den glatten Wänden des Metropolitano, das, so nehme ich an, dem Speisesaal eines Provinzhotels nachempfunden war, kam mir das Lady Bird, dieser Keller mit seinen Gewölben im rosafarbenen Dämmerlicht, in meiner Erinnerung wie ein übertriebener Anachronismus vor, ein Ort, an dem ich kaum jemals gewesen sein konnte. Es lag direkt am Meer, und wenn man hinausging, verflog die Musik, und man hörte das Krachen der Wellen, die sich am Peine de los Vientos brachen. Und dann erinnerte ich mich: der Geruch der in der Dunkelheit glitzernden Gischt und der salzigen Brise stieg in mir auf, und ich wußte, daß jene Nacht der Reue und der trockenen Martinis im Lady Bird geendet hatte und daß es mein letztes Zusammentreffen mit Santiago Biralbo gewesen war.

»Aber ein Musiker weiß, daß es keine Vergangenheit gibt«, sagte er plötzlich, als wollte er einem nicht von mir geäußerten Gedanken widersprechen. »Wer malt oder schreibt, tut nichts anderes als Vergangenheit auf seine Schultern zu laden, Worte oder Bilder. Ein Musiker befindet sich stets im leeren Raum. Seine Musik existiert genau in dem Augenblick nicht mehr, in dem er zu spielen aufhört. Sie ist reine Gegenwart.«

»Aber Platten bleiben.« Ich war mir nicht ganz sicher, ob ich ihn verstand, und noch weniger dessen, was ich selbst sagte, aber das Bier regte mich zum Widerspruch an. Er sah mich prüfend an und sagte grinsend:

»Ich habe ein paar Platten mit Billy Swann gemacht. Platten sind nichts. Wenn sie etwas sind, wenn sie nicht tot sind, und fast alle sind es, dann sind sie gerettete Gegenwart. Dasselbe passiert mit Photographien. Mit der Zeit gibt es keine, die nicht einen Unbekannten zeigt. Darum mag ich sie nicht aufheben.«

Monate später erfuhr ich, daß er doch welche aufhob, aber ich begriff, daß diese Tatsache seine Ablehnung der Vergangenheit keineswegs Lügen strafte. Sie bestätigte sie vielmehr auf eine indirekte und vielleicht rachsüchtige Weise, wie das Unglück oder der Schmerz den Lebenswillen bestätigten, wie, so hätte er es ausgedrückt, die Stille die Wahrheit der Musik bestätigt.

Etwas Ähnliches hatte ich ihn in San Sebastián einmal sagen hören, aber jetzt neigte er nicht mehr zu derart pathetischen Aussprüchen. Damals, als er im Lady Bird spielte, war sein Umgang mit der Musik dem eines Verliebten vergleichbar, der sich einer ihm überlegenen Leidenschaft hingibt: einer Frau, die manchmal nach ihm verlangt und ihn manchmal abweist, ohne daß er sich je erklären könnte, warum ihm das Glück geboten oder verweigert wird. Damals hatte ich bei Biralbo eine unwillkürliche Neigung zum Pathos bemerkt, in seinem Blick oder in seinen Gesten und in der Art, wie er ging. Jetzt, im Metropolitano, war sie nicht mehr da, war von seiner Musik ausgeschlossen, in seinem Benehmen nicht mehr zu erkennen. Heute sah er einem direkt ins Gesicht und hatte nicht mehr die Angewohnheit, aus den Augenwinkeln hinzusehen, wenn irgendwo eine Tür aufging. Ich glaube, ich wurde rot, als die blonde Kellnerin bemerkte, daß ich sie ansah. Ich dachte: Biralbo schläft mit ihr, und erinnerte mich an Lucrecia, als ich sie einmal allein auf dem Paseo Maritimo traf und sie nach ihm fragte. Es nieselte, Lucrecias Haar war naß und nach hinten zusammengebunden, und sie bat mich um eine Zigarette. Sie sah aus wie jemand, der ganz gegen seinen Willen vorübergehend einem übertriebenen Stolz entsagt. Wir wechselten ein paar Worte, sie verabschiedete sich und warf die Zigarette fort.

»Ich lasse mich vom Glück nicht mehr länger erpressen«, sagte Biralbo nach kurzem Schweigen und sah der Kellnerin nach, die uns den Rücken zukehrte. Seit wir an der Bar des Metropolitano zusammen tranken, hatte ich nur darauf gewartet, daß er auf Lucrecia zu sprechen käme. Ich wußte, daß er jetzt, ohne ihren Namen zu nennen, von ihr sprach. Er fuhr fort. »Vom Glück und von der Vollkommenheit. Das ist katholischer Aberglaube. Er entsteht aus dem Katholizismus und den Schlagern im Radio.«

Ich sagte, ich verstünde ihn nicht. In dem langen Spiegel auf der Rückseite der Bar, zwischen den Reihen blanker Flaschen, die der Rauch und die alkoholisierte Schläfrigkeit dämpfte, sah er mich an und grinste.

»Doch, du verstehst mich. Du bist bestimmt schon einmal morgens aufgewacht und hast begriffen, daß du weder Glück noch Liebe brauchst, um auf vernünftige Weise lebendig zu sein. Das entlastet, ist so einfach wie die Hand ausstrecken und das Radio anschalten.«

»Ich denke, man gibt auf.« Ich war beunruhigt, trank nicht mehr. Ich fürchtete, daß ich, wenn ich weiter trank, anfangen würde, Biralbo mein Leben zu erzählen.

»Man gibt nicht auf«, sagte er so leise, daß man den Zorn in seiner Stimme kaum wahrnahm. »Das ist auch so ein katholischer Aberglaube. Man lernt und verachtet.«

Das also war mit ihm geschehen, das hatte ihn so verändert, ihm sogar die Augen mit dem Glanz von Mut und Erfahrung geschärft, mit einer Kälte wie in jenen leeren Räumen, wo man übermächtig eine verborgene Anwesenheit spürt. In den beiden Jahren hatte er etwas gelernt, vielleicht nur eine einzige fürchterliche Wahrheit, die sein Leben und seine Musik völlig in sich aufnahm; und gleichzeitig hatte er gelernt zu verachten und auszuwählen und das Klavier mit der Leichtigkeit und Ironie eines Schwarzen zu spielen. Darum erkannte ich ihn nicht wieder: niemand hätte ihn wiedererkannt, auch nicht Lucrecia. Es war gar nicht nötig gewesen, sich einen neuen Namen zuzulegen und im Hotel zu wohnen.

Es muß gegen zwei Uhr morgens gewesen sein, als wir schweigend und fröstelnd und mit jener Würdelosigkeit später Trinker schwankend auf die Straße hinaustraten. Während ich ihn zu seinem Hotel begleitete – es lag in der Gran Via nicht weit vom Metropolitano entfernt –, erklärte er mir, daß es ihm endlich gelungen sei, nur von der Musik zu leben. Er verdiente seinen Lebensunterhalt auf ungeregelte und ein wenig herumirrende Weise; er spielte fast immer in Madrider Nachtclubs und manchmal auch in Barcelona, und ab und zu fuhr er nach Kopenhagen oder nach Berlin, nicht so oft wie damals, als Billy Swann noch lebte. »Aber man kann nicht ununterbrochen feinsinnig sein, wenn man von seiner Musik leben will«, sagte Biralbo und benutzte ein Zitat aus alten Zeiten; gelegentlich spielte er auch in Studios für unverzeihliche Schallplattenaufnahmen, auf denen sein Name zum Glück aber nicht genannt wurde. »Sie zahlen gut«, sagte er, »und wenn man geht, hat man schon vergessen, was man gespielt hat.« Wenn ich ein Klavier in einem dieser Radioschlager höre, sei er es möglicherweise, der da spiele. Dabei grinste er, als wollte er sich vor sich selbst entschuldigen. Aber das stimmt nicht, dachte ich, er würde sich für nichts mehr rechtfertigen und vor niemandem. In der Gran Via, vor dem eisigen Widerschein der gewaltigen Fenster der Telefónica, ging er, um an einem Kiosk Zigaretten zu kaufen. Als ich ihn zurückkommen sah, groß und schwankend, die Hände tief in den

Taschen seines weiten offenen Mantels mit hochgestelltem Kragen, begriff ich, daß in ihm diese starke Suggestion eines Charakters steckte, die Trägern einer Geschichte eigen ist, und auch Trägern eines Revolvers. Aber ich ziehe hier nicht einfach einen literarischen Vergleich: er hatte eine Geschichte, und er hatte einen Revolver bei sich.

Henry Miller
Keine Geduld

An einer Ecke der Place Clichy befindet sich das Café Wepler, das lange Zeit mein Stammlokal war. Ich habe dort drinnen und draußen gesessen, zu allen Tageszeiten und bei jedem Wetter. Für mich war es ein aufgeschlagenes Buch. Die Gesichter der Kellner, der Geschäftsführer, der Kassiererinnen, der Huren, der Gäste, ja sogar der Toilettenfrauen haben sich mir eingeprägt wie die Illustrationen eines vertrauten Buches. Ich erinnere mich noch an den ersten Tag, an dem ich das Café Wepler im Jahre 1928 mit meiner Frau im Schlepptau betrat. Ich entsinne mich noch des Schocks, den es mir versetzte, als ich eine Hure sinnlos betrunken über einen kleinen Tisch auf der Terrasse fallen sah und niemand herbeieilte, um ihr zu helfen. Ich war verblüfft und entsetzt über die stoische Gleichgültigkeit der Franzosen – ich bin es noch, trotz aller guten Eigenschaften, die ich seither an ihnen kennengelernt habe. »Nur keine Aufregung, ist ja bloß eine Hure ... betrunken.« Ich höre noch immer diese Worte. Sogar heute noch lassen sie mich schaudern. Aber ein solches Verhalten ist sehr französisch, und wenn man sich damit nicht abfindet, wird man sich in Frankreich nicht sehr wohl fühlen.

An solchen grauen Tagen, wenn es überall sonst kalt war, außer in den großen Cafés, freute ich mich darauf, vor dem Essen ein oder zwei Stunden im Wepler zu sitzen. Der rosige Schimmer, der sich im Café verbreitete, ging von der Gruppe Huren aus, die gewöhnlich in der Nähe des Eingangs zusammensaßen. Während sie sich nach und nach unter die Gäste mischten, kam zu der Wärme und dem rosigen Schimmer noch ein berauschender Duft. Die Mädchen schwirrten in dem gedämpften Licht wie parfümierte Glühwürmchen umher. Diejenigen, die nicht das Glück hatten, einen Kunden zu finden, schlenderten langsam auf die Straße hinaus, um gewöhnlich bald darauf zurückzukommen und wieder ihre alten Plätze einzunehmen. Andere kamen, frisch und für die abendliche Arbeit gerüstet, hereinstolziert. In der Ecke, wo sie sich gewöhnlich versammelten, ging es wie auf der Börse zu – der Sex-Markt hatte dort seine Haussen und Baissen wie jede andere Börse. Ich hatte den Eindruck, daß ein regnerischer Tag im allgemeinen ein guter Tag war. Wie man so sagt, kann man an einem Regentag nur zwei Dinge tun – und die Huren verschwendeten keine Zeit ans Kartenspiel.

Am frühen Abend eines solchen regnerischen Tages entdeckte ich ein neues Gesicht im Café Wepler. Ich hatte Einkäufe gemacht und war beladen mit Büchern und Schallplatten. Ich muß damals wohl gerade eine unerwartete Geldsendung aus Amerika erhalten haben, denn trotz meiner Einkäufe hatte ich noch einige hundert Francs in der Tasche. Ich setzte mich in die Nähe der Börse, umgeben von einer Schar hungriger, lauernder Huren, denen ich nicht das geringste Interesse schenkte, denn mein Blick war auf diese berückende Schönheit gefallen, die, von den anderen abgesondert, in einer entfernten Ecke des Cafés saß. Sie schien mir eine attraktive junge Frau zu sein, die sich hier mit ihrem Liebhaber verabredet hatte und vielleicht vorzeitig gekommen war. Den Aperitif, der vor ihr stand, hatte sie kaum angerührt. Die Männer, die an ihrem Tisch vorbeigingen, sah sie mit einem offenen, festen Blick an, was jedoch nichts besagte, denn eine Französin schaut in einem solchen Fall nicht weg wie Engländerinnen oder Amerikanerinnen. Sie sah sich in aller Ruhe um, interessiert, aber ohne die Aufmerksamkeit auf sich ziehen zu wollen. Sie war zurückhaltend, nicht ohne eine gewisse Würde, durchaus selbstsicher und beherrscht. Sie wartete. Auch ich wartete. Ich war neugierig, auf wen sie wartete. Nach einer halben Stunde, in der ich mehrmals ihren Blick auffing und festhielt, kam ich zu der Überzeugung, daß sie auf jemanden wartete, der die rechten Worte fände. Gewöhnlich braucht man nur ein Zeichen mit dem Kopf oder mit der Hand zu machen, und das Mädchen verläßt seinen Tisch und setzt sich zu einem – wenn es ein solches Mädchen ist. Ich war auch jetzt noch nicht ganz sicher. Sie sah mir zu gut aus, zu gepflegt, zu wohlerzogen, möchte ich sagen.

Als der Kellner wieder vorbeikam, fragte ich ihn, ob er sie kenne. Als er verneinte, bat ich ihn, er möchte sie auffordern, an meinen Tisch zu kommen und sich zu mir zu setzen. Ich beobachtete ihr Gesicht, als er ihr das ausrichtete. Ich empfand ein angenehmes Prickeln, als ich sie lächeln und freundlich zu mir herübernicken sah. Ich hatte erwartet, daß sie sofort aufstehen und herüberkommen würde, aber statt dessen blieb sie sitzen und lächelte noch einmal, diesmal diskreter, dann wandte sie den Kopf ab und schaute verträumt zum Fenster hinaus. Ich wartete einen Augenblick, dann, als ich sah, daß sie keine Anstalten machte, zu mir herüberzukommen, stand ich auf und ging an ihren Tisch. Sie begrüßte mich durchaus herzlich, ganz wie einen Freund, aber ich bemerkte, daß sie ein wenig verwirrt, ja beinahe verlegen war. Ich war unsicher, ob ich Platz nehmen durfte oder nicht, setzte mich dann aber doch zu ihr und verwickelte sie, nachdem ich etwas zu trinken bestellt hatte, rasch in ein Gespräch. Ihre Stimme war noch bestrickender als ihr Lächeln. Sie war wohltönend, tief und kehlig. Es war die Stimme einer Frau, die sich des Lebens freut und es genießt, die sorglos und ungebunden lebt, entschlossen, sich das Quentchen Freiheit, das sie besitzt, zu bewahren. Es war die Stimme einer verschwenderisch Gebenden. Sie rührte eher ans Zwerchfell als ans Herz.

Ich muß gestehen, ich war überrascht, als sie überstürzt erklärte, es sei ein Fauxpas von mir gewesen, mich an ihren Tisch zu setzen. »Ich dachte, Sie hätten verstanden«, sagte sie, »daß ich Sie draußen treffen wollte. Das jedenfalls habe ich Ihnen zu telegrafieren versucht.« Sie gab mir zu verstehen, daß sie hier nicht als Professionelle eingeschätzt werden wollte. Ich entschuldigte mich und bot an, mich zurückzuziehen, und sie honorierte diese taktvolle Geste mit einem leichten Händedruck und einem freundlichen Lächeln.

»Was haben Sie da alles?« wollte sie wissen, um rasch das Thema zu wechseln, indem sie vorgab, sich für die Päckchen zu interessieren, die ich auf den Tisch gelegt hatte.

»Nur Bücher und Schallplatten«, sagte ich und ließ durchblikken, daß diese sie wohl kaum interessieren dürften.

»Französische Bücher?« fragte sie, wie mir schien mit einem Unterton ehrlicher Neugier.

»Ja«, sagte ich, »aber ich fürchte, sie sind ziemlich langweilig. Proust, Céline, Élie Faure ... Vermutlich geben Sie Maurice Dekobra den Vorzug, nicht wahr?«

»Darf ich sie einmal sehen? Ich möchte gern wissen, was für französische Bücher ein Amerikaner liest.«

Ich öffnete das Päckchen und gab ihr den Élie Faure. Es war der »Tanz über Feuer und Wasser«. Sie blätterte darin, lächelte und äußerte sich immer wieder zustimmend, während sie die eine oder andere Passage las. Dann legte sie das Buch nachdrücklich wieder auf den Tisch, klappte es zu und legte die Hand darauf, als wollte sie es geschlossen halten. »Genug davon, lassen Sie uns von etwas Interessanterem reden!« Nach kurzem Schweigen fügte sie hinzu: »*Celui-là est-il vraiment français?*«

»*Un vrai de vrai*«, erwiderte ich mit einem breiten Grinsen.

Sie schien verwirrt. »Es ist ein ausgezeichnetes Französisch«, fuhr sie fort, als spreche sie mit sich selbst, »und doch ist es wiederum nicht Französisch ... *Comment dirais-je?*«

Ich wollte gerade sagen, daß ich durchaus verstand, was sie meinte, als sie sich auf der Polsterbank zurücklehnte, meine Hand ergriff und mit einem schelmischen Lächeln, das ihre Offenheit betonen sollte, sagte: »Wissen Sie, ich bin eine durch und durch faule Person. Ich habe keine Geduld, Bücher zu lesen. Es ist zu viel für mein schwaches Hirn.«

»Man kann im Leben so viele andere Dinge tun«, antwortete ich und erwiderte das Lächeln. Und damit legte ich die Hand auf ihr Knie und drückte es zärtlich. Im nächsten Augenblick lag ihre Hand auf der meinen und führte sie an eine zartere Stelle. Dann, fast ebenso rasch, schob sie meine Hand fort mit einem: »*Assez, nous ne sommes pas seuls ici.*«

Wir schlürften gelassen unsere Getränke. Ich hatte es nicht eilig, sie zum Aufbruch zu drängen. Ich war viel zu sehr von ihrer Art zu sprechen entzückt, die nicht den geringsten Pariser Akzent hatte. Sie sprach ein reines Französisch, und für einen Ausländer wie mich war es ein Vergnügen, ihr zuzuhören. Jedes Wort sprach sie ganz deutlich aus, sie gebrauchte kein Patois, kaum einen umgangssprachlichen Ausdruck. Die Worte kamen zögernd, sorgfältig geformt über ihre Lippen, so als schmecke sie sie ab, ehe sie sie der Leere preisgab, in der Klang und Sinn sich so rasch verwandeln. Ihre wollüstige Trägheit befiederte ihre Worte mit einem zarten Flaum, wie Daunenbällchen schwebten sie an mein Ohr. Ihr Körper war üppig, erdhaft, aber die Laute, die aus ihrer Kehle drangen, waren wie klarer Glockenklang.

Sie war sozusagen wie gemacht dafür, schien mir aber keineswegs eine abgebrühte Hure zu sein. Daß sie mit mir gehen und Geld dafür nehmen würde, das stand für mich fest – aber das macht eine Frau noch nicht zur Hure.

Sie legte Hand an mich, und wie ein dressierter Seehund richtete mein Specht sich jubilierend unter ihrer zarten Liebkosung auf.

»Beherrschen Sie sich«, flüsterte sie, »es ist nicht gut, sich so rasch zu erregen.«

»Gehen wir hier weg«, schlug ich vor und winkte dem Kellner.

»Ja«, sagte sie, »gehen wir wohin, wo wir ungestört sprechen können.«

Je weniger gesprochen wird, desto besser, dachte ich, während ich meine Sachen zusammenraffte und mit ihr auf die Straße hinausging. Ein wundervolles Hinterteil, stellte ich fest, als sie durch die Drehtür segelte. Ich sah sie bereits auf meinen Kleinen gespießt – ein frisches, kräftiges Stück Fleisch, das nur darauf wartete, sachgerecht bearbeitet zu werden.

Frank Schulz
Bier

»Ich trinke nie Wasser.
Da ficken Fische drin.«
W. C. Fields

Kolk, übrigens, war ein gepflegter, zurückhaltender Trinker. Nicht, daß er sich mit dem Trinken zurückgehalten hätte, aber er war ein, sagen wir mal, verhaltener Trinker. Einer mit Stil. Schon dieses Süffelensemble, das er jedesmal zu Anfang einer Trinkerei herstellte, das ganze Brimborium mit den Bierfilzen, dieses zeremonielle Gehabe zum einzigen Zweck, sich möglichst linear vollaufen zu lassen; dieser formelle Fanatismus schon hob ihn vom gemeinen Saufaus ab. André und er, Kolk, waren damals in unserem Nest die Chefideologen ausgiebig gepflogener Schluckkultur gewesen. Eine Verwilderung der Trinksitten war allenfalls in einem späteren Stadium erlaubt; Gläserumstoßen, haltloses Torkeln, grundlos (d. h. nach bereits fünf Halben) labiale Konversation, Apfelsaft oder Perry zum Frühschoppen (dessen sich Satsche etliche Male schuldig gemacht hatte) und ähnliche Vergehen wurden mit gutmütigem, aber entschiedenem Spott geahndet.

Nein, wenn wir am Wochenende losgingen, handelte es sich um kunstvoll arrangierte kollektive Rauschinszenierungen, deren es gründlicher Vorbereitung (Sardinenessen etc.), gelassener Durchführung und, am nächsten Tag, kritischer Aufarbeitung bedurfte. Zu letzterer gehörten etwa der gemeinsame Kleheversuch etwaiger Filmrisse, die Erhellung von Blackouts und die Kotzkritik. Früher, als Jungtrinker, hatten wir oft und gern gebrochen. Es galt der Spruch »Kater killen: Knochen kotzen«. Meistens auf dem Heimweg, von Abenden bei Hinni oder von

Discos oder von Fêten. Wir holten einander ab, zum Frühschoppen, und erstellten eine knappe Analyse, interessiert über die sternförmig geplatzte, trockene Lache unter der Laterne gebeugt –

»Sauba!«

»Echd sauba, mussich selbß sahng.«

»Waß ißn daß Braune da?«

»Daß ...? Daß müßde ...? Ja, dadd iß die Körriwurßd. Und hier die Erbßn – die sind ja noch faßd heil! Sah-genn-haffd. Die müssn noch fomm Middachessn sein -«

»Körriwurßd? Haßdu denn noch ne Körriwurßd gefressn?«

»Du doch auch!«

»Äääächd?«

»Yow ...«

Wir bewerteten Form, Farbe, Menge, Konsistenz und tranken abschließend unsere drei Halbe auf nüchternen Magen.

Außerdem wärmten wir ältere Geschichten durchaus mit Vergnügen wieder auf – z. B. wie Kolk, nach einer Brauereibesichtigung auf der gesamten Rückfahrt aus Lüneburg im Bus sich noch beherrschend, beim Aussteigen im Nest, vor Hinnis Tür, das Gedränge vor den Ausgängen aber nicht mehr ertragen konnte: Er hielt eine seiner Tatzen, zwischen deren Fingern bereits der wie Milchreis aussehende Brei hervorquoll, vor den Mund, während er zettelblaß mit der anderen seinem Vordermann höflich auf die Schulter tippte.

Früher machte Brechen uns nichts aus. Wir übergaben uns ständig. Wir erbrachen uns, und dann tranken wir weiter. Es kam vor, daß einer von uns vom Tisch aufstand, »Pladdßschaffm« murmelte und nach fünf Minuten papyrusfarben, aber grinsend wiederkehrte.

Trinken war integraler Bestandteil unserer Adoleszenz. Mehr als ein Hobby, wenngleich Kolk zum Beispiel sich im Besitz einer recht umfangreichen Bierflaschensammlung befand, darunter sehr schöne Exemplare – etwa die 33-cl-Flasche aus Belgien (neun Vol. % hatte das braune Getränk) mit ovalem Etikett, das eine in lasziver Körpersprache trinkende, mit Feigenblatt bekleidete Eva sowie einen ihr zuprostenden Adam zeigte. Im Hintergrund das Paradies. Das Bier hieß »De Verboden Vrucht«/ »Le Fruit Défendu«, hatte allerdings wie »höllische Haußmahke« geschmeckt, wie Kolk aus seinen Textunterlagen vorlas.

Kolk hatte natürlich das Bier getestet, bevor er die Flaschen in seine Vitrinen stellte. Wohl an die hundert Sorten waren katalogisiert, mit Noten zwischen 1 und 6 bewertet und kurzen Kommentaren versehen wie »aus, vorbei«, »schmeckt wie Superbenzin«, »hopfig, deftig, würzig« oder »wird offenbar mit Seife gebraut«.

Die Schmuckstücke seiner Sammlung, übrigens, waren »historische« 0,5-Liter-Flaschen, braun und grün, mit verrosteten Bügeln und ausgefransten Etiketten, kurz: mit auratischer Patina: Holsten Edel, Bavaria St. Pauli Astra, Elbschloss, Winterhuder Mai-Bock-Starkbier und Germania Club-Export aus Münster.

André wie auch Kolk führten seinerzeit ein tabellarisches Suffjournal mit folgendem Koordinatensystem: Die Rubriken besoffen/gekotzt bildeten vertikale Kolumnen, horizontale setzten sich aus den Veranstaltungsorten wie Holvede/Klatt/Hinni/Moisburg (Discos bzw. Kneipen) etc. oder auch div./Dienst/Kaserne/Zuhause zusammen. Das ganze monatlich periodisiert und als Strichliste in Fünferkolonnen erfaßt. (André hatte gar eine Auffächerung dieser Statistik versucht, und zwar indem die Kategorie besoffen darüber hinaus in *leichten Lollimann, mittelschweren Lollimann, schweren Lollimann* sowie *Koma* spezifiziert wurde, was sich leider für die Praxis als undurchführbar erwies. Seither nahmen diese Kriterien lediglich den Rang volksmündlicher, gewissermaßen heuristischer Hilfskriterien an. Hierbei entsprach der *leichte Lollimann* in etwa V 0 (sprich: Vau null – die ballistische Bezeichnung für die Geschwindigkeit, die ein Projektil beim Austritt aus dem Lauf einer Schußwaffe erreicht hat). Der *mittelschwere Lollimann* korrelierte ungefähr mit der schraffierten Nase (nach Willi Wacker resp., im Original, Andy Cap), und zwischen *schwerem Lollimann* und *Koma* bestand kein Unterschied mehr: beide wurden unter supersoft geführt. Der *leichte Lollimann* beschrieb in etwa einen Schwips. Die einen sagen in dieser Phase, halbbesoffen sei rausgeschmissenes Geld, die anderen sind froh, davongekommen zu sein. Kennzeichen: knapp fahruntüchtig, fahrige Bewegungen, erhöhte Kicher- resp. Aggressionsfrequenz, gesteigerte Sensibilität gegenüber eigener Libido – gestörte gegenüber fremder, Satzwiederholungen und -auslassungen etc. Der *mittelschwere Lollimann* umschreibt jenen Zustand, in dem man durchaus betrunken ist. Die einen befürchten, die anderen verleugnen, verdrängen den sicheren Katzenjammer bereits. Kennzeichen: völlig fahruntüchtig, slow motion, gelöste, aber schwere Zunge, Neigung zur Überschätzung eigener Fähigkeit zur Artikulation sowie fremder zur Rezeption, krasse Divergenz zwischen sexuellem Verlangen und objektiver Leistungsfähigkeit usw. usf. Der *schwere Lollimann* verkörpert gewissermaßen den Filmriß in concreto. Kennzeichen: völlige Beliebigkeit sensueller und mentaler Erscheinungsformen bis hin zur Alkoholvergiftung und Bewußtlosigkeit.

Vielleicht hatte Hinni einen nicht unbeträchtlichen Einfluß auf unseren Trinksport gehabt. Obwohl er, der einzige Kneipenwirt unseres Nests, selbst gerade mal hin und wieder einen Jägermeister zu sich nahm, hatte er uns doch auf seine Art eine Struktur vermittelt; eine Struktur, die das, was man gerade tat, wenn man bei Hinni war – trinken eben –, auch fortan prägte.

»Geflehchde Säufa wahn wir damalß wa?«, sagte ich und formte ein paar wabernde graublaue Rauchringe von meiner Zigarre. Kolk nickte grinsend. Inzwischen dachte ich darüber nach, ob die These von Hinnis Einfluß auf uns wohl Bestand haben könnte. Kolk zwirbelte grübelnd seinen Schnauz. Vielleicht erinnerte auch er sich gerade an einen der typischen Sonnabendnachmittage damals, in unserem Nest, bei Hinni. Vielleicht kamen wir, Kolk und ich, gerade in die Gaststube, vielleicht war es Viertel nach drei, vielleicht wollten wir vier, fünf Bier bis zur Sportschau trinken, weil eh Satsche dran war, zum Swutsch in die Disco zu fahren. Vielleicht saß als einziger Gast Alfons hinten auf der Bank, auf seinem Stammplatz auf der Bank, die es heute nicht mehr gibt, hinter der schmalen Seite des langgezogenen Tresens. Nur sein dunkler Kopf, eine mächtige rauchblaue Jackettschulter und eine riesige Hand mit einer friedlich qualmenden Zigarette waren von ihm zu sehen.

Alfons war Knecht auf dem größten Hof unseres Nests und kam ausschließlich sonnabends sowie am Schützen- und Erntedankfest oder Feuerwehrball zu Hinni, wo er solange Bier und Köm schluckte, bis er es mit *mittelschwerem Lollimann* gerade noch bis nach Hause schaffte.

Vor Alfons standen je eine Flasche Holsten Edel, ein halbvolles Bier- und ein leeres Kömglas und ein Aschenbecher. Daneben die unweigerlichen Lux und Streichhölzer. Er grinste freundlich, als wir hereinkamen. »Dach ouk Alfrehd ...?Odo ...«

Hinni fehlte mal wieder hinter der Theke.

»Wo ißn die Bewirdtung?« fragte ich Alfons.

»Wehd igg ouk nich. Iß all sied tein Minuhdtn wech. Igg luhr ouk all obbn näign Köhm.«

»Dadd iß viellich n ouln Dröhmlpudtt.«

»Dadd kann ick di seng.«

Wir setzten uns auf die beiden Hocker neben der Stahlsäule, gegenüber der Glasvitrine voller Gläser, Süßigkeiten und – im obersten Bord – Pokale des Schützen- und frisch gegründeten Sportvereins. In den gläsernen Schiebetüren spiegelten sich zwei der drei gardinenverhangenen Fenster der Wand in unserem Rücken, so daß wir einen Teil dessen, was draußen auf der Straße vor sich ging – sofern überhaupt – bei Bedarf beobachten konnten. Unter anderem diese Mehrdimensionalität erklärte die häufige Stille zwischen den Klönschnacks. Es wurde nie peinlich. Hier konnte man einzeln seinen Gedanken nachhängen. In die Vitrine blicken oder durch sie hindurch nach draußen oder nach innen, in den Kopf, ins Herz, während die alte Wanduhr tickte. Über der Musikbox hingen zwei große gerahmte Fotos. Ein altes aus den frühen sechziger Jahren, als die alte Schmiede noch dort stand, wo jetzt der neue Saal war. Und eines neueren Datums, eine Luftaufnahme der Gastwirtschaft, nach dem Umbau. Die alten Linden waren schon verschwunden.

Kolk, Alfons und ich machten es uns bequem. Wir hatten nichts zu reden, also schwiegen wir. Wir rauchten.

Alfons trank sein Bier aus. »Ach yaw sou iß dadd«, brummte er. »Yaw«, nuschelte Kolk. Ich nickte.

Die Zeit verging.

Dann kam Hinni.

Er tauchte wie schon seit Jahrzehnten in der gefalteten Abtrennung zwischen Kneipe und privatem Wohnraum auf. Er war etwa siebzig.

Ich grinste Kolk zu.

Grußlos und mit gesenktem Schädel latschte Hinni schnurgeraden Wegs mit zusammengekniffenen Augen, um die herum sich viertausend kleinere und größere Fältchen bildeten, an Alfons und dann an mir und Kolk vorbei, ohne uns auch nur eines Seitenblicks zu würdigen. Vor seinen Zetteln und Blöcken, auf welchen er den Verzehr seiner Gäste notierte, blieb er stehen, beugte sich leise ächzend darüber, setzte seine Lesebrille auf, wobei sich sein Gesicht sehenswert veränderte, und begann, Zahlen zu addieren.

Wir waren natürlich entzückt von dieser Variation seines Auftritts.

Verzögerungen in der Bedienung waren wir gewohnt. Hinni folgte einem Regelwerk, bevor er Bier zu zapfen begann; einem festen Regelwerk, dessen Ablauf jedoch durchaus flexibel bestimmt werden konnte. Manchmal schob er vor den Buchführungsarbeiten drei oder vier durchaus mitunter sich wiederholende Aufenthalte auf der Strecke zwischen Falttür, die immer offen war, und Zettelwirtschaft ein: bei Bierdeckeln, die es aufzutürmen galt; Bierkästen, -flaschen oder -gläsern, die zu wuchten, zu drehen und zu wenden, zu verstellen oder wegzuschaffen waren; bei Wisch-, Wasch-, oder Putzlappen, die ihre Tauglichkeit zu beweisen hatten. Oder er sortierte Banknoten, strich sie liebevoll glatt, bekämpfte Eselsohren mit dem Handballen, häufelte und mischte oder transferierte sie von der Kassenlade in die Kassette im Schrank, wobei er zwischendurch versonnen in einem Zwanzigmarkschein schmökerte. Vielleicht auch kam eines der Dorfkinder herein und verlangte »fümf Sallmieß und ...? ...«

»Na? Wat!«

»...? Und ...? Öhm ...«

»Na?! Nu man tou!«

»...und zehn Gummitiere und ein Eiß.«

»Wadd förn Ihß?«

»Ein Gesichdß'eiß.«

»Wat?«

»Sohn Gesichdß'eiß.«

»Wat?«

Und dann mußte jemand von der geduldig wartenden Kundschaft einspringen und dem Wirt verdeutschen, was der junge Kunde wünschte (ein Eis mit einem Bärengesicht nämlich).

Hinni begann jetzt mit Subtrahieren.

»Hinni«, sagte Alfons, »giffß mi noch n Köhm und n Bäya?«

»Yow«, murmelte Hinni.

Kolk fing lautlos an zu gnickern. Hinni tüftelte vor sich hin, gestützt auf die von Lederflicken geschützten Ellbogen.

Kolk zündete sich eine neue Reval an, inhalierte und blies den Rauch in Hinnis Richtung, wo er sich wunschgemäß um dessen fast kahlen Schädel herum verteilte. Hinni lugte, von einer Rauchwolke umgeben, über den Brillenrand hinweg in die Richtung, aus welcher der störende Qualm gekommen sein mußte, und fuhr umgehend fort mit seinem Großen Einmaleins.

»Echä'echä, hmkchm, ähä«, sagte er.

»Dach Hinni«, sagte ich.

»Dachdach, Herr Doggder«, sagte er. So hieß ich, seit das völlig abwegige Gerücht aufgetaucht war, ich wolle »Paßder« werden.

»Giebß unß ma zwei Bier, Hinni?« bat Kolk. Er amüsierte sich königlich. Mit einem unüberhörbaren Seufzer nahm Hinni schließlich die Brille ab, legte gleichzeitig den Kugelschreiber beiseite, wobei er drei bis vier verschiedene Ablageplätze versuchte, als ob sein Stift vor unrechtmäßiger Benutzung oder gar Diebstahl geschützt werden müsse, und richtete sich stöhnend auf. Dann lächelte er uns an, begrüßte auch Kolk, indem er mit seinen immer noch kräftigen Fingern eine Attacke auf dessen furchteinflößendes Riechorgan antäuschte, und sagte:

»Na? Häß güßdern figgkd?«

»Yobb«, erwiderte Kolk, »twäimohl – äimohl midd Muhsieg.«

»Äimohl midd Musiehg sech he«, gluckste Hinni, zu Alfons gewandt, der die Gelegenheit nutzte und mahnend den Finger zwischen Bier- und Kömglas hin- und herpendeln ließ. »Äimohl midd Muhsieg«, sagte Hinni in anderer Stimmlage und begann, geistesabwesend die auf dem Tresen liegenden Bierfilze zu ordnen, die bar jeden Zweifels akkurat gestapelt waren, die Kanten aufs Haar bündig abgeschlossen. Er fächerte den Stapel mit dem Daumenpölsterchen Deckel für Deckel auf. Die manchmal kurz und scharf durchs Gebiß eingesogene Luft ließ vermuten, daß er sie durchzählte. Dann schielte er, den Kopf schräg geneigt und leicht in den Knien wippend, auf die blitzblank glasierte Oberfläche der Theke, gegen das Tageslicht, um etwaige Flecken oder womöglich Staub auszumachen. Er arbeitete hart, um etwas zu entdecken, legte achtlos die Bierdeckel beiseite, schlurfte dann zum Putzlappendepot und rückte dem ausgemachten Fleck energisch zu Leibe. Verzerrungen seiner Gesichtszüge und zusammengebissene, gefletschte Zähne zeigten ungeheure Konzentration an. Wiederum schielte er gegens Licht, den Kopf auf einer gedachten Geraden zwischen zwei unsichtbaren Koordinaten hin und her schwenkend, fuhr noch einmal sanft mit leichter Hand übers Resopal und kratzte sich seinen spärlich verbliebenen Haarkranz, wobei sich die Gesichtszüge wieder glätteten wie Meereswogen nach dem Sturm. Anschließend widmete er sich dem mit Wasser benetzten Abtropf neben dem Schanktisch und wienerte diesen.

Kolk steckte sich die zweite Zigarette an und gab auch mir Feuer.

»Hinni«, sagte Alfons, »schall ick di dadd schriffdlich gehm?«

»Yowyow«, brummte Hinni ungehalten. In diesem Augenblick ging die Tür auf. Ein Fremder mit Anzug und Schlips blieb an der Schwelle stehen und fragte: »Endschulldign Sie – hahbm Sie Mittagßtisch?«

»Wat?« fragte Hinni aufgescheucht und wrang seinen Putzlappen.

»Hahbm Sie, äh, Mittagßtisch! ...?«

Hinni wandte sich verwirrt an Alfons und fragte: »Häß du n Taggßi beßdelldt?« Wir lachten. Wir lachten den Fremden aus.

Ja, so war das damals.

Rolfrafael Schröer
Buccone – Die römische Vorhölle

Mit dem überfüllten 62er Bus war ich von der Piazza Bologna bis zum Corso gefahren und zu Fuß bis zur Piazza del Popolo gestiefelt. Dann links um die Ecke. Aus Buccone, der Wein- und Schnapshandlung im Zentrum Roms mit Ausschank, stolpert mir der Höllensturzmaler Erhard Göttlicher entgegen, hallo und ich muß ins Atelier, und der Schnell steht drinnen, und vor mir ein riesiges, wohl fünf Meter hohes Tonnengewölbe, das greift tief in den Bauch des Hauses. Die Wände bis oben Regale, Regale. Auch die Stützsäule in der Mitte mit Regalen umbaut und vollgestellt mit den gläsernen Kindern aus aller Welt. Wein, Wein aus allen Anbaugebieten, und Schnäpse, alle Schnäpse, die denkbar sind und Leber und graue Zellen killen, und schwere Süßweine und leichte Jerezweine und Weiße und Rote und Rosé und sogar Schieler aus Frankenland und der saure Schieler aus Meißen, der war Adolf Hitlers Tischwein, und die Sachsenköppe waren noch stolz drauf.

Buonasera, signore. – Sera. Das Licht drinnen ist müde, schwiemelig, angetrunken. Auf der Straße dunkelt es rasch. Manfred Schnell, der junge Kunsthistoriker, den ich im Atelier von Göttlicher in der Villa Massimo kennengelernt hatte, steht an der langen Theke zwischen zwei Gipsern oder Stukkateuren in ihren weißen bekleckerten Arbeitsanzügen. Er winkt mich zu sich und – Hallo und das ist mein Freund aus Marokko, du kannst mit ihm deutsch reden. – Ja, guten Abend, ich habe in Deutschland gearbeitet, in Bonn bei der Botschaft. Ich bin Sicherheitsbeamter jetzt hier in Rom, flüstert er hinter der vorgehaltenen dunklen Hand, und Schnell reicht mir mit seiner helleren einen Frascati, und salute und prosit, und es ist ein trockener, der schmeckt. Eh, Luigi, parmesan! und er zeigt auf ein großes altes Faß, das mitten im vorderen Raum als Stehtisch fungiert, und schiebt uns, Gläser in der Hand, dorthin. Einige Leute gehen gerade laut schwatzend weg.

Da kommt auch schon der Kleemann, der Zeichner, der Old-Jeans-Man, der kann das gut, zeichnen, und auch wenn er soll, wenn er will fotografisch genau, ist nebenher Polizeizeichner für Fälle, wo nicht fotografiert werden darf. Ist schon älter, aber verdammt junge Augen. Auch hallo und was für Wein. Frascati. O bene. Einer in Schmuddelschürze schlufft, zieht ein Bein nach, bringt uns einen Teller Parmesanbrocken: Prego – pane? – Nein danke. Und salute und gleich eine Flasche, und wie geht es und auch schlecht und das stimmt nicht und salute, salute, und der Durst und jetzt fürs Querschmecken einen Grappa. O nein, raune ich, Centerba, per favore, den grünen 72%! Der Marokkaner blinzelt mich an: Experte? – Si, si, signore.

Anscheinend hat Otto Dix die Leute angemalt, geschminkt und kostümiert, ich bin gestern 1925, 1927. Hallo salute, und Centerba, und dort der drei Tage nicht rasierte, rotweinverquollene Engländer im zerknautschten Pepitaanzug, salute, am Tresen die teuer vermusterte Italienerin, bleiches breites Gesicht, lange Nase, schwarze Pagenfrisur, grellgeschminkt der große Mund, Lutschmund, lange keine Leckerin mehr gehabt, salute, und sie palavert und wedelt mit der zu langen Nerzstola, und die schwarzen Netzstrümpfe, und die Lackschuhe klacken ein kleines Stakkato, und sie trägt einen Schottenrock und 'ne knallrote Bluse. Neben uns zwei steinalte, hysterisch scheppernde Amerikanerinnen im Roségeblümten, die Gebisse schnacken, sie kippen Likörchen für Likörchen. Ein Samtkünstlerhut wippt hinter ihnen, ein Opernspitzbart darunter und Lamentogebärden. Ein paar Anstreicher, einer mit 'ner Zeitungspapiermütze, Arbeiter in schmutzblauen Overalls, und hinten im Höhlenqualm geschniegelte signori, die Pomade glänzt, und hartgesichtige Frauen, Brillanten, Simili und Rubine karfunkeln, und salute und prost und noch eine Flasche, und der marokkanische Freund, das klingt wie ein Titel, denkt der Klee-, na der Kleemann, was war Mann für ein, nein Klee für ein Mann, also der denkt, der glaubt ihm nicht, daß er Sicherheitsbeamter ist, und zieht einen Trommelrevolver aus dem Halfter unterm Jackett und legt ihn neben den Käse. Per favore, per favore, schlufft der in der Schmuddelschürze, steck ihn weg! – Ein Revolver ist ein Revolver ist ein ... kleet der Kleemann. – Und kann geladen sein und ... schnellt

Schnell, und ich knurre: Ich gucke das lieber im Fernsehen, weißt du, nur alles zweidimensional, die dritte Dimension nur vorgetäuscht, und ganz wichtig, alles verkleinert, und der, der schießt, kann den anderen Dum-Dum voll auffetzen, im Fernsehen riecht's nicht nach Blut, und kein Angstschweiß auf der Haut stinkt, und dein sechster Sinn, alle deine Sinne sind betrogen. Und lauter: Ca. 60 x 50 cm und bunt der mieflose Misthaufen, auf den die Fernsehleiche geschmissen wird, und die Sonne brennt, und du schwitzt nicht! Salute und salute und salute Rolfrafael, und beruhige dich, also salute und noch einen großen Centerba für den Signore Rolfrafael, und der padrone kommt persönlich und prego, signore, und fürchtet, ich bin besoffen und –

Da lärmt's, da schreit's auf der Straße los. Ein neuer Papst, papa, papa, gerade gewählt, nein, kein Italiener, der Wojtyla Karol, der Pole, zum Teufel mit ihm, zum Teufel, zur Hölle, ein Pole. Prosit auf Wojtyla, stürzt der Opernspitzbart auf die Straße, parlare, parlare, die Netzstrumpfitalienerin dreht langsam eine Pirouette, die Brüste in der knallroten Bluse schaukeln auf mich zu, schaukeln weg, lieber rot als tot, salute Centerba, der aufgequollene Engländer quillt weiter auf, wedelt mit den Pepitaarmen, hebt ab, steigt hoch, schwirrt unter der Decke, die gläsernen Kinder in den Regalen schreien papa, papa, ihre bunten Bauchbinden glühen, den steinalten Amerikanerinnen bröckelt der Puder vom Gesicht, gar keine Haut – una Centerba o due non tre eh schto gramma Centerba, padrone – gar keine Haut, gleich Fleisch, welkes Magerfleisch, schiskohjenno, das ist polnisch, Herr Wojtyla, lautlos lacht die Stützsäule, krümmt sich, zerrt den Fußboden zur Decke, das Stehtischfaß schwankt, schmeißt die Parmesanbrokken runter, die Gläser klirren, die Zeitungspapiermütze des Anstreichers faltet sich auf, NEUES DEUTSCHLAND, buchstabiere ich, mit hastigen Flügelschlägen flattert sie zur Tür hinaus.

Il conto, per favore, singt der marokkanische Freund, den Revolver hinters Ohr gesteckt. Avanti, klopft Kleemann mir die Schulter, hüpft einbeinig unter den Netzstrümpfen durch, man muß eine Perspektive haben, Centerba, padrone. Arrivederci, arrivederci, krächzt Schnell, greinen die gläsernen Kinder, die Regale verbeugen sich. Schnell, flüstert Schnell, zerrt mich am Ärmel, in Augenhöhe flirrt der Pepitaengländer voraus, die rote Nase verglüht, viele rote Nasen hupen vorbei, verglühen, hupen: Papa – papa – papa!

Jacques Prévert
Das Fest geht weiter

Vor der Theke
Nach dem zehnten Likör
Punkt zehn Uhr
Beginnt ein kräftiger Installatör
In Sonntagsmontur
Obwohl es Montag ist
Ganz für sich allein zu singen
Er singt
Daß es Donnerstag ist
Daß er nicht in die Schule brauch'
Daß der Krieg zu Ende ist
Und die Arbeit auch
Daß das Leben schön ist
Und die Mädchen auch
Er schwankt vor der Theke aus Zink
Aber sein Lot aus Blei
Hält ihn im Lot
Er tritt vor den Wirt mit strammem Schritt
Drei Bauern sagt er kommen nachher vorbei
Und bezahlen für mich mit
Dann verschwindet er in der Sonne
Die Rechnung läßt er ruhig stehn
Singend verschwindet er in der Sonne
Und wird nicht mehr gesehn.

Arthur Schnitzler
Leutnant Gustl

Wie lange wird denn das noch dauern? Ich muß auf die Uhr schauen ... schickt sich wahrscheinlich nicht in einem so ernsten Konzert. Aber wer sieht's denn? Wenn's einer sieht, so paßt er geradesowenig auf wie ich, und vor dem brauch' ich mich nicht zu genieren ... Erst Viertel auf zehn? ... Mir kommt vor, ich sitz' schon drei Stunden in dem Konzert. Ich bin's halt nicht gewohnt ... Was ist es denn eigentlich? Ich muß das Programm anschauen ... Ja, richtig: Oratorium? Ich hab' gemeint: Messe. Solche Sachen gehören doch nur in die Kirche. Die Kirche hat auch das Gute, daß man jeden Augenblick fortgehen kann. – Wenn ich wenigstens einen Ecksitz hätt'! – Also Geduld, Geduld! Auch Oratorien nehmen ein End'! Vielleicht ist es sehr schön, und ich bin nur nicht in der Laune. Woher sollt' mir auch die Laune kommen? Wenn ich denke, daß ich hergekommen bin, um mich zu zerstreuen ... Hätt' ich die Karte lieber dem Benedek geschenkt, dem machen solche Sachen Spaß; er spielt ja selber Violine ...

Lang' war ich schon nicht in der Oper. In der Oper unterhalt' ich mich immer, auch wenn's langweilig ist. Übermorgen könnt' ich eigentlich wieder hineingehen, zur »Traviata«. Ja, übermorgen bin ich vielleicht schon eine tote Leiche! Ah, Unsinn, das glaub' ich selber nicht! Warten S' nur, Herr Doktor, Ihnen wird's vergeh'n, solche Bemerkungen zu machen! Das Nasenspitzel hau' ich Ihnen herunter ....

Was guckt mich denn der Kerl dort immer an? Mir scheint, der merkt, daß ich mich langweil' und nicht herg'hör ... Ich möcht' Ihnen raten, ein etwas weniger freches Gesicht zu machen, sonst stell' ich Sie mir nachher im Foyer! – Schaut schon weg! ... Daß sie alle vor meinem Blick so eine Angst hab'n ...

Bravo, bravo! Jetzt wird's doch bald aus sein? – Ja, jetzt steht die ganze G'sellschaft da droben auf ... sieht sehr gut aus – imposant! – Orgel auch? ... Orgel hab' ich sehr gern ... So, das lass' ich mir g'fall'n – sehr schön! Es ist wirklich wahr, man sollt' öfter in Konzerte gehen ... Wunderschön ist's g'wesen, werd' ich dem Kopetzky sagen ... Werd' ich ihn heut' im Kaffeehaus treffen? – Ah, ich hab' gar keine Lust, ins Kaffeehaus zu geh'n; hab' mich gestern so gegiftet! Hundertsechzig Gulden auf einem Sitz verspielt – zu dumm! Und wer hat alles gewonnen? Der Ballert, grad' der, der's nicht notwendig hat ... Der Ballert ist eigentlich schuld, daß ich in das blöde Konzert hab' geh'n müssen ... Na ja, sonst hätt' ich heut wieder spielen können, vielleicht doch was zurückgewonnen. Aber es ist ganz gut, daß ich mir selber das Ehrenwort gegeben hab', einen Monat lang keine Karte anzurühren ...

...

Heiß wird's! Noch immer nicht aus? Ah, ich freu' mich so auf die frische Luft! Werd' ein bissel spazierengeh'n, übern Ring ... Heut' heißt's: früh ins Bett, morgen nachmittag frisch sein! Komisch, wie wenig ich daran denk', so egal ist mir das! Das erstemal hat's mich doch ein bißl aufgeregt. Nicht, daß ich Angst g'habt hätt'; aber nervös bin ich gewesen in der Nacht vorher ... Freilich, der Oberleutnant Bisanz war ein ernster Gegner. – Und doch, nichts ist mir g'scheh'n! ... Auch schon anderthalb Jahr her. Wie die Zeit vergeht! Und wenn mir der Bisanz nichts getan hat, der Doktor wird mir schon gewiß nichts tun! Obzwar, gerade diese ungeschulten Fechter sind manchmal die gefährlichsten. Der Doschintzky hat mir erzählt, daß ihn ein Kerl, der das erstemal einen Säbel in der Hand gehabt hat, auf ein Haar abgestochen hätt'; und der Doschintzky ist heut' Fechtlehrer bei der Landwehr. Freilich – ob er damals schon so viel können hat ... Das wichtigste ist: kaltes Blut. Nicht einmal einen rechten Zorn hab' ich mehr in mir, und es war doch eine Frechheit – unglaublich! Sicher hätt' er sich's nicht getraut, wenn er nicht Champagner getrunken hätt' vorher ... so eine Frechheit! Gewiß ein Sozialist! Die Rechtsverdreher sind doch heutzutag' alle Sozialisten! Eine Bande ... am liebsten möchten sie gleich 's ganze Militär abschaffen; aber wer ihnen dann helfen möcht', wenn die Chinesen über sie kommen, daran denken sie nicht. Blödisten! – Man muß gelegentlich ein Exempel statuieren. Ganz recht hab' ich g'habt. Ich bin froh, daß ich ihn nimmer auslassen hab' nach der Bemerkung. Wenn ich dran denk', werd' ich ganz wild! Aber ich hab' mich famos benommen; der Oberst sagt auch, es war absolut korrekt. Wird mir überhaupt nützen, die Sache. Ich kenn' manche, die den Burschen hätten durchschlüpfen lassen. Der Müller sicher, der wär' wieder objektiv gewesen oder so was. Mit dem Objektivsein hat sich noch jeder blamiert ... »Herr Leutnant!« ... Schon die Art, wie er »Herr Leutnant« gesagt hat, war unverschämt! ... »Sie werden mir doch zugeben müssen ...« – Wie sind wir denn nur draufgekommen? Wieso hab' ich mich mit dem Sozialisten in ein Gespräch eingelassen? Wie hat's denn nur angefangen? ... Mir scheint, die schwarze Frau, die ich zum Büfett geführt hab', ist auch dabeigewesen ... und dann dieser junge Mensch, der die Jagdbilder malt – wie heißt er denn nur? ... Meiner Seel', der ist an der ganzen Geschichte schuld gewesen! Der hat von den Manövern geredet; und dann erst ist dieser Doktor dazugekommen und hat irgendwas g'sagt, was mir nicht gepaßt hat, von Kriegsspielerei oder so was – aber wo ich noch nichts hab' reden können ... Ja, und dann ist von den Kadettenschulen gesprochen worden ... ja, so war's ... und ich hab' von einem patriotischen Fest erzählt ... und dann hat der Doktor gesagt – nicht gleich, aber aus dem Fest hat es sich entwickelt – »Herr Leutnant, Sie werden mir doch zugeben, daß nicht alle Ihre Kameraden zum Militär gegangen sind, ausschließlich um das Vaterland zu verteidigen!« So eine Frechheit! Das wagt so ein Mensch einem Offizier ins Gesicht zu sagen! Wenn ich mich nur erinnern könnt', was ich drauf geantwortet hab'? ... Ah ja, etwas von Leuten, die sich in Dinge dreinmengen, von denen sie nichts versteh'n ... Ja, richtig ... und dann war einer da, der hat die Sache gütlich beilegen wollen, ein älterer Herr mit einem Stockschnupfen ... Aber ich war zu wütend! Der Doktor hat das absolut in dem Ton gesagt, als wenn er direkt mich gemeint hätt'. Er hätt' nur noch sagen müssen, daß sie mich aus dem Gymnasium hinausg'schmissen haben und daß ich deswegen in die Kadettenschul' gesteckt worden bin ... Die Leut' können eben unserein'n nicht versteh'n, sie sind zu dumm dazu ... Wenn ich mich so erinner', wie ich das erstemal den Rock angehabt hab', so was erlebt eben nicht ein jeder ... Im vorigen Jahr bei den Manövern – ich hätt' was drum gegeben, wenn's plötzlich Ernst gewesen wär' ... Und der Mirovic hat mir g'sagt, es ist ihm ebenso gegangen. Und dann, wie Seine Hoheit die Front abgeritten sind, und die Ansprache vom Obersten – da muß einer schon ein ordentlicher Lump sein, wenn ihm das Herz nicht höherschlägt ... Und da kommt so ein Tintenfisch daher, der sein Lebtag nichts getan hat als hinter den Büchern gesessen, und erlaubt sich eine freche Bemerkung! ... Ah, wart nur, mein Lieber – bis zur Kampfunfähigkeit ... jawohl, du sollst so kampfunfähig werden ... Ja, was ist denn? Jetzt muß es doch bald aus sein? ... »Ihr, seine Engel, lobet den Herrn« ... – Freilich, das ist der Schlußchor ... Wunderschön, da kann man gar nichts sagen. Wunderschön! – Jetzt hab' ich ganz die aus der Loge vergessen, die früher zu kokettieren angefangen hat. Wo ist sie denn? ... Schon fortgegangen ... Die dort scheint auch sehr nett zu sein ... Zu dumm, daß ich keinen Operngucker bei mir hab'! Der Brunnthaler ist ganz gescheit, der hat sein Glas immer im Kaffeehaus bei der Kassa liegen, da kann einem nichts g'scheh'n ... Wenn sich die Kleine da vor mir nur einmal umdreh'n möcht! So brav sitzt s' alleweil da. Das neben ihr ist sicher die Mama ...

Bravo, bravo! Ah, aus! ... So, das tut wohl, aufsteh'n können ... Na, vielleicht! Wie lang' wird der da noch brauchen, um sein Glas ins Futteral zu stecken?

»Pardon, pardon, wollen mich nicht hinauslassen?«

Ist das ein Gedränge! Lassen wir die Leut' lieber vorbeipassieren ...

Elegante Person ... ob das echte Brillanten sind? ... Die da ist nett ... Wie sie mich anschaut! ... O ja, mein Fräulein, ich möcht' schon! ... Oh, die Nase! – Jüdin ... Noch eine ... Es ist doch fabelhaft, da sind auch die Hälfte Juden ... nicht einmal ein Oratorium kann man mehr in Ruhe genießen ... So, jetzt schließen wir uns an ... Warum drängt denn der Idiot hinter mir? Das werd' ich ihm abgewöhnen ... Ah, ein älterer Herr! ... Wer grüßt mich denn dort von drüben? ... Habe die Ehre, habe die Ehre! Keine Ahnung hab' ich, wer das ist ... das einfachste wär', ich ging' gleich zum Leidinger hinüber nachtmahlen ...

So, da ist der Ausgang ... Ah, die ist aber bildschön! Ganz allein? Wie sie mich anlacht. Das wär' eine Idee, der geh' ich nach! ... So, jetzt die Treppen hinunter ... Oh, ein Major von Fünfundneunzig ... Sehr liebenswürdig hat er gedankt ... Bin doch nicht der einzige Offizier hier gewesen ... Wo ist denn das hübsche Mädel? Ah, dort ... am Geländer steht sie ... So, jetzt heißt's noch zur Garderobe ... Daß mir die Kleine nicht auskommt ... Hat ihn schon! So ein elender Fratz! Laßt sich da von einem Herrn abholen, und jetzt lacht sie noch auf mich herüber! – Es ist doch keine was wert ... Herrgott, ist das ein Gedränge bei der Garderobe! ... Warten wir lieber noch ein bissel ... So! Ob der Blödist meine Nummer nehmen möcht'? ...

»Sie, zweihundertvierundzwanzig! Da hängt er! Na, hab'n Sie keine Augen? Da hängt er! Na, Gott sei Dank! ... Also bitte!« ... Der Dicke da verstellt einem schier die ganze Garderobe ... »Bitte sehr!« ...

»Geduld, Geduld!«

Was sagt der Kerl?

»Nur ein bissel Geduld!«

Dem muß ich doch antworten ... »Machen Sie doch Platz!«

»Na, Sie werden's auch nicht versäumen!«

Was sagt er da? Sagt er das zu mir? Das ist doch stark! Das darf ich mir nicht gefallen lassen! »Ruhig!«

»Was meinen Sie?«

Ah, so ein Ton? Da hört sich doch alles auf! »Stoßen Sie nicht!«

»Sie, halten Sie das Maul!« Das hätt' ich nicht sagen sollen, ich war zu grob ... Na, jetzt ist's schon g'scheh'n!

»Wie meinen?«

Jetzt dreht er sich um ... Den kenn' ich ja! – Donnerwetter, das ist ja der Bäckermeister, der immer ins Kaffeehaus kommt ... Was macht denn der da? Hat sicher auch eine Tochter oder so was bei der Singakademie ... Ja, was ist denn das? Ja, was macht er denn? Mir scheint gar ... ja, meiner Seel', er hat den Griff von meinem Säbel in der Hand ... Ja, ist der Kerl verrückt? ... »Sie, Herr ...«

»Sie, Herr Leutnant, sein S' jetzt ganz stad.«

Was sagt er da? Um Gottes willen, es hat's doch keiner gehört? Nein, er red't ganz leise ... Ja, warum laßt er denn meinen Säbel net aus? ... Herrgott noch einmal ... Ah, da heißt's rabiat sein ... ich bring' seine Hand vom Griff nicht weg ... nur keinen Skandal jetzt! ... Ist nicht am End' der Major hinter mir? ... Bemerkt's nur niemand, daß er den Griff von meinem Säbel hält? Er red't ja zu mir! Was red't er denn?

»Herr Leutnant, wenn Sie das geringste Aufsehen machen, so zieh' ich den Säbel aus der Scheide, zerbrech' ihn und schick' die Stück' an Ihr Regimentskommando. Versteh'n Sie mich, Sie dummer Bub?« Was hat er g'sagt? Mir scheint, ich träum'! Red't er wirklich zu mir? Ich sollt' was antworten ... Aber der Kerl macht ja Ernst – der zieht wirklich den Säbel heraus, Herrgott – er tut's! ... Ich spür's, er reißt schon dran. Was red't er denn? ... Um Gottes willen, nur kein' Skandal – Was red't er denn noch immer?

»Aber ich will Ihnen die Karriere nicht verderben ... Also, schön brav sein! ... So, hab'n S' keine Angst, 's hat niemand was gehört ... es ist schon alles gut ... so! Und damit keiner glaubt, daß wir uns gestritten haben, werd' ich jetzt sehr freundlich mit Ihnen sein! – Habe die Ehre, Herr Leutnant, hat mich sehr gefreut – habe die Ehre.«

Um Gottes willen, hab' ich geträumt? ... Hat er das wirklich gesagt? ... Wo ist er denn? ... Da geht er ... Ich müßt' ja den Säbel ziehen und ihn zusammenhauen – Um Gottes willen, es hat's doch niemand gehört? ... Nein, er hat ja nur ganz leise geredet, mir ins Ohr ... Warum geh' ich denn nicht hin und hau' ihm den Schädel auseinander? ... Nein, es geht ja nicht, es geht ja nicht ... gleich hätt' ich's tun müssen ... Warum hab' ich's denn nicht gleich getan? ... Ich hab's ja nicht können ... er hat ja den Griff nicht auslassen, und er ist zehnmal stärker als ich ... Wenn ich noch ein Wort gesagt hätt', hätt' er mir wirklich den Säbel zerbrochen ... Ich muß ja noch froh sein, daß er nicht laut geredet hat! Wenn's ein Mensch gehört hätt', so müßt' ich mich ja *stante pede* erschießen ... Vielleicht ist es doch ein Traum gewesen ... Warum schaut mich denn der Herr dort an der Säule so an? – Hat er am End' was gehört? ... Ich werd' ihn fragen ... Fragen? – Ich bin ja verrückt! – Wie schau' ich denn aus? – Merkt man mir was an? – Ich muß ganz blaß sein. – Wo ist der Hund? ... Ich muß ihn umbringen! ... Fort ist er ... Überhaupt schon ganz leer ... Wo ist denn mein Mantel? ... Ich hab' ihn ja schon angezogen ... Ich hab's gar nicht gemerkt ... Wer hat mir denn geholfen? ... Ah, der da ... dem muß ich ein Sechserl geben ... So! ... Aber was ist denn das? Ist es denn wirklich gescheh'n? Hat wirklich einer so zu mir geredet? Hat mir wirklich einer »dummer Bub« gesagt? Und ich hab' ihn nicht auf der Stelle zusammengehauen? ... Aber ich hab' ja nicht können ... er hat ja eine Faust gehabt wie Eisen ... ich bin ja dagestanden wie angenagelt ... Nein, ich muß den Verstand verloren gehabt haben, sonst hätt' ich mit der anderen Hand ... Aber da hätt' er ja meinen Säbel herausgezogen und zerbrochen, und aus wär's gewesen – alles wär' aus gewesen! Und nachher, wie er forgegangen ist, war's zu spät ... ich hab' ihm doch nicht den Säbel von hinten in den Leib rennen können. Was, ich bin schon auf der Straße? Wie bin ich denn da herausgekommen? – So kühl ist es ... ah, der Wind, der ist gut ... Wer ist denn das da drüben? Warum schau'n denn die zu mir herüber? Am Ende haben die was gehört ... Nein, es kann niemand was gehört haben ... ich weiß ja, ich hab' mich gleich nachher umgeschaut! Keiner hat sich um mich gekümmert, niemand hat was gehört ... Aber gesagt hat er's, wenn's auch niemand gehört hat; gesagt hat er's doch. Und ich bin dagestanden und hab' mir's gefallen lassen, wie wenn mich einer vor den Kopf geschlagen hätt'! ... Aber ich hab' ja nichts sagen können, nichts tun können; es war ja noch das einzige, was mir übriggeblieben ist: stad sein, stad sein! ... 's ist fürchterlich, es ist nicht zum Aushalten; ich muß ihn totschlagen, wo ich ihn treff'! ... Mir sagt das einer! Mir sagt das so ein Kerl, so ein Hund! Und er kennt mich ... Herrgott noch einmal, er kennt mich, er weiß, wer ich bin! ... Er kann jedem Menschen erzählen, daß er mir das g'sagt hat! ... Nein, nein, das wird er ja nicht tun, sonst hätt' er auch nicht so leise geredet ... er hat auch nur wollen, daß ich es allein hör! ... Aber wer garantiert mir, daß er's nicht doch erzählt, heut' oder morgen, seiner Frau, seiner Tochter, seinen Bekannten im Kaffeehaus. – Um Gottes willen, morgen seh' ich ihn ja wieder! Wenn ich morgen ins Kaffeehaus komm', sitzt er wieder dort wie alle Tag' und spielt seinen Tapper mit dem Herrn Schlesinger und mit dem Kunstblumenhändler ... Nein, nein, das geht ja nicht, das geht ja nicht ... Wenn ich ihn seh', so hau' ich ihn zusammen ... Nein, das darf ich ja nicht ... gleich hätt' ich's tun müssen, gleich! ... Wenn's nur gegangen wär'! Ich werd' zum Obersten geh'n und ihm die Sache melden ... ja, zum Obersten ... Der Oberst ist immer sehr freundlich – und ich werd' ihm sagen: Herr Oberst, ich melde gehorsamst, er hat den Griff gehalten, er hat ihn nicht aus'lassen;

es war genauso, als wenn ich ohne Waffe gewesen wäre ... – Was wird der Oberst sagen? – Was er sagen wird? – Aber da gibt's ja nur eins: quittieren mit Schimpf und Schand' – quittieren! ... Sind das Freiwillige da drüben? ... Ekelhaft, bei der Nacht schau'n sie aus wie Offiziere ... sie salutieren! – Wenn die wüßten – wenn die wüßten! ... Da ist das Café Hochleitner ... Sind jetzt gewiß ein paar Kameraden drin ... vielleicht auch einer oder der andere, den ich kenn' ... Wenn ich's dem ersten besten erzählen möcht', aber so, als wär's einem andern passiert? ... – Ich bin ja schon ganz irrsinnig ... Wo lauf' ich denn da herum? Was tu' ich denn auf der Straße? – Ja, aber wo soll ich denn hin? Hab' ich nicht zum Leidinger wollen? Haha, unter Menschen mich niedersetzen ... ich glaub', ein jeder müßt' mir's anseh'n .... Ja, aber irgendwas muß doch gescheh'n ... Was soll denn gescheh'n? ... Nichts, nichts – es hat ja niemand was gehört ... es weiß ja niemand was ... in dem Moment weiß niemand was ... Wenn ich jetzt zu ihm in die Wohnung ginge und ihn beschwören möchte, daß er's niemandem erzählt? ... – Ah, lieber gleich eine Kugel vor den Kopf, als so was! ... Wär' so das Gescheiteste! ... Das Gescheiteste? Das Gescheiteste? – Gibt ja überhaupt nichts anderes ... gibt nichts anderes ... Wenn ich den Oberst fragen möcht' oder den Kopetzky – oder den Blany – oder den Friedmair – jeder möcht' sagen: Es bleibt dir nichts anderes übrig! ... Wie wär's, wenn ich mit dem Kopetzky spräch'? ... Ja, es wär' doch das Vernünftigste ... schon wegen morgen ... Ja, natürlich – wegen morgen ... um vier in der Reiterkasern' ... ich soll mich ja morgen um vier Uhr schlagen ... und ich darf's ja nimmer, ich bin satisfaktionsunfähig ... Unsinn! Unsinn! Kein Mensch weiß was, kein Mensch weiß was! – Es laufen viele herum, denen ärgere Sachen passiert sind, als mir ... Was hat man nicht all's von dem Deckener erzählt, wie er sich mit dem Rederow geschossen hat ... und der Ehrenrat hat entschieden, das Duell darf stattfinden ... Aber wie möcht' der Ehrenrat bei mir entscheiden? – Dummer Bub – dummer Bub ... und ich bin dagestanden – heiliger Himmel, es ist doch ganz egal, ob ein anderer was weiß! ... *ich* weiß es doch, und das ist die Hauptsache! *Ich* spür', daß ich jetzt wer anderer bin, als vor einer Stunde. – *Ich* weiß, daß ich satisfaktionsunfähig bin, und darum muß ich mich totschießen ... Keine ruhige Minute hätt' ich mehr im Leben ... immer hätt' ich die Angst, daß es doch einer erfahren könnt', so oder so ... und daß mir's einer einmal ins Gesicht sagt, was heut' abend gescheh'n ist! – Was für ein glücklicher Mensch bin ich vor einer Stund' gewesen ... Muß mir der Kopetzky die Karte schenken – und die Steffi muß mir absagen, das Mensch! – Von so was hängt man ab ... Nachmittag war noch alles gut und schön, und jetzt bin ich ein verlorener Mensch und muß mich totschießen ... Warum renn' ich denn so? Es lauft mir ja nichts davon. Wieviel schlagt's denn? ... 1, 2, 3, 4, 5, 6, 7, 8, 9, 10, 11 ... elf, elf ... ich sollt' doch nachtmahlen geh'n! Irgendwo muß ich doch schließlich hingeh'n ... ich könnt' mich ja in irgendein Beisl setzen, wo mich kein Mensch kennt – schließlich, essen muß der Mensch, auch wenn er sich nachher gleich totschießt ... Haha, der Tod ist ja kein Kinderspiel ... wer hat das nur neulich gesagt? ... Aber das ist ja ganz egal ...

Ich möcht' wissen, wer sich am meisten kränken möcht'? ... Die Mama, oder die Steffi? ... die Steffi ... Gott, die Steffi ... die dürft' sich ja nicht einmal was anmerken lassen, sonst gibt »er« ihr den Abschied ... Arme Person! – Beim Regiment – kein Mensch hätt' eine Ahnung, warum ich's getan hab' ... sie täten sich alle den Kopf zerbrechen ... warum hat sich denn der Gustl umgebracht? – Darauf möcht' keiner kommen, daß ich mich hab' totschießen müssen, weil ein elender Bäckermeister, so ein niederträchtiger, der zufällig stärkere Fäust' hat ... es ist ja zu dumm, zu dumm! – Deswegen soll ein Kerl wie ich, so ein junger, fescher Mensch ... Ja, nachher möchten's gewiß alle sagen: das hätt' er doch nicht tun müssen, wegen so einer Dummheit; ist doch schad'! ... Aber wenn ich jetzt wen immer fragen tät', jeder möcht' mir die gleiche Antwort geben ... und ich selber, wenn ich mich frag' ... das ist doch zum Teufelholen ... ganz wehrlos sind wir gegen die Zivilisten ... Da meinen die Leut', wir sind besser dran, weil wir einen Säbel haben ... und wenn schon einmal einer von der Waffe Gebrauch macht, geht's über uns her, als wenn wir alle die geborenen Mörder wären ... In der Zeitung möcht's auch steh'n: ... »Selbstmord eines jungen Offiziers« ... Wie schreiben sie nur immer? ... »Die Motive sind in Dunkel gehüllt« ... Haha! ... »An seinem Sarge trauern« ... – Aber es ist ja wahr ... mir ist immer, als wenn ich mir eine Geschichte erzählen möcht' ... aber es ist wahr ... ich muß mich umbringen, es bleibt mir ja nichts anderes übrig – ich kann's ja nicht drauf ankommen lassen, daß morgen früh der Kopetzky und der Blany mir ihr Mandat zurückgeben und mir sagen: Wir können dir nicht sekundieren! ... Ich wär' ja ein Schuft, wenn ich's ihnen zumuten möcht' ... so ein Kerl wie ich, der dasteht und sich einen dummen Buben heißen läßt ... morgen wissen's ja alle Leut' ... das ist zu dumm, daß ich mir einen Moment einbilde, so ein Mensch erzählt's nicht weiter ... überall wird er's erzählen ... seine Frau weiß's jetzt schon ... morgen weiß es das ganze Kaffeehaus ... die Kellner werdn's wissen ... der Herr Schlesinger – die Kassiererin – Und selbst wenn er sich vorgenommen hat, er red't nicht davon, so sagt er's übermorgen ... und wenn er's übermorgen nicht sagt, in einer Woche ... Und wenn ihn heut' nacht der Schlag trifft, so weiß ich's ... ich weiß es ... und ich bin nicht der Mensch, der weiter den Rock trägt und den Säbel, wenn ein solcher Schimpf auf ihm sitzt! ... So, ich muß es tun, und Schluß! – Was ist weiter dabei? ...

Heiliger Himmel! Gestern abend! – Fort, fort! Das halt' ich gar nicht aus! ... Pst! Keinen solchen Lärm, nicht mit dem Säbel scheppern – die Leut' nicht in der Andacht stören – so! Doch besser im Freien ... Licht ... Ah, es kommt immer näher – wenn es lieber schon vorbei wär'! – Ich hätt's gleich tun sollen – im Prater ... man sollt' nie ohne Revolver ausgeh'n ... Hätt' ich gestern abend einen gehabt ... Herrgott noch einmal! – In das Kaffeehaus könnt' ich geh'n frühstücken ... Hunger hab' ich ... Früher ist's mir immer sonderbar vorgekommen, daß die Leut', die verurteilt sind, in der Früh noch ihren Kaffee trinken und ihr Zigarrl rauchen ... Donnerwetter, geraucht hab' ich gar nicht! Gar keine Lust zum Rauchen! – Es ist komisch: ich hätt' Lust, in mein Kaffeehaus zu geh'n ... Ja, aufgesperrt ist schon, und von uns ist jetzt doch keiner dort – und wenn schon ... ist höchstens ein Zeichen von Kaltblütigkeit. »Um sechs hat er noch im Kaffeehaus gefrühstückt, und um sieben hat er sich erschossen.« ...

Da ist ja schon mein Kaffeehaus ... auskehren tun sie noch ... Na, geh'n wir hinein ...

Dahinten ist der Tisch, wo die immer Tarock spielen ... Merkwürdig, ich kann mir's gar nicht vorstellen, daß der Kerl, der immer dahinten sitzt an der Wand, derselbe sein soll, der mich ... – Kein Mensch ist noch da ... Wo ist denn der Kellner? ... He! Da kommt er aus der Küche ... er schlieft schnell in den Frack hinein ... Ist wirklich nimmer notwendig! ... Ah, für ihn schon ... er muß heut' noch andere Leut' bedienen! –

»Habe die Ehre, Herr Leutnant!«

»Guten Morgen.«

»So früh heute, Herr Leutnant?«

»Ah, lassen S' nur – ich hab' nicht viel Zeit, ich kann mit 'm Mantel dasitzen.«

»Was befehlen Herr Leutnant?«

»Eine Melange mit Haut.«

»Bitte gleich, Herr Leutnant!«

Ah, da liegen ja Zeitungen ... schon heutige Zeitungen? ... Ob schon was drinsteht? ... Was denn? – Mir scheint, ich will nachseh'n, ob drinsteht, daß ich mich umgebracht hab'! Haha! – Warum steh' ich denn noch immer? ... Setzen wir uns da zum Fenster ... Er hat mir ja schon die Melange hingestellt ... So, den Vorhang zieh' ich zu; es ist mir zuwider, wenn die Leut' hereingucken ... Es geht zwar noch keiner vorüber ... Ah, gut schmeckt der Kaffee – doch kein leerer Wahn, das Frühstükken! ... Ah, ein ganz anderer Mensch wird man – der ganze Blödsinn ist, daß ich nicht genachtmahlt hab' ... Was steht denn der Kerl schon wieder da? – Ah, die Semmeln hat er mir gebracht ...

»Haben Herr Leutnant schon gehört?« ...

»Was denn?« Ja, um Gottes willen, weiß der schon was? ... Aber Unsinn, es ist ja nicht möglich!

»Den Herrn Habetswallner ...«

Was? So heißt ja der Bäckermeister ... was wird der jetzt sagen? ... Ist der am End' schon dagewesen? Ist er am End' gestern schon dagewesen und hat's erzählt? ... Warum red't er denn nicht weiter? ... Aber er red't ja ...

»... hat heut' nacht um zwölf der Schlag getroffen.«

»Was?« ... Ich darf nicht so schreien ... nein, ich darf mir nichts anmerken lassen ... aber vielleicht träum' ich ... ich muß ihn noch einmal fragen ... »Wen hat der Schlag getroffen?« – Famos, famos! – Ganz harmlos hab' ich das gesagt! –

»Den Bäckermeister, Herr Leutnant! ... Herr Leutnant werd'n ihn ja kennen ... na, den Dicken, der jeden Nachmittag neben die Herren Offiziere seine Tarockpartie hat ... mit 'n Herrn Schlesinger und 'n Herrn Wasner von der Kunstblumenhandlung vis-à-vis!«

Ich bin ganz wach – stimmt alles – und doch kann ich's noch nicht recht glauben – ich muß ihn noch einmal fragen ... aber ganz harmlos ...

»Der Schlag hat ihn getroffen? ... Ja, wieso denn? Woher wissen S' denn das?«

»Aber Herr Leutnant, wer soll's denn früher wissen als unsereiner – die Semmel, die der Herr Leutnant da essen, ist ja auch vom Herrn Habetswallner. Der Bub, der uns das Gebäck um halber fünfe in der Früh bringt, hat's uns erzählt.«

Um Himmels willen, ich darf mich nicht verraten ... ich möcht' ja schreien ... ich möcht' ja lachen ... ich möcht' ja dem Rudolf ein Bussel geben ... Aber ich muß ihn noch was fragen! ... Vom Schlag getroffen werden, heißt noch nicht: tot sein ... ich muß fragen, ob er tot ist ... aber ganz ruhig, denn was geht mich der Bäckermeister an – ich muß in die Zeitung schau'n, während ich den Kellner frag' ...

»Ist er tot?«

»Na, freilich, Herr Leutnant; auf 'm Fleck ist er totgeblieben.«

Oh, herrlich, herrlich! – Am End' ist das alles, weil ich in der Kirchen g'wesen bin ...

»Er ist am Abend im Theater g'wesen; auf der Stiegen ist er umg'fallen – der Hausmeister hat den Krach gehört ... na, und dann haben s' ihn in die Wohnung getragen, und wie der Doktor gekommen ist, war's schon lang' aus.«

»Ist aber traurig. Er war doch noch in den besten Jahren.« – Das hab' ich jetzt famos gesagt – kein Mensch könnt' mir was anmerken ... und ich muß mich wirklich zurückhalten, daß ich nicht schrei' oder aufs Billard spring' ...

»Ja, Herr Leutnant, sehr traurig; war ein so lieber Herr, und zwanzig Jahr' ist er schon zu uns kommen – war ein guter Freund von unserm Herrn. Und die arme Frau ...«

Ich glaub', so froh bin ich in meinem ganzen Leben nicht gewesen ... tot ist er – tot ist er! Keiner weiß was, und nichts ist g'scheh'n! – Und das Mordsglück, daß ich in das Kaffeehaus gegangen bin ... sonst hätt' ich mich ja ganz umsonst erschossen – es ist doch wie eine Fügung des Schicksals ... Wo ist denn der Rudolf? – Ah, mit dem Feuerburschen red't er ... Also, tot ist er – tot ist er – ich kann's noch gar nicht glauben! Am liebsten möcht' ich hingeh'n, um's zu seh'n. – Am End' hat ihn der Schlag getroffen aus Wut, aus verhaltenem Zorn ... Ah, warum, ist mir ganz egal! Die Hauptsach' ist: er ist tot, und ich darf leben, und alles g'hört wieder mein! ... Komisch, wie ich mir da immerfort die Semmel einbrock', die mir der Herr Habetswallner gebacken hat! Schmeckt mir ganz gut, Herr von Habetswallner! Famos! – So, jetzt möcht' ich noch ein Zigarrl rauchen ...

»Rudolf! Sie, Rudolf! Sie, lassen S' mir den Feuerburschen dort in Ruh'!«

»Bitte, Herr Leutnant!«

»Trabucco« ... – Ich bin so froh, so froh! ... Was mach' ich denn nur? ... Was mach' ich denn nur? ... Es muß ja was gescheh'n, sonst trifft mich auch noch der Schlag vor lauter Freud'! ... In einer Viertelstund' geh' ich hinüber in die Kasern' und laß mich vom Johann kalt abreiben ... um halb acht sind die Gewehrgriff', und um halb zehn ist Exerzieren. – Und der Steffi schreib' ich, sie muß sich für heut' abend frei machen, und wenn's Graz gilt! Und nachmittag um vier ... na wart', mein Lieber, wart', mein Lieber! Ich bin grad' gut aufgelegt ... Dich hau' ich zu Krenfleisch!

Douglas Adams
Die letzten Bestellungen, bitte!

Das Sub-Etha-Sens-O-Matic, das friedlich auf dem Badetuch in Ford Prefects Beutel ruhte, begann schneller zu ticken. Viele Meilen über der Oberfläche des Planeten schwärmten die riesigen gelben Etwasse fächerförmig auseinander. In Jodrell Bank beschloß jemand, es wäre Zeit für eine schöne, erholsame Tasse Tee.

»Hast du ein Handtuch bei dir?« sagte Ford plötzlich zu Arthur.

Arthur, der sich durch sein drittes Bier mühte, drehte sich zu ihm um.

»Wieso? Was, nein ... Sollte ich das?« Er hatte es aufgegeben, sich noch über irgendwas zu wundern, das hatte offenbar sowieso keinen Zweck.

Ford schnalzte nervös mit der Zunge.

»Trink aus«, drängte er.

In diesem Augenblick drang ein dumpfes, polterndes Krachen von draußen durch das leise Gemurmel im Pub, durch die Musik der Jukebox und durch den Schluckauf des Mannes neben Ford, der dem Kerl schließlich doch noch einen Whisky spendiert hatte.

Arthur verschluckte sich an seinem Bier und sprang auf.

»Was ist denn das?« schrie er.

»Keine Bange«, sagte Ford, »sie haben noch nicht angefangen.«

»Gott sei Dank«, sagte Arthur und setzte sich erleichtert wieder hin.

»Es ist wahrscheinlich bloß dein Haus, das abgerissen wird«, sagte Ford und kippte sein letztes Glas Helles.

»Was?« schrie Arthur. Fords Bann war plötzlich gebrochen. Arthur sah sich wütend um und rannte ans Fenster.

»Mein Gott, tatsächlich! Sie reißen mein Haus ab. Was zum Teufel tue ich denn hier im Pub, Ford?«

»Das macht doch jetzt kaum noch was aus«, sagte Ford, »laß ihnen doch ihren Spaß.«

»Spaß?« kreischte Arthur. »Spaß!« Schnell vergewisserte er sich durch das Fenster, daß sie beide über das gleiche sprachen.

»Zum Teufel mit ihrem Spaß!« schimpfte er, rannte aus dem Pub und schwenkte wütend sein fast leeres Bierglas. An diesem Mittag machte er sich in dem Pub weiß Gott keine Freunde.

»Halt, ihr Vandalen! Ihr Hauszerstörer!« brüllte Arthur. »Ihr übergeschnappten Barbaren, werdet ihr wohl aufhören!«

Ford mußte unbedingt schnell hinter ihm her. Er drehte sich rasch zu dem Barmann um und verlangte vier Tüten Erdnüsse.

»So, bitte, Sir«, sagte der Barmann und knallte die Tüten auf die Bar, »achtundzwanzig Pence, wenn Sie so nett wären.«

Ford war sehr nett – er gab dem Barmann eine zweite Fünf-Pfund-Note und sagte ihm, daß er den Rest behalten könne. Der Barmann sah auf das Geld, dann sah er Ford an. Plötzlich fröstelte ihn: Vorübergehend verspürte er ein Gefühl, das er sich nicht erklären konnte, weil es noch niemand zuvor auf der Erde verspürt hatte. In Augenblicken großer innerer Spannung sendet jede existierende Bioform unbewußt ein winziges Signal aus. Dieses Signal übermittelt ein exaktes und geradezu erschütterndes Gefühl davon, wie weit das betreffende Wesen von seinem Geburtsort entfernt ist. Auf der Erde ist es unmöglich, weiter als zwanzigtausend Kilometer von seinem Geburtsort entfernt zu sein, was wirklich nicht sehr weit ist, darum sind die Signale auch zu schwach, um überhaupt bemerkt zu werden. Ford Prefect stand in diesem Augenblick unter großer innerer Spannung, und er war sechshundert Lichtjahre entfernt in unmittelbarer Nähe von Beteigeuze geboren.

Der Barmann schwankte einen Moment, getroffen von einem schrecklichen, unfaßbaren Gefühl der Ferne. Er wußte nicht, was es bedeutete, aber er sah Ford plötzlich mit Respekt, beinahe mit Ehrfurcht an.

»Ist das Ihr Ernst, Sir?« fragte er und flüsterte so leise, daß der ganze Pub in Schweigen versank. »Sie meinen, die Welt geht unter?«

»Ja«, sagte Ford.

»Heute nachmittag?«

Ford hatte sich wieder gefaßt. Er war gutgelaunt wie schon lange nicht mehr.

»Ja«, sagte er fröhlich, »in weniger als zwei Minuten, würde ich schätzen.«

Der Barmann traute dieser Unterhaltung nicht, aber dem Gefühl, das er gerade verspürt hatte, traute er auch nicht.

»Und können wir denn gar nichts dagegen tun?« fragte er.

»Nein, nichts«, sagte Ford und stopfte die Erdnüsse in seine Tasche.

Irgendeiner in der verstummten Bar lachte plötzlich heiser los darüber, wie albern sich alle benähmen.

Der Mann neben Ford war mittlerweile ziemlich blau. Seine Augen schlingerten zu Ford rauf.

»Ich dachte«, sagte er, »wenn die Welt untergeht, müßten wir uns auf den Boden legen oder eine Papiertüte über den Kopf ziehen oder so.«

»Klar, wenn's Ihnen Spaß macht«, sagte Ford. »Das haben sie uns in der Armee beigebracht«, sagte der Mann, und seine Augen begaben sich auf die lange Reise zurück zu seinem Whisky.

»Und hilft das?« fragte der Barmann.

»Nein«, sagte Ford und schenkte ihm ein freundliches Lächeln. »Entschuldigen Sie mich bitte«, sagte er, »ich muß gehen.« Er winkte kurz und ging hinaus.

Die Leute im Pub schwiegen noch eine Weile, dann lachte wieder der Mann mit dem heiseren Lachen, was alle peinlich berührte.

Dem Mädchen, das er in den Pub mitgeschleift hatte, war er während der letzten Stunde reichlich widerlich geworden, und es wäre ihr wahrscheinlich eine große Genugtuung gewesen, wenn sie gewußt hätte, daß er in ungefähr anderthalb Minuten plötzlich zu einer Wolke aus Wasserstoff, Ozon und Kohlenmonoxyd verdampfen würde. Leider würde sie in diesem Moment zu sehr mit ihrer eigenen Verdampfung beschäftigt sein, um sich noch darüber zu freuen.

Der Barmann räusperte sich. Er hörte sich sagen:

»Die letzten Bestellungen, bitte.«

Georg Trakl
Zu Abend mein Herz

Am Abend hört man den Schrei der Fledermäuse.
Zwei Rappen springen auf der Wiese.
Der rote Ahorn rauscht.

Dem Wanderer erscheint die kleine Schenke am Weg.
Herrlich schmecken junger Wein und Nüsse.
Herrlich: betrunken zu taumeln in dämmerndem Wald.
Durch schwarzes Geäst tönen schmerzliche Glocken.
Auf das Gesicht tropft Tau.

Malcolm Lowry
Yvonnes Rückkehr

»Eine Leiche wird per Expreß befördert!« – Die unermüdliche, weittragende Stimme, die gerade diese eigentümliche Bemerkung über das Fensterbrett der Bella Vista Bar auf den Platz hüpfen ließ, erschien Yvonne, obwohl sie den Sprecher nicht sah, ebenso unverkennbar und schmerzhaft vertraut und auch ebenso unwirklich wie das geräumige Hotel selbst mit seinen blumengeschmückten Balkonen.

»Aber wieso, Fernando, wieso meinst du, daß eine Leiche per Expreß befördert werden sollte?«

Der mexikanische Taxifahrer, ebenfalls vertraut, der gerade ihre Koffer aufgenommen hatte – auf dem kleinen Flugplatz von Quauhnahuac war kein Taxi gewesen, nur der angeberische Kombiwagen, der darauf bestanden hatte, sie zum Bella Vista zu fahren –, setzte das Gepäck wieder auf den Gehsteig, als wollte er ihr versichern: Ich weiß, warum du hier bist, aber außer mir hat dich niemand erkannt, und ich werde dich nicht verraten. »Sí, señora«, sagte er leise lachend. »Señora – El Consúl.« Er seufzte und wies mit einer gewissen bewundernden Kopfbewegung auf das Barfenster. »Qué hombre!«

»... andererseits, verdammt, Fernando, warum nicht? Warum sollte eine Leiche nicht per Expreß befördert werden?«

»Absolutamente necessario.«

»... bloß so ein Haufen von Alaverdammtenbama-Farmern!«

Das letzte kam von einer dritten Stimme. Die Bar hatte wegen des Balles die ganze Nacht geöffnet gehabt und war offenbar jetzt noch voll. Beschämt, stumpf vor Sehnsucht und Nervosität, konnte Yvonne sich weder dazu entschließen, in die überfüllte Bar zu gehen, noch dazu, den Taxifahrer hineinzuschicken. Wind, Luft und Reise hatten ihr Bewußtsein derart überreizt, daß sie noch immer zu reisen, noch immer am gestrigen Abend inmitten eines Orkans von riesigen, prachtvollen Schmetterlingen, die der Pennsylvania zur Begrüßung entgegenflogen, in den Hafen von Acapulco einzufahren schien. Erst war es so gewesen, als würde ein Strom von vielfarbigem Briefpapier aus der Lounge gefegt, dachte Yvonne, während sie sich abwehrend auf dem Platz umsah, der wirklich friedlich wirkte inmitten von so viel Bewegung – dem Zickzackflug der Schmetterlinge über ihr oder vorbei an den geöffneten schweren Luken, ein endloser Zug, der hinter dem Schiff zurückblieb. Ihr Platz, regungslos und strahlend in der Siebenuhrmorgensonne, still und doch irgendwie erwartungsvoll gespannt, schon mit einem Auge blinzelnd; die Karussells, das Riesenrad in leichtem Traum, in Vorfreude auf die Fiesta später – auch die aufgereihten schäbigen Taxis, die von etwas anderem träumten, nämlich von einem Taxistreik heute nachmittag, wie sie vertraulich erfahren hatte. Der Zócalo hatte sich nicht verändert, obwohl er etwas von einem schlummernden Harlekin an sich hatte. Der alte Musikpavillon stand verlassen da, das Reiterdenkmal des ungestümen Huerta ritt unter den tiefhängenden Bäumen und blickte mit wilden Augen übers Tal hinaus wie eh und je, und dahinter erhoben sich, als wäre nichts geschehen, als schriebe man November 1936 und nicht November 1938, für ewig ihre Vulkane, ihre schönen, schönen Vulkane. Ach, wie vertraut alles war – Quauhnahuac, ihre Stadt mit dem hurtig fließenden, kalten Gebirgswasser. Quauhnahuac – wo der Adler verweilt! Oder bedeutete es wirklich ›am Walde‹, wie Louis sagte? Die Bäume, die massige, glänzende Tiefe dieser uralten Eschen, wie hatte sie je ohne sie leben können? Sie atmete tief, die Luft schmeckte noch ein wenig nach Morgengrauen, dem Morgengrauen heute früh in Acapulco – hoch oben grün und tief violett, mit Gold gesäumt, und dahinter ein azurblauer Strom, in dem das Horn der Venus so feurig strahlte, daß Yvonne in seinem Licht ihren blassen Schatten auf dem Flugplatz zu sehen vermeinte. Die Geier kreisten träge über dem ziegelroten Horizont, in dessen ahnungsvollen Frieden die kleine Maschine der Compañía Mexicana de Aviación wie ein kleiner roter Teufel, ein beschwingter Bote Luzifers, aufgestiegen war, während der Windsack unten sein standhaftes Lebewohl flatterte.

Sie betrachtete den Zócalo mit einem letzten langen Blick: vor dem Servicio de Ambulancia im Cortez-Palast der unbemannte Sanitätswagen, der sich nicht von der Stelle gerührt zu haben schien, seitdem sie das letzte Mal hier gestanden hatte, das zwischen zwei Bäumen aufgespannte riesige Plakat mit der Aufschrift *Hotel Bella Vista Gran Baile Noviembre 1938 a Beneficio de la Cruz Roja. Los Mejores Artistas del radio en acción. No falte Ud.*, unter dem ein paar Gäste bleich und erschöpft nach Hause gingen, während die Musik wieder einsetzte und sie daran erinnerte, daß der Ball noch nicht zu Ende war. Dann trat sie schweigend in die Bar und blinzelte kurzsichtig in das flüchtig nach Leder, Parfum und Alkohol riechende Halbdunkel. Sie brachte das Meer von heute morgen mit herein, kräftig und rein, die lange Morgendünung, heranrollend, aufsteigend, sich brechend, um zu sinken, und in farblosen Ellipsen über den Sand zu lecken. Frühzeitige Pelikane auf der Jagd kreisten und tauchten, tauchten und kreisten und tauchten wieder in den Gischt, bewegten sich mit der Präzision von Planeten, während die erschöpften Brecher beruhigt zurückfluteten. Überall am Strand lag Treibgut verstreut – sie hatte schon gehört, wie die Knaben in den kleinen Booten, die vor der Nordostküste schaukelten, wie junge Tritonen begannen, auf ihren traurig klingenden Muscheln zu blasen ...

Die Bar war jedoch leer.

Oder vielmehr: sie war leer bis auf eine Gestalt. Noch im Abendanzug, nicht besonders derangiert, saß der Konsul seitwärts, einen Fuß auf der Sprosse des nächsten Hockers, an der rechtwinkligen, kleinen Bar, eine Haarlocke fiel ihm in die Augen, und mit einer Hand hielt er seinen kurzen Spitzbart umfaßt. Er saß halb über die Theke gebeugt und schien mit sich selbst zu reden, denn der Barmann, ein etwa achtzehnjähriger, dunkler, geschniegelter Bursche, der ein Stück entfernt an einer Glastrennwand stand (dahinter war eine zweite Bar, die auf eine Nebenstraße hinausging, fiel Yvonne jetzt ein), sah nicht so aus, als hörte er zu. Yvonne stand, unfähig, eine Bewegung zu machen, stumm an der Tür und sah ihn an. Noch war das Donnern des Flugzeugs in ihr, das Stoßen von Luft und Wind, als sie das Meer hinter sich ließen, noch hoben und senkten sich die Straßen unter ihr, die kleinen Städte mit Kuppelkirchen glitten noch gleichmäßig vorüber, und Quauhnahuac mit seinen vielen kobaltblauen Schwimmbecken stieg ihr wieder schräg entgegen. Aber der Rausch des Flugs, Berg auf Berg getürmt, der bestürzende Einbruch des Sonnenlichts, während die Erde sich noch im Schatten drehte, ein aufblitzender Fluß, die dunkle Windung einer Schlucht, die Vulkane, die sich aus dem erglühenden Osten jäh ins Blickfeld drehten, dieser Rausch und die Sehnsucht waren vergangen. Yvonne hatte das Gefühl, als bliebe ihre Seele, die diesem Mann entgegengeflogen war, bereits am Leder kleben. In dem Barmann hatte sie sich offenbar geirrt: er hörte doch zu. Das heißt, er verstand wohl nicht, wovon Geoffrey (der keine Socken trug, wie sie jetzt sah) redete, aber er wartete, während seine Hände unter dem Geschirrtuch die Gläser immer langsamer polierten, auf eine Gelegenheit, etwas zu sagen oder zu tun. Er stellte das abgetrocknete Glas ab. Dann nahm er die Zigarette des Konsuls, die sich in einem Aschenbecher am Rande der Theke verzehrte, tat einen tiefen Zug, schloß dabei die Augen mit einem

Ausdruck spielerischer Verzückung, dann schlug er sie wieder auf und deutete, den langsam aus Nase und Mund wölkenden Rauch kaum ausstoßend, auf ein Reklameplakat für *Cafeaspirina*, ein Mädchen mit scharlachrotem Büstenhalter auf einem verschnörkelten Diwan hinter der oberen Reihe von *Tequila Añejo*-Flaschen. »Absolutamente necessario«, sagte er, und Yvonne begriff, daß er mit der absoluten Notwendigkeit nicht das *Cafeaspirina*, sondern das Mädchen meinte (zweifellos eine Redewendung des Konsuls). Aber er hatte nicht die Aufmerksamkeit des Konsuls auf sich gezogen, und so schloß er wieder verzückt die Augen, schlug sie wieder auf, legte die Zigarette des Konsuls zurück und zeigte, langsam den Rauch ausstoßend, noch einmal auf die Reklame – daneben bemerkte Yvonne ein Plakat des hiesigen Kinos, einfach *Las Manos de Orlac con Peter Lorre* – und wiederholte: »Absolutamente necessario.«

»Eine Leiche, ob Erwachsener oder Kind«, begann der Konsul wieder, der sich kurz unterbrochen hatte, um über die Pantomime zu lachen und gequält zuzustimmen, »sí, Fernando, absolutamente necessario.« Es ist ein Ritual, dachte sie, ein Ritual zwischen ihnen, so wie es einmal zwischen uns Rituale gab, aber jetzt wird es Geoffrey endlich ein bißchen langweilig. Der Konsul vertiefte sich wieder in einen blauroten Fahrplan der Mexican National Railways. Dann blickte er plötzlich auf und sah sie, blinzelte kurzsichtig, bis er sie erkannte, wie sie dastand, sah sie wahrscheinlich nicht ganz deutlich, weil sie gegen das Licht stand, die Hand mit der roten Handtasche auf die Hüfte gestützt, halb flott, halb verschüchtert.

Den Fahrplan noch in der Hand, kam der Konsul auf die Beine, während sie auf ihn zuging. »*Lieber* Gott.«

Yvonne zögerte, aber er kam ihr nicht entgegen; sie glitt ruhig auf einen Hocker neben ihm; sie küßten sich nicht.

»Eine Überraschung. Ich bin wiedergekommen ... Mein Flugzeug ist vor einer Stunde gelandet.«

»... wenn Alabama durchkommt, fragen wir nicht lange«, hörte man plötzlich eine Stimme in der Bar hinter der Glaswand sagen. »Einfach mit fliegenden Fahnen durch!«

»... von Acapulco, Hornos ... Ich bin mit dem Schiff gekommen, Geoff, von San Pedro – Golf von Panama. Mit der *Pennsylvania*. Geoff ... »

»... dickschädelige Holländer! Die Sonne dörrt die Lippen aus, bis sie aufspringen. Ach, Herrgott, es ist eine Schande! Die Pferde sind alle dahin, verendet. Ich wollte das nicht haben. Sie haben auch nach ihnen geschossen. Und die schießen nicht daneben. Die schießen erst und fragen dann. Hast verdammt recht. Feine Sache, das. Ich nehm' einen Haufen von diesen gottverdammten Farmern, und dann wird nicht lange gefragt. Richtig! – rauch eine kühle Zigarette ...«

»Du hast schon immer für den frühen Morgen geschwärmt.« Die Stimme des Konsuls zitterte nicht im Gegensatz zu seiner Hand, die jetzt den Fahrplan hinlegte. »Nimm, wie unser Freund nebenan vorschlägt, eine ...« Er deutete mit dem Kopf auf die Trennwand. Der Name auf dem Zigarettenpäckchen, das er ihr zitternd anbot und das sie ablehnte, sprang ihr in die Augen: Alas! »...«

»Aha, Hornos«, sagte der Konsul feierlich. »Aber warum über Kap Horn? Es hat die schlechte Angewohnheit, mit dem Schwanz zu wedeln, hab' ich von Seeleuten gehört. Oder hat es was mit Ofen zu tun?«

»... Calle Nicaragua, cincuenta dos.« Yvonne drückte einem dunklen Gott, der sich inzwischen ihrer Koffer bemächtigt hatte, einen *Tostón* in die Hand. Er verbeugte sich und verschwand unauffällig.

»Und wenn ich nun dort nicht mehr wohnte?« Der Konsul setzte sich wieder; er zitterte so heftig, daß er die Flasche, aus der er sich Whisky einschenkte, mit beiden Händen halten mußte. »Einen Drink?«

»...«

Oder sollte sie? Sie sollte; obwohl sie Trinken am Morgen haßte, sollte sie unbedingt. Dazu hatte sie sich entschlossen, wenn es sein mußte, allein würde sie gar nicht, mit dem Konsul aber sehr viel trinken. Statt dessen fühlte sie, wie das Lächeln aus ihrem Gesicht schwand, wie sie mit Mühe die Tränen zurückhielt, die sie sich um jeden Preis verboten hatte, während sie dachte und wußte, daß Geoffrey wußte, was sie jetzt dachte: ›Darauf war ich gefaßt, darauf war ich gefaßt.‹ – »Trink du einen, und ich sage prost«, hörte sie sich sagen. (Sie hatte sich wirklich auf ungefähr alles gefaßt gemacht. Was konnte man schließlich erwarten? Die ganze Zeit auf dem Schiff, ein Schiff, weil sie dort genügend Zeit hatte, sich einzureden, daß ihre Reise weder gedankenlos noch überstürzt sei, und dann im Flugzeug, wo ihr bereits klar war, daß die Reise beides war, hatte sie sich gesagt, daß sie ihn hätte vorher benachrichtigen müssen, daß es abscheulich unfair sei, ihn so zu überrumpeln.) »Geoffrey«, fuhr sie fort, während sie überlegte, ob er sie wohl rührend fände, wie sie dasaß, während all ihre sorgfältig ausgedachten Reden, ihre Pläne und ihr Takt so offensichtlich im Dunkel versanken, oder einfach abstoßend, weil sie nichts trinken wollte – sie selbst fand sich ein wenig abstoßend. »Was hast du gemacht? Ich habe dir geschrieben und geschrieben. Ich habe geschrieben, bis mir das Herz brach. Was hast du mit deinem ...«

»... Leben gemacht«, sagte die Stimme hinter der Glaswand. »Was für ein Leben! Herrgott, es ist eine Schande! Wo ich herstamme, da läuft man nicht weg. Da heißt es durch und drauf ...«

»Nein. Als du nicht antwortetest, dachte ich natürlich, du seist wieder in England. Was hast du gemacht? O Geoff – bist du aus dem Dienst geschieden?«

»... runter nach Fort Sale, mit Knarre und Browning. Hopp, hopp, hopp, hopp, hopp – verstehst du?«

»Dann traf ich Louis in Santa Barbara, und der sagte mir, daß du noch hier bist.«

»... den Teufel kannst du, kannst du gar nicht, aber so ist das in Alabama!«

»Ja, eigentlich war ich nur einmal fort.« Der Konsul tat einen langen Zug, schüttelte sich und setzte sich wieder neben sie. »In Oaxaca. Erinnerst du dich an Oaxaca?«

»... Oaxaca? ...«

»... Oaxaca ...«

Das Wort war wie Herzbrechen, wie plötzliches halbersticktes Glockenläuten im Sturm, wie die letzten Silben eines Verdurstenden in der Wüste. Ob sie sich an Oaxaca erinnerte! Die Rosen und der große Baum – war es das nicht – und der Staub und die Autobusse nach Etla und Nochtitlán? Und: *»Damas acompañadas de un caballero, gratis!«* Oder nachts ihre Liebesschreie in der uralten, duftenden Mayaluft, nur von Gespenstern gehört? In Oaxaca hatten sie einander einst gefunden. Sie beobachtete den Konsul, der die Broschüren auf der Theke zurechtrückte und weniger über seine Verteidigung nachzudenken als damit beschäftigt zu sein schien, sich geistig von der für Fernando gespielten Rolle auf die Rolle umzustellen, die er für sie zu spielen gedachte. Sie beobachtete ihn fast mit Erstaunen, und ihr Herz schrie plötzlich auf: ›Das können doch nicht *wir* sein! Bestimmt sind wir das nicht – will denn niemand sagen, daß das nicht *wir* sein können!‹ Scheidung. Was bedeutete das Wort eigentlich? Sie hatte auf dem Schiff im Lexikon nachgeschlagen: auseinandergehen, sich trennen. Und geschieden hieß auseinandergegangen, getrennt. Oaxaca hieß Scheidung. Sie waren dort nicht geschieden gewesen, aber als sie abgereist war, war der Konsul dorthin gegangen, mitten in die Trennung, ins Auseinandergehen hinein. Und doch hatten sie einander geliebt! Es war, als irrte ihre Liebe über eine trostlose Kaktusebene, weit fort von hier, verloren, strauchelnd und stürzend, von wilden Tieren angefallen, um Hilfe rufend – sterbend und endlich wie in erschöpftem Frieden seufzend: Oaxaca ...

»Das Sonderbarste bei dieser kleinen Leiche, Yvonne«, sagte der Konsul, »ist, daß sie von jemandem begleitet sein muß, der ihre Hand hält – nein, entschuldige, anscheinend nicht ihre Hand, sondern nur ein Billett erster Klasse.« Er hob lächelnd die rechte Hand, die so zitterte, als wische er Kreide von einer imaginären Wandtafel. »Das wirklich Unerträgliche an dieser Lebensweise ist das Zittern. Aber es wird aufhören. Ich habe gerade nur soviel getrunken, daß es aufhört. Nur das Notwendigste, die therapeutische Dosis.« Yvonne starrte ihn über die Schulter an. »... aber das Zittern ist natürlich das Schlimmste«, fuhr er fort. »Das andere gefällt einem nach einer Weile, und eigentlich geht es mir sehr gut, viel besser als vor einem halben Jahr, sehr viel besser als, sagen wir, damals in Oaxaca.« Sie bemerkte ein merkwürdiges, vertrautes Glimmen in seinen Augen, das ihr immer angst gemacht hatte, ein Glimmen, das jetzt nach innen gewandt war wie die düster strahlenden Kandelaber an den Luken der *Pennsylvania* beim Entladen, nur daß hier ein Raubbau im Gange war; und plötzlich überkam sie die Furcht, dieses Glimmen könnte wie damals nach außen schlagen, sich gegen sie kehren.

›Ich habe dich, weiß Gott, schon oft so gesehen‹, riefen ihre Gedanken, ihre Liebe durch die düstere Bar, ›als daß es mich jetzt überraschen könnte. Du lehnst mich wieder ab. Aber zwischen damals und jetzt ist ein tiefer Unterschied. Jetzt ist es wie eine endgültige Ablehnung – ach, Geoffrey, warum kannst du nicht umkehren? Mußt du immer weiter und weiter in dieses stumpfsinnige Dunkel hineingehen, es selbst jetzt suchen, immer weiter ins Dunkel des Auseinandergehens, der Trennung, wo ich dich nicht erreichen kann? Ach, Geoffrey, warum tust du das!‹

›Aber zum Teufel, siehst du nicht, daß nicht alles Dunkel ist?‹ schien der Konsul sanft zu erwidern, während er eine halbgefüllte Pfeife hervorholte und mit größter Mühe anzündete, während ihr Blick mit dem seinen durch die Bar schweifte und die Augen des Barmannes, der sich würdevoll und geschäftig in den

Hintergrund zurückgezogen hatte, vermied. ›Du mißverstehst mich, wenn du glaubst, daß ich nichts als Dunkel sehe, und wenn du nicht davon abzubringen bist – wie soll ich dir erklären, warum ich es tue? Aber sieh einmal das Sonnenlicht dort, ach, vielleicht findest du dann die Antwort, sieh doch, wie es durchs Fenster fällt – gibt es etwas Schöneres als eine Cantina am frühen Morgen? Deine Vulkane draußen? Deine Sterne – Ras Algethi? Der nach Südsüdost stürmende Antares? Verzeih mir, nein. Es muß ja nicht gerade die Schönheit dieser Cantina sein, die, nur ein Rückfall meinerseits, vielleicht gar keine richtige Cantina ist. Aber denk an all die anderen schrecklichen, wo Menschen verrückt werden, die bald aufmachen werden, denn selbst die zu meinem Empfang weitgeöffneten Himmelspforten könnten mich nicht mit so himmlischer, komplizierter, hoffnungsloser Freude erfüllen wie das scheppernde Hochrollen der eisernen Rolladen, wie die klapperige Jalousietür, die, endlich entriegelt, diejenigen einläßt, deren Seelen mit dem Glase zittern, das sie mit zitternder Hand zum Munde führen. Alle Geheimnisse, alle Hoffnung, alle Enttäuschung, ja, alles Unheil ist hinter diesen Schwingtüren. Siehst du übrigens die alte Frau aus Tarasco, die da in der Ecke sitzt? Bis jetzt hast du sie nicht gesehen, aber siehst du sie jetzt?‹ fragten seine Augen, die mit dem ziellos sinnenden Glanz eines Liebenden um sich blickten. ›Wie kannst du hoffen‹, fragte seine Liebe, ›die Schönheit einer alten Frau aus Tarasco, die um sieben Uhr morgens Domino spielt, zu begreifen, wenn du nicht so trinkst wie ich?‹

Wirklich, es war fast unheimlich, da war noch jemand, den sie nicht bemerkt hatte, bis der Konsul sich wortlos umgesehen hatte; jetzt verweilte Yvonnes Blick auf der alten Frau, die an dem einzigen Tisch der Bar im Schatten saß. An der Tischkante hing ihr eiserner Stock mit einer Tierklaue als Griff wie etwas Lebendiges. Sie hatte ein junges Hühnchen an einer Leine, das sie unter dem Kleid an ihrem Herzen trug. Es lugte keck mit dem Kopf ruckend an der Seite heraus. Die Frau setzte das Hühnchen vor sich auf den Tisch, und es pickte piepsend zwischen den Dominosteinen herum. Dann steckte sie es wieder an seinen Platz und zog sorglich das Kleid darüber. Aber Yvonne wandte den Blick ab. Der Anblick der alten Frau mit dem Hühnchen und den Dominosteinen ließ ihr kalt ums Herz werden. Es war wie ein böses Vorzeichen.

»Apropos Leichen ...« Der Konsul goß sich noch einen Whisky ein und unterzeichnete mit etwas ruhigerer Hand seine Zeche im

Kontobuch, während Yvonne zur Tür schlenderte. »Ich persönlich würde gern neben William Blackstone begraben werden ...« Er schob das Buch zu Fernando hinüber, mit dem er sie gnädigerweise nicht bekannt gemacht hatte. »Dem Mann, der zu den Indios ging und mit ihnen lebte. Du weißt natürlich von ihm?« Der Konsul stand halb zu ihr gewandt und betrachtete unschlüssig das gefüllte Glas, von dem er noch nicht getrunken hatte.

»... Herrgott, wenn du willst, Alabama, nimm es doch ... Ich will es nicht. Aber wenn du's willst, dann nimmst du dir's eben.«

»Absolutamente necessario ...«

Der Konsul ließ die Hälfte stehen.

Sylvia Treudl
Café Royal. Bestandsaufnahme

Sie kennt das alles so gut, daß es ihr lieber wäre, das Gegenteil träfe zu. Denn immer, wenn sie am wenigsten darauf Wert legt, überrollen sie Assoziationen der bitteren Sorte wie Gischtwolken eine Sandburg. Und schon sind die mühsam zusammengekleisterten Grundfesten aufs Leben bedroht.

Alles fließt. O bitte nein, nur keinen melodramatischen Auftritt; wenn sie dem heulenden Elend freien Lauf läßt, streben ihre Chancen, ihrer Mimik wieder Zügel anzulegen, bevor er wiederkommt, rapide gegen Null.

Also, tief durchgeatmet, den Wehrwall aus Kaffeetasse, Cognacglas, Zigarettenetui, Feuerzeug neu formiert, kleine Geschäftigkeiten erhalten die Fassung. Forsch in die Umgebung geblickt, blasiertes Interesse geheuchelt an der Wirklichkeit rundum, die da bereithält an Sensationen: den unverwechselbaren Geräuschpegel aus gedämpftem Gemurmel, dem Geraschel von unhandlichen großformatigen Zeitungen, die in stoisch geführten Kämpfen von einer Leserschaft um sperrige Holzhalter gewuzelt werden; das eineindeutige Klack-Schnirr, wenn beladene Metalltabletts geübt am Rand einer Tischfläche angedockt werden, den Restweg bis zur Kundschaft gleitend zurücklegen; im Kielwasser von bedenklich über Tassenränder schaukelnden Schlagobershäubchen das Bittesehrbitteschön eines routinierten Pinguins; fallweise schrille Akzente von der dampfenden Kaffeemaschine oder von einem ungebührlich klirrenden Löffel; einen in schräger Neigung gehängten Spiegel an der Nischenwand gegenüber, Modell blätternder Goldrahmen mit erträglichen Schnörkeln und effektvoll über die glatte Fläche verteilten blinden Flecken.

Ein sehr blasses und in dem diffusen Licht sehr malerisch wirkendes Frauengesicht von vampirhafter Schönheit erscheint genau einen Lidschlag lang in dem Rahmen. Sofort wendet sie sich wieder ab und gibt sich willig der Illusion hin, daß das Gesicht nicht nur für ihren Blick verschwunden, sondern ganz weg ist. Eine Vampirin eben.

Also weiter, erster Versuch zur Bestandsaufnahme der Umwelt gründlich mißlungen.

Schnitt, Ablenkung, die zweite.

Tischplatte (Marmor, grün geädert, rund, kleiner Durchmesser), darunter eine einzelne schmiedeeiserne Säule, die die Platte samt Krempel obenauf zu tragen hat und selbst auf einem Sockel ruht, der der Nische im Verein mit dem runden Plüschbänkchen (rot) einen halbseidenen Séparéecharakter verleiht – die Paare, die hier Platz nehmen möchten (es kann sich nur um Paare handeln), sind gezwungen, über die Stufe, die der Sockel schafft, in die Nische einzusteigen.

Wie sie hier einigermaßen elegant wieder hinauskommen soll, ohne den engen Rock festzuhalten oder ihn bis über den halben Hintern hinaufrutschen zu lassen, ist ihr schleierhaft. Die Sockelstufe ist eine Zumutung und sie selbst nicht recht gescheit, wie's scheint. Sie hat schließlich zielstrebig dieses lauschige Plätzchen angesteuert und war beim Hinsetzen so auf ihr Gegenüber konzentriert, daß sie noch ganz andere Schwierigkeitsgrade genommen hätte. Euphorie und Bemühen hatten jedoch eindeutig Schlagseite zu ihren Lasten. Er ist nach einer halben Stunde, die er höflich ausgesessen hat an diesem unseligen Ort, der geradezu nach Intimität kreischt, verschwunden. Murmelnd, sich entschuldigend, sich windend vor Peinlichkeit und Unbeholfenheit beim Hinausklettern aus der Falle.

Wenn er nicht ins Klo gefallen ist oder nicht einen sehr langen Long-distance-call führt, ist er gegangen, sie weiß, daß es von den Toilettenanlagen auf den Hinterhof hinaus geht, da ist der Lieferanteneingang.

Es würde sie nicht einmal wundern, wenn er als Preis für gelungenes Entkommen Mantel und Schal eingesetzt hätte, die gut sichtbar am Kleiderständer neben der Eingangstür warten, im Gegensatz zu ihr warten mit der unerkennbaren Gelassenheit angeblich unbelebter Materie. (Und an der Wahrheit dieser

Leblosigkeit hat sie massive Zweifel, seit sie eines Nachts, als er sie nach einem heftigen Streit einfach in seiner Wohnung allein gelassen hatte, mit den Dingen gesprochen hatte. Besonders aufschlußreich war der Dialog mit einer Lederjacke gewesen, die ihr damals schon – und auch noch ziemlich unverblümt – Andeutungen über sein Verhältnis zu ihr gemacht hatte; oder besser, über eine ernst zu nehmende Interessenverlagerung seinerseits. Aber sie hatte die Warnungen nicht zur Kenntnis nehmen wollen.)

Jedenfalls traut sie ihm zu, daß er Mantel und Schal im Stich läßt, nur um ihr zu entgehen. (»Ein Hut, ein Stock, ein Regenschirm, und vorwärts, rückwärts, seitmarschier'n.«) Also: der Kleiderständer, die doppelt verglaste Eingangstür, an der zwingend ein enervierendes Gedrängel entsteht, wenn mehr als zwei Personen gleichzeitig eintreten oder hinauswollen, da die äußere Tür nach innen öffnet und die innere nach außen. (»Fluchttüren haben stets nach außen zu öffnen.« Sie fragt sich, in welche Richtung die Tür des Lieferanteneingangs führen mag.) An der linker Hand anschließenden Fensterfront sind in Reih und Glied noch winzigere Tischchen als das in ihrer Nische aufgestellt, auf denen genau ein Schachbrett und zwei Gläser, mit viel gutem Willen auch zwei Kaffeehäferl samt Untertassen Platz finden. Und es ist genausowenig angeraten, in dieser Enklave Platz zu nehmen wie auf jener Seite der Sonnenterrasse im Hohewartebad, die den bejahrten, lederbraun gegerbten Walroßdamen vorbehalten ist, die gnadenlos vom 1. Mai bis zum 30. September ihr Revier verteidigen. (»Unwissenheit schützt vor Strafe nicht.«) Und vielleicht schwitzen sogar die Ehehälften der Sonnenanbeterinnen genau hier über ihren verzwickten, scheinbar unendlichen Partien.

»Schach«, flüstert ihr etwas hämisch zu, und »matt« ergänzt sie automatisch, und schon nimmt anmutig eine Erinnerung auf dem verwaisten Platz ihr gegenüber denselben ein, und mit der unausweichlichen Formulierung »Weißt du noch?« (»Es war einmal ...«) legt sie los.

»Ganz am Anfang, also, um genau zu sein, vor sieben Jahren, vier Monaten und neun Tagen zum ersten Mal, habt ihr euch in Cafés verabredet. Ihr hattet mit der Zeit einen richtigen Café-Stadtplan, lange bevor clevere Verlage Beislführer für die komplett Phantasielosen auf den Markt geworfen haben. Und ihr hattet Lieblingsober und Lieblingsklos und Lieblingsdekorationen, und jeder von euch beiden hatte seinen Liebling als

Draufgabe dabei. Und wenn der Cafébesuch nicht der Auftakt war für eine umtriebige Nacht – du meine Güte, was hattet ihr beide damals für unbezwingliche Energie, die reichte sogar aus, um am Morgen noch strahlend gemeinsam aus dem Bett zu springen und den nächsten Event zu planen –, dann hattet ihr auch ein Lieblingsspiel. Hörst du mir auch zu? Weißt du noch? Das Menschenraten war euch ein beinahe schon kindischer Genuß. Und aus einem nie hinterfragten Grund hatten es euch die Schachspieler besonders angetan. Die schienen euch immer die wahren Originale zu sein, und ihr konntet euch mitunter bis zur Sperrstunde die üppigsten Geschichten zu jedem einzelnen ausdenken. Und nach jeder Geschichte – weißt du noch? – habt ihr abwechselnd erzählt, und das erste Subjekt eurer intensiven Beobachtung wurde mittels Kinderreim ausgezählt, damit keine Benachteiligung entstehen konnte, denn natürlich gab es unter den Schachspielern solche, denen die Geschichten sozusagen von selber um den angestrengten Kopf schwirrten, und andere, bei denen eure Phantasie schon kräftig arbeiten mußte – also, nach jeder Geschichte gab es einen Kuß. Und bei besonders gelungenen Pointen auch mittendrin einen. Ja, ihr wart damals beinahe schon penetrant kreativ und originell. Nun ja, Not, pardon, Liebe macht erfinderisch.«

»Ene, mene mu, und raus bist du
raus bist du noch lange nicht
mußt erst sag'n, wie alt du bist.«

Alt genug, um aus einer komplett verfahrenen Geschichte ohne sichtbare Beschädigungen aussteigen zu können. Oder? Oder nicht? Oder ist es bloß so, daß das Auszählen heute, den angesammelten Mehrjahren entsprechend, einfach länger dauern würde? Prolongiertes Leiden. Und auf wie lange? (»Es klebt der Mensch, solang er lebt.«)

Als der Ober an ihren Tisch tritt, verflüchtigt sich Madame Erinnerung wie Zigarettenrauch.

»Hat die Dame noch einen Wunsch?«

»Bringen Sie uns noch zwei Cognac und Soda«, lügt sie, so schamlos gefragt. Was heißt hier einen Wunsch. Oder vielleicht wäre der Terminus Verwünschung passender.

Und dann auch noch diese mitleiderregende Farce, zwei Getränke zu bestellen. Als ob man einem Ober was vormachen könnte. Sie weigert sich, auf die Uhr zu sehen, denn das würde ihre Demütigung quantifizierbar machen.

»Erinnert er dich nicht an den Herrn Franz?« fragt die Stimme von vorhin dicht an ihrem Ohr. Ja, natürlich. Alles, in jedem Kaffeehaus, erinnert sie an früher, an meist glücklichere Momente.

Der plattfüßige Herr Franz, der den Weltrekord im Servierschleichgang hielt und guinnessverdächtig war im gezielten Unfreundlichsein und den alle glühend vermißten, als er in den wohlerhatschten Ruhestand saumelte.

Vielleicht war er ja mit schuld an ihrer später wiederentdeckten und neukultivierten Kaffeehausleidenschaft. Denn eigentlich hält sie es mehr mit alten Wirtshäusern, nicht renovierten, sozusagen naturbelassenen Beisln.

Aber mit dem mittlerweile verflossenen Liebsten war sie sofort wieder auf den Geschmack gekommen, war umgehend wieder süchtig geworden nach dem Duft, der nur noch selten aufzuspüren ist, selbst in langgedienten Etablissements: diese unbeschreiblich köstliche Mischung aus altbackenen Mehlspeisen, leicht angeranzeltem Schlagobers auf bröckeliger Schokoladenglasur, das alles durchzogen von kaltem Zigarren- und Zigarettenrauch ... Und dann auch noch das Essentielle des Kaffeehauses, ach ja. (Obschon sie sich klar darüber ist, daß die Formulierung »Treffen wir uns auf einen Kaffee?« neben der wörtlichen Umsetzung auch die Konsumation alkoholischer Getränke sowie Genüsse ganz anderer Art meinen kann. Kaffee als Ausrede, das Kaffeehaus als salonfähiges Alibi.)

Aber selbst in den traditionsträchtigsten Häusern hat sie schon mit Ekel halbgeleerte Tassen zurückgeschickt und zu den beeindruckenden Kaffeekarten, die besonders von Touristen mit Ehrfrucht bestaunt werden (... welcher ausländische Gast weiß schon verbindlich, was ein Einspänner ist?), fällt ihr immer wieder der besonders in Wien gern zitierte Witz ein:

Drei Bundesdeutsche sitzen im Eiles, bestellen begeistert je einen großen Braunen, eine Melange und einen Verlängerten schwarz, worauf der Ober an die Theke schlendert und der tschechischen Kaffeezubereiterin lapidar Bescheid gibt: »Drei Kaffee, Mila.«

Der Schwarze, der vor ihr mittlerweile kalt geworden ist, erfüllt ihre Ansprüche zwar halbwegs, aber sie findet, daß ihren Nerven Cognac vielleicht doch zuträglicher ist. Oder der Situation besser entspricht. Oder was auch immer.

Jedenfalls kommt der Ober mit der Nachbestellung, fragt betont höflich, ob er beide Kaffees (beide kalt, beide nahezu unangetastet) schon mitnehmen kann.

Sie nickt gnädig, straft ihre vorgebliche gelangweilte Arroganz aber Lügen, indem sie gleichzeitig nach dem frischen Glas und den Zigaretten geiert.

Der Ober entfernt sich zügig (er gehört zum Schlag der flotten Hirsche im Gewerbe) und vermeidet weitere Anfragen.

Als ob irgend etwas sie doch noch retten und sie dieses verpfuschte Date mit einem Exliebhaber beschönigen könnte, leert sie mit grimmiger Entschlossenheit beide Cognacschwenker. Sie weiß, daß der Ober weiß, daß sie hier wie eine durstige Primel aufs Wasser auf einen Mann wartet. Aber sie kann wenigstens so tun, als säßen sie zu zweit hier und konsumierten fröhlich Kaffee und Schnaps. Fröhlich, jawohl.

Impertinenterweise lacht es tatsächlich fröhlich auf am Tischchen, das der Nische am nächsten steht. Und natürlich sitzt dort das Vorzeigepärchen, frisch verliebt und turtelnd. Mit dem letzten Rest von Beherrschung kippt sie dem Cognac noch einen Schluck Wasser hinterher. Aus, gelaufen, auf dem trockenen. Rien ne va plus. So what.

Nein, es kann gar nicht sein, daß irgend jemand Cafés tatsächlich liebt, und sie spinnt ihre Gedanken trübe weiter. Kaffeehäuser sind eine Stätte der faulen Ausrede. Für schwänzende Schulkinder, Klatschsüchtige, Tagediebe, betrügende Eheleute und unfähige Literaten, die im Kaffeehaus ihre Schreibhemmung hätscheln können. Dankbar sind für jede Ablenkung, auf die man die Leere im Hirn schieben kann, begeistert von der Möglichkeit, den lieben langen Tag an einem Tisch (der zum Glück nicht der heimische Schreibtisch ist) zu kleben, Produktivität vorzutäuschen, auch noch zahlreiches (manchmal vielleicht sogar zahlendes) Publikum zu haben, das jederzeit den schriftstellerischen Eifer bezeugen kann.

Mit einem Wort, das Kaffeehaus ist die Heimat von narzißtischer Störung und Betrug und Selbsttäuschung.

Und da sie sich mit diesem hübschen Exkurs gleich das Stichwort gegeben hat, erachtet sie den Spätnachmittag als ziemlich ausgereizt. Was soll da noch kommen?

Es ist so offensichtlich – und damit so unfaßbar –, was ihr da passiert, daß sie am liebsten lachen würde. Wenn sie könnte. Sie riskiert noch einen scheelen Blick zur Tür hin, ja, Mantel, Schal, alles da, wie gehabt, nur daß sich an den dunklen Ärmel seines guten Stücks jetzt zutraulich eine kurze Fuchsjacke schmiegt. Das genügt dann.

Sie packt ein bißchen zittrig und mit dem Gefühl, als sauge eine große Leere ihr Wangenfleisch nach innen, ihre Siebensachen ein. Sie ist recht gründlich, die Reise könnte lange dauern, Aufbruch mit unbestimmtem Ziel. (»Anchored down in Anchorage?«)

Aber diese Traurigkeit, die einen Moment lang aufspringt hinter der linken Schläfe, die muß vom Schnaps kommen, denn was ist schon groß gewesen? Ein verpatztes Treffen in einem Kaffeehaus. Mit einem Verflossenen, der noch nie zuverlässiger war als das Aprilwetter. Fort mit Schaden und den hartnäckigen Illusionen, die wie Schimmelpilz sind: setzen sich ungebeten fest auf der Patina der Erinnerung, wuchern alles zu und verfälschen das Bild, das ohnehin getrübt ist durch den falschen Glanz der nachträglichen Interpretation.

Sie zahlt. Steht auf, legt ungeniert das Bein sehr weit frei beim Ausstieg aus ihrer Nische, zeigt zwei aufgeregt schluckenden Herren den Ansatz ihrer halterlosen Strümpfe und geht. »Ich hab' noch eine Verabredung mit einem Wolf«, sagt sie zu der flirtenden Fuchs-und-Hase-Kombination am Kleiderständer und schenkt sich im spiegelnden Glaseinsatz der Tür doch noch ein Lächeln.

Luis Antonio de Villena
Lob der schlechten Gesellschaft

Javi – er sagt immer, daß sie alle José oder Javi heißen – lernte mein Freund Ramón an einem Sommerabend in einer ziemlich noblen Diskothek kennen, in die er allerdings nie ging. Ramón sagte, daß diese Diskothek einem Elefantenfriedhof verblüffend ähnlich sehe. Fette alte Kerle mit hysterischem Lachen, mehr dem Whisky zugetan als dem Licht, hochnäsige und nicht weniger verrückte alte Weiber mit dem Gehabe japanischer Jungfrauen aus dem vorigen Jahrhundert und unter solch erlesenem Publikum ein paar dralle Burschen, in Anzüge gezwängt oder mit Sachen angetan, die fein sein sollten, und bereit, Lächeln und Blicke zu erwidern (selbstverständlich nur allzubereit, näherzukommen), und natürlich auf der Suche nach der hochheiligen Protektion des Geldes. Deshalb zählte Ramón nicht zu den Gästen der Diskothek: wegen der Alten und wegen jener Gigolos am Endpunkt ihrer Karriere. Nicht wegen des Geldes. Mein Freund – der etwas über dreißig ist – gehört zu denen, die man einen hoffnungslosen Liebhaber der Jungen, der Jüngsten nennt, die er in anderen Bars und anderen Jagdgründen belagert und freihält. Was tat er dann an jenem Abend in der Diskothek der alten, perversen Dickhäuter? Nichts, sagte er mir. Im Verlauf des nächtlichen Umherstreifens und nachdem er die brodelnden Madrider Straßencafés gründlich inspiziert hatte, war Ramón zu dem Schluß gekommen, daß dies kein Abend für große Hoffnungen war, und da er gerade in der Nähe vorbeikam, ging er in die Diskothek mit dem in ein Korsett gezwängten Türsteher. Ein letztes Glas noch, und dann ins Bett, allein. Das war sein Plan, als er unter den aufgetakelten, vorsintflutlichen Tunten Javi entdeckte, allein und wie abwesend. Es war nichts Außergewöhnliches, daß dort – wenn auch nur den einen oder anderen Abend – irgendein Junge hereinschaute, der sich anbot, oder irgendein Mittdreißiger, der eine Offerte machen wollte, aber das war nicht besonders typisch, und Ramón erwartete es an diesem Abend natürlich nicht. Er schlenderte ein paarmal im Rund – sein Glas in der Hand – und war entzückt. Der Junge war das, was man als »eins plus« bezeichnet: jung, hübsch, elegant und mit einem besonderen, jungenhaften Ausdruck, dem – wenn man genau hinsah – auch nicht die winzige Spur Straßenjunge fehlte, durchaus ein mit allen Wassern gewaschenes Gesicht.

Ramón ist (das habe ich oft genug gesehen) ein schüchterner Typ, zumindest am Beginn seiner Eroberungen. Später ist er dann unbefangen und weiß seine Beute zu umgarnen – denn selbst diejenigen, für die man bezahlt, muß man umgarnen – wie eine tropische Spinne. Aber die Beute dieses Abends war unerwartet und zudem derart überwältigend, daß mein Freund sich darauf stürzte – es konnten ja noch andere Wölfinnen auf der Lauer liegen – mit der Geschwindigkeit eines dieser Schmetterlinge, die sich, so sagt man, mit ich weiß nicht was für einer Begierde zu verbrennen (einem erhabenen Etwas) in die Flamme stürzen. (Die zoologischen Vergleiche dürfen nicht verwundern, da wir letzten Endes doch ein Jagdabenteuer besprechen.)

Der Junge war so ernst – zusammen mit jener Straßenjungenandeutung und einem leichten, herrlichen Anflug von kleinem Zigeuner, wie bei Lorca –, daß Ramón, als er sich neben ihn, direkt neben ihn, an eine der Bartheken stellte, einen ersten Anflug von Furcht empfand. Der Schauder davor (den auch die Jäger erleben), sich womöglich einer hübschen, ansehnlichen und gewalttätigen Kanaille gegenüberzusehen. Er schätzte ihn auf siebzehn Jahre, das dunkle Haar war lang und glatt, der

Körper (er trug einen rosa Nicky und weiße Hosen) schien verlockend, schuld an der eigenen Vollkommenheit, und die Augen – Riesenaugen, dachte er – waren grün, und die Haut an Armen und Gesicht hatte einen dunklen, fast goldenen Ton; sie war haarlos wie eine schimmernde Bronzestatue. Auf der einen Seite stellte Ramón sich vor, daß er ein Knabe aus gutem Hause sein mochte, der eines Nachts von zu Hause weggelaufen und auf der Suche nach starken Empfindungen vom rechten Weg abgekommen wäre. Auf der anderen (ich sagte es schon), daß er neben einem Verbrecher mit Engelsgesicht stand. Aber er kam ihm so schön vor, so gutaussehend, so absolut begehrenswert, daß er sich – wie die Wasser der Iguazú-Fälle – in den Abgrund stürzte.

»Ich kann nicht glauben, daß du allein sein solltest ...«

Und der Junge lächelte einen Augenblick, noch skeptisch, und auf die folgende Frage kam als Antwort der erwartete Name: Javi, ich heiße Javi. Das weitere ging ziemlich schnell, weil Ramón, ich habe es bereits erwähnt, wenn das Eis einmal gebrochen ist, zu dem wird, was man einen großen Aufreißer nennt. Der Junge bestellte einen Whisky (vermutlich hatte er schon vorher einen getrunken) und sagte ihm, daß er in Nizza lebe und daß er auf einen Herrn warte, den er nicht kenne, und der nicht komme ...

Weil die Geschichte zu lange zu erzählen wäre (wenn auch anregend), muß man sie abkürzen. Mit Umschweifen zunächst und etwas später dann direkter bekannte Javi (er nippte zwischendurch an dem Glas), daß er, nun, daß er von Männern dafür bezahlt wurde, mit ihnen ins Bett zu gehen. Natürlich war er, das stellte er sogleich richtig, weder ein Junge für alle Fälle, noch arbeitete er auf der Straße. Ein französischer Freund (auch ein Junge) hatte ihn als Fünfzehnjährigen mit nach Paris genommen, und dort begann seine Geschichte. Er hat mir alles beigebracht, fügte er hinzu. Javi war jetzt achtzehn Jahre alt, hatte aber eine so jungenhafte Grazie (jungenhafter als sein Alter), daß er einer von diesen wundervollen Knaben von den italienischen Bildern zu sein schien. (Offensichtlich dachte Ramón dies, während der Junge redete.) Was man sehen konnte, war, daß Javi sich gut anzog, daß er an die teuren Dinge gewöhnt war und daß er es gelernt hatte, vorgeführt zu werden, so wie die Damen einen ansehnlichen Smaragd vorführen. In Nizza hatte ein Herr, ein Kunde von ihm – er erwähnte das Wort zum ersten Mal – sein Bild an einen älteren Freund in Madrid geschickt (der Name dieses Herrn war sehr lang), und dieser Gentleman hatte ihm erst das Flugticket bezahlt und ihn dann telefonisch für diesen Abend und in diese Diskothek bestellt. Aber für zwölf Uhr, und es war schon später als Viertel nach eins. Trotz alledem wirkte Javi nicht im mindesten besorgt. Ich lebe in Nizza, mit diesem französischen Jungen, von dem ich dir erzählt habe, aber im Winter gehe ich immer nach Las Palmas ... Als er das sagte, sah Ramón, daß ihm der Himmel offenstand, und er stürzte sich darauf wie ein erfahrener Luchs: »Hast du keine Lust, etwas anderes kennenzulernen, Javi? Komm, laß uns gehen. Das hier ist doch Mist ...«

Ramón – der seine Netze ganz weit aufgespannt hatte – ging aufs Ganze. Javi konnte nein sagen, was ein beträchtlicher Rückschritt gewesen wäre. Und außerdem hätte es gezeigt, daß der Junge ihn weder als Freund wollte (die Karte, die Ramón zu spielen versuchte) noch als Kunden, und wenn nur – wie es schien – als zweite Wahl. Er wußte, daß der Junge dort war, allein, weil er sich einen Profit erwartete – auch wenn es halb zwei war und die Verspätung beträchtlich –, und obwohl Ramón wie beiläufig hatte fallen lassen, daß er sich durchaus schon mal einen Luxus erlauben könne und es auch tue (ein anderer hätte gesagt, schon mal einem Jungen zu helfen), wollte er, bezaubert von diesem hübschen Kerl, ihn für sich gewinnen. Vielleicht auch – und das als tieferer Grund –, weil er nach all dem, was der Junge über seine Lebensgewohnheiten erzählt hatte, zu der Vermutung gelangt war, daß seine Beschützer oder Kunden wirtschaftlich enorm freigebig sein mußten. Und daß er – Ramón – nie hätte so unverhohlen mit ihnen konkurrieren können. Es gab wohl einen Moment des Zögerns, während Javi seinen Whisky austrank, aber dann kam ein klares, uneingeschränktes Ja.

»In Ordnung, gehen wir. Dieser Typ kommt bestimmt nicht mehr.«

Ramón sah die Pforten des Paradieses weit offen stehen, das Mohammed seinen Gläubigen versprochen hatte. Javi sah so gut aus, so auffällig, daß vorgeführt zu werden das erste zu sein schien, wonach er verlangte, wie wir wissen: ihn spazierenführen, wie die Krieger und die Botschafter ihre Insignien zur Schau stellen. So hielt er auf der Straße rasch ein Taxi an und ließ es zu einer modernen und teuren Diskothek fahren – nicht von dieser Anmacher-Sorte, aber wo die Nacht auf elegante, harmonische Weise die überraschendsten Verbindungen, die hübschesten Gesichter, die größten Scheine und, bisweilen, die weißesten kolumbianischen Drogen in Einklang brachte. Der Ort mußte Javi gefallen, und außerdem würde Ramón vor seinen üblichen Bekannten angeben wie ein Pfau, der Rad schlägt.

Vielleicht, weil Javi beim Betreten des Lokals sein Umfeld aus Nizza wiedererkannte, oder weil er sah, daß (der so sympathische, so einschmeichelnde) Ramón sich nicht nur in einer Ghetto-Umgebung bewegte – der Portier hatte ihn gegrüßt, als sie vorbeikamen –, oder weil der Junge außerhalb jener Jagdgründe anfing, natürlicher zu werden, mehr er selbst; Tatsache ist, daß sie kaum an der oberen Bar angekommen waren – die Diskothek war ein altes, verschnörkeltes Theater – und die Getränke bestellt hatten, als es bei dem Jungen auf faszinierende, überraschende Weise klick machte. Er schien sich zu entspannen, das Lächeln wurde (noch) netter und offener, und sogar sein Körper zeigte sich lässiger und sehr viel katzenhafter, als er sich hinsetzte. Obschon es über die Begebenheit auch noch etwas – von Ramóns Seite – zu dem vorher Gesagten hinzuzufügen gab. Er hatte Javi ganz nebenbei erzählt, als wäre es etwas völlig Belangloses, daß er, als er noch sehr jung gewesen und zum Studium nach Madrid gekommen sei (er sagte, er stamme aus Santander, und log auch hierbei), sich zwei oder drei Male, als er in Geldverlegenheiten war, mit Männern eingelassen habe, um sich aus seiner Notlage zu befreien. Er legte dem Thema keinerlei Bedeutung bei und hatte bereits zu verstehen gegeben, daß er augenblicklich ein Mann in guter Position und als vertrauenswürdig anerkannt sei. Glaubte Javi also, er hätte einen alten Kollegen vor sich? Oder konnte er eine Päderasten-Taktik mutmaßen, sich aber so wohlfühlen, daß es ihm letzten Endes gleichgültig war? Jedenfalls begann die Unterhaltung – zwischen einem kleinen Rundgang hier und da, um den Triumph vorzuführen – sehr angeregt zu werden. Javi erzählte, daß er auch mit Mädchen gehe (Ramón erwiderte ihm, daß er verheiratet gewesen sei, eine weitere List, um einer weiteren Übereinstimmung willen) und daß sich in Nizza – und dank des Notizbuches des Franzosen – seine Angelegenheiten gewaltig im Aufwind befänden. Sie plauderten und plauderten angenehm über ihr jeweiliges Leben.

(Ab und zu kam irgendein Bekannter zu Ramón und tuschelte ihm neiderfüllt und lächelnd zu: Wo hast du denn dieses Prachtstück her? Und während der Tuschelnde seines Weges zog und, bildlich gesprochen, an den Nägeln kaute, lächelte Ramón, widmete sich Javi und fühlte sich wie Julius Caesar Augustus.) Der Junge fing – nach weiteren Gläsern, und wie seine grünlichen, leicht zigeunerhaften Augen leuchteten! – an, ihm (endlich im Ton des Mitverschwörers, des Freundes) davon zu erzählen, wer sein bester Kunde in Nizza war, das bis obenhin voll war mit merkwürdigen Alten. ...

Pepe Osorio – beträchtlich älter als Ramón und selbst Titelträger einer unbedeutenden Grafschaft, aber nahe mit den aristokratischen Häusern verwandt – war seit langen Jahren in ganz Madrid bestens bekannt wegen seiner verrückten Vorliebe für schöne Knaben und gute Küche. An Gastronomischem ließ er sich nichts entgehen, und das Jüngelchen, das er jeweils bei sich hatte wie eine Art prächtiger Beute, war immer ausgesprochen ansehnlich. Obschon es häufig mehrere waren, die sich zu ihm setzten, ohne Scheu, sich betatschen zu lassen, während sie Getränke, Geld und Geschenke aus ihm herausholten. Pepe Osorio verreiste oft mit seinen Knaben, und man erzählte sich (obwohl das schon zum Tratsch gehörte), daß einer der Jünglinge, für den er mehr entflammt war, als klug und zuträglich ist, ihn einmal ruiniert habe.

Natürlich setzte Pepe Osorio sich nicht wegen Ramón (den er kannte und mit dem er zu reden pflegte), sondern wegen Javi, denn er bombardierte ihn mit Fragen, wobei er mit verkrampfter Freundlichkeit lächelte, und nach ein paar Anspielungen, nach der Frage nach seinem Alter, der Bestimmung seines Sternzeichens und den allerbesten Prophezeiungen – einschließlich eines netten Freundes – beim Handlesen (mit ein wenig Betatschen), wandte er sich einen Moment ab, kam ganz nahe an Ramón heran und sagte leise, wenn auch lächelnd und zwitschernd wie immer: »Tu mir den Gefallen und gib ihm sofort meine Telefonnummer, du Luder, denn ich bin drauf und dran, dich zu hassen ...« Der Satz war noch länger und sollte witzig sein, aber Ramón lachte sofort lustlos darüber, damit Osorio den Mund hielt. Das paßte dem gar nicht, und es war offenkundig, daß er sich geschlagen davonmachte, weil Javi sich trotz der ersichtlichen Freundlichkeit (hatte er denn nicht gerochen, daß Osorio zu den Großen gehörte?) nicht allzuviel aus ihm machte. Pepe Osorio mußte sich erheben, um sich auf die Suche nach einem neuen Beobachtungsposten zu machen, und da merkte Ramón, daß Javi sich neben ihm wohlfühlte, daß er zufrieden war. ...

Es war schon vier Uhr morgens, und die Diskothek würde gleich schließen. Man konnte sehen, wie sie sich allmählich leerte. Es blieb (von Ramóns Seite aus betrachtet) das letzte Bieten auf die Karten. Die abschließende Karte, die auf dem Spieltisch klären würde, ob die lange und unerwartete Sommernacht so ihren abschließenden Höhepunkt finden mochte, wie mein Freund es sich ersehnte. Man sprach davon aufzubrechen, Ramón zahlte die Rechnung, und dann eröffnete er aus nächster Nähe das Feuer: »Javi, hast du irgend etwas vor, oder kommst du ein bißchen mit zu mir?« Es liegt auf der Hand, daß der erste Teil der Frage eine rein rhetorische Vorsichtsmaßnahme war. Javi lachte weiter, erhob sich: »Gut, gehen wir.« Und Ramón spürte, wie er vor tiefster Wonne verging, während sie die Stufen zur Straße hinunterstiegen, und er dachte, am liebsten immer mindestens vier auf einmal.

Meinem Freund nach war Javi tatsächlich so wunderbar, wie er gehofft hatte. Ein goldener und feingliedriger Körper, ein frischer, sinnlicher Mund, ein hübsches, großes Geschlechtsteil und ein fester kleiner Hintern, der sich sehr angenehm anfaßte. Über die großen grünen Augen schien sich im glücklichen und weisen Augenblick des Bettes ein Nebelschleier zu legen, während alles der Begegnung zweier Freunde glich, die nach einem Kneipenbummel so endeten, miteinander und durcheinander, wie die guten Gefährten, die ihre Gefährten lieben. Er war so hübsch – erzählte mir Ramón –, daß ich zeitweilig nicht glaubte, was da geschah: daß jener jugendliche Körper so sanft mein sein sollte, der so beweglich war, so fest und zugleich so blühend, mit einer Haut, als streichle man eine Narde. So sehr mein, daß wir lange so blieben, trotz der Hitze ineinander verschränkt, unter Liebkosungen, so als ob dieser Augenblick ewig dauern würde, bis wir sahen, daß ein weißliches Licht begann durch das geöffnete Fenster hereinzuströmen.

Da sagte Javi, daß er gehen müßte – obwohl Ramón davon geträumt hatte, gemeinsam mit ihm zu schlafen –, und während er sich wusch, fragte mein Freund den Jungen, wann sie sich wieder treffen könnten. Die Antwort war betrüblich ausweichend: »Vielleicht treffen wir uns ja morgen ...« Und sie kam als Murmeln durch das Wasser der Dusche, von dem die Scheiben beschlugen. Javi kam splitternackt heraus – wie Patrokles, dachte Ramón, der ach so klassische Topos der Morgenröte – und zog sich schneller an, als der Hahn kräht.

Die Freundschaften, die Zärtlichkeiten, die innere Übereinstimmung, die Kameraderie sind gemeinhin (Javi und Ramón wissen es nur zu gut) vergängliche Themen. Aber der letzte Kuß ist etwas Schönes, die letzte Liebkosung, wenn man fast schon die Tür öffnet, die Abschiedsgeste, ihr flüchtiges Gefühl. »Macht es dir etwas aus, mir etwas für ein Taxi zu geben?« Ramón nahm einen gefalteten Fünftausend-Peseten-Schein und drückte ihn ihm bescheiden in die Hand (Javi sah nicht einmal darauf): Er wollte nicht mit den Großen konkurrieren. Er sah ihn den Aufzug herbeirufen (der rosa Nicky, die katzenhaften Augen, die glänzten, aber müde waren, die goldene Haut, der Körper voll schlankem Zauber), und er wartete, bis er unten die Haustür zuschlagen hörte. Ramón war wie erstarrt, eingehüllt in eine magische Aureole. Er glaubte, er erwache – oder erwache nicht – aus einem Märchen.

Natürlich hat er Javi nie wiedergesehen. Aber wenn mein Freund Ramón einen sehr, sehr hübschen Jungen sieht, sagt er sofort: Der ähnelt Javi. Es ist, als spräche er von einem fernen Maya-Mythos, von einem verwunschenen Schloß oder von Sindbad dem Seefahrer.

Das Reich der Nacht – das Reich dieser Welt – ist, der Dichter hat es gesagt, von ebenso kurzer Dauer und so vergänglich, wie es geheiligt ist.

Jean-Paul Sartre
Einer dieser Tage

Es geht nicht, es geht ganz und gar nicht: ich habe ihn, den Dreck, den Ekel. Und diesmal ist es neu: das hat mich in einem Café gepackt. Die Cafés waren bisher meine einzige Zuflucht, weil sie voller Menschen und hell erleuchtet sind: es wird nicht einmal das mehr geben; wenn ich in meinem Zimmer verfolgt werde, weiß ich nicht mehr, wohin ich gehen soll.

Ich kam, um zu vögeln, aber ich hatte kaum die Tür aufgestoßen, als Madeleine, die Kellnerin, mir zurief:

»Die Wirtin ist nicht da, sie ist in der Stadt, Einkäufe machen.«

Ich habe eine lebhafte Enttäuschung in den Genitalien verspürt, ein langanhaltendes, unangenehmes Kitzeln. Gleichzeitig fühlte ich mein Hemd gegen meine Brustwarzen scheuern und wurde von einem trägen, farbigen Wirbel eingehüllt, gepackt, von einem Wirbel aus Nebel, aus Lichtern im Rauch, in den Spiegeln, mit den Bänken, die im Hintergrund glänzten, und ich begriff weder, warum das da war, noch,warum das so war. Ich stand auf der Türschwelle, ich zögerte, und dann entstand ein Sog, ein Schatten huschte über die Decke, und ich fühlte mich vorwärts gestoßen. Ich schwebte, ich war benommen von den leuchtenden Schwaden, die von überall her gleichzeitig in mich eindrangen. Madeleine ist schwebend auf mich zugekommen, nahm mir meinen Überzieher ab, und ich habe bemerkt, daß sie ihre Haare nach hinten gekämmt und Ohrringe angesteckt hatte: ich erkannte sie nicht wieder. Ich sah ihre großen Wangen an, die nicht aufhörten, den Ohren zuzustreben. In den Wangenhöhlen, unter den Backenknochen, waren zwei einsame rosa Flecken, die aussahen, als langweilten sie sich auf diesem armseligen Fleisch. Die Wangen strebten, strebten den Ohren zu, und Madeleine lächelte:

»Was nehmen Sie, Herr Antoine?«

Da hat mich der Ekel gepackt, ich habe mich auf die Bank fallen lassen, ich wußte nicht einmal mehr, wo ich war; ich sah die Farben langsam um mich kreisen, ich hatte einen Brechreiz. Und das ist es: seitdem hat der Ekel mich nicht verlassen, er hält mich fest.

Ich habe bezahlt. Madeleine hat meine Untertasse abgeräumt. Mein Glas quetscht eine gelbe Bierlache, in der eine Blase schwimmt, auf den Marmor. Die Bank ist an der Stelle, wo ich sitze, kaputt, und um nicht herunterzurutschen, muß ich meine Sohlen fest gegen den Boden stemmen; es ist kalt. Rechts spielen sie auf einer Wolldecke Karten. Ich habe sie nicht gesehen, als ich hereinkam; ich habe lediglich gespürt, daß dahinten ein lauwarmes Bündel war, halb auf der Bank, halb auf dem Tisch, mit Armpaaren, die herumfuchtelten. Inzwischen hat Madeleine ihnen Karten, die Decke und Spielmarken in einer Holzschale gebracht. Es sind drei oder fünf, ich weiß nicht, ich habe nicht den Mut hinzusehen. In mir ist eine Feder gesprungen: ich kann die Augen bewegen, aber nicht den Kopf. Der Kopf ist ganz weich, gummiartig, als wäre er gerade nur auf meinen Hals gesetzt; wenn ich ihn drehe, wird er mir herunterfallen. Trotzdem höre ich ein kurzes Schnaufen und sehe von Zeit zu Zeit aus dem Augenwinkel etwas Rotes mit weißen Härchen aufblitzen. Das ist eine Hand.

Wenn die Wirtin Einkäufe macht, wird sie von ihrem Cousin an der Theke vertreten. Er heißt Adolphe. Ich habe begonnen, ihn anzusehen, als ich mich hinsetzte, und habe ihn weiter angesehen, weil ich den Kopf nicht drehen konnte. Er ist in Hemdsärmeln, hat malvenfarbene Hosenträger an; er hat die Ärmel seines Hemdes bis über den Ellenbogen aufgekrempelt. Die Hosenträger sieht man auf dem blauen Hemd kaum, sie werden von dem Blau ganz verwischt, ganz verschluckt, aber das ist falsche Bescheidenheit: in Wirklichkeit kann man sie nicht vergessen, sie reizen mich mit ihrem verbockten Eigensinn, als hätten sie eigentlich violett werden wollen und wären unterwegs steckengeblieben, ohne ihren Anspruch aufzugeben. Man hat Lust, ihnen zu sagen: »Na los, werdet violett, und damit basta.« Aber nein, sie bleiben in der Schwebe, verbohrt in ihre unfertige Anstrengung. Manchmal gleitet das Blau, das sie umgibt, über sie und bedeckt sie vollständig: ich kann sie einen Augenblick lang nicht sehen. Aber das ist nur eine Welle, bald verblaßt das Blau an manchen Stellen, und ich sehe zaudernd-malvenfarbige kleine Inseln wiederauftauchen, die sich erweitern, sich zusammenschließen und die Hosenträger wiederherstellen. Der Cousin Adolphe hat keine Augen: seine geschwollenen und vorgewölbten Lider öffnen sich gerade ein bißchen über etwas Weißem. Er lächelt verschlafen; ab und zu schnaubt oder kläfft er und schlägt schwach um sich wie ein Hund, der träumt.

Sein Hemd aus blauer Baumwolle hebt sich fröhlich von einer schokoladenfarbenen Wand ab. Auch das verursacht den Ekel. Oder vielmehr: das ist der Ekel. Der Ekel ist nicht in mir: ich spüre ihn dahinten auf der Wand, auf den Hosenträgern, überall um mich herum. Er ist eins mit dem Café, und ich bin in ihm.

Rechts von mir fängt das lauwarme Bündel an zu tönen, es fuchtelt mit seinen Armpaaren.

»Hier, da hast du deinen Trumpf. – Was ist Trumpf?« Breites, schwarzes Rückgrat über das Kartenspiel gebeugt: »Hahaha!« »Was? Das ist Trumpf, er hat ihn gerade gespielt.« »Ich weiß nicht, ich hab's nicht gesehen ...« »Doch, jetzt habe ich gerade Trumpf gespielt.« »Ach so, also Herz ist Trumpf.« Er trällert: »Herz ist Trumpf, Herz ist Trumpf, Herz-ist-Trumpf.« Gesprochen: »Und was ist das, mein Herr, was ist das? Ich nehme!«

Von neuem Stille – der Zuckergeschmack der Luft in meinem Rachen. Die Gerüche. Die Hosenträger.

Der Cousin ist aufgestanden, er hat ein paar Schritte gemacht, er hat seine Hände auf den Rücken gelegt, er lächelt, er hebt den Kopf und lehnt sich nach hinten, auf den äußersten Rand seiner Absätze. In dieser Stellung schläft er ein. Er steht da, schwankend, er lächelt immer noch, seine Wangen beben. Gleich fällt er. Er neigt sich zurück, neigt sich, neigt sich, das Gesicht vollständig zur Decke gewandt, dann, im Moment des Fallens, fängt er sich geschickt an der Thekenkante auf und gewinnt sein Gleichgewicht wieder. Danach fängt er wieder von vorne an. Ich habe genug, ich rufe die Bedienung:

»Madeleine, spielen Sie mir ein Lied auf dem Grammophon, seien Sie so nett. Das eine, das ich so gerne habe, Sie wissen schon: *Some of these days.*«

»Ja, aber vielleicht stört das diese Herren; diese Herren mögen keine Musik, wenn sie Karten spielen. Ach, ich werde sie fragen.«

Ich gebe mir einen Ruck und wende den Kopf. Es sind vier. Sie beugt sich über einen purpurroten Alten, der einen schwarzumrandeten Kneifer auf der Nasenspitze trägt. Er hält seine Karten schützend vor die Brust und wirft mir von unten her einen Blick zu.

»Meinetwegen, mein Herr.«

Lächeln. Er hat verfaulte Zähne. Nicht ihm gehört die rote Hand, sondern seinem Nachbarn, einem Typ mit schwarzem Schnurrbart. Dieser Schnurrbarttyp hat riesige Nasenlöcher, die für eine ganze Familie Luft pumpen könnten und die die Hälfte seines Gesichtes verschlingen, aber trotzdem atmet er durch den Mund, wobei er ein bißchen schnauft. Dann ist da noch ein junger Mann mit einem Hundekopf. Den vierten Spieler kann ich nicht genau sehen.

Die Karten flattern auf die Wolldecke. Dann werden sie von Händen mit beringten Fingern, deren Nägel über die Decke kratzen, eingesammelt. Die Hände bilden weiße Flecken auf der Decke, sie sehen aufgedunsen und staubig aus. Immer neue Karten fallen, die Hände kommen und gehen. Was für eine komische Beschäftigung: das sieht weder nach einem Spiel aus noch nach einem Ritus noch nach einer Gewohnheit. Ich glaube, sie tun das, um ganz einfach die Zeit auszufüllen. Aber die Zeit ist zu breit, sie läßt sich nicht ausfüllen. Alles, was man in sie hineinsteckt, weicht auf und dehnt sich. Diese Bewegung der roten Hand zum Beispiel, die ungeschickt die Karten einsammelt: sie ist ganz schlaff. Man müßte sie auftrennen und hineinschneiden.

Madeleine kurbelt das Grammophon an. Hoffentlich hat sie sich nicht vertan und hat nicht, wie neulich, die große Arie aus *Cavalleria rusticana* aufgelegt. Aber nein, das ist richtig, ich erkenne die Melodie gleich bei den ersten Takten. Das ist ein alter Ragtime mit gesungenem Refrain. Ich habe ihn 1917 von amerikanischen Soldaten in den Straßen von La Rochelle pfeifen hören. Er muß aus der Vorkriegszeit stammen. Aber die Aufnahme ist wesentlich jünger. Trotzdem, das ist die älteste Platte der Sammlung, eine Pathé-Platte für Saphirnadeln.

Gleich kommt der Refrain: den liebe ich besonders, und die abrupte Art, mit der er sich vorwärtswirft, wie eine Klippe gegen das Meer. Im Augenblick wird Jazz gespielt; keine Melodie, nur Noten, eine Myriade von kleinen Stößen. Sie kennen keine Ruhe, eine unbeugsame Ordnung läßt sie entstehen und zerstört sie, ohne ihnen je Muße zu lassen, sich zu besinnen, für sich zu existieren. Sie rennen, sie drängen sich, sie treffen mich im Vorbeieilen mit einem kurzen Schlag und vergehen. Ich würde sie gern aufhalten, aber ich weiß: wenn es mir gelänge, einen von ihnen zu stoppen, bliebe zwischen meinen Fingern nichts weiter als ein ordinärer und schmachtender Ton. Ich muß ihren Tod akzeptieren; ich muß ihn sogar *wollen*, diesen Tod: ich kenne wenige Eindrücke, die herber und stärker wären.

Ich fange an, mich zu erwärmen, mich glücklich zu fühlen. Das ist noch nichts Außergewöhnliches, das ist ein kleines Glück im Ekel: es entfaltet sich auf dem Grund der klebrigen Lache, auf dem Grund unserer Zeit – der Zeit der malvenfarbenen Hosenträger und der kaputten Bänke –, es besteht aus weiten und wabbeligen Augenblicken, die sich an den Rändern zu Ölflecken vergrößern. Kaum geboren, ist es schon alt, mir scheint, daß ich es seit zwanzig Jahren kenne.

Es gibt ein anderes Glück: außerhalb von mir ist dieses stählerne Band, die beschränkte Dauer der Musik, die unsere Zeit ganz und gar durchmißt und sie verneint und sie mit ihren kleinen spröden Spitzen zerreißt; es gibt eine andere Zeit.

»Herr Randu spielt Herz, da legst du As raus.«

Die Stimme gleitet vorbei und verschwindet. Nichts greift das stählerne Band an, weder die aufgehende Tür noch der Schwall kalter Luft, der meine Knie umspült, noch der Tierarzt, der mit seiner kleinen Tochter hereinkommt: die Musik durchdringt diese unbestimmten Formen und geht durch sie hindurch. Kaum hat das kleine Mädchen sich hingesetzt, ist es gepackt worden: es hält sich kerzengerade, die Augen weit geöffnet; es hört zu und reibt mit der Faust über den Tisch.

Noch ein paar Sekunden, und die Negerin wird singen. Das erscheint unvermeidlich, so stark ist die Notwendigkeit dieser Musik: nichts kann sie unterbrechen, nichts, was aus dieser Zeit kommt, in der die Welt versackt ist; sie wird von selbst aufhören, auf Befehl. Wenn ich diese schöne Stimme liebe, dann vor allem deswegen: nicht wegen ihrer Klangfülle, nicht wegen ihrer Traurigkeit, sondern weil sie das Ereignis ist, das so viele Noten so lange vorbereitet haben, die gestorben sind, damit es geboren werde. Und dennoch bin ich unruhig: es bedürfte einer Geringfügigkeit, und die Platte würde stehenbleiben: eine Feder könnte springen, den Cousin Adolphe könnte eine Laune überkommen. Wie seltsam, wie ergreifend, daß diese

Härte so anfällig ist. Nichts kann sie anhalten, und alles kann sie zerbrechen.

Der letzte Akkord ist verklungen. In der kurzen Stille, die folgt, fühle ich deutlich, daß es soweit ist, daß *etwas geschehen ist.*

Stille.

»Some of these days
You'll miss me, honey!«

Das ist geschehen: der Ekel ist verschwunden. Als die Stimme sich in der Stille erhoben hat, habe ich meinen Körper hart werden fühlen, und der Ekel hat sich verflüchtigt. Mit einem Schlag: es war fast schmerzhaft, ganz hart, ganz hellglänzend zu werden. Gleichzeitig weitete die Dauer der Musik sich aus, blähte sich auf wie eine Windhose. Sie erfüllte den Raum mit ihrer metallischen Transparenz und zerschmetterte unsere erbärmliche Zeit an den Wänden. Ich bin in der Musik. In den Spiegeln rollen Feuerkugeln; Rauchringe kreisen und drehen sich um sie, verhüllen und enthüllen das harte Lächeln des Lichts. Mein Glas Bier ist kleiner geworden, es steht stämmig auf dem Tisch: es wirkt verdichtet, unabdingbar. Ich will es hochheben und sein Gewicht spüren, ich strecke die Hand aus ... Mein Gott! Das ist es vor allem, was sich verändert hat, meine Bewegungen. Diese Bewegung meines Armes hat sich wie ein majestätisches Motiv entwickelt, sie hat sich an den Gesang der Negerin angeschmiegt; es kam mir vor, als tanzte ich.

Adolphes Gesicht ist da, vor die schokoladenfarbene Wand gestellt; es wirkt ganz nah. Im gleichen Moment, als meine Hand sich wieder schloß, habe ich seinen Kopf gesehen; er hatte die einleuchtende, zwingende Notwendigkeit einer Schlußfolgerung. Ich presse meine Finger gegen das Glas, ich sehe Adolphe an: ich bin glücklich.

»Da!«

Eine Stimme steigt aus dem allgemeinen Gemurmel auf. Das ist mein Nachbar, der spricht, der rotgekochte Alte. Seine Wangen bilden einen violetten Fleck auf dem braunen Leder der Bank. Er knallt eine Karte auf den Tisch. Die Karozehn.

Aber der junge Mann mit dem Hundekopf lächelt. Der rotgesichtige Spieler beugt sich über den Tisch, beobachtet ihn lauernd von unten, sprungbereit.

»Und da!«

Die Hand des jungen Mannes kommt aus dem Dunkel, schwebt einen Moment lang, weiß, träge, stößt dann plötzlich wie ein Milan herunter und drückt eine Karte auf die Decke.

Der rotgesichtige Dicke springt hoch:

»Scheiße! Er sticht!«

Der Umriß des Herzkönigs wird zwischen gekrümmten Fingern sichtbar, dann wird er auf das Gesicht gedreht, und das Spiel geht weiter. Schöner König, von so weit her gekommen, von so vielen Spielzügen, von so vielen verschwundenen Gebärden vorbereitet. Und jetzt verschwindet er seinerseits, damit andere Spielzüge und andere Gebärden entstehen, Angriffe, Gegenangriffe, Pechsträhnen, zahllose kleine Abenteuer.

Ich bin gerührt, ich empfinde meinen Körper wie eine abgeschaltete Präzisionsmaschine. Ich habe wirkliche Abenteuer erlebt. Ich kann mich zwar an keine Einzelheit erinnern, aber ich sehe die unerbittliche Verkettung der Umstände. Ich bin über die Meere gefahren, ich habe Städte hinter mir gelassen und bin Flüsse hinaufgefahren oder bin in Wälder gedrungen und eilte immer neuen Städten entgegen. Ich habe Frauen gehabt, ich habe mich mit Kerlen geprügelt; und nie konnte ich zurückgehen, genausowenig wie eine Platte rückwärts laufen kann. Und das alles führte mich *wohin*? Zu dieser Minute hier, zu dieser Bank, in diese Lichtblase, die ganz von Musik dröhnt.

»And when you leave me.«

Ja, ich, der es so liebte, in Rom mich ans Ufer des Tiber zu setzen, in Barcelona abends hundertmal die Ramblas auf und ab zu gehen, ich, der ich in der Nähe von Angkor auf dem Inselchen des Baray von Prah-Kan eine Banjane ihre Wurzeln um die Kapelle der Nagas schlingen sah, ich bin hier, ich lebe in derselben Sekunde wie diese Kartenspieler, ich höre eine Negerin singen, während draußen die fahle Nacht herumschleicht.

Die Platte ist zu Ende.

Die Nacht ist da, süßlich, zögernd. Man sieht sie nicht, aber sie ist da, sie umhüllt die Lampen; man atmet mit der Luft etwas Dichtes ein: das ist sie. Es ist kalt. Einer der Spieler schiebt die durcheinanderliegenden Karten einem anderen zu, der sie aufnimmt. Eine ist liegengeblieben. Sehen sie sie denn nicht? Es ist die Herzneun. Jemand nimmt sie schließlich, gibt sie dem jungen Mann mit dem Hundekopf.

»Aha, die Herzneun!«

Gut, ich gehe jetzt. Der veilchenblaue Alte beugt sich über ein Blatt Papier und lutscht an einer Bleistiftspitze. Madeleine sieht ihn mit hellen und leeren Augen an. Der junge Mann dreht und wendet die Herzneun zwischen seinen Fingern. Mein Gott! ...

Ich stehe mühsam auf; im Spiegel über dem Schädel des Tierarztes sehe ich ein unmenschliches Gesicht vorbeigleiten.

Gleich werde ich ins Kino gehen.

Jens Rehn
Der Zuckerfresser

»Was schreibs'n da?«

Ich sah auf und konnte ihn nicht richtig erkennen, er stand genau in der Sonne. Ich setzte mich auf und drehte mich um.

»Biste von der Zeitung, oder isses nurn Brief?«

Der Junge war mager wie ein neugeborenes Kalb. Seine hellblau ausgeschossene Turnhose hatte ein ziemliches Loch auf dem linken Bein. Das Flachshaar klebte naß am Kopf. Er hatte aber keine Gänsehaut. Das Wasser war bestimmt nicht wärmer als fünfzehn Grad. »Kalt, was?« sagte ich. Was soll man schon sagen. »Willst du dich abrubbeln?«

Er rieb sich trocken und verdreckte mein Frottiertuch mit dem elenden Teerzeug. Die sollten endlich mal verbieten, daß die Dampfer draußen auf See ihr mistiges Öl außenbords pumpen und den ganzen Strand versauen. Und überhaupt: Mit dem Schreiben hatte es nicht so geklappt, wie ich es mir vorgestellt hatte, im Strandkorb gab es entweder Sonne mit Wind, oder ich saß ohne Wind im Schatten, ein bißchen braun wollte ich ja schließlich werden; und wenn ich mich auf den Bauch an den Sandwall meiner Strandburg legte, gab es auch keine Ruhe; entweder blies der Wind die Ecken vom Papier um, oder Sand rieselte drüber hin, oder ich bekam ein steifes Kreuz, oder der Schreibarm tat mir weh.

»Wo kommst du denn her?«

Der Junge machte eine unbestimmte Bewegung. Ich schätzte ihn auf sieben Jahre. Vielleicht auch acht.

»Kannst du denn schon lesen?«

Ich merkte sofort, daß das eine völlig verkehrte Frage gewesen war. Er beantwortete sie überhaupt nicht. Ich konnte mir vorstellen, was er jetzt dachte. Er zog die Nase hoch.

»Wasser, weißte«, sagte er und sah einer Möwe nach, die im Aufwind des Kliffs den Strand absegelte. »Schreibste Geschichten?«

»Auch. Ist aber nichts geworden heute.«

»Wasn für Geschichten?«

»So alles Mögliche.«

»Für Bücher?«

»Auch, manchmal.«

»Was de selbst erlebt hast?«

»Selten. Meistens denkt man sich was aus.«

Es waren nicht mehr viele Leute am Strand. Fünfzehn Uhr, die Sonne stand schon recht niedrig. Ich zog mich an. Der Junge sah zu. Er blieb immer todernst.

»Wo gehsten jetzt hin? Hause?«

»Nein, Tee trinken, im Witthüs.«

Er zog die Augen etwas zusammen und leckte sich über die Lippen. Nicht wegen des Tees, ich erfuhr erst später warum.

»Komm mit«, sagte ich, »wenn du Lust hast.«

Er drehte sich jedoch um und stakte durch den Sand davon.

Endlich ging ich zurück und die Hauptstraße landeinwärts, bis ich links abbiegen mußte zum Witthüs. Sicherlich eines der ältesten Häuser hier, weiß gekalkt, niedrig, das Rieddach sah recht verwittert aus. Im Hause gab es kleine Kabäuschen, hier kredenzten appetitliche Bajaderen alle möglichen Teesorten, den echten ›Friesischen‹ mit Rahm und Kandis, russischen Tee mit kandierten Kirschen und Preiselbeeren, grünen Indientee. Ich mag den russischen am liebsten. Die hübschen Geishas waren Studentinnen und nutzten ihre Semesterferien aus für ihren Geldbeutel. Eine gehobene Atmosphäre, nicht ohne Fröhlichkeit.

Aus dem Schallplattenverzeichnis suchte ich mir eine verschollene Kammermusik von Scarlatti aus, meine blonde Nymphe legte die Platte auf, und ich machte es mir mit meinem Tee gemütlich. Als mir dann etwas einfiel, holte ich mein Heft hervor und fing an zu schreiben.

»Schreibst ja doch!«

Da war der Junge wieder. Ein Auftritt wie beim Zauberkünstler, die Hexerei aus dem schieren Nichts. Er hatte jetzt eine Cordhose an und eine überraschend flotte Strickjacke aus Schafwolle. Er zeigte auf den Kandiszucker.

»Schenkste mir den?«

»Türlich. Nimm nur. Auch Tee?«

Er wollte keinen Tee, nur den Zucker. Er zerbiß ihn krachend in die Musik hinein. Mir lief es bei diesem Geräusch den Rücken hinauf.

»Biste fertig oder machste weiter?«

»Mit was?«

»Schreiben.«

Er hatte sich gesetzt, rechts neben mir hockte er auf der Eckbank, zwinkerte und kontrollierte die anderen Tische. Er konnte aber keinen Zucker mehr entdecken.

»Nein«, sagte ich und gab auf, der Musik zuzuhören. »Keine Lust mehr. Außerdem taugt die Geschichte nichts.«

»Biste allein hier?«

»Ja. Und du?«

»Haste keine Frau?«

»Nein.«

»Machste keine leiden?«

Ich brauchte nicht zu antworten, denn er sagte sofort:

»Ich auch nich. Mädchen sin tumbich.«

»Tumbich? Was ist denn das? Dumm?«

»Genau.«

»Nana – !«

»Ich könnte ganz gern nochn bißchen Zucker haben!«

Die runde, blonde Geisha kam vorbei, blieb stehen und sah den Jungen an.

»Was!« sagte sie. »Bist *du* wieder hier?«

Der Junge stieß mich an, und wir waren uns einig über die Qualität dieser Frage.

»Lassen Sie ruhig. Wir kennen uns schon lange, und ich habe ihn eingeladen.

»So?«

Es blieb ihr nichts übrig, als höflich zu bleiben: »Ich wundere mich nur, daß der ganze Junge nicht aus purem Zucker besteht. Dieser Zuckerfresser! Unser bester Kandiskunde. Ein Nassauer ist er, das ist er!«

»Genau!« sagte der Junge ungerührt und sah das Mädchen ernst an. Dann zu mir:

»Soll ich wohl noch was haben?«

»Klar.«

Der erste Satz von Scarlatti war zu Ende, die Nadel lief in der Leerrille, im Lautsprecher kratzte es. Das Mädchen drehte die Platte um und brachte eine zweite Schale mit Kandis. Der Tee war inzwischen kalt geworden, so bestellte ich neuen. Die Sonne ging jetzt unter, die letzten Strahlen über der Düne erreichten den Jungen in der Ecke. Sein ernstes Gesicht sah rot aus wie eine Tomate. Dann zerbiß er wieder den Zucker und brachte den zweiten Satz der Musik zur Strecke.

»Mensch!« sagte ich, »deine Zähne! Das ist doch nicht gut! Lutsche doch wenigstens!«

»Kanns ja mal sehn!« sagte er und fletschte mich an. Ein tadelloses Gebiß, ohne Lücke und gerade, eine Perlenkette. Er mußte doch schon älter sein, das waren keine Milchzähne mehr, auch weiter hinten nicht.

»Schreibste wirklich nich mehr?«

»Nein. Tee trinken und Musik hören ist schöner.«

»Was machsten nacher?«

»Weiß nich. Vielleicht lesen, zu Hause, oder noch mal am Strand längsgehen. Weiß noch nicht, mal sehn.«

»Haste Lust?«

»Wozu?«

»Was zeigen.«

»Was denn?«

Der letzte Zucker verschwand. Dieses Mal ging der Beißkrach in einer Fortissimostelle von Scarlatti unter. Das störte den Jungen jedoch nicht.

Die Sonne war nun untergegangen, und es wurde schnell dämmrig. Meine Geisha brachte eine Tischkerze.

»Noch mal Zucker?«

Sie konnte sich die Frage nicht verkneifen.

»Genau«, sagte der Junge und wurde noch ernster, wenn das überhaupt möglich gewesen wäre.

»Bitte sehr, wenn er mag«, sagte ich.

Das Mädchen brachte eine, wie mir schien, größere Portion.

»Den kute ich.« Er steckte den Kandis in die Hosentasche: »Is für Teetje!«

»Wer is denn Teetje? Dein Freund?«

»Wirste sehn. Kommste mit?«

Ich bezahlte, und wir gingen. Ein anderer Gast hatte die Siebente Bruckner bestellt, und so hatten wir einen weihevollen Abgang und Auszug.

Draußen war es finster geworden, und der Wind hatte noch zugenommen. Das Rauschen der Brandung war bis hierher zu hören. Der Junge lief voran, quer über die Heide auf einem schmalen, versteckten Gehsteig zu den Dünen in Richtung Kampen und Kliffende. Die Trümmer der bei Kriegsende gesprengten Artilleriebunker blockten schief und schwarz gegen die dunkelblauen, wehenden Wolken. Manchmal kam ein Stern durch, wurde aber sofort wieder zugedeckt. Der Mond war nicht zu sehen, er ging wohl erst später auf.

Zwischen den Dünenzügen hob sich der Weg sacht aufwärts, dann steiler, und schließlich mußten wir um einen mächtigen Betonklotz herumklettern. Unter dem Klotz zwängten wir uns in ein enges Loch. Völlige Dunkelheit.

»Warte mal!«

Die Stimme des Jungen klang dumpf vor mir. Ein Streichholz zischte, dann schwebten zwei Kerzenflammen schräg über mir.

»Komm rauf, hier isses!«

An der Seite war ein Teil des Bunkers unbeschädigt geblieben. Aus der abgebrochenen Zwischendecke hing verrosteter Eisendraht in wirren Mustern. Die Kerzen flackerten in einem Luftzug wer-weiß-woher, Schatten jagten um die Höhlenwände.

Der Junge hatte sich eine Ecke mit getrocknetem Seegras ausgepolstert. Er saß da, ließ die Beine baumeln und blickte mir mit großen, lichtglänzenden Augen entgegen.

»Das is Teetje«, sagte er. »Friß!«

Die Möwe sperrte den Schnabel auf und schluckte ein Stück Kandiszucker. Sie ruckte mit dem Hals. Gerechter Strohsack, ein zweiter Zuckerfresser, und was für einer! Die Möwe sah arg mitgenommen aus, der linke Flügel hing, und der Vogel lahmte; die Federn waren teerverkleistert.

Der Junge nahm die Möwe auf den Schoß und streichelte sie. Das Tier hielt den Schnabel halb geöffnet und fiepte zart. Die schwarzen Knopfaugen mit den hellen Ringen beobachteten mich unbeweglich.

»Tag, Teetje!« sagte ich.

Die Möwe fraß den Zucker, und der Junge streichelte sie.

»Hab ich vor ner Woche gefunden, is ganz zahm, von Anfang an. Machsten leiden?«

»Genau«, sagte ich.

Der Junge verzog das Gesicht, und nun sah ich ihn zum erstenmal leise lächeln.

Wir haben uns in den nächsten Tagen noch zweimal getroffen, der Junge, die Möwe und ich. Ich sorgte dafür, daß den beiden der Kandis nicht ausging. Drei Tage bevor ich abfahren mußte, blieb der Junge plötzlich aus. Ich wartete vergebens. Erst am Abend des letzten Tages kletterte ich allein in den Höhlenbunker. Die Seegrasecke war leer.

Ich ging nochmals zurück zum Witthüs, trank meinen Abschiedstee, hörte der Musik zu und dachte ein wenig nach. Dann endlich fragte ich meine blonde Geisha beiläufig, ob sie den Jungen irgendwann in den letzten Tagen gesehen habe.

»Den Zuckerfresser?« sagte sie und horchte in Richtung des Plattenspielers; das ›Erwachen heiterer Gefühle auf dem Lande‹ – ›Allegro ma non troppo‹ – mußte gleich zu Ende sein. Es dauerte aber doch noch ein bißchen, da wir beide auf einen Trugschluß hereingefallen waren, und sie sah mich geradeheraus an: »Ja – der! Am Dienstag war er hier und ging sofort wieder. Er sagte ›Teetje is tot, un ich eß kein Zocker mehr‹. Wissen *Sie*, wer Teetje ist?«

Michael Zeller
Kaffeehausgemurmel

... und ein verdrehter gelber Filter im überstaubten Aschenbecher, von einem fremden Vorgänger

... und Kaffeedampf, gefaßt in Blau, an kalte Haut nach einer Stunde Frühjahrswind

... und Frauen links, gleich zwei, mit aufgelöstem Haar und heller Haut und schönen Blicken hart an dir vorbei, gezielt

... und auf dem abgenutzten Tisch das ladenfrische Buch mit diesem tiefen Satz wie Blätterteig (»Die Frau aß mit einem Schuhlöffel Sardinen aus der Dose«)

... und von morgen schon die Zeitung heute trägt dir der Mann heran mit diesen dunklen Augen gratis

... und eine Politesse, grüngefrackt beim Straßendienst: verlangend mustert sie durch Glas dein Baiser, vorbildlich geparkt

... und dein Sternbild auf dem Zuckerwürfel bestätigt dir deinen gefälligen Charakter

... und wenn du in dieser Idylle aus Samt noch Luft hast zur Flucht, kannst du gehen wohin du willst, vertrieben aus deinem Mittelpunkt

... und zwei Kippen jetzt, verdreht. Wieder war da einer, vor dem nächsten

Manfred Seiler
Leben wie ein Abzählvers

Er geht in Harry's New York Bar und glotzt die Frauen an. Er geht in die Philoma Bar und glotzt die Frauen an. Und wenn es spät wird, geht er ins Maximilians und glotzt die Frauen an. Im Durchschnitt kommt auf zehn Besuche in Harry's New York Bar, in der Philoma Bar und im Maximilians eine Frauenbekanntschaft. An diese Statistik glaubt er. Sie ist von ihm.

Ene, mene, miste, was rappelt in der Kiste ...

Ins Schumann's geht er nicht so gern. Die Frauen dort gefallen ihm nicht.

»Gebildet bin ich selber.«

Er liebt Datentypistinnen, Sekretärinnen, Arzthelferinnen. Er liebt Laborantinnen, medizinisch-technische Assistentinnen, Anwendungsprogrammiererinnen und Organisationsprogrammiererinnen. Gebietsrepräsentantinnen, Hotelkauffrauen, Bilanzbuchhalterinnen und Pressereferentinnen. Werbegraphikerinnen, Fakturistinnen, Kosmetikerinnen. Gelegentlich auch eine Zahnarztgattin. Und die gehen in Harry's New York Bar oder in die Philoma Bar.

Ins Schumann's gehen Lyrikerinnen, Regieassistentinnen, Schauspielerinnen, Schriftstellerinnen, Hochschuldozentinnen, Rundfunkreporterinnen, Journalistinnen und sonstige Kulturgroupies. Er geht also in Harry's New York Bar. Schlendert durch die Maximilianstraße und schaut sich die Auslagen an. Verspätete Theaterbesucher hasten an ihm vorbei. Ein Mann rempelt ihn an, und weil er ihm verärgert nachschaut, sieht er den Kaugummi nicht, der auf seinem Weg liegt. Obwohl die Chancen hundert zu eins stehen, trappt er hinein. Nun hemmt ein Kaugummi seinen Schritt, bleibt die Sohle nach jedem Auftreten am Asphalt kleben.

»Sauerei!«

Er schabt die Sohle über den Asphalt und versucht den Kaugummi zu lösen. Er zieht den Schuh aus und rubbelt ihn über den Randstein. Es gelingt mit Mühe. Ein Rest widersteht seinen Bemühungen. Und während er seinen Weg fortsetzt, hat er immer noch das Gefühl, die Sohle würde bei jedem Schritt am Asphalt kleben bleiben. Vielleicht humpelt er jetzt leicht und man meint, er hätte sich den Fuß verknackst.

In Harry's New York Bar trägt die Jugend von gestern die Klamotten von heute zur Schau. Großkarierte Hemden, um deren

Kragen locker die schmale Lederkrawatte hängt, dickwollene Bundfaltenhosen, schlotternde Sakkos aus grobem Fischgrät oder schwarze, dickwulstige Lederjacken. Der Beleuchtungsmeister mit seiner Windjacke und seiner Manchesterhose wirkt in dieser Umgebung fast schon wie ein Exote. Mit gebeugtem Oberkörper sitzt er auf einem Barhocker am Tresen und hält mit beiden Händen sein Glas umfaßt. Georg gibt ihm einen Klaps auf die Schulter. Er mag diesen Mann, weil er nie von Kunst redet. Er denkt schwerfällig, aber er denkt. Weil im Theater soviel von Kunst und künstlerischer Kreativität die Rede ist, hat er sich auf die Haltung des Arbeiters, des Handwerkers zurückgezogen. Er ist der Außenseiter unter all den künstlerischen Außenseitern im Theater. Seine provozierende Biederkeit im Auftreten kommt Georg schon fast wieder avantgardistisch vor. Er paßt ins Theater so gut wie in Harry's New York Bar, also so gut wie überhaupt nicht.

»Die Göttin deines Herzens ist heute auch wieder da«, sagt der Beleuchtungsmeister und nickt mit dem Kopf zu einer kleinen, blonden Frau hin, die am anderen Ende des Tresens sitzt.

»Die Göttin meines Herzens trägt heute Rosarot. Ach, ich liebe das«, sagt Georg und bestellt ein Glas Guinness bei einem der hinter dem Tresen emsig arbeitenden Barkeeper. Alle Barkeeper in Harry's New York Bar tragen weiße Kittel und lange Schürzen, die wie Röcke um ihre Hüften gewickelt sind. Ihr Erkennungszeichen ist der Vorname, der auf die Brusttasche ihrer Kittel gestickt ist. Klangvolle Vornamen. Der Barkeeper, bei dem Georg bestellt, heißt beispielsweise Pierre.

»Ein Guinness, Pierre«, sagt Georg, weil man als Stammgast die Barkeeper mit dem Vornamen anreden darf. Und Pierre lächelt ihn freundlich an. Weil Georg ihn mit dem Vornamen angeredet hat und weil Georg ein Stammgast ist. Grinst von einem Ohr bis zum andern, dieser Pierre, der wahrscheinlich Peter heißt und ein Appartement in Neu-Perlach bewohnt. Und der Beleuchtungsmeister sagt:

»Nettes Mohair-Pullöverchen, das sie heute anhat. Sieht man sogar mal was von ihren Titten.«

»Ich mag das nicht, wenn du so über sie redest. Außerdem mag ich kleine Titten«, sagt Georg und muß an die dicke Zahnarztgattin denken.

»Übrigens, hast du Probleme mit deinen Zähnen?« fragt der Beleuchtungsmeister.

»Wieso?«

»Weil man dich gestern nach der Diskussion gesehen hat, wie du mit der Gattin des Kassierers des Vereins der Freunde des Residenztheaters verschwunden bist. Und der ist Zahnarzt. So dachte ich halt.«

Georg winkt ab und schaut zu der kleinen, blonden Frau auf der anderen Seite des Tresens. Sie sieht ihn kurz an und senkt dann den Blick auf ihre Hände. Seit Wochen geht nun dieses Spiel, seit er mit den Proben zum Kirschgarten begonnen hat und abends mit dem Beleuchtungsmeister in diese Bar geht. Seit Wochen schaut er sie an, senkt sie schamhaft ihre Augen, wenn er sie anschaut: Eigentlich interessiert ihn diese kleine, schmallippige Frau gar nicht, die jeden Abend am Tresen sitzt wie die Prinzessin auf der Erbse mit frisch geföntem Haar. Sie erinnert ihn an eine zerbrechliche Glaspuppe, der man besser nicht zu nahe tritt. Nur dieses verschämte Senken der Augen irritiert ihn. Nur deshalb schaut er immer wieder hin und möchte diese Frau kennenlernen. Wer schlägt denn heute noch die Augen nieder? Noch dazu verschämt? Er greift zu seinem Glas Guinness, und als er gerade das Glas zum Trinken ansetzen will, prostet ihm ein ziemlich betrunkener Gast vom Tresen aus zu. Georg prostet zurück und bemerkt dabei das sich küssende Paar neben sich.

»Du, ich muß jetzt gehen«, sagt der Mann und hält den Kopf der Frau mit beiden Händen. Aber er geht nicht, sondern küßt sie wieder. Georg sieht ihnen zu. Auf einmal öffnet die Frau ihre Augen und schaut Georg an, während sie der Mann küßt.

»Versteh ja nicht, was dich an der so reizt«, sagt der Beleuchtungsmeister und nickt zu der kleinen Blonden hinüber. »Die kommt mir vor wie aus meinem Porzellanschrank. Früher hat man sich so etwas auf die Anrichte gestellt.«

»Als Beleuchter bist du genial«, sagt Georg, »aber du hast keine Pietät.«

»Das da drüben ist eine Frau, ja, das ist heiß«, sagt der Beleuchtungsmeister und deutet auf eine schwarzhaarige, vollbusige Frau in einem hautengen Tigerdress aus Trikotstoff.

»Ist mir zu kalt, zu hart«, sagt Georg.

»Ganz weich wird das, glaub mir, ganz weich wird das im Bett«, sagt der Beleuchtungsmeister.

Der Mann neben Georg hält die Hände der Frau und sagt:

»Ich glaub, ich geh jetzt wirklich.«

Aber er geht nicht, sondern küßt ihre Wangen.

»Außerdem quatscht mir der Tiger zuviel rum«, sagt Georg. »Ich mag solche Frauen nicht, die mir das Ohr vollabern.

Machen sie die Beine breit, ist jedes Wort zuviel. Machen sie die Schotten dicht, ist jedes Wort zuviel. Ich mag verschwiegene Frauen, und die da«, er deutet auf die kleine Blonde, »ist verschwiegen.«

An einem Tisch weiter hinten sitzt eine Gruppe von zwei Frauen und zwei Männern bei einer Flasche Champagner. Sie streiten darüber, ob man Zwiebeln mit dem Messer oder mit dem Zwiebelhacker von Moulinex würfeln sollte. Eine Frau mit einer grellen, türkisfarbenen Bluse und einer Goldrandbrille meint, der Zwiebelhacker nähme den Zwiebeln den Geschmack. Sie muß dem Champagner bereits reichlich zugesprochen haben, ihr Lippenrot ist schon ziemlich verschmiert, und ihr Blick verweilt lüstern auf dem Mann der anderen Frau.

Aus dem Lautsprecher singt Edith Piaf:

»Non, rien ne rien. Non, je ne regrette rien ...«

Der Betrunkene, der Georg zugeprostet hat, singt laut mit. Der Barkeeper Pierre geht auf ihn zu und ermahnt ihn, ruhig zu sein. Andernfalls müsse er das Lokal verlassen.

»Schau«, sagt der Beleuchtungsmeister, »das Rudel hat die Witterung aufgenommen.«

Um den Tiger haben sich einige Männer geschart. Ein Langer mit einem müden Blick, ein kleiner Zäher, ein Blonder mit Dauerwelle und einem Solitär im Ohrläppchen und einer mit einer Lederjacke im bayerischen Folklorelook, der ständig mit seinem Autoschlüssel spielt, an dessen Bund funkelnd ein Mercedesstern baumelt. Sollte dies signalisieren: Der Benz steht auf jeden Fall bereit?

»Den Tiger muß man nehmen, bevor er ausgebrannt ist«, sagt der Beleuchtungsmeister und nickt nachdenklich mit dem Kopf. »Die Verfallszeit ist kurz und die Liste der Gierigen lang.«

Der Mann neben Georg verabschiedet sich wieder einmal von der Frau, deren Hände er immer noch hält. Er müsse jetzt endgültig gehen, sagt er und schaut sie erwartungsvoll an. Da sie keine Anstalten macht, mit ihm zu gehen, bleibt er, drückt seine Stirn gegen ihre Schulter.

»Die Zwiebel wird ja regelrecht zermantscht«, sagt die Frau mit der grellen, türkisfarbenen Bluse und dem verschmierten Mund. Der Mann an ihrer Seite winkt ab. Er möchte den Grund wissen, warum der Zwiebelhacker von Moulinex der Zwiebel schaden soll. Die Frau schaut an ihm vorbei auf den Mann der anderen Frau, und als der ihre Bedenken unterstützt – »Vielleicht schadet der Zwiebelhacker den ätherischen Ölen der Zwiebel« –, lächelt sie ihn dankbar an. Er muß in dieser Gruppe eine Autorität sein. Was er sagt, scheint zu zählen. Jedenfalls widerspricht der andere Mann nicht ihm, sondern wendet sich mit seinem Widerspruch an seine Frau:

»Aber du schmeckst das nicht. Das machst du mir nicht weis.«

Doch sie hört ihm nicht zu. Sie hat ihren Blick auf den anderen gerichtet, der an seiner Zigarette zieht und ihr den Rauch ins Gesicht bläst. Die andere Frau verfolgt das Spiel mit verärgertem Gesichtsausdruck.

»Was meinst du, wer packt den Tiger in den Tank heut nacht?« fragt der Beleuchtungsmeister. Georg schaut sich das Rudel an.

»Der Lange nicht.«

»Niemals«, sagt der Beleuchtungsmeister, »für den ist der Tiger eine Nummer zu groß. Ich tippe auf den blonden Schönling mit der ondulierten Negerkrause und dem Edelstein im Ohr.«

»Nein, der auch nicht. Der steht sich selbst im Weg. Der hat einen Ruf zu verlieren, das Image des unwiderstehlichen Liebhabers. Deshalb zögert er. Einerseits die Gier nach dem Tiger, andererseits die Angst vor einer Niederlage. Ich tippe auf den Kleinen, den Zähen. Der weiß, was er will. Der steckt jede Niederlage weg wie nichts.«

Der Betrunkene beginnt wieder zu singen. Pierre geht auf ihn zu und fordert ihn auf, das Lokal zu verlassen. Der Betrunkene streckt entschuldigend die Hände von sich und deutet an, daß er jetzt ruhig sein werde. »Ja, ich muß es jetzt packen«, sagt der Mann neben Georg und fügt hinzu, weil ein kleines, spöttisches Lächeln über ihr Gesicht huscht: »Ehrlich, du.« Er gibt der Frau einen Kuß auf die Wange und winkt dem Barkeeper Pierre. »Der Kleine meinst du? Nicht der Typ mit dem Benz?« Der Beleuchtungsmeister wiegt zweifelnd seinen Kopf, und Georg bestellt sich noch ein Guinness. Er schaut zu der kleinen Blonden hinüber, und die kleine Blonde senkt verschämt ihren Blick. Der Barkeeper Pierre hat die Rechnung zusammengestellt und serviert sie dem Mann neben Georg »Zusammen?« fragt Pierre. Der Mann überlegt kurz, nickt dann und zückt seine Brieftasche. »Tatsache ist«, sagt der Mann unten am Tisch, der in der Gruppe eine Autorität zu verkörpern scheint, »Tatsache ist, daß jeder Meisterkoch, der etwas auf sich hält, Zwiebeln mit dem Messer würfelt und nicht mit einem Zwiebelhacker.« Er zieht an seiner Zigarette und bläst der Frau mit der grellen, türkisfarbenen Bluse den Rauch ins Gesicht. Er ist eine Chefnatur, die mit seinen zwei Sekretärinnen einen Betriebsausflug veranstaltet. Mit der einen hat er ein Verhältnis, und die andere möchte eins mit ihm haben. Nur hat sie ihren Mann mitgebracht. Doch je mehr sie trinkt, desto hemmungsloser brechen sich ihre heimlichen Wünsche Bahn. Dafür hat die Chefnatur einen Riecher. Er winkt dem Barkeeper. Noch eine Flasche. Geld spielt keine Rolle. Und die Frau mit der grellen, türkisfarbenen Bluse legt ja schon ihre Hand auf seinen Oberschenkel, wenn sie mit ihm redet.

Inzwischen hat die Tigerfrau eine dicke, klobige Armbanduhr vom Handgelenk genommen. Sie hantiert daran herum, bis aus der Uhr ein kleiner Roboter geworden ist. Den stellt sie auf den Tisch, und das Rudel bricht in schallendes Gelächter aus.

»Das ist scharf. Das ist echt scharf«, sagt der Mann mit dem Benz. Der Lange grinst müde. Der mit dem Edelstein im Ohr winkt dem Barkeeper Pierre. Darauf möchte er mit dem Tiger einen trinken. Aber der Barkeeper Pierre sieht ihn nicht. Der Barkeeper kassiert gerade bei dem Mann neben Georg ab, der es jetzt ehrlich packen muß. Noch einmal winkt der Solitär. Dann läuft er herüber und drängt sich neben Georg. »Pierre, mach mir doch rasch zwei Old Fashioned.«

Pierre nickt. Der mit dem Edelstein im Ohr zwängt sich zwischen Georg und dem Mann, der die Frau zum Abschied auf die Wange küßt, noch näher an den Tresen, um seinen Arm darauf zu legen.

»Ich nehm die Drinks gleich mit«, sagt er zu Pierre.

Georg schaut sich den Mann an. Er wirkt leicht überfettet. Nur mit Mühe kann er seinen Rettungsring um die Hüften unter einem weiten, dunkelgrauen Flanellhemd verstecken.

»Junge, du hast Zeit. Sonst kommst du noch ins Stolpern«, sagt Georg. Der Mann reagiert nicht. Was geht es ihn an, was andere Leute so daherreden. Er sieht Pierre bei der Arbeit zu. Wie er Zitronensaft ausquetscht, ihn mit Wodka vermischt, wie er den Mixer schüttelt, das Gemisch durch ein Sieb in zwei Champagnerschalen laufen läßt, Champagner dazugießt und das Ganze mit Zitronenschalen und hellrot leuchtenden Kirschen garniert.

»Ich würde sagen, du führst dich hier anständig auf, oder es gibt eins auf den Scheinwerfer.«

Der mit dem Edelstein reagiert nicht. Der Beleuchtungsmeister legt seine Hand auf Georgs Unterarm und sagt beruhigend: »Komm.«

Georg dreht sich auf seinem Barhocker herum. Der Chef und die Sekretärin mit der grellen, türkisblauen Bluse prosten sich zu und lachen sich kumpelhaft an. Verärgert steht die andere Frau auf, nimmt ihre Handtasche und verschwindet in Richtung Toilette. Der Schönling mit dem Edelstein nimmt vorsichtig seine zwei Old Fashioned vom Tresen. Beim Weggehen stolpert er über Georgs ausgestrecktes Bein. Der Cocktail schwappt aus den Gläsern auf seine Hose. Er schaut auf seine Hose, dann zum Tiger hinüber. Er dreht sich langsam um.

»Ich würde sagen, Sie zahlen mir zwei Old Fashioned, und wir vergessen den Fall.«

Natürlich, Streit kann er jetzt nicht brauchen. Georg fühlt sich nicht angesprochen. Er schaut im Lokal umher. Ist ja auch viel interessanter. Unten am Tisch zum Beispiel werden jetzt die Zwiebeln gehackt. Die grelle, türkisblaue Bluse hat die Gunst der Stunde genutzt, während ihre Kollegin auf der Toilette ist, und liegt in den Armen der Chefnatur. Gierig huschen ihre Hände über ihre Körper. Heftig drängen sie zueinander, küssen sich wild. Und der andere Mann schaut diesem Naturereignis fassungslos zu. Doch den blonden Schönling mit der ondulierten Negerkrause behält Georg auch im Auge. Der Schönling denkt noch nach. Eigentlich will er sich nicht aufhalten lassen. Wegen dem Tiger, den er mit einem Old Fashioned überraschen wollte. Jetzt hat er nur noch zwei halbvolle Gläser in der Hand. Und Georg kann sich denken, was kommen wird. Er sieht, wie die Chefnatur der Sekretärin unter die türkisblaue Bluse greift. Und er sieht die ausholende Handbewegung des Schönlings mit dem Edelstein im Ohr, der ihm das halbvolle Glas Old Fashioned ins Gesicht schütten will. Er bückt sich rasch. Dann die tödliche Dreierkombination. Die rechte Faust voll in den Magen. Die linke in die Leber. Und während der andere die Hände sinken läßt, wieder mit der rechten Faust voll ins Gesicht. Aufs linke Auge. Mit einem flachen Klatschen. Der Schönling torkelt zurück und prallt mit dem Rücken gegen die Balustrade. Langsam geht er mit schmerzverzerrtem Gesicht zu Boden. Das Auge ist jetzt schon angeschwollen. Aus der Nase läuft Blut. Er schüttelt den Kopf und schaut blöde auf die Champagnerschalen, die er immer noch in den Händen hält. Bevor er sich wieder hochrappeln kann, ist Pierre bei ihm und fordert ihn auf, das Lokal zu verlassen.

»Mußte das sein?« fragt der Beleuchtungsmeister und wischt sich mit dem Ärmel den Cocktail aus dem Gesicht.

Die grelle, türkisblaue Bluse hat mittlerweile ihre Goldrandbrille abgenommen. Sie gibt sich jetzt blind der Leidenschaft hin.

»Raufereien gibt es bei uns nicht«, sagt Pierre und fragt, ob er ein Taxi bestellen soll. Der Lange mit dem müden Lächeln tritt hinzu und bietet sich an, den Schönling heimzufahren.

»Ja, also, ich geh jetzt wirklich«, sagt der Mann neben Georg. Und diesmal geht er, geht zur Garderobe, schlüpft in seinen Mantel und verläßt das Lokal.

»Sind Sie schlecht aufgelegt heute?« fragt die Frau neben Georg.

»Jetzt geht es mir schon wieder besser.«

Er schaut zu der kleinen Blonden hinüber, die ihn ausdruckslos anstarrt. Dann senkt sie verschämt die Augen.

Die Freundin der türkisblauen Bluse kommt aus der Toilette zurück und bemerkt gerade noch, wie ihr Liebhaber der Freundin den Hals küßt, während die mit dem Brillengestell an seiner Hose herumfummelt. Beleidigt geht sie zum Tresen und bestellt sich eine Tasse Kaffee. Angewidert betrachtet sie den Schönling, dem der Lange mit dem müden Blick mit einer Serviette das Blut aus dem Gesicht wischt. Die Tigerfrau schaut Georg wütend an und streift ihre Digitaluhr wieder über ihr Handgelenk. Der mit dem Benz redet tuschelnd auf sie ein. Der Kleine, der Zähe versucht mitzuhören, was die beiden da zu bequatschen haben. Der Lange mit dem müden Blick bringt den Schönling mit dem Edelstein zur Tür. Als er Georg sieht, läßt er den Schönling stehen und kommt auf Georg zu:

»Lassen Sie sich hier besser nicht mehr blicken. Sonst müssen Sie 'ne Rechnung begleichen, die Ihnen teuer zu stehen kommen kann.«

Pierre tritt dazu und sagt, daß es jetzt genug sei:

»Hier wird nicht gerauft.« Der Lange hebt abwehrend die Hände und zieht sich zurück. Er winkt dem Tiger zu und verläßt mit dem Schönling die Bar. »So leid es mir tut«, sagt Pierre, »ich muß Sie auffordern, auszutrinken und zu gehen.« Der Mann der türkisblauen Bluse hat sich zu der beleidigten Liebhaberin an den Tresen gestellt. Er will der Situation das Beste abgewinnen und legt den Arm um ihre Schultern. Wenn es über Kreuz geht, wäre seine Ehre gerettet. Aber die Frau liebt Chefnaturen. Mit Angestellten gibt sie sich nicht ab. Unwirsch streift sie seinen Arm von ihrer Schulter. »Jetzt hör mal«, sagt der Beleuchtungsmeister, »der Mann hat Streit gesucht. Da kann doch er nichts dafür«, und deutet auf Georg. »Das tut nichts zur Sache. Raufereien gibt es hier nicht.«

Pierre schaut Georg streng an und geht dann zu dem Typ mit dem Benz, der ihm mit einem Geldschein signalisiert hat, daß er zahlen möchte. »Laß es gut sein«, sagt Georg, »es ist ohnehin Zeit für uns. Morgen wird es ein harter Tag.« Nachdem der Angestellte bei der Frau am Tresen nichts erreicht hat, ist er wieder an den Tisch zurückgegangen und drängt die türkisblaue Bluse zum Aufbruch. Doch die Frau hat überhaupt keine Lust zu gehen. Jetzt, wo sie beim Chef in den Armen liegt. »Mir ist das zu blöd. Bild dir aber nicht ein, daß du morgen so einfach antanzen kannst, als sei nichts gewesen.«

Der Mann geht. Die türkisblaue Bluse wird nervös. Bittend schaut sie die Chefnatur an. Und der Chef erbarmt sich. Er läuft dem Angestellten nach, der das Lokal schon verlassen hat. Die türkisblaue Bluse erhebt sich und geht mit unsicherem Schritt auf ihre Freundin am Tresen zu. Der Typ mit dem Benz verläßt die Bar. Überrascht schaut ihm der Kleine, der Zähe nach. Sollte ihm der Tiger so einfach zufallen, weil jetzt auch der Benz das Feld geräumt hat?

»Es tut mir so leid. Wirklich. Es tut mir so leid«, wimmert die türkisblaue Bluse an ihre Freundin hin.

Der Beleuchtungsmeister lädt Georg auf den Drink ein.

»Heute hat uns die Leidenschaft ergriffen. Aber morgen, das schwöre ich dir, mach' ich alles wieder gut«, jammert die türkisblaue Bluse.

Während der Beleuchtungsmeister bei Pierre bezahlt und noch einmal erklärt, wie es zu der Schlägerei kam, geht Georg ans andere Ende des Tresens zu der kleinen Blonden und fragt sie, ob sie übermorgen wieder hier sei. Sie hört ihm aufmerksam zu. Sie denkt nach, legt ihre Stirn in Falten. Plötzlich lächelt sie fahl, senkt den Blick auf ihre gefalteten Hände und schweigt.

Der Chef kommt zurück. Ohne den Angestellten. Den kann er auch jetzt nicht brauchen. Es ging wohl eher darum zu verhindern, daß die türkisblaue Bluse dem Mann nachläuft. Der Chef ergreift die Initiative. Er steckt seiner Liebhaberin am Tresen einen Geldschein zu, nimmt die türkisblaue Bluse am Arm, holt ihren Mantel von der Garderobe und hilft ihr hinein. Auch der Tiger ist inzwischen in seinen Mantel, einen bauschigen, roten Fuchs, geschlüpft. Der Kleine, der Zähe ist immer noch skeptisch. Georg und der Beleuchtungsmeister verlassen mit den beiden Pärchen die Bar. Das Taxi vor der Tür, in das der Kleine, der Zähe den Tiger verfrachten will, ist leider schon besetzt. Der Fahrer schüttelt bedauernd den Kopf. Der Chef hat es bestellt. Und der

Chef hat es jetzt eilig. Er drückt sich mit der türkisblauen Bluse in den Fond des Wagens, und bevor er die Tür zugeschlagen hat, fährt der Wagen schon los.

»Vor dem Vier Jahreszeiten stehen jede Menge Taxis«, sagt der Kleine, der Zähe. Der Tiger hängt sich bei ihm ein. Blickt sich aber immer wieder um. Leise zischelnd kommt vom Ende der kleinen Straße eine dunkelblau schimmernde Mercedes-S-Limousine langsam angerollt, rollt auf den Tiger und den Kleinen, den Zähen zu. Als sie auf gleicher Höhe ist, öffnet sich die Beifahrertür. Der Tiger löst sich aus dem Arm des Kleinen, des Zähen, läuft um den Wagen herum und läßt sich hineinfallen. Der Kleine, der Zähe sieht, was läuft. Flink setzt er dem Tiger nach. Zu spät. Mit einem höhnischen Schmatzen klappt die Tür zu.

»Jetzt ist das Glück zentralverriegelt«, sagt der Beleuchtungsmeister.

Der Kleine, der Zähe will es nicht wahrhaben. Rüttelt am Türgriff. Läßt den Türgriff auch nicht los, als der Wagen anfährt. Bis zur Einbiegung in die Maximilianstraße läßt er sich mitschleifen. Seine Schuhe scharren auf dem Asphalt. Als der Mercedes an der Einbiegung kurz anhalten muß, schlägt er mit der Faust gegen die Seitenscheibe. Doch die Scheibe hält. Sekurit Sicherheitsglas. Mit quietschenden Reifen biegt der Benz in die Maximilianstraße ein. Zu schnell für den Kleinen, den Zähen. Er bekommt den Türgriff nicht mehr zu fassen. Das Glück ist ihm entglitten. Schimpfend steht er auf der Straße und schaut den Heckleuchten des Wagens nach.

»Nie war die Welt einsamer für ihn«, sagt der Beleuchtungsmeister, »der Tiger schläft heut nacht – mit einem anderen.« Und summt dazu die Melodie von The Lion Sleeps Tonight. Er trottet mit angezogenen Schultern und tief in den Hosentaschen vergrabenen Händen neben Georg her, der wieder den Kaugummi an seiner Sohle spürt.

»Sie ist wirklich verschwiegen«, sagt Georg.

»Wer?«

»Die kleine Blonde.«

»Das Püppchen auf der Anrichte? Wieso?«

»Ich hab' sie gefragt, ob sie übermorgen wieder da ist.«

»Und? Was hat sie gesagt?«

»Ja eben, nichts.«

Nikos Kazantzakis
Bubulina

Vor dem Kaffeehaus stand in aufrechter Haltung ein Greis von vornehmem Äußeren, mit strengen, gesammelten Gesichtszügen und einer Adlernase. Es war der Dorfschulze, Mawrandonis, von dem wir die Braunkohlengrube gepachtet hatten. Er hatte gestern bei Madame Hortense vorgesprochen, um uns in seine Wohnung zu entführen.

»Es ist eine Schande«, sagte er, »daß ihr in der Herberge wohnt, als gebe es keine anständigen Leute im Dorf.«

Er war ernst, seine Sprache gemessen wie bei einem vornehmen Herrn. Wir hatten abgelehnt. Es hatte ihn verdrossen, doch hatte er nicht beharrt.

»Ich habe meine Pflicht getan«, sagte er und entfernte sich.

Bald danach hatte er uns Käse, einen Korb mit Granatäpfeln, einen Krug mit Rosinen, getrocknete Feigen und eine Korbflasche Schnaps geschickt.

»Einen Gruß von Kapetan Mawrandonis«, sagte der Bote und befreite seinen kleinen Esel von der Last. »Wenig, läßt er bestellen, aber mit Liebe.«

Wir begrüßten nun den Ortsgewaltigen mit besonders herzlichen Worten.

»Möge euch langes Leben beschert sein!« Nach diesen Worten legte er seine Hand auf die Brust und verstummte wieder.

»Der liebt nicht viele Worte«, meinte Sorbas. »Ein spröder Kerl.«

»Nein«, sagte ich, »ein stolzer Mann. Er gefällt mir.«

Endlich erreichten wir unser Ziel. Die Nasenflügel meines Freundes zuckten vor Vergnügen. Sobald uns Madame Hortense von der Schwelle erblickte, stieß sie einen Freudenruf aus und lief in die Küche. Sorbas deckte im Hof den Tisch unter einer entblätterten Weinlaube. Er schnitt große Scheiben Brot ab, brachte Wein und legte Löffel, Gabeln und Teller hin. Er wandte sich mir mit verschmitztem Blick zu und deutete auf den Tisch: er hatte für drei Personen gedeckt!

»Merkst du was, Chef?« flüsterte er mir zu.

»Natürlich, du alter Wüstling«, antwortete ich.

»Die alten Hennen geben die beste Brühe«, sagte er und leckte sich die Lippen. »Davon verstehe ich was.«

Flink lief er hin und her. Seine Augen sprühten Funken. Er summte alte Liebeslieder vor sich hin.

»Das heißt leben, Chef! Ein Schlaraffenleben!« sagte er. »Jetzt handle ich, als müsse ich jeden Moment sterben. Und ich beeile mich, nicht zu verrecken, bevor ich die Henne verzehrt habe.«

»Zu Tisch!« befahl Madame Hortense.

Sie hatte den Kochtopf in der Hand und wollte ihn auf den Tisch stellen. Aber sie blieb mit offenem Munde stehen. Sie hatte die drei Gedecke bemerkt. Sie lief vor Freude rot an, warf Sorbas einen Blick zu, und ihre säuerlichen hellblauen Äuglein funkelten.

»Die hat Pfeffer in den Hosen«, flüsterte mir Sorbas ins Ohr. Dann wandte er sich mit ausgesuchter Höflichkeit an Madame und sagte:

»Schöne Seejungfrau, wir sind Schiffbrüchige, und das Meer hat uns in dein Reich gespült. Geruhe, mit uns zu speisen, holde Sirene!«

Die alte Chansonnette breitete ihre dicken Arme aus und schloß sie wieder, als wollte sie gleich uns beide umarmen, wiegte sich fast graziös in den Hüften, streifte gerührt zuerst Sorbas, dann mich am Ärmel und rannte glucksend in ihre Kammer. Schon nach wenigen Minuten erschien sie wieder, wedelnd und tänzelnd, in ihrer Staatsrobe, einem alten, verschlissenen Samtkleid mit gelben zerfransten Litzen. Die Brust blieb in liebenswürdigster Weise frei, den Ausschnitt schmückte eine altersschwache Stoffrose. In der Hand trug sie den Käfig mit dem Papagei und hängte ihn in der Weinlaube auf.

Wir nahmen sie in die Mitte, Sorbas saß ihr zur Rechten, ich zur Linken. Wir stürzten uns auf die Speisen, als hätten wir tagelang nichts zu uns genommen. Eine Zeitlang sprachen wir kein Wort. Wir fütterten gefräßig die Bestie in uns, tränkten sie mit Wein, die Nahrung verwandelte sich schnell in Blut, die Welt wurde schöner und die Frau neben uns jünger, und ihre Falten glätteten sich. Und der grüne Papagei mit der gelben Brust uns gegenüber neigte sich vor und stierte uns an. Bald kam er uns wie ein winziges verzaubertes Männlein vor, bald wie die Seele der alten Kabarettsängerin in der gleichen grüngelben Toilette, und über unseren Köpfen sprossen plötzlich aus der entblätterten Weinlaube große Trauben mit schwarzen Beeren.

Sorbas rollte die Augen, streckte seine Arme, als wollte er die ganze Welt umschlingen, und rief wie entsetzt:

»Ja, was ist denn das! Da trinkt man ein Glas Wein, und die Welt geht aus den Angeln. Chef, was ist denn das Leben überhaupt? Bei Gott, sind das Weintrauben, was da über uns baumelt, oder Engel? Ich kann es nicht unterscheiden. Oder ist das alles nichts, gibt es überhaupt nichts, weder Hennen noch Seejungfrauen noch Kreta? Sprich, äußere dich, damit ich nicht verrückt werde!«

Sorbas war in bester Laune. Er hatte die Henne verdrückt und verschlang jetzt mit den Augen gierig Madame Hortense. Seine Blicke fielen über sie her, kletterten auf und nieder, verkrochen sich in den ausgestopften Busen und betasteten ihn wie Hände. Auch die Äuglein von Madame glänzten. Sie wußte den Wein zu würdigen und ließ sich nicht erst nötigen. Der stürmische Dämon des Weines hatte sie in die guten alten Zeiten zurückversetzt. Sie wurde wieder zärtlich, offenherzig, offenbrüstig, sie verriegelte die Haustür, damit die Dorfbewohner – die Wilden, wie sie sie nannte – sie nicht sehen könnten. Sie zündete sich eine Zigarette an, und ihr steiles französisches Näslein blies bläuliche Ringe in die Luft.

In solchen Augenblicken sind alle Tore der Frau geöffnet, die Wächter sind eingeschlafen, und ein gutes Wort ist allmächtig wie Gold oder wie die Liebe. Ich steckte also meine Pfeife an und sprach das gute Wort: »Du erinnerst mich, Madame Hortense, an Sarah Bernhardt ... Verzeihung ... als sie noch jung war. Soviel Eleganz, soviel Grazie und gutes Benehmen, soviel Schönheit hätte ich nie auf dieser wilden Insel erwartet. Welcher Shakespeare hat dich unter diese Kannibalen hier verschlagen?«

»Shakespeare?« sagte sie und riß ihre farblosen Augen weit auf. »Was für ein Shakespeare?«

Blitzschnell überflog sie im Geist die bekannten Bühnen, machte einen Abstecher in die Kabaretts von Paris bis nach Beirut, von dort an der Küste entlang nach Anatolien, und plötzlich kam ihr – in Alexandria – ein festlicher Saal in Erinnerung, mit Kronleuchtern und Samtstühlen, voller Männer und Frauen mit bloßen Rücken, Parfums und Blumen. Und schon geht der Vorhang in die Höhe, und auf der Bühne erscheint ein scheußlicher Neger ...

»Was für ein Shakespeare«, wiederholte sie, glücklich, den Faden gefunden zu haben. »Der auch Othello heißt?«

»Derselbe. Welcher Shakespeare, gnädige Frau, hat dich an diese wilde Felsenküste geschleudert?«

Sie schaute sich um. Die Türen waren geschlossen, der Papagei schlief, die Kaninchen haschten sich, wir waren allein. Und sie begann, uns ihr Herz zu öffnen, wie man einen alten Koffer öffnet, der mit Spezereien, vergilbten Liebesbriefen, abgetragenen Kleidern gefüllt ist ... Sie sprach griechisch wie eine spanische Kuh. Sie brachte die Silben durcheinander, sagte statt Admiral Mirakel, statt Revolution Revolver. Trotzdem verstanden wir sie gut. Bald konnten wir uns vor Lachen kaum halten, bald war es – wir hatten ohnehin viel getrunken – zum Heulen.

»Also« (so ungefähr erzählte uns die alte Sirene in ihrem wohlriechenden Hof), »also, ich war einmal eine große und berühmte Dame, keine Kabarettsängerin, sondern eine berühmte Künstlerin, und trug seidene Wäsche mit echten Spitzen. Aber die Liebe ...«

Sie seufzte tief, nahm eine neue Zigarette und bat Sorbas um Feuer.

»Ich liebte einen Admiral. Kreta hatte mal wieder seine Revolution, und die Flotten der Großmächte lagen in der Suda-Bai vor Anker. Ein paar Tage später ging auch ich dort vor Anker. Fabelhaft! Ihr hättet die vier Admirale sehen sollen! Den Engländer, den Franzosen, den Italiener, den Russen! Alle in Gold mit Lackschuhen und Federbüschen auf dem Kopf, wie die Hähne, riesige Hähne! Jeder wog mindestens achtzig bis hundert Kilo. Und was hatten sie für prächtige Bärte! Schön frisierte, seidige, schwarze, blonde, graue und braune Bärte. Und wie sie dufteten! Jeder hatte seinen eigenen Geruch, und so konnte man sie sogar nachts unterscheiden. Der Engländer roch nach Kölnischem Wasser, der Franzose nach Veilchen, der Russe nach Moschus, und der Italiener war ganz in den Ambra vernarrt. Mein Gott, was für Bärte!

Oft saßen wir zu fünft auf dem Admiralsschiff, alle dekolletiert. Ich trug eine Seidenbluse mit Ausschnitt. Sie klebte auf meiner Haut, denn man hatte mich mit Sekt begossen. Es war ja Sommer. Wir führten ernste Gespräche, wir unterhielten uns über die Revolution. Ich packte sie an ihren Bärten und flehte sie an, die armen guten Kreter nicht zu bombardieren. Wir beobachteten sie durch den Feldstecher, sie hatten sich auf einem Felsen verschanzt. Sie sahen mit ihren blauen Pluderhosen und gelben Stiefeln wie kleine Ameisen aus. Und sie brüllten wie die Wilden und hatten auch eine Fahne ...«

Das Schilfrohr des Zaunes bewegte sich. Die alte Kämpferin hielt erschrocken inne: Durch das Schilf schimmerten kleine verschmitzte Augen. Die Dorfkinder waren dahintergekommen, was bei uns los war, und lagen auf der Lauer.

Die alte Sängerin wollte sich erheben, doch es gelang ihr nicht. Sie hatte zuviel gegessen und getrunken, in Schweiß gebadet blieb sie sitzen. Sorbas hob einen Stein auf, und die Kinder verschwanden kreischend.

»Weiter! Weiter! Teuere Seejungfrau, holder Goldfisch!« sagte Sorbas und rückte ihr näher mit seinem Stuhl.

»Ich sagte also zu dem Italiener, mit dem ich mich am besten stand, und faßte ihn dabei an den Bart: ›Mein lieber Canavaro, mein kleiner Canavaro – so hieß er nämlich –, nicht bam bum machen! Nicht bam bum machen!‹

Wie oft habe ich die Kreter – ihr könnt's mir glauben! – vorm Tode gerettet! Wie oft waren die Kanonen schußbereit, und ich packte den Admiral am Bart, und es war wieder nichts mit dem Bam Bum! Aber wer hat mir dafür gedankt? Ich warte noch heute auf einen Orden ...«

Madame Hortense war ganz außer sich über den Undank der Menschen. Ärgerlich schlug sie mit ihrer kleinen weichen, runzligen Faust auf den Tisch. Und Sorbas stellte sich ergriffen, beugte sich über ihre Schenkel, die schon manchen Sturm erlebt hatten, berührte sie mit seinen Händen und sagte:

»Meine Bubulina[1], tu mir den Gefallen und mache nicht bam bum!«

»Pfoten weg!« gluckste unsere Madame. »Wofür hältst du mich eigentlich, mein Lieber!« und sie warf ihm einen zärtlichen Blick zu.

»Es gibt einen Gott«, sagte der alte Schlaukopf, »gräme dich nicht, Bubulina! Es gibt einen Gott. Auch wir stehen zu deiner Verfügung, sei unbesorgt!«

Die alte Französin hob ihre säuerlichen blauen Augen gen Himmel, sah aber nichts anderes als ihren grasgrünen Papagei, der in seinem Käfig schlief.

»Canavaro! Mein kleiner Canavaro!« girrte sie verliebt.

Der Papagei erkannte ihre Stimme, öffnete die Augen, krallte sich an den Draht des Käfigs und begann mit heiserer Stimme wie ein Ertrinkender zu rufen:

»Canavaro! Canavaro!«

»Hier!« sagte Sorbas und legte wieder seine Hand auf ihre Schenkel, die schon soviel erlebt hatten, als wolle er von ihnen Besitz ergreifen. Die alte Chansonnette wand sich auf ihrem Stuhl hin und her und setzte abermals ihr faltiges Mündchen in Bewegung:

»Auch ich habe gekämpft, Brust gegen Brust wie ein Held. Aber es kamen böse Zeiten. Kreta wurde frei, und die Flotten erhielten Befehl, die Insel zu verlassen. ›Was soll aus mir werden?‹ schrie ich und hängte mich an die vier Vollbärte. ›Wollt ihr mich im Stich lassen? Ich habe mich so an den Luxus gewöhnt, an den Sekt, an die gebratenen Hühner und die niedlichen kleinen Matrosen, die mir Ehrenbezeigungen machten. Was soll jetzt aus mir, der vierfachen Witwe, werden, meine Herren Admirale?‹

Sie lachten – ach, diese Männer! – und überschütteten mich mit englischen Pfunden, Liretten, Rubeln und Francs. Ich stopfte mir damit Strümpfe, Busen und Tanzschuhe voll. Und am letzten Abend, an dem wir noch einmal zusammen waren, schrie und jammerte ich wie ein Schloßhund. Die Admirale hatten Mitleid mit mir. Sie füllten die Badewanne mit Sekt, ich badete mich vor ihnen – da sehen Sie, wie intim wir waren –, und dann tauchten sie ihre Gläser in die Wanne und gossen den gesamten Inhalt mir zu Ehren in ihre Kehlen! Als sie berauscht waren, löschten sie die Lichter ...

Am nächsten Morgen roch ich am ganzen Körper nach Veilchen, Kölnischem Wasser, Moschus und Ambra. Alle vier Großmächte – England, Rußland, Frankreich und Italien – hielt ich hier auf meinem Schoß gefangen und spielte mit ihnen, so ...!«

Madame Hortense breitete ihre kurzen, dicken Arme aus und schwenkte sie hin und her, als schaukelte sie auf ihren Knien einen Säugling.

»Ja, so, so ...!«

»Noch am Vormittag begannen die Kanonen zu donnern – ich schwöre es bei meiner Ehre! – begannen die Kanonen zu donnern, und ein weißes Boot mit zwölf Rudern brachte mich nach Kanea hinüber ...«

Sie nahm ihr Taschentuch und vergoß bittere Tränen.

»Meine Bubulina!« rief Sorbas begeistert. »Schließ deine Äuglein! Schließ deine Äuglein, mein Schatz! Ich bin dein Canavaro!«

»Die Pfoten weg, hab' ich dir gesagt!« schluchzte die hohe Dame geziert. »Schau mal in den Spiegel! Wo sind deine goldenen Epauletten, wo der Trikanteau und der duftende Vollbart? Wo?«

Sie drückte Sorbas zärtlich die Hand und weinte wieder.

[1] Bubulina, Heroine aus dem Freiheitskrieg (1821-1828), kämpfte vor allem zur See wie Canaris.

Lothar-Günther Buchheim
Bar Royal

Mich drängt der Wunsch, aufzustehen und mich davonzumachen, endlich meine Klamotten richtig einzupacken. Ein, zwei Bücher. Welche denn bloß? Nur keinen Schnaps mehr inhalieren! Das hier bringt den stärksten Mann um. Halbwegs klaren Kopf behalten. Die letzte Nacht an Land. Ersatzfilme. Das Weitwinkelobjektiv. Die Pudelmütze. Schwarze Pudelmütze zum weißen Isländer. Muß komisch aussehen.

Der Stabsarzt stützt sich mit abgespreizten Armen auf meine linke und des Alten rechte Schulter, als wolle er Barrenübungen vorführen. Dazu brüllt er in die wiedereinsetzende Musik mit voller Stimmkraft: »Is das nu ne Ritterkreuzfeier – odern Philosophentreffen? Schluß mit dem Scheißpalaver!«

Erst jetzt merke ich, daß an Thomsens Tisch noch weiterdiskutiert wird. Nur Thomsen hat sich sinken lassen und schweigt.

Das Gebrüll des Stabsarztes scheucht ein paar WOs hoch, die sofort zur Aktion schreiten, als hätten sie nur auf eine solche Aufforderung gewartet. Sie stellen sich auf Stühle und gießen von hoch oben her Bier ins Klavier, dessen Tasten ein Kaleun wie rasend bearbeitet. Eine Flasche nach der anderen. Das Klavier schluckt das Bier willig.

Und weil die Kapelle und das Klavier noch nicht genug Krawall hergeben, wird auch das Grammofon in Betrieb gesetzt. Es stöhnt mit äußerster Lautstärke: »Where is the tiger? – Where is the tiger?«

Da wirft ein lang aufgeschossener blonder Oberleutnant das Jackett von sich, kommt mit einer Hocke glatt auf den Tisch und läßt seinen Bauch zucken.

»Bühnenreif!« – »Sonderklasse!« – »Festhalten, ich werd' schwul!« Einer wickelt sich während des frenetischen Applauses gemächlich in den roten Teppichläufer, hängt sich die weiße Rettungsboje, die zur Dekoration an der Wand hing, um den Hals und entschlummert sofort.

Bechtel, ein von Natur aus für zügellose Vergnügungen kaum begabter Mann, schlägt irren Blicks mit flachen Händen den Takt zu einer Rumba, die dem Bauchtänzer das Letzte abfordert.

Unser Leitender, der eben noch still vor sich hin sinnierend am Tisch saß, gerät auch außer Rand und Band: Er klettert in das Staket an der Wand über der Bühne und reißt, einen Affen mimend, im Takt der Musik das künstliche Weinlaub aus. Das

Staket schwankt, bleibt wie in einem alten Buster-Keaton-Film eine Weile in Schräglage einen halben Meter von der Wand weg stehen und kracht dann mit dem Leitenden aufs Podium.

Jetzt hackt der Klavierspieler mit hintenüber gelegtem Kopf, gerade so, als müsse er die Noten mühselig von der Decke ablesen, einen Marschrhythmus zusammen. Eine Gruppe bildet sich ums Klavier und grölt: »Wir werden weitermarschieren, wenn Scheiße vom Himmel fällt – wir wollen zurück nach Schlicktown, denn hier ist der Arsch der Welt.«

»Kernig, mannhaft, teutonisch«, brummt der Alte.

Trumann stiert sein Glas an, dann ruckt er hoch, als hätte er eine elektrische Leitung berührt, und brüllt: »Skol!« Mit gut zehn Zentimeter Abstand vom Mund füllt er sich von oben herab das Bier ein und läßt dabei eine breite Sabberbahn über sein Jackett triefen.

»Verdammte Sauerei«, schimpft Trumann, als er die Bescherung sieht. Clementine wippt mit einem Handtuch heran. Der Reißverschluß hinten an ihrem Rock ist aus einer Naht geplatzt. Als sie sich über Trumann bückt, heben sich ihre Kniekehlen käsig weiß gegen den schwarzen Stoff ab.

»Cochon!« tuschelt sie Trumann ins Ohr und putzt ihn ausführlich sauber. Dabei hängt sie ihm ihre dicken Brüste so dicht vors Gesicht, daß er hineinbeißen könnte. Sie ist jetzt ganz besorgte Mami.

»Ne richtige Orgie!« höre ich Meinig, der Flottillendreckschleuder genannt wird. »Fehlen bloß die Weiber!«

Als wäre das ihr Stichwort, verschwinden der Erste und der Zweite von Merkels Boot. Noch vor der Schwingtür werfen sie Seitenblicke, als hätten sie etwas angestellt. Ich dachte, sie wären schon längst weg.

»Angstvögler«, murmelt der Alte, »die brauchen das wie die Grabenkrieger den Schnaps!«

Mit halbem Ohr höre ich vom Nebentisch:

»... wenn den die Lust mal packte,
dann sprang er auf den Küchentisch
und vögelte ins Gehackte.«

So ist das immer: Des Führers edle Reisige, des Volkes strahlende Zukunft – und dann ein paar Lagen Cognac und Beck's Bier dazwischen, und aus ist der Traum von der unbefleckten gleißenden Brünne.

»Beachtlich«, muffelt der Alte und angelt mit ausgestrecktem Arm nach seinem Glas.

»Diese Scheißsessel – da kommt man ja überhaupt nicht mehr hoch!«

»Hahaha!« macht einer aus der Runde nebenan, »das sagt mein Mädchen auch: Kommt nicht mehr hoch – kommt nicht mehr hoch!«

Dem Alten bleibt der Mund halb offenstehen, so perplex ist er.

Der Steinalte schüttelt starrsinnig den Kopf: »Diesmal is Schluß. Kannste Gift drauf nehmen; ich komm nich wieder. Diesmal is Schluß!«

»Natürlich kommste wieder«, beschwichtigt Trumann ihn.

»Ne Kiste Cognac, daß ich nich wiederkomme – wetten?«

»Den soll ich dann wohl an nen Engel – an nen Engel in nem weißen Hemd zahlen?« erkundigt sich Trumann.

Der Steinalte stiert ihn verständnislos an.

»Also – also jetzt paßte mal auf: Wennde wiederkommst, dann haste doch verloren«, versucht Trumann sich verständlich zu machen, »das is doch klar, oder? Und dann zahlste ne Kiste Cognac. Wennde nich wiederkommst, haste gewonnen ...«

»Genau!«

»Un dann zahl ich die Kiste Cognac!«

»So isses!«

»Nu fragt sich bloß noch, an wen denn?«

»An wen? Dann zahlste an mich – doch logisch!«

»Du bist aber abgesoffen!«

»Ich? Wieso?«

Auf dem Tisch hat sich ein wüstes Durcheinander von Sektflaschen mit geköpften Hälsen, Aschenbechern mit schwimmenden Kippen, Rollmopsdosen und zerscherbten Gläsern angesammelt. Trumann läßt wohlgefällige Blicke über das Glassammelsurium schweifen. Als die Klaviermusik endlich mal aussetzt, hebt er die rechte Hand hoch und brüllt: »Achtung!«

»Der Tischtuchtrick!« sagt unser Leitender.

Trumann dreht bedächtig einen Zipfel des Tischtuchs seilartig auf – er braucht dazu gute fünf Minuten Zeit, weil das Tischtuch ihm zweimal, halb aufgedreht, entwischt. Dann gibt er mit der freien Linken ein Zeichen für den Klavierspieler, der prompt, als wäre die Nummer eingeübt, einen Tusch auf die Tasten drischt.

Trumann nimmt jetzt mit der Konzentration eines Gewichthebers festen Stand, starrt eine Minute lang reglos auf seine zwei

Hände, die den aufgedrehten Zipfel gepackt halten, brüllt plötzlich urgewaltig »zack!« und reißt mit einem großen Armschwung das Tuch halb vom Tisch weg. Klingeling zerscherbender Gläser, Gebums und Gepolter der auf den Boden fallenden Flaschen und Teller.

»Scheiße – verdammte Scheiße!« flucht Trumann und stiefelt knirschenden Schrittes durch die Scherben. Er steuert schwankend die Küche an und brüllt nach Besen und Schaufel. Dann kriecht er im irren Gelächter der ganzen Meute zwischen den Tischen herum und kehrt verbissen die Scherben auf. Schon zieht er Blutspuren hinter sich her.

Der Handfegerstiel, der Kehrichtschaufelstiel – alles ist im Nu rot verschmiert. Zwei Oberleutnants wollen Trumann das Putzzeug abnehmen. Trumann aber hält eigensinnig daran fest, auch noch die letzte Scherbe aufzusammeln. »Auf-klaren – muß erst mal ornlich auf-klaren. Immer pico-bello Reinschiff ...«

Endlich läßt er sich in einen Sessel fallen, und der Stabsarzt zieht ihm drei, vier Scherben aus den Handballen. Es tropft nur so auf die Back herab. Und jetzt wischt sich Trumann mit einer blutigen Hand auch noch durchs Gesicht.

»Pfui Deibel!« sagt der Alte.

»Doch scheißegal!« brüllt Trumann, läßt sich aber Heftpflaster, die Christel unter outriertem Augäpfelgerolle herbeibringt, auf die Handballen kleben.

Kaum hat er fünf Minuten im Sessel gehockt, rappelt er sich auch schon wieder hoch, zieht ein Stück abgegriffene Zeitung aus der Tasche und brüllt los: »Wenn euch nichts einfällt, ihr Hammel, hier – das sind goldene Worte ...«

Ich sehe, was er da in der Hand hält: das Testament des Kapitänleutnants Mönkeberg, der angeblich vor dem Feind fiel, aber in Wirklichkeit auf eine ganz profane Weise ums Leben kam, durch Genickbruch nämlich. Und sein Genick brach er, als er irgendwo im Atlantik an einer ruhigen Stelle, weil gerade so schönes Wetter war, baden wollte. Gerade wie er vom Turm hechtete, rollte das Boot nach der anderen Seite, und Mönkeberg knallte mit dem Kopf auf die Tauchzelle.

Sein markiger Abgesang ging durch alle Zeitungen.

Trumann hält den Zeitungsausschnitt mit ausgestrecktem Arm von sich: »Einer wie der andere – alle für einen – einer für alle – und so sage ich euch denn: Kameraden – nur einmalige Einsatzhärte – der Hintergrund des dramatischen Kampfes von weltgeschichtlicher Bedeutung – namenloser

Heldenmut – historische Größe – ganz unvergleichbar – einzig dastehend – das unvergängliche Kapitel männlicher Bewährung wie soldatischen Opfers – höchstes Ethos – Lebende und Kommende – fruchtbar werden – gemäß dem ewigen Vermächtnis würdig erweisen!«

Trumann schwankt, immer das besabberte und bestimmt nicht mehr lesbare Zeitungsblatt vor den Augen, vor und zurück – aber ohne hinzuschlagen. Es sieht aus, als wären seine Schuhe am Boden festgeklebt.

»Tolle Nummer«, sagt der Alte, »der läßt sich jetzt nicht mehr abstellen!«

Ein Oberleutnant hat sich ans Klavier gesetzt und spielt Jazz, aber Trumann ficht das nicht an, seine Stimme schnappt über: »Wir Kameraden – Bannerträger der Zukunft – Leben und Geist einer menschlichen Auslese mit dem Begriff ›dienen‹ als höchstes Ethos dieser Männer – leuchtendes Beispiel für die Hinterbliebenen – gewaltiger als das Schicksal ist der Mut – einsamer Entschluß – kühles Wägen – entschlossenes Wagen – Liebe und Treue von einer so enormen Größe, da habt ihr Knalltüten gar keine Ahnung – kostbarer als Diamanten – Bewährung – jawohl – stolz und männlich. Hurra! – In den Tiefen des Atlantik sein Grab gefunden. Hihihihi! Enge Verbundenheit – Front und Heimat – Opferbereitschaft bis zum allerletzten. Unser geliebtes deutsches Volk. Unser herrlicher, gottgesandter Führer und oberster Befehlshaber – Heil! Heil! Heil!«

Einige schreien mit. Der Steinalte guckt betreten vor sich hin. Böhler bedenkt Trumann mit dem pikierten Blick einer Gouvernante, schiebt sich aus dem Sessel zu seiner ganzen Größe hoch und verschwindet grußlos.

Trumann verfällt in kicherndes Lachen. Mit einem langen Faden Spucke am Mund pliert er mit gesenktem Kopf in die Runde.

»Die feinen Leute sin ja schon alle weg. Die crème de la crème. Die Edelinge! Bloß noch Pro-pro-proleten da, Saufköppe verdammte und Hurenböcke – Abhub! Der Bodensatz des Freikorps Dönitz! – Wer jetzt nicht dableibt, wird erschossen!«

»Du – geh weg von meine Euter!« schreit Monique auf. Der Stabsarzt ist gemeint. Er hat sich's neben ihr anscheinend zu gemütlich gemacht.

»Dann zieh ich mich eben in meine Vorhaut zurück«, nölt er, und seine Runde bricht in brüllendes Gelächter aus.

Trumann läßt sich wieder in den Sessel sacken und klappt die Lider herunter. Ich denke schon: der Alte irrt sich doch. Jetzt entschläft der gute Trumann unter unseren Augen. Da kommt er wie von der Tarantel gestochen wieder hoch und fingert mit der Rechten aus seiner Jackentasche eine Pistole heraus.

Ein WO hat noch soviel Reaktionsfähigkeit, um ihm den Arm herunterzureißen. Ein Schuß knallt ins Parkett, dicht vor der Schuhspitze des Alten. Der schüttelt aber bloß den Kopf und sagt: »Bei soner Musik gar nicht mal besonders laut!«

Die Pistole verschwindet, und Trumann läßt sich mit einem schmollenden Ausdruck in seinen Sessel zurückfallen.

Monique, die den Schuß mit Verzögerung aufgenommen hat, springt hinter der Bar hervor, scharwenzelt an Trumann vorbei, fährt ihm unters Kinn, als wolle sie ihn für eine Rasur einseifen, macht dann einen schnellen Satz aufs Podium und stöhnt ins Mikrofon: »In my solitude ...«

Aus den Augenwinkeln sehe ich, wie Trumann sich im Zeitlupentempo erhebt. Er zerlegt seine Bewegungen gleichsam in einzelne Abschnitte, dann steht er – pfiffig feixend – mindestens fünf Minuten wankend da, bis Monique ausgestöhnt hat, tastet sich, während alle frenetisch klatschen, zwischen den Tischen hindurch nach hinten bis zur Wand, lehnt sich an, feixt und feixt und zieht dann blitzschnell aus dem Hosenbund eine zweite Pistole und brüllt, daß ihm die Halsadern nur so heraustreten: »Alles unter die Tische!«

Diesmal steht keiner in der Nähe, um ihm auf die Hand zu schlagen.

»Na wirds?« schreit Trumann noch mal. Der Alte läßt sich einfach mit vorgestellten Beinen aus dem Sessel sinken. Drei, vier nehmen Deckung hinter dem Klavier. Der Klavierspieler ist auf die Knie gegangen. Ich hocke mich auch in Beterstellung auf den Boden. Auf einmal ist Totenstille in der Bude – und nun kracht ein peitschender Schuß nach dem anderen.

Der Alte zählt laut mit. Monique schreit schrille Obertöne, die bis ins Mark dringen, unter einem Tisch hervor. Der Alte ruft: »Aus!«

Trumann hat sein Magazin verballert.

Ich blinzele über eine Tischkante hoch: Den fünf Ladies an der Wand über dem Podium fehlen die Gesichter. Noch rieselt der Putz nach. Der Alte steht als erster wieder und betrachtet mit schiefgelegtem Kopf den Schaden: »Phantastische Leistung – rodeoreif –, und das mit den zerschnittenen Pfoten!«

Trumann hat die Pistole schon weggesteckt und grinst befriedigt von einem Ohr zum anderen: »Wurde mal Zeit, was? Wurde mal Zeit, daß die treudeutschen Zicken eins drauf bekamen, was?«

Trumann zergeht fast vor selig plierender Genugtuung.

Da erscheint mit hochgehaltenen Armen, als wolle sie kapitulieren und wie in Todesangst im höchsten Falsett kreischend, die »Puffmutter«.

Als der Alte sie sieht, läßt er sich gleich wieder schräg aus dem Sessel rutschen. Jemand brüllt: »Volle Deckung!«

Ein Wunder, daß sich die übertakelte alte Fregatte, die hier als Wirtin fungiert, noch nicht sehen ließ. Sie hat sich spanisch zurechtgeputzt: mit Spucke angeklebte »Herrenwinker« vor den Ohren, einen funkelnden Schildpattkamm im Haar – ein wabbelndes Fettmonument mit quellenden Wülsten überall. Sie trägt Pantoffeln aus schwarzem Samt. An den Wurstfingern hat sie Ringe mit riesigen falschen Steinen. Dieses Monstrum erfreut sich der besonderen Gunst des Standortkommandanten.

Gewöhnlich klingt ihre Stimme, als ob Speck ausbrät. Jetzt aber haspelt sie jaulend französisches Geschimpfe ab. »Kaputt, kaputt«, höre ich aus dem Gejammer heraus.

»Kaputt – da hatse recht«, sagt der Alte.

Thomsen nimmt die Flasche an den Mund und lutscht wie aus einer Zitze den Cognac in sich hinein.

Merkel rettet die Situation. Er klettert mühevoll auf einen Stuhl und hebt mit weitausholenden Dirigentenbewegungen an:

»O du fröhliche, o du selige, gnadenbringende Weihnachtszeit ...«

Begeistert grölen wir alle mit.

Die »Puffmutter« ringt wie eine Hochdramatische die Hände. Ihr Gequieke schlägt nur hin und wieder durch unseren Chorgesang. Sie tut, als wolle sie sich ihre paillettenbestickte Stola vom Leibe reißen, dann krallt sie sich aber nur die dunkelrot lackierten Nägel in die Haare, macht mit einem schrillen Quieklaut kehrt und schießt davon.

Merkel fällt vom Stuhl, der Chorgesang verebbt.

»So was von Durcheinander! Herrgott, sone Rake!« sagt der Alte.

Die wärmende Leibbinde, denke ich, sollte ich auf jeden Fall mitnehmen. Angorawolle. Prima.

Der Stabsarzt zieht sich Monique auf den Schoß, umspannt mit der Rechten ihren Hintern und hebt mit der linken Hand ihre rechte Brust von unten an, als wolle er eine Melone abwiegen. Die üppige Monique in ihrem viel zu straff gespannten Stoffetzchen kreischt, reißt sich los, kracht gegen das Grammofon, daß die Nadel mit einem dumpf orgelnden Furzen quer über die Rillen fährt. Monique birst vor Gekicher fast auseinander.

Der Stabsarzt drischt mit der Faust auf den Tisch, daß die Flaschen springen, und läuft puterrot an von gestautem Prusten. Und einer langt ihm von hinten beide Arme um den Hals, als wolle er ihn umarmen, aber wie er die Hände wegnimmt, ist der Schlips des Stabsarztes direkt unter dem Knoten zu Ende, und der Stabsarzt merkt es gar nicht. Der Oberleutnant mit der Schere kappt schon Saemischs Krawatte und dann Thomsens, und Monique sieht es und läßt sich vor Lachen hintenüber aufs Podium fallen und zeigt mit strampelnden Beinen, daß sie nur einen klitzekleinen schwarzen Schlüpfer unter dem Rock hat, nur eine Art cache-sexe. Und »Holzauge« Belser hat schon eine Syphonflasche in der Hand und richtet einen scharfen Strahl zwischen Moniques Schenkel, und Monique quiekt wie ein Dutzend in den Schwanz gekniffener Ferkel. Merkel stellt fest, daß ihm die Krawattenenden fehlen, der Alte murmelt, »der reine Kapp-Putsch«, und Merkel greift sich eine halbvolle Cognacflasche und schleudert sie dem Schlipsabschneider in den Magen, daß der einkippt wie ein getroffener Boxer.

»Sauber – astreiner Wurf«, lobt der Alte.

Und jetzt fliegt ein Stück Staket durch die Gegend. Wir ziehen die Köpfe ein, und nur der Alte bleibt unbewegt grienend sitzen und deklamiert in Baßlage:

»... kam eine Marmorplatte geschwirrt,
rannte der große Spiegel gegen den kleinen Wirt.
Und die See ging hoch, und der Wind wehte.«

Das Klavier muß noch mehr Bier saufen.

»Schnaps macht im-po-tent!« lallt Thomsen. Er kann sich kaum noch auf den Beinen halten.

»Noch zum Schlößchen?« fragt mich der Alte.

»Nee – bißchen pennen! Wenigstens nochn paar Stunden!«

Thomsen rappelt sich mühsam hoch: »Mit – komme mit – verdammte Rakerei – los und ab – bloß noch ne Stange Wasser – ne Stange Wasser in die Ecke stellen!«

Das weiße Mondlicht hinter der Schwingtür trifft mich wie ein Schlag. Auf dieses Licht war ich nicht gefaßt: flirrendes, gleißendes Silber. Der Küstenstreifen ist ein weißblau in kaltem Brand glühendes Band, die Straße, die Häuser – alles ist in dieses kalt glühende Neonlicht getaucht.

Herrgott! Das gibts doch gar nicht – diesen Mond. Er ist rund und weiß wie ein Camembert. Gleißender Camembert. Da kann man ja glatt Zeitung lesen. Die ganze Bucht ein einziges Silberpapiergeknitter. Die riesige Fläche vom Strand bis hin zur Kimm: Millionen metallischer Facetten. Silberkimm gegen samtschwarzen Himmel.

Ich kneife die Augen zu Sehschlitzen. Die Insel draußen ist ein dunkler Karpfenrücken im Gleißen. Der Schornstein des versenkten Transporters, der Maststummel – alles messerscharf. Ich stütze mich gegen die Betonbrüstung: Bimssteingefühl an den Handflächen. Widerlich. Die Geranien in den Kästen: Jede Knospe ist zu erkennen. Gelbkreuzgiftgasbomben sollen wie Geranien riechen.

Die Schlagschatten! Das Sausen der Brandung auf dem Strand! Ich habe dünende Wogen im Kopf. Die gleißende Paillettenhaut der Mondsee trägt mich auf und ab – auf und ab. Ein Hund schlägt an: Der Mond bellt.

Wo ist Thomsen, der neue Ritter? Wo bleibt Thomsen bloß? Zurück und wieder hinein in die »Royal«. Die Luft ist zum Schneiden. Sedimentäre, in Lagen eingeschichtete Luft.

»Wo ist denn Thomsen?«

Thomsen war doch eben noch da. Der kann doch nicht einfach weg sein.

Mit dem Fuß stoße ich die Tür zum Klo auf. Nur nicht die Messinggriffe anfassen.

Da liegt er. Da liegt Thomsen längelang auf seiner rechten Seite in einer großen Pfütze gelben Urins, einen Breihaufen Erbrochenes neben dem Kopf, der den Urin in der Rinne hochgestaut hat. Über dem Abflußrost ist ein zweiter Breifladen Gekotztes. Mit der rechten Gesichtshälfte liegt Thomsen in der trübgelben Brühe. Das Ritterkreuz hängt auch im Urin. Vor Thomsens Mund bilden sich immer neue blubbernde Blasen, weil er Laute hervorstößt. Ich kann aus dem Gegurgel heraushören: »Kämp-fen – sie-gen oder un-ter-gehn! Kämp-fen, sie-gen oder un-ter-gehn! Kämp-fen, sie-gen oder un-ter-gehn!«

Gleich muß ich auch kotzen. Ein heftiges Würgen drängt von hinten gegen mein Gaumenzäpfchen.

»Los, hoch doch!« presse ich heraus und packe Thomsen am Kragen. Ich will den sattgelben Urin nicht an meine Hände kommen lassen.

»Wollt mich – wollt mich – wollt mich heut abend – ja – ja – ja eigentlich richtig ausvögeln«, lallt Thomsen, »now I am – in no condition to fuck.«

Der Alte erscheint. Wir packen Thomsen an Fuß- und Handgelenken. Halb tragend, halb schleifend bringen wir ihn bis vor die Klotür. Auch vom Gesicht tropft ihm die trübgelbe Brühe. Seine Uniform ist auf der rechten Seite ganz durchweicht.

»Los, langt mal mit hin!«

Ich muß Thomsen loslassen. Ich stürze ins Klo zurück. In einem gewaltigen Schwall lasse ich alles, was ich im Magen hatte, auf die Bodenkacheln pladdern. Konvulsivisches Würgen zieht mich zusammen. Tränen in den Augen, stütze ich mich mit gespreizten Fingern gegen die Kachelwand. Mein linker Ärmel ist zurückgeschoben. Ich kann das Zifferblatt der Armbanduhr erkennen: zwei Uhr. Mist: Sechs Uhr dreißig kommt der Wagen zur Fahrt in den Hafen.

George Orwell
Furex, der Kommunist

Mit dreißig Francs pro Woche nur zum Vertrinken konnte ich am sozialen Leben des Viertels teilnehmen. An manchen Samstagen hatten wir lustige Abende in dem kleinen *bistro* am Fuße des Hôtel des Trois Moineaux.

Der Raum mit dem Ziegelboden war etwa fünf Quadratmeter groß und mit zwanzig Leuten überfüllt. Die Luft war natürlich dunstig vom Tabaksrauch. Der Lärm war ohrenbetäubend, denn jeder hier versuchte sich durch höchste Lautstärke oder Gesang durchzusetzen. Manchmal war es nur ein tösendes Durcheinander von Stimmen; manchmal aber brachen alle mit demselben Lied in Gesang aus – die ›Marseillaise‹ oder die ›Internationale‹ oder ›Madelon‹ oder ›Les Fraises et les Framboises‹. Azaya, ein schwerfälliges Mädchen vom Lande, das vierzehn Stunden täglich in einer Glasfabrik arbeitete, sang ein Lied, das ging: »*Il a perdu ses pantalons, tout en dansant le Charleston.*« Ihre Freundin Marinette, ein dünnes korsisches Mädchen von zweifelhaftem Ruf, band sich die Knie zusammen und tanzte den *danse du ventre.* Die alten Rougiers gingen aus und ein, nassauerten Drinks und versuchten ständig eine lange, verworrene Geschichte von einem Mann aufzutischen, der übernachtet hatte, ohne zu bezahlen. R., totenblaß und stumm, saß in seiner

Ecke und betrank sich still und leise. Charlie stolperte betrunken und halb tanzend mit einem Glas nachgemachtem Absinth, das er in einer Hand balancierte, auf und ab, kniff die Frauen in die Brüste und deklamierte Gedichte. Die Leute spielten Darts und würfelten um eine Lage. Manuel, ein Spanier, zog die Mädchen zum Tresen und meinte, es brächte ihm Glück, wenn er ihre Bäuche als Würfelunterlage benutzte. Madame F. stand an der Bar und goß schnell *chopines* von Wein durch den Zinnzylinder der Lampe; ein nasses Geschirrtuch lag in ständiger Reichweite, denn jeder Mann hier wollte mit ihr ins Bett gehen. Zwei Kinder, Bastarde vom Großen Louis, dem Maurer, saßen in der Ecke und teilten sich ein Glas *sirop*. Jedermann war sehr glücklich und überwältigend sicher, daß die Welt eine gute Sache und wir alle zusammen ein bemerkenswerter Haufen waren.

Eine Stunde lang änderte sich an dem Lärm überhaupt nichts. Dann, plötzlich um Mitternacht, schrie jemand gellend »*Citoyens!*« und man hörte, wie ein Stuhl umfiel. Ein blonder, rotgesichtiger Arbeiter hatte sich erhoben und zerschlug eine Flasche auf dem Tisch. Keiner sang mehr; man flüsterte: »Pscht! Furex fängt wieder an!« Furex war ein seltsames Wesen, ein Steinmetz aus Limousin, der die ganze Woche hindurch gleichmäßig arbeitete, um sich samstags in eine Art Anfall extremer Gefühlsausbrüche zu trinken. Er hatte sein Geld verloren und konnte sich an nichts erinnern, was zeitlich vor dem Krieg lag, und wenn Madame F. sich nicht um ihn gekümmert hätte, hätte er sich schon längst zu Tode getrunken. An Samstagabenden gegen fünf Uhr pflegte sie irgend jemand zu bitten: »Paß auf Furex auf, bevor er wieder seinen Lohn verjubelt«, und wenn man dann seiner habhaft geworden war, nahm sie ihm immer sein Geld ab und ließ ihm gerade genug für einen schönen, großen Drink. Eines Tages riß er aus, wälzte sich sturzbesoffen auf der Place Monge herum und wurde überfahren und schwer verletzt.

Das Ulkige an Furex war, daß er im nüchternen Zustand zwar ein Kommunist war, sich aber unter Alkohol in einen leidenschaftlichen Patrioten verwandelte. Er fing am Abend immer mit guten kommunistischen Prinzipien an, aber nach vier oder fünf Litern war er ein nicht zu bremsender Chauvinist, der Spione denunzierte, alle Ausländer zum Kämpfen herausforderte und, wenn man ihn nicht bremste, mit Flaschen warf. So eine Phase hatte er, als er seine Rede hielt – denn einen patriotischen Vortrag hielt er jeden Samstag abend. Der Vortrag war Wort für Wort immer der gleiche. Er lautete so:

»Bürger der Republik, gibt es hier irgendwelche Franzosen? *Wenn* irgendwelche Franzosen hier sind, erhebe ich mich, sie zu erinnern – sie zu erinnern nämlich an die glorreichen Tage des Krieges. Wer zurückschaut auf jene Zeit der Kameradschaft und des Heldentums – der nämlich schaut zurück auf jene Zeit der Kameradschaft und des Heldentums. Wenn man der Helden gedenkt, die gefallen sind – dann nämlich gedenkt man der Helden, die gefallen sind. Bürger der Republik, in Verdun wurde ich verwundet –«

An dieser Stelle zog er sich teilweise aus und demonstrierte die Verwundung, die er in Verdun erlitten hatte. Man vernahm beifällige Zurufe. Wir alle glaubten, daß es nichts auf der Welt geben könnte, was komischer wäre als Furex' Rede. Im ganzen Viertel war er ein wohlbekanntes Original; die Leute pflegten aus anderen *bistros* herüberzukommen, um ihn zu beobachten, wenn sein Anfall losging.

Man gab die Parole aus, Furex zu reizen. Einer blinzelte den anderen zu, sie sollten still sein, und bat ihn, die ›Marseillaise‹ zu singen. Er sang sie gut, mit tiefer schöner Baßstimme und patriotischen Gurgelgeräuschen tief aus seiner Brust, wenn er zu »*Aux arrmes, citoyens! Formez vos bataillons!*« kam. Echte Tränen rollten ihm übers Gesicht; er war zu betrunken, um zu erkennen, daß alle über ihn lachten. Dann, kurz bevor er zum Ende kommen konnte, ergriffen ihn zwei starke Arbeiter bei den Armen und hielten ihn fest, während Azaya außer Reichweite rief: »*Vive l'Allemagne!*« Furex' Gesicht wurde ob solcher Infamie puterrot. Jeder im bistro fing an, entweder »*Vive l'Allemagne!*« oder »*A bas la France!*« zu brüllen, derweil Furex krampfhaft versuchte, den Schreiern das Handwerk zu legen. Plötzlich aber verdarb er den Spaß. Sein Gesicht wurde blaß und mißmutig, seine Glieder wurden ihm schlaff, und bevor ihn irgend jemand aufhalten konnte, erbrach er sich auf dem Tisch. Dann nahm Madame F. ihn wie einen nassen Sack über die Schulter und brachte ihn hinauf und zu Bett. Am nächsten Morgen erschien er wieder, ruhig und normal, und kaufte sich eine Ausgabe von *L'Humanite*.

Der Tisch wurde mit einem Tuch abgewischt, Madame F. brachte weitere Literflaschen und Laibe Brot, und man setzte sich zusammen zu ernsthaftem Trinken. Mehr Lieder. Ein Wandersänger kam mit seinem Banjo herein und sang Fünf-Sous-Lieder. Ein Araber und ein Mädchen aus der Straße tanzten, wobei der Mann mit einem bemalten hölzernen Phallus hantierte, der so groß wie ein Nudelholz war. Inzwischen gab es Lücken in dem Lärm. Die Leute hatten angefangen, von ihren Liebesaffären zu erzählen, vom Krieg und vom Barbenangeln in der Seine und davon, wie man am besten *fait la revolution*, und sie erzählten einfach Geschichten. Charlie, der mittlerweile wieder nüchtern geworden war, riß das Gespräch an sich und erzählte fünf Minuten Tiefschürfendes von der eigenen Seele. Die Türen und Fenster wurden geöffnet, um frische Luft hereinzulassen. Die Straßen leerten sich, und in der Ferne konnte man den einsamen Milchzug hören, wie er den Boulevard St. Michel entlangdonnerte. Die Luft kühlte unsere Stirnen, und der rauhe afrikanische Wein schmeckte noch immer: Wir waren noch immer glücklich, aber jetzt, wo das Geschrei und die fröhliche Stimmung zuende war, auch nachdenklich.

Um ein Uhr waren wir am Ende mit unserem Glücklichsein. Wir spürten, wie das abendliche Vergnügen immer spärlicher wurde und riefen eiligst nach neuen Flaschen, aber Madame F. panschte den Wein jetzt, und er schmeckte nicht mehr so gut. Die Männer wurden streitsüchtig. Die Mädchen wurden brutal geküßt und Hände in ihre Ausschnitte geschoben, und sie gingen, damit nicht noch Schlimmeres geschehen konnte. Der Große Louis, der Maurer, war betrunken und kroch bellend auf dem Boden umher, weil er einen Hund markierte. Die anderen wurden seiner überdrüssig und traten ihn, wenn er an ihnen vorbeikam. Leute ergriffen sich an den Armen und begannen, weit ausholende Beichten abzulegen, und sie wurden böse, wenn sie nicht erhört wurden. Die Menge löste sich auf. Manuel und ein anderer Mann, sie beide Spieler, gingen hinüber in das arabische *bistro*, wo man bis zum Tag Karten spielen konnte. Charlie borgte sich von Madame F. aus heiterem Himmel dreißig Francs und verschwand – vielleicht in ein Bordell. Leute begannen, ihre Gläser zu leeren, riefen kurz: »*Sieurs, dames!*« und gingen schlafen.

Um halb zwei hatte sich der letzte Tropfen Vergnügens in Luft aufgelöst und nichts als Kopfweh hinterlassen. Wir begriffen, daß wir keine wunderbaren Bewohner einer wunderbaren Welt waren, sondern ein Verein unterbezahlter Arbeiter, die schmutzig und elend betrunken waren. Wir machten immer weiter und schluckten den Wein, aber taten das nur mechanisch, und plötzlich schmeckte das Zeug widerwärtig. Man hatte einen Kopf, der aufgeschwollen schien wie ein Ballon, der Boden schaukelte, Zunge und Lippen hatten sich dunkelrot gefärbt.

Schließlich wurde es sinnlos, noch weiter zu machen. Einige Männer gingen hinaus auf den Hof hinter dem bistro und übergaben sich. Wir krochen hinauf in unsere Betten, fielen noch halb angezogen hinein und blieben zehn Stunden darin liegen.

Die meisten meiner samstäglichen Nächte vergingen auf diese Art. Insgesamt kann man sagen, daß die zwei Stunden perfekten und vollen Glücksgefühls die nachfolgenden Kopfschmerzen wert waren. Für viele dieser Männer im Quartier, die unverheiratet und ohne Zukunftsaussichten waren, war diese allwöchentliche Sauftour das einzige, was ihnen ihr Leben lebenswert machte.

Joseph von Westphalen
Warum ich trotzdem schreibe

Ich gehe nur noch mit Korrekturfahnen in Lokale. Korrekturfahnen sind absolut professionell. Damit hebt man sich von der Schar der sich freischreibenden Dilettanten deutlich ab. Man schreibt nicht nur, man wird sogar gedruckt. Das imponiert noch mehr. Natürlich wollen alle Frauen nach dem dritten innigen Blickwechsel wissen, was man denn da geschrieben habe. Lesen wollen es die wenigsten. Da sind sie wie ungeduldige Vorstandsvorsitzende. Die bitten einen heute auch, den mündlich hingeworfenen Vorschlag schriftlich zu fixieren; und wenn man ihnen dann die gewünschten anderthalb getippten Seiten gibt, soll man ihnen erst sagen, was denn da drin steht, der Einfachheit halber.

An dieser Stelle endete etwas schal und wehleidig meine kleine Geschichte über das Schreiben. Ich zückte meinen Bleistift und machte mich an das Übliche: ein paar überflüssige Worte zu streichen und ein paar ebenso überflüssige hinzuzufügen. – Die Vermengung von Literatur und Wirklichkeit war sehr unvollständig. Zwar hatte ich tatsächlich eine Korrekturfahne vor mir, weit und breit aber keine der Frauen, von denen mein Text herumphantasierte. Alles leer, alles hohl, alles wieder einmal völlig verlogen. Unzufrieden ging ich aufs Klo, bitter musterte ich mein zerknautschtes Literatengesicht im dreckigen Spiegel. Als ich an meinen Platz zurückkam, leuchtete mir auf meiner Korrekturfahne feuerrot eine fremde Schrift entgegen: Den Quatsch glauben Sie doch hoffentlich selbst nicht! An der Bar stand eine Frau, die vorher nicht dagewesen war. Ihr Po war so hoch, sie konnte nur recht haben. Sie trug einen bananenschalengelben Rock aus glattem Leder und einen leuchtendblauen Pullover. Der Komplementärkontrast stach mir ins Auge. Gelb und Blau. Das waren doch die Farben des seligen jungen Werther, die Farben des Widerstands gegen die verhaßte Gesellschaft! Ob sie das wußte? Mein Herz klopfte. Nur in der Strumpfwerbung hatte ich bisher solche Beine gesehen. Das konnte nicht nur an diesen unsinnig hohen Stöckelschuhen liegen, die übrigens auch leuchtendblau glänzten. Wer solche Beine hatte, der mußte auch vernünftige Ansichten haben.

Wie konnte man diese Frau ansehen, ohne zu hoffen, daß sie so bald wie möglich den Pullover über den Kopf ziehen und in die Ecke schleudern würde, um sich dann mit leicht geöffneten Lippen entschlossen aus ihrem Rock zu schälen.

Wie konnte man leben und schreiben, ohne auf Wirkung zu hoffen! Wirkung, das war der Grund. Alberne Koketterie war meine Behauptung gewesen, ich schreibe nur noch wegen irgendwelcher Blickwechsel. Wie recht hatte meine einzigartige Kritikerin: Natürlich hatte ich den Quatsch selbst nicht geglaubt. Was für eine trübe Mischung aus Resignation und Großspurigkeit hatte ich zu Papier gebracht. Ich drehte meine Korrekturfahnen um und begann auf der weißen Rückseite einen neuen Text. Meine Behauptung, ich wäre mir zu fein, um in Cafés handschriftlich Papier vollzukritzeln, war ja ohnehin falsch. – Ich schrieb:

»Wenn ich schreibe, will ich Wirkung und sonst gar nichts.«

Die Art, wie sie die dunklen Locken nach hinten schüttelte, ehe sie ihr Rotweinglas zum Mund führte, machte mich hin und hörig. Gelb und Blau. Ich kam mir vor wie der leidende Werther. Und dies war Lotte. Lotte im Lederrock. Dieser Rock war ein Kunstwerk. So eng, so kurz und doch auch wieder lang genug. Kein alberner Schurz, aber auch kein Schlauch. Eher edel. Aber auch gewagt. Noch kannte ich nicht das Gesicht dieser Frau, aber schon hätte ein Wink genügt, und ich hätte alles im Stich gelassen, um mit ihr zu gehen. – Ich schrieb:

»Wenn ich verliebt bin, schreibe ich Liebesbriefe; dann will ich die Liebste und sonst nichts. Und wenn mir die üblen Zustände und ihre miserablen Verursacher nicht passen, dann schreibe ich dagegen an und will nichts als deren Untergang. Und wie es möglich ist, mit Sprache Liebe zu erzeugen und den Weg ins Bett vorzubereiten, so muß es auch möglich sein, mit Sprache Abneigungen zu wecken, zu schüren und schließlich politische Karrieren zu beenden. Vorbei sind die trüben Stunden, ich bin guter Dinge und widerrufe all meine bisherigen und auch gleich all meine künftigen verzagten Äußerungen, in denen ich bezweifelte und noch bezweifeln werde, daß man schreibend etwas erreichen kann. Man kann.«

Ich sah auf. Lotte hatte sich einen Teller mit Oliven bestellt. Mit der Rechten nahm sie die kleinen Früchte, den linken Arm hatte sie von schräg hinten in die Taille gestemmt. Wie um mich vollends rasend zu machen, strich sie dann ruhig in kreisförmigen Bewegungen den Ansatz ihres anbetungswürdigen Pos – halb eine zerstreute Liebkosung, halb prüfend, ob der Rock noch den gewünschten Sitz habe. Kein bißchen rosa waren Handrücken und Finger. Rosa war nur ein winziger Mückenstich auf ihrer linken Wade, den sie jetzt mit dem nadelscharfen Absatz ihres rechten Stöckelschuhs lustvoll kratzte. Nichts anderes wollte ich, als diesen Stich feucht zu küssen, um dann mit meinem Nasenrücken ihre Beine hochzustreifen, an ihrem tierischen Rock zu schnuppern, ihre Hand von ihrem eingelederten Hintern zu schieben, meine eigene dorthin zu plazieren, um dann, endlich stehend, mein Gesicht in ihr Haar zu wühlen. Wie schrieb Werther einst über die Liebste: »Gefällt! das Wort hass' ich auf den Tod. Was muß das für ein Mensch sein, dem Lotte gefällt, dem sie nicht alle Sinne, alle Empfindungen ausfüllt.« – Ich atmete tief durch und schrieb weiter:

»Goethes Werther hat gezeigt, welch eine epidemische Wirkung ein Buch haben kann. Viele, die ihre aussichtslose Liebe darin wiedererkannten, nahmen sich das Leben. Nach zweihundert Jahren wäre es an der Zeit, ein Buch zu schreiben, das diesmal die richtigen Personen hinwegrafft. Vergessen sei endlich die lähmende Debatte darüber, ob und wie Literatur die Gesellschaft verändern könne. Wie hat man sich denn überhaupt eine veränderte Gesellschaft vorzustellen? Und wie hat man sich eine Literatur vorzustellen, die zum Zweck der Veränderung Wirklichkeit widerspiegelt? Und was zum Teufel ist Realismus? Das alles ist so kreuzbrav, so gottsjämmerlich abstrakt, so fürchterlich unsinnlich.«

Ich schaute auf. Hatte Lotte gerade zu mir hergesehen? Wie hatte mein Freund und Leidensgenosse Werther geschrieben: »Und sie wandte sich um, zu sehen, ach! nach mir? In dieser Ungewißheit schweb' ich; das ist mein Trost: vielleicht hat sie sich nach mir umgesehen! Vielleicht! O was ein Kind ich bin!« – O wie dieses Bananengelb gegen das königliche Tintenblau knallte! Was für ein Rascheln mochte dieser Rock von sich geben, wenn Lotte ihm entschlüpfte! – Ich schrieb:

»Literatur, die etwas bewirken will, muß schön sein und gut gebaut. Sie hat einen stolzen Po und ein elastisches Kreuz. Ihre Schultern sind gerade, nichts rutscht von ihnen ab. Sie ist elegant, aber sie ist keine Dame. Sie ist vielversprechend und für jeden verständlich. Sie ist nicht raffiniert und verspielt. Kein Getue, keine Rüschen, kein Schmuck. Sie ist schlicht, und sie ist wesentlich. Keine Spitzenblüschen, nichts Durchwirktes. Nichts Bäurisches, nichts Modisches, nichts Nostalgisches. Zeitlos, aber auffällig. Weil ihre Schönheit so klar ist, kann sie es wagen, Dinge zu tragen, die knallig, grell und an der Grenze sind. Aber kein bißchen versnobt. Nur eine schlanke Literatur mit genügend Substanz und mit genügend Ironie kann sich solche Kleidung leisten. Sie hat einen aufrechten Gang, schwungvoll und mit langen Beinen. Und die spitzen Absätze ihrer unverschämt hohen Stockelschuhe richten auf dem Parkett der Bürgerlichkeit enormen Sachschaden an.«

Lotte stand noch immer an der Bar. Mit schönem Hohlkreuz. Absolut zuverlässig. Ich sah mich mit ihr in den Gassen von Venedig und Rom. Mit Lotte in Wien, mit Lotte in London. Lotte in tomatenroten und spinatgrünen Röcken und Hosen. Mit Lotte, grell, fest und knallig, gegen diese graue, braune, modrige Welt. »Was Einbildungskraft für ein göttliches Geschenk ist«, hatte Werther geschrieben. – Ich schrieb:

»Die Literatur ist weiblich, und das ist gut so. Aber sie hat ihre Weiblichkeit nie ausgenützt. Sie kam in Reisekostümen daher oder in wallenden Emanzipationsgewändern. Immer gesittet, immer dezent. Mal mütterlich, mal mädchenhaft und nach Mitternacht auch mal als Hure. Aber immer im Rahmen der Konvention. Ein bißchen Pornographie, ansonsten aber viel Konversation. Gepflegte Unterhaltung in konventionellen

Klamotten. Ihre Einsprüche gegen das Unrecht zog die Literatur wie Bittschriften aus dem Handtäschchen.

Die Literatur muß unkonventionell und unberechenbar sein. Sie muß so schön und begehrenswert sein, daß sie Eintritt erhält, wo immer sie will. Aber sie soll nicht länger ein sittsamer Gast sein. Verwegen und kühn sei ihr Aufzug, immer sinnlich, farbig und voller Gegensätze. Sie muß wissen, was Geschmack ist, um ihn bei Bedarf durchbrechen zu können. Sie muß wissen, wie man sich benimmt, um sich effektvoll danebenbenehmen zu können. Sie muß elegant sein, weil nichts schockierender ist als das gelegentliche Fahrenlassen der Eleganz. Sie muß den Mut haben, im richtigen Augenblick giftig zu werden, auch wenn sie weiß, daß sie damit ein Stück ihrer Schönheit opfert. Sie darf nicht fauchen und klagen wie ein Kätzchen, denn das erwartet man von ihr, und also führt es nicht weiter. Man wünscht sich ja, von gepflegten langen Fingernägeln lustvoll gekratzt zu werden. Daher muß die wahrhaft schöne Literatur normal geschnittene Nägel haben. Sie wird aber zwischendurch ausfällig und unhöflich, daß das fette Gelächter ihrer Gönner erstirbt. Sie schreckt nicht einmal davor zurück, vulgär und ordinär zu werden, wenn es sein muß. Auch das kann sie sich leisten, weil sie so schön ist.

Ein fetter und häßlicher Text kann sich Ausfälligkeiten nicht leisten. Der ist wie ein betrunkener, polternder Mann mit rotem Gesicht. Wahre Literatur muß ebenso wild wie elegant sein. Grobe Worte können sich nur schöne Texte leisten, wie sich nur schöne Frauen schreiende Kleider leisten können. Diese Art von Literatur ist völlig neu. Daher muß sie ihre waghalsigen Auftritte üben. Das ist in der Tat experimentell.«

Ich schrieb wie ein Besessener, geil, glücklich, verliebt und auf dem Gipfel der Erkenntnis. Lotte hatte in der Zwischenzeit auf einem Hocker am Tresen Platz genommen, als wüßte sie, daß sie sich ihrer historischen Aufgabe nicht entziehen konnte, mir als Vorlage zu einer grandiosen Allegorie, zu einem rasenden Manifest zu dienen. Ihr animalischer Rock spannte sich auf unvergleichliche Art um ihre Schenkelpartie, mein Kopf entleerte sich, all mein Blut schoß in meinen unteren Leib, und ich wollte nur das eine. Ich atmete mehrmals tief durch, bis mein Kopf wieder zu arbeiten begann. Was hatte der alte Klopstock, den Lotte so schätzte, einst geschrieben: »Wie dem Mädchen, das aus dem Bade steigt, das Gewand anliegt, so soll es die Sprache dem Gedanken.« – Ich schrieb:

»Wenn Literatur etwas erreichen will, müssen ihre Gedanken schlank und präzise sein. Und die Sprache muß sich um die Gedanken schmiegen wie ein enger Rock aus glattem Leder um Po und Schenkel einer Frau. Diese Literatur wird ihre Zeit nicht damit vergeuden, sich stundenlang im Spiegel zu betrachten. Sie schminkt sich nicht, und sie benutzt kein Parfüm. Dieselben vollen unbemalten Lippen, die oft und tief von Liebe sprechen, können sich unerwartet zu schneidenden Flüchen öffnen, und diese Verhöhnungen werden etwas Vernichtendes haben, weil sie im Vollbesitz der Schönheit das Häßliche in seiner Wertlosigkeit bloßstellen.«

Ich sah Lottes Beine, übereinandergeschlagen, ein leichtes Wippen des freien Fußes. Wie beneidete ich ihre Hand, die jetzt die obere Schenkelpartie massierte, wie lebendig mußte sich die Muskulatur unter der antilopenhaften Haut anfassen! Ich stellte mir vor, einer dieser dicken Minister (Wallmann, Bangemann, Zimmermann und wie die Ekelmänner alle heißen) würde an Lotte vorbeigehen: Lotte streckt das freie Bein etwas nach vorn, und bums fliegt der schwere Körper vor ihr auf die Nase. »Zisch ab, du mieser impotenter Ochsenfrosch!« sagt Lotte und stupst die Spitze ihres königsblauen Stöckels in die formlose Ministerlende. – Ich sah Lottes Haut, nicht blaß, nicht verbrannt, ein südlicher Ton, wunderbar undeutsch. Ich habe kein Auge für Juden und finde Leute unausstehlich, die immerfort naseweis behaupten, dieser oder jener Mensch sehe unglaublich jüdisch aus. Jetzt aber wünschte ich mir, Lotte wäre eine Jüdin, einfach, weil dieses arme, geschundene Volk einen schönen Racheengel verdient hätte. Lotte, die so wunderbar beleidigend sein kann. Schon ihre Schönheit ist eine Beleidigung des Häßlichen. – Ich sah sie vor mir im ultrakurzen weißen Sommerkleid, barfuß, die roten Stöckel in der Hand. Sie will die Sixtinische Kapelle besichtigen, aber der Vatikanwärter will sie in diesem Aufzug nicht in die heiligen Räume lassen. Da lacht sie einfach und umarmt den Kirchenknecht, ohne ihre Schuhe loszulassen; ihr Knie schiebt sie sacht dem Wärter zwischen die Beine, dieser vergeht; und nie mehr wird er es wagen, die Schönheit zurückzuhalten. – Ich sah sie vor mir, pechschwarz und behutsam vom Motorrad steigend und wie sie am Bauzaun von Kraftwerken und Waffenlagern sägt, kauernd und fluchtbereit. – Ich schrieb:

»Die Literatur muß edel und fein sein, damit sie unfein werden kann. Sie muß provokativ sein, betörend und animalisch. Sie muß sich mit allen Mitteln Einlaß verschaffen. Dichten heißt nicht nur, Blümchen und Bäumchen in den Garten pflanzen, sondern auch sägen. Wir müssen absägen, was uns nicht paßt. Weg mit dem faulen und abgestorbenen Holz.«

Holz? Was hatte einst Arno Holz geschrieben: »Modern sei der Poet, modern vom Scheitel bis zur Sohle.« Das ist lange her. – Ich schrieb:

»Rabiat sei der Poet, rabiat vom Scheitel bis zur Sohle. Ein wichtiges Ziel der Literatur am Ende dieses Jahrhunderts ist es, die Machthaber in ihrer Unerträglichkeit bloßzustellen. Nur ein stürzender Politiker ist ein guter Politiker. Unter dem gellenden Gelächter des Publikums müssen die Poeten die Machthaber direkt vom Sockel in die Kloake stoßen. Nur dafür soll es Literaturpreise geben. Auch die Kunst, diese mürbe Schickse, könnte hier einen Beitrag leisten, anstatt Gebäude zu verhängen und die Bilder wirrer Seelen auf die Leinwand zu pinseln. Was ist daran wild? Wild und unberechenbar und unfair und hinterlistig muß gegen diejenigen vorgegangen werden, die uns unentwegt hinterlistig entgegentreten. Verdammte Avantgarde! Ich habe avantgardistische Kunst noch nie verstanden. Immer behauptet sie hochnäsig, das Neue zu bringen, das eben nicht jedermann zugänglich sei. Und noch heute bewundert man, weil man nicht für postmodern gehalten werden will, das Lautgestammel des Dadaismus und der experimentellen Poesie, dem alles Aufmüpfige längst entwichen ist. Die bisherige Avantgarde ist genauso unbrauchbar wie die Haute Couture, wo lächerliche Mannequins absurde Kreationen hirnverbrannter Schneidermeister auf sich herumtragen. Die wüste Beleidigung, die Unverschämtheit, das tödliche Gift – all das muß in die hohe Literatur hinein. Das ist die große Kunst, und das ist wahrhaft avantgardistisch genug und endlich auch einmal verständlich. Die Wächter der abgestandenen Sitten werden zetern, wie sie einst gegen das Vordringen erotischer Freizügigkeiten in die Literatur gezetert haben. Aber sie werden den längst fälligen Einzug der wüsten Verwünschung auch in die nobelsten Etagen der Poesie nicht verhindern können.«

Gerade wollte ich in einem nächsten Gedanken die Literaten auffordern, sich nicht länger untereinander zu befehden, sondern sich eine gemeinsame Strategie auszudenken, um den gemeinsamen Feind lahmzulegen, da sah es plötzlich so aus, als ob Lotte zahlen wollte. Zwar war mir klar, wie mein Manifest weiterzugehen habe, wie es aber mit Lotte und mir weitergehen sollte, daran hatte ich vorsichtshalber nicht gedacht. Es mußte nun aber etwas geschehen, und zwar schnell. Das einerseits Beste und andererseits Feigste wäre, blitzschnell das Café zu verlassen, um mir den Traum zu bewahren. Wie schreibt mein geliebter Puschkin: »Träume, Träume! Wo ist eure Wonne? Wo ist – der traditionelle Reim hierfür – der Jugend Sonne? Ist es am Ende wirklich wahr, daß ihr Kranz verwelkt ist, verwelkt? Ist etwa in der Tat – alle elegischen Verschnörkelungen beiseite gelassen – der Frühling meiner Tage ganz einfach vorbei? Ist es möglich, daß ich bald dreißig bin?«

Ich war vierzig Jahre alt und oft genug enttäuscht worden. Es war ja möglich, daß gar nicht Lotte die unverschämte Bemerkung auf meine Korrekturfahne geschrieben hatte, sondern der unverschämte Ober!? – Oder, was vielleicht noch schlimmer wäre, sie hatte meinen Text keines Blickes gewürdigt, und dies war also nicht ihr reifes Urteil, sondern in launiger Oktoberfestmentalität hingekrakelt; und ich hatte mich von einer modisch exaltierten Eselin inspirieren lassen, die sich in lächerliche Papageienfarben gehüllt hatte!? – Oder, was vielleicht das Allerschlimmste wäre, ich könnte mit ihrem Gesicht, das sie mir zuwenden würde, nichts, nichts anfangen; und still und sanft würde ich in den Schoß meiner Familie zurückkehren statt in den literarischen Untergrund!?

Wie heißt es im Werther: »Nein Lotte, ich werde Sie nicht wiedersehn! – Warum das? versetzte sie, Sie können, Sie müssen uns wiedersehen, nur mäßigen Sie sich. O warum mußten Sie mit dieser Heftigkeit, dieser unbezwinglich haftenden Leidenschaft für alles, was Sie einmal anfassen, geboren werden! – Er knirrte mit den Zähnen und sah sie düster an. – Sie hielt seine Hand: Nur einen Augenblick ruhigen Sinn, Werther! sagte sie. Fühlen Sie nicht, daß Sie sich betrügen, sich mit Willen zu Grunde richten?«

Lotte hatte ihr Portemonnaie vor sich liegen, winkte dem Ober und ließ sich langsam und lasziv vom Hocker gleiten. Ihr

Bananenschalenrock rutschte dabei etwas hoch, und mit einer noch lasziveren Bewegung strich sie ihn nach unten. Eben noch hatte ich daran gedacht, ihr über den Ober ein Billett zukommen zu lassen: Da und dort könne sie meinen völlig neuen Text nachlesen. Sie habe recht gehabt mit ihrer Kritik. Sie sei wahnsinnig wichtig für mich gewesen. Ich könne ihr die Zeitschrift zuschicken, wo der Text erscheine, wenn sie mir ihre Adresse hinterließe. Oder sie könne mich anrufen, in zwei Stunden hätte ich das von ihr inspirierte literarische Manifest in eine lesbare Form gebracht. Schon heute abend könnte man sich treffen, und ich könnte ihr »ihre« Fassung vorlesen, die ich ihr widmen werde usw. – Alles viel zu kompliziert, viel zu versponnen; alles Literatenkitsch, und vor allem keine Zeit mehr dazu. Mein Herz raste, weit weg war alle Geilheit, als ich, den geilen Rock im Auge, mich Lotte zögernd näherte. Das Leben konnte doch nicht nur aus Entäuschungen bestehen.

Ich wußte nicht, was ich ihr sagen sollte, irgendeine halbwegs erträgliche Einführungsformel würde mir schon einfallen. – Frauen, die ich so rasend begehrte, hatten sich noch nie viel aus mir gemacht, glaubte ich mich plötzlich zu erinnern, und ich mußte aufpassen, nicht feuchte Augen zu bekommen jetzt. Bloß das nicht. Ich würde mich neben sie an die Bar stellen und den Ober um die Rechnung bitten. Bis der kam, würde ich Lotte das Wichtigste gesagt haben. Es fielen mir Frauen ein, die nicht hinhören in so einem Fall.

Ich stand neben Lotte und hatte gerade Luft geholt, um dem Ober zuzurufen, als ein widerlicher Jaulton sich anschwellend im Raum breitmachte. Offensichtlich eine dieser infamen Sirenenproben, die sich im Ernstfall auch nicht anders anhören würden. Der Ober zuckte ärgerlich die Schultern, ein anderer Mann machte eine Grimasse und hielt sich die Ohren zu. Lotte knallte mit der flachen Hand auf den Tresen. »Scheiße«, rief sie, »diese verfluchten Schweine!« Noch nie hatte ich jemanden so schön »Scheiße« rufen hören. Dann griff sie hinüber zu mir, packte meinen wildfremden Unterarm, schüttelte ihn und sagte mir mitten ins Gesicht: »Kommen Sie!«

Lou A. Probsthayn
So geht die Nacht im Goldenen Schwein

Brook benutzte das Schwarz der Nacht. Nur Mond sollte Zeuge sein. Aber Mond spielte nicht mit. Er hatte es längst satt, ein Zeuge der Nacht auf St. Pauli zu sein. Mond hängte sich eine Wolke vor das Gesicht. Nur ein paar Sterne neugierten in die dunklen Straßen. Einen Brook hatten sie nach ihrem Schlüpfen aus dem All noch nicht gesehen.

Brooks Weg endete in einer der übelsten Kaschemmen vom Tor zur Welt. Natürlich Kiez. Natürlich Müllieu. Natürlich Honka, der Schlachter. Mit dem tiefgefrorenen Fleisch von Frauen. Und Japaner. Und Postkarten. Auch Huren. Aber selten. Sie starben aus.

Das Publikum im Goldenen Schwein bestand aus dem Bodensatz der Stadt. Penner, Berber und Eingeborene. Manchmal wallraffte die Presse im Goldenen Schwein, wählte zwei, drei besonders ekle Exemplare aus. Mit wenig Zahn. Und wenn Zahn, dann Sienna bis Teer. Viel Akne. Gern Narben. Ein bißchen Haar. Aber fettig. Auch Beinprothesen. Auf jeden Fall Falten in der Fresse; Zeilen des Hungers, der Armut und der Obdachlosigkeit. Für einen Blauen steckten Journalisten einige im Goldenen Schwein in Yves-Saint-Laurent-Klamotten und präsentierten sie in Magazinen unter Headlines wie »Mutationen, Monstren, aber Menschen«, »Des Bettlers neue Kleider« – oder schlicht: »Metamorphosen«.

Brook drückte sich in eine Ecke. Er bestellte sich ein Bier. Es lag etwas Fett in der Luft. Und Pisse schwamm in seiner Ecke. Über den Tresen gingen gemischte Nachrichten, Notizen aus der Provinz und die Halben und die Kurzen; bei Willy am Zapfhahn.

Ein Willy sein war der Traum aller kleinen Ganoven: wenig tun, hinter der Theke stehen und das Bier laufen lassen; dabei immer im Goldenen Schwein, immer unter sich, und das »Moos« wächst. Willy hatte es im Gegensatz zu seinen Gästen geschafft.

Und draußen vor der Tür: Gott zürnte St. Pauli. Mit Blitzen. Mal Donner. Gleich Gewitter. Aber alles blieb auf der Reeperbahn nachts um halb eins. Alles war la Paloma, olé. Alle Touristen wollten nur das eine – Salambo. Nepp. Und Sekt. In den Séparées. Und der Regen spielte auch noch mit. Er trieb Fleisch zu Fleisch. Brook fotografierte die Frauen im Goldenen Schwein mit den Augen. Immer Stücke von Frauen. Ein Stück Arsch. Eine halbe Titte im Ausschnitt. Einen Winkel vom Schritt. Aber Blicke fing

Brook sich niemals ein, geschweige denn ganze Gesichter. Schließlich konnte und wollte Brook den Frauen später beim Wichsen nicht in die Augen schauen.

Christel Schultz, seit Jahren im Goldenen Schwein, stellte Brook Heinz vor, Heinz war eine zerstörte Tätowierung auf ihrem linken Unterarm. »Und das war Jochen. Den hab' ich auch mit 'ner Zigarette vernichtet!« sagte sie mit einem Grinsen. Brook grüßte Heinz, dann Jochen, Die Narbe Jochen zwinkerte Brook zu. »Die hat 'nen Schatten!« »Wer?« neugierte Brook.

Christel ließ Brook und Jochen kurz unter Männern sein. Dann drückte sie eine Zigarette auf Jochen aus und lachte. »Männer sind Wunden. Männer sind Narben. Es gibt Männer wie Tresen. Männer wie Flaschen. Männer ...« Christel lachte in Hysterie. Heinz schwieg, Jochen schwieg. Brook schloß sich ihrem Schweigen an. Christel bestellte zwölf Halbe für alte Bekannte, weitere zwölf für Unbekannte und je sechs für Brook und sich selbst.

Christels Märchen nahm seinen Lauf. Sie besetzte Brooks Schoß, stahl ihm Kuß um Kuß und nannte Brook ihren Mann-O-Mann aus Hamburg. Im Hintergrund das Eiern von Freddy Quinn aus der Wurlitzer. Unter der Decke gelbten Fliegenfänger. Und Brook trank das dritte Glas. Christel lief zur Frau auf. Brook ließ sich sitzen – wie ein Mann, Christels Mann. Er trank den vierten Spaß. Christels Arsch floß warm um seine Oberschenkel. Sie war voll Sex. Brook trank noch einen Spaß. Und Christel griff ihm in den Schritt. Sie befreite den kleinen Freund von Brook und wollte ihn unter ihrem Rock ... Aber an allen wichtigen Stellen fühlte Brook sich weich und elend werden. Er würde nicht kommen können. Er hatte nicht genug Tinte auf seinem Füller. Er würde kein Mann für ein Leben mit Christel, geschweige denn für eine Nacht werden. Christel lachte auf und davon.

Und Brook sah ein Bild von sich. Auf seinem Bett. Er würde Christel nicht in die Augen schauen.

So ging die Nacht im Goldenen Schwein.

Heinrich Mann
Sittlicher Unrat

Die »Diele« war ungeheuer breit und lang, die ehrliche Diele eines alten Bürgerhauses, worin nun »Nebendinge« getrieben wurden. Links kam aus einer halboffenen Tür Töpferasseln und ein Feuerschein. Über dem Eingang rechts stand »Saal«, und dahinter war ein dumpfer Wirrwarr von Lauten, woraus manchmal ein sehr schriller hervorstach. Unrat zauderte, ehe er die Klinke drückte; er spürte darin eine Handlung, schwer von Folgen ... Ein sehr dicker, völlig unbehaarter kleiner Mann, der Bier trug, kam ihm entgegen. Er hielt ihn an.

»Verzeihen Sie«, stammelte er, »wäre die Künstlerin Fröhlich wohl zu sprechen?«

»Was wollen Sie mit die denn sprechen?« fragte der Mann. »Die spricht jetzt nich, die singt. Hören Sie man mal zu.«

»Sie sind wohl der Herr Wirt zum Blauen Engel? Nun, das ist wahrlich recht brav. Ich bin nämlich der Professor Raat vom hiesigen Gymnasium und komme wegen eines Schülers, der hier zu finden sein soll. Können Sie mir vielleicht sagen, wo er ist?«

»Tjä, Herr Professor, denn gehen Sie man gleich 'n bißchen in das Hinterzimmer zu die Künstlers, da sitzen die schungen Herren jä immer ein.«

»Sehen Sie wohl«, sagte Unrat strafend, »das dachte ich mir. Sie müssen zugeben, Mann, daß das nicht in der Ordnung ist.«

»Tja« – und der Wirt zog die Brauen hoch, »mich is das man puttegal, wer für die Mädchen das Abendbrot bezahlt. Die schungen Herrn haben noch eigens Wein bestellt, mehr kann unsereiner warraffig nich verlangen. Wenn ich meine Kunden vorn Kopp stoßen will, denn muß ich jä woll hintenvor kriegen.«

Unrat lenkte ein.

»Drum denn, mag's gut sein. Aber gehen Sie jetzt nunmehr hübsch hinein, Mann, und holen Sie mir den Burschen heraus.«

»Deubel, Herr, gehn Sie selber!«

Aber Unrats Abenteuermut war dahin, er wünschte, er hätte den Aufenthalt der Künstlerin Fröhlich nie entdeckt.

»Muß ich denn da durch den Saal?« fragte er mit Bangen.

»Tjä, das is woll nich anders, un denn in die Stube da achter, wo hier das Fenster von zu sehn is mit die rote Gardine vor.«

Er ging einige Schritte mit Unrat gegen den Hintergrund der Diele und zeigte ihm eine ziemlich große, von innen rot verhängte

Scheibe. Unrat wollte hindurchspähen; inzwischen kehrte der Wirt mit seinem Bier an die Saaltür zurück und öffnete sie. Unrat eilte herbei, mit ausgestreckten Armen; er bat, mit dem Ausdruck der Not:

»Lieber Mann, so holen Sie mir doch den Schüler heraus!«

Der Wirt, schon drinnen, wendete sich unwirsch um.

»Welcher soll es überhaupt sein? Da sitzen jä drei auf einen Hümpel ... Oll Dösbattel«, setzte er hinzu und ließ Unrat stehen.

»Drei?« wollte Unrat fragen; aber er befand sich nun auch schon im Saal, betäubt vom Lärm, blind von dem wütend heißen Dampf, der seine Brillengläser beschlug.

»Tür zu, hier zucht es!« hörte er neben sich rufen. Er tappte erschreckt nach der Klinke, traf sie nicht und hörte, wie man lachte.

»Hei speelt Blindekoh«, sagte dieselbe Stimme.

Unrat nahm die Brille ab, er fand die Tür schon geschlossen, sah sich gefangen und äugte ratlos umher.

»O Minsch, Laurenz, dat is jä de schnakige Kierl von hüt Namiddag. Weitst nich miehr, hei will den Heuerbaas upptreggen.«

Unrat verstand nicht, er fühlte nur den Aufruhr um sich und gegen sich. Wie schon alles über ihm zusammenschlug, entdeckte er am Tisch gleich neben sich einen freien Stuhl, er brauchte sich nur zu setzen. Er lüftete den Hut und fragte:

»Sie erlauben vielleicht?«

Eine Weile wartete er auf Antwort, dann ließ er sich nieder. Sogleich fühlte er sich in der Menge versunken, seiner drückenden Ausnahmestellung enthoben. Niemand achtete im Augenblick auf ihn. Die Musik war wieder losgegangen; seine Nachbarn sangen mit. Unrat putzte seine Brillengläser und trachtete, sich zurechtzufinden. Durch den Qualm der Pfeifen, der Leiber und der Groggläser sah er zahllose Köpfe, die alle die gleiche dumpfe Seligkeit besessen hielt, hin und her schwanken, wie die Musik es wollte. Sie waren von Haar und Gesicht brandrot, gelb, braun, ziegelfarben, und das Schaukeln dieser von Musik in das Triebleben zurückgebannten Gehirne ging wie ein großes buntes Tulpenbeet im Winde durch den ganzen Saal, bis er sich, dahinten, im Rauch verfing. Dahinten durchbrach nur etwas Glänzendes den Rauch, ein sehr stark bewegter Gegenstand, etwas, das Arme, Schultern oder Beine, irgendein Stück helles Fleisch, bestrahlt von einem hellen Reflektor, umherwarf und einen großen Mund dunkel aufriß. Was dieses Wesen sang, vernichtete das Klavier, zusammen mit den Stimmen von Gästen. Aber es dünkte Unrat, als sei die Frauensperson selbst anzusehen wie ein Gekreisch. Ein Laut, dünn und von keinem Donner totzumachen, ging manchmal von ihr aus.

Der Wirt stellte ein Glas vor ihn hin und wollte weiter. Unrat hielt ihn am Rock fest.

»Aufgemerkt nun also, Mann! Ist jene Sängerin etwa das Fräulein Rosa Fröhlich?«

»Tjä, das is sie nu woll. Nu genießen Sie es man, daß Sie da sind.«

Und der Wirt machte sich los.

Unrat hoffte gegen alle Vernunft, sie möchte es nicht sein, der Schüler Lohmann möchte nie den Fuß in dies Haus gesetzt haben, damit Unrat des Handelns überhoben wäre. Es zeigte sich ihm jäh die Möglichkeit, das Gedicht in Lohmanns Aufsatzheft sei reine Poesie, der in der Wirklichkeit nichts entspreche, und die Künstlerin Fröhlich existiere gar nicht. Unrat klammerte sich an diesen luftigen Glauben, wunderte sich, daß er so spät dazu gekommen war.

Er nahm einen Schluck Bier.

Sein Nachbar sagte Prost. Es war ein älterer Bürger mit einem Bauch in einem wollenen Hemd, über dem die Weste weit offenstand. Unrat betrachtete ihn lange aus dem Winkel. Der Bürger trank und fuhr mit einer biederen Hand über den feuchten, gelblichweißen Schnurrbart. Unrat wagte es:

»Das ist denn also nun das Fräulein Rosa Fröhlich, das uns da etwas vorsingt, nicht wahr, guter Mann?«

Aber es erhob sich grade Beifall, weil die Sängerin ein Stück beendet hatte. Unrat mußte warten und dann noch einmal fragen.

»Fröhlich?« meinte der Bürger. »Jä, wo soll ich das woll herwissen, Herr, wie die Deerns alle heißen. Hier is jä alle Naslang 'n niegen Juchheh.«

Unrat wollte tadelnd sagen, es stehe draußen angeschrieben, aber da begann wieder das Klavier, etwas weniger laut, und er konnte verstehn: ein paar Worte, bei denen die bunte Frauensperson ihren Kleiderrock aufhob und ihn verschmitzt und schämig gegen ihre Wange drückte.

»Wail iesch noch so klain und so uhnschuhldiesch bien.«

Unrat erkannte dies als Blödsinn und hielt es zusammen mit der stumpfen Antwort, die sein Nachbar ihm erteilt hatte. Es bildete sich in ihm Unmut: das Gefühl, verschlagen zu sein in eine Welt, die die Verneinung seiner selbst war, und ein Abscheu, der aus seinem Innersten kam, vor Menschen, die nichts Gedrucktes vor die Augen nahmen, die in einem Konzert saßen und nicht das Programm gelesen hatten! Es nagte an ihm, daß hier mehrere hundert Personen beisammen sein konnten, die nicht »aufmerkten«, nicht »klar dachten«, sich vielmehr berauschten und ohne Scham noch Furcht sich den müßigsten »Nebendingen« hingaben. Er tat einen heftigen Zug aus seinem Glase. »Wenn die wüßten, wer ich bin«, dachte er darauf, indes sein Selbstgefühl sich des Widerhaarigen entkleidete, milde und wohlig ward und ein wenig verschwommen – angeblasen von warmen menschlichen Ausdünstungen, dieser Dampfheizung mit Blut. Die Welt zog sich in dichteren Qualm zurück, voll ungewisserer Gebärden ... Er fuhr sich über die Stirn; es schien ihm, die Frauensperson dort oben habe schon mehrmals gesungen, sie sei »klain uhnd uhnschuhldiesch« – nun war sie auch damit fertig, und der Saal klatschte, brüllte, jauchzte und trampelte. Unrat schlug plötzlich mehrmals die Hände zusammen dicht unter seinen Augen, die es mit Staunen ansahen. Es befiel ihn eine große, unbedachte, nur schwer zu bändigende Lust, seine beiden Füße gleichzeitig gegen den Boden zu stoßen. Er war stark genug, es nicht zu tun. Aber die Versuchung erzürnte ihn auch nicht. Er lächelte heiter versonnen vor sich hin und stellte fest, das sei – demnach denn wohl – der Mensch. »Immer mal wieder Gras fressen«, setzte er hinzu.

»Ei freilich.«

Die Sängerin kam herab in den Saal. Neben dem Podium ging eine Tür auf. Unrat nahm plötzlich wahr, daß jemand von dort ihn ansehe. Ein einziger Mensch hatte sein Gesicht ihm zugekehrt; und dieser Mensch stand aufrecht und lachte; und es war – sicherlich doch -, es war niemand anders als der Schüler Kieselack!

Kaum stand dies fest, da fuhr Unrat in die Höhe. Er hatte die Empfindung, sich einen Augenblick vergessen zu haben – und sofort benutzten die Schüler das zu Unfug. Er schob die Schultern zweier Soldaten auseinander, zwängte sich hindurch, brach weiter vor. Mehrere Arbeiter widersetzten sich ihm, einer schlug ihm ohne weiteres den Hut vom Kopf. Er setzte sich ihn wieder auf, arg beschmutzt; man rief:

»Hannes, wat 'n Hoot.«

Kieselack dort hinten lachte und fiel dabei mit dem Oberkörper nach vorn, so sehr erschütterte ihn seine Heiterkeit. Unrat machte noch einen Vorstoß – er klappte mit den Kiefern in überhandnehmender Bedrängnis. Aber er ward von hinten festgehalten. Er hatte einem Matrosen den Grog umgeworfen, er sollte ihn bezahlen. Dies war geschehen. Nun hatte er vor sich einige freie Schritte liegen. Er stürmte und hielt seine Augen, verängstigt durch das Übermaß der Verworfenheit, die sich hier kundgab, immer auf Kieselack, der lachte. Da prallte er gegen etwas Weiches, und eine große, sehr dicke und unter einem braunen Abendmantel, der sich geöffnet hatte, nur ungenügend bekleidete Frau drehte ihm ein zorniges Gesicht zu. Ein Mann, nicht weniger üppig und bei sorgfältiger Frisur auch nur im Trikot mit einer alten Jacke darüber, kam herzu und schimpfte mit. Unrat hatte gegen den Sammelteller der Frau gestoßen, es waren Geldstücke fortgesprungen. Man suchte, auch Unrat bückte sich, verstört, planlos. Neben seinem Kopf, der sich den Boden entlang bewegte, scharrten die Leute mit den Füßen: Anklagen, höhnische Reden, Verwünschungen, dreiste Hände sogar drangen auf ihn ein. Unrat richtete sich auf, gerötet, mit einem Zweipfennigstück zwischen den Fingern. Er atmete kurz, tastete mit blindem Blick auf vielen Mienen umher, die ihm feind waren. Er spürte, heute zum zweitenmal, den Krisenwind des Aufruhrs im Gesicht. Er fing an, eckige Stöße zu machen, nach allen Seiten, wie gegen zahllose Anstürmende. In diesem Augenblick sah er Kieselack mit den Armen über dem hohen Kasten des Klaviers liegen, zuckend am ganzen Körper. Und jetzt hörte er ihn sogar lachen. Da ging Unrat unter in der schwindelnden Panik des Tyrannen, der den Pöbel im Palast und alles verloren sieht. In diesem Augenblick war ihm jede Gewalttat recht, er kannte kaum noch Grenzen. Er schrie, und seine Stimme schwoll an im Grabe:

»Ins Kabuff! Ins Kabuff!«

Kieselack, der ihn schon nahe sah, gehorchte. Er verschwand in der Tür, die sich neben dem Podium aufgetan hatte. Ehe Unrat es sich versah, stand auch er drinnen. Er erblickte eine rote Gardine und hinter ihr hervorragend einen Arm. Er wollte darauf zu; da geschah ein Sprung. Wie er hinausspähte, lief Kieselack im kurzen Trab über die Diele. Vorne im Torgang sah Unrat ganz deutlich einen zweiten verschwinden; er hatte ihn grade noch erkannt: Graf Ertzum. Unrat stieß mit den Zehen vom Boden ab; aber das Fenster war zu hoch. Er versuchte, sich hinaufzustemmen. Während er mit gespitzten Ellenbogen schwebte, vernahm er in seinem Rücken eine hohe Stimme:

»Nur Mut, Sie sind ja sonst 'n kräftiger junger Mensch!«

Er plumpste herab, wandte sich um – da stand die bunte Frauensperson.

Unrat betrachtete sie eine Weile; seine Kiefer bewegten sich lautlos. Schließlich brachte er hervor:

»Sind Sie – demnach denn also – die Künstlerin Fröhlich?«

»Na ja«, sagte die Frauensperson.

Unrat hatte es gewußt.

»Und Sie führen Ihre Künste in diesem Gasthaus vor?«

Auch dies wollte er noch von ihr selbst bestätigt hören.

»Originelle Frage«, bemerkte sie.

»Drum denn –«

Unrat schöpfte Luft; er wies hinter sich, nach dem Fenster, durch das Kieselack und von Ertzum entkommen waren.

»Sagen Sie mir – nun aber auch: dürfen Sie denn das?«

»Was'chen?« fragte sie erstaunt.

»Das sind Schüler«, sagte Unrat, und nochmals mit Beben, tief aus der Brust:

»Das sind Schüler.«

»Meinswegen. Ich hab' ja nischt davon.«

Sie lachte. Unrat brach schrecklich aus:

»Und die machen Sie der Schule und der Pflicht abspenstig! Die verführen Sie!«

Die Künstlerin Fröhlich hörte auf zu lachen; sie richtete den Zeigefinger gegen die Brust.

»Ich? Also Ihnen fehlt woll was?«

»Oder wollen Sie etwa leugnen?« fragte Unrat kampffertig.

»Vor wem denn? Hab ich Gott sei Dank nicht nötig. Ich bin Künstlerin, nicht wahr? Ich wer' Sie um Erlaubnis fragen, ob die Herren mir Bukette verehren dürfen.«

Sie wies in einen Winkel, wo an einem nach vorn geneigten Toilettenspiegel rechts und links zwei große Sträuße steckten. Die Schultern hebend:

»Wenn man das nich mal von haben soll, Sie – wer sind Sie überhaupt?«

»Ich – ich bin der Lehrer«, sagte Unrat, als spräche er Sinn und Gesetz der Welt aus.

»Na ja«, meinte sie versöhnlich, »denn kann es Ihnen doch genauso piepe sein wie mir, was die jungen Leute treiben.«

Diese Lebensanschauung fand keinen Eingang in Unrats Verständnis.

»Ich rate Ihnen«, sagte er, »verlassen Sie mit Ihrer Gesellschaft diese Stadt, ziehen Sie in großen Tagesmärschen davon, denn sonst« – er erhob wieder die Stimme – »werde ich alles daransetzen, Ihnen Ihre Laufbahn zu erschweren, wenn nicht unmöglich zu machen. Ich werde – fürwahr denn – dafür sorgen, daß sich mit Ihrem Treiben die Polizei beschäftigt.«

Bei diesem Wort erschien prompt die rückhaltloseste Verachtung auf dem Gesicht der Künstlerin Fröhlich.

»Wenn Sie mit der man nich selber was zu tun kriegen. Sie kommen mir ganz so vor. Ich bin mit der in Ordnung. Sie tun mir überhaupt leid, Sie!«

Aber anstatt Mitleiden gab sie mit wachsender Deutlichkeit Zorn zu erkennen.

»Sie wollen sich noch aufspielen, in dem Aufzug, wo Sie sind? Sie haben sich woll vorhin noch nich lächerlich genug gemacht? Gehn Sie mal hin, auf die Polizei, ja? Sie werden man gleich selber festgehalten. Was der Mensch für Töne am Leib hat. So was kommt einem ganz komisch vor, wo man an den Umgang mit Kavalieren gewöhnt ist. Was meinen Sie, wenn ich mal einen von meine bekannten Herrn Offßiere auf Sie loslaß? Sie werden ja einfach verkeilt.«

Hierbei trug sie nun wirklich ein erfreutes Mitleid zur Schau.

Unrat hatte, während sie sprach, anfangs noch zu Worte zu kommen versucht. Allmählich wurden von dem Schwung ihres Willens seine fertigen Gedanken, die schon zwischen den Kiefern hervordrängten, zurückgestoßen bis in seine Tiefe, wo sie ihm selbst verlorengingen. Er erstarrte – sie war kein entlaufener Schüler, der sich widersetzen wollte und sein Leben lang unter die Fuchtel gehörte; so waren alle in der Stadt, alle Bürger. Nein, sie war etwas Neues. Aus allem, was sie seit dem Zusammentreffen mit ihm gesagt hatte, sammelte sich jetzt nachträglich der Geist und wehte ihn an: ein verwirrender Geist. Sie war eine fremde Macht und augenscheinlich fast gleichberechtigt. Er hätte zum Schluß, wenn sie eine Erwiderung verlangt hätte, keine mehr gewußt. Etwas anderes entstand in ihm: es fühlte sich an wie Achtung.

»Ach was – überhaupt«, sagte sie wegwerfend, brach ab und drehte ihm den Rücken.

Das Klavier war schon wieder in Tätigkeit. Die Tür öffnete sich, ließ die dicke Frau, mit der Unrat einen Zusammenstoß gehabt hatte, samt ihrem Mann ins Zimmer und ging rasch wieder zu. Die Frau setzte, und ihr Abendmantel wogte in zornigen Falten, den Teller auf den Tisch.

»Keine vier Mark«, sagte der Mann. »Schäbige Kanaillen.«

Die Künstlerin Fröhlich versetzte kalt und beißend:

»Da sehn Sie sich man 'nen Herrn an, der uns bei der Polizei will verklagen.« Unrat stotterte, erschrocken von der Übermacht. Die Frau drehte sich um, mit einem Ruck, und maß ihn. Er fand ihren Ausdruck unerträglich abgefeimt, errötete, senkte den Blick, traf mit ihm die fleischfarben eingehäuteten Waden der Frau und riß ihn, zusammenfahrend, weiter. Inzwischen sagte der Mann, und er setzte seine Stimme mit hörbarer Mühe auf halbe Kraft:

»Radau hat hier doch woll bloß einer gemacht, was? Na, und ich hab der Rosa schon lange prophezeit, wer hier eifersüchtig sein will und die andern nichts gönnen, der fliegt raus aus 'n Tempel. Un denn Sie – auf die jungen Leute! Wahrscheinlich sind Sie bei der Polizei schon lange als Lustgreis angeschrieben.«

Aber seine Frau stieß ihn an; sie habe ein ganz anderes Urteil gewonnen über Unrat.

»Sei still, der tut ja keinem was.«

Und zu Unrat:

»Sie sind woll 'n bißken aus der Puste gekommen? Gott, man kriegt mal 'n Rappel, das kommt vor. Kiepert soll man gar nichts sagen, der macht mir doch die Hölle grad heiß genug, wenn er sich einbild't, ich bin ihm untreu. Nu setzen Sie sich man und trinken Sie 'n Schluck.«

Sie räumte von einem der Stühle die Röcke und bunten Hosen weg, nahm eine Flasche vom Tisch und füllte ihm ein Glas. Unrat trank, um Weitläufigkeiten zu vermeiden. Die Frau fragte:

»Seit wann kennen Sie denn die Rosa? Ich hab Sie doch noch nie gesehn?«

Unrat sagte etwas, aber das Klavier verschlang es. Die Künstlerin Fröhlich erklärte:

»Er ist der Lehrer von den Jungen, die mir hier immer mang die Kledaschen sitzen.«

»Ach so, Lehrer sind Sie?« sagte der Artist. Er trank ebenfalls, schnalzte und fand seine natürliche Gemütlichkeit wieder.

»Sie, denn sind Sie mein Mann. Sie werden nächstens wohl sicher auch für den Sozialdemokraten stimmen, was? Wissen Sie, wenn wir es nich machen, können Sie auf die Aufbesserung der Lehrergehälter warten, bis Sie Läuse kriegen. Mit der freien Kunst is es gerade so: Polizeiliche Belästigungen und kein Geld. Die Wissenschaft –«

Er zeigte auf Unrat.

»– und die Kunst –«

Er zeigte auf sich.

»– kommen allemal aus demselben Käsegeschäft.«

Unrat äußerte:

»Dem mag nun sein, wie ihm wolle, so irren Sie doch in Ihrer ersten Voraussetzung, Mann, sintemal ich kein Volksschullehrer bin, sondern der Professor Doktor Raat vom hiesigen Gymnasium.«

Der Mann sagte bloß:

»Na prost.«

Man nannte sich doch, wie man wollte, und wenn es irgendeinem gefiel, Professor zu spielen, war das kein Grund zur Feindschaft.

»Also Lehrer sind Sie?« meinte die Frau freundlich. »Das is auch woll 'n ruppiges Brot. Wie alt sind Sie denn schon?«

Unrat antwortete bereitwillig wie ein Kind:

»Siebenundfünfzig Jahre.«

»Schmutzig haben Sie sich aber gemacht! Geben Sie man Ihren Hut her, daß wir man das Ärgste runterkriegen.«

Sie nahm ihm seinen Maurerhut vom Schoß, reinigte ihn, glättete sogar die Krempe, rückte ihn liebevoll auf Unrats Kopf zurecht. Dann klopfte sie, und prüfte dabei ihr Werk, schalkhaft gegen seine Schulter. Er sagte mit schiefem Lächeln:

»Das haben Sie – nun doch immerhin – recht brav gemacht, gute Frau.«

Aber er empfand diesmal etwas anderes als die unlustige Anerkennung des Gewalthabers für geleistete Pflichten. Er fühlte sich hier von Leuten, denen er trotz der Nennung seines Titels offenbar noch im Inkognito gegenübersaß, mit eigentümlicher Wärme angefaßt. Ihnen verdachte er ihre Respektlosigkeit nicht. Er entschuldigte sie; es fehle ihnen sichtlich »jeder Maßstab«, und entschuldigte damit auch die Lust, die er selbst spürte, von der Widersetzlichkeit der Welt einmal abzusehen, in seiner gewöhnlichen Gespanntheit nachzulassen – abzurüsten, sei es nur auf ein Viertelstündchen.

Der dicke Mann holte unter einem Paar Unterhosen zwei deutsche Flaggentücher hervor, schnaufte und blinzelte dabei Unrat zu, als sei er mit ihm im Einverständnis. Die dicke Frau hatte alle Schrecken verloren; Unrat hatte Muße gehabt zu erkennen, daß die scheinbare Abgefeimtheit ihres Blickes durch schwarze Malerei künstlich erzeugt war. Nur zu der Künstlerin Fröhlich fand er kein unbefangenes Verhältnis. Doch stand sie abgewendet und mit sich beschäftigt; sie nähte an ihren aufgerafften Rock ein Gewinde von Stoffblumen.

Das Klavierstück endete mit Wucht. Es klingelte. Der Artist sagte:

»Wir müssen raus, Guste.«

Und zu Unrat, gönnerhaft:

»Sehen Sie sich das mal an, Herr Professor, wie wir arbeiten.«

Er warf seine alte Jacke ab, die Frau ihren Abendmantel.

Sie drohte Unrat mit dem Finger:

»Nur immer hübsch anständig mit der Rosa. Nich wieder so temperamentvoll. »

Da ward die Tür von draußen halb aufgemacht, und Unrat sah mit Erstaunen die beiden dicken Leute ganz unvermittelt in ein anmutiges Getänzel verfallen und, die Arme rückwärts gestemmt und den Kopf im Nacken, ein von sich selbst entzücktes Lächeln annehmen, das zu Beifall herausforderte. Wirklich ging, kaum daß sie dem Saal zu Gesicht kamen, ein erfreutes Lärmen an.

Die Tür hatte sich geschlossen, Unrat war allein mit der Künstlerin Fröhlich. Er war in Unruhe darüber, was nun kommen würde, und schlich mit den Augen durch das Zimmer. Beschmutzte Handtücher trieben sich am Boden umher, auf dem Wege von dem Toilettenspiegel mit den Blumensträußen bis zum Tisch, neben dem er saß. Außer den zwei Weinflaschen trug der Tisch viele Gläser und Büchsen mit allerlei Fetten, nach denen es roch. Die Weingläser standen auf Notenblättern. Unrat rückte das seinige ängstlich aus der Nähe eines Korsetts, das die dicke Frau danebengelegt hatte.

Auf einen der mit abenteuerlichen Kleidungsstücken bedeckten Stühle stützte die Künstlerin Fröhlich ihren Fuß, indes sie nähte. Unrat sah es nicht selbst: so viel unternahm er nicht; er erfuhr es nur durch den Spiegel, dem sie zugekehrt stand. Daraus ging bei Unrats erstem, gehetztem Hinsehen hervor, daß auf ihren langen, sehr langen schwarzen Strümpfen veilchenblaue Stickerei war. Eine Weile wagte Unrat nichts mehr. Dann machte er die angstvolle Entdeckung, daß ihr zwischen den Maschen eines schwarzen Netzes blau hervorschimmerndes Seidenkleid nicht einmal bis unter die Achseln reichte und daß, sooft sie mit Nadel und Faden weit in die Luft fuhr, in der Höhle unter ihrem Arm etwas Blondes erschien. Darauf sah Unrat nicht mehr hin. . .

Die Stille bedrückte ihn. Auch draußen ging es viel ruhiger zu als vorher. Nur kurze, gestöhnte Laute, etwas heiser und verfettet, wie von dicken Leuten, die sich abarbeiteten. Nun völliges

Schweigen; darin das Ächzen und Klirren von etwas Metallischem, das gebogen ward. Etwas schwer zu Bestimmendes, wie das Atmen einer Menge. Plötzlich das Wort »Ab« und zwei schwere Plumpse, kurz nacheinander. Und aus dem losbrechenden Beifall hervor: »Gottsdunner!« und »Nu soll doch!«

»Das war gemacht«, sagte die Künstlerin Fröhlich und hob den Fuß vom Stuhl. Sie war fertig.

»Na und Sie? Sie sagen ja gar nischt mehr.«

Unrat mußte wohl hinsehen; aber sie verwirrte ihn gleich wieder durch ihre Buntheit. Ihr Haar war rötlich, eigentlich rosig, fast lila, und enthielt mehrere geschliffene grüne Glasstücke, in ein verbogenes Diadem gefaßt. Die Brauen über den trockenblauen Augen waren sehr schwarz und kühn. Aber der Glanz der schönen bunten Farben in ihrem Gesicht, rot, bläulich, perlweiß, hatte gelitten vom Staub. Die Frisur sah eingesunken aus, und als sei von ihrer Leuchtkraft etwas davongeflogen in den qualmigen Wirtssaal. Die blaue Schleife an ihrem Hals hing welk, die Stoffblumen um ihren Rock nickten mit toten Köpfen. Der Lack blätterte von ihren Schuhen, zwei Kleckse waren auf ihren Strümpfen, und die Seide ihres kurzen Kleides schillerte aus ermatteten Falten. Das schwach gerundete, leichte Fleisch ihrer Arme und ihrer Schultern kam einem abgegriffen vor, trotz seiner Weiße, die bei jeder raschen Bewegung davon abstäubte. Ihr Gesicht kannte Unrat schon sehr hochfahrend, mit feindseligen Zügen, die noch in der Bildung waren und die die Künstlerin Fröhlich bislang leicht glättete und vergaß. Sie lachte los, über die Welt, über sich selbst.

»Und vorhin waren Sie noch so lebhaft«, setzte sie hinzu.

Aber Unrat horchte. Plötzlich machte er einen steifen Sprung wie eine alte Katze. Die Künstlerin Fröhlich entwich mit dünnem Aufkreischen. Unrat riß das rote Fenster auf ... Nein, der Kopf, dessen Umriß er hinter der Gardine bemerkt hatte, war schon wieder weg.

Er kam zurück.

»Sie erschrecken ja die Leute«, sagte sie. Er, ohne sich zu entschuldigen, ganz bei der Sache:

»Sie kennen wohl viele junge Leute aus hiesiger Stadt?«

Sie drehte sich leicht in den Hüften hin und her.

»Ich bin mit jedem höflich, der anständig zu mir ist.«

»Ei freilich. Da würde denn wohl. Und die Schüler vom Gymnasium haben im allgemeinen – traun – recht zierliche Sitten?«

»Ja, glauben Sie denn, ich sitz hier tagtäglich mit Ihrer ganzen Schulstube? Ich bin doch keine Kindergärtnerin.«

»Das hinwiederum zwar nicht.«

Nachhelfend, in mahnendem Ton:

»Meistens tragen sie Mützen.«

»Wenn sie Mützen tragen, kenn ich sie. Überhaupt ist man ja nich ohne Erfahrung.«

Er griff zu:

»Nein, das sind Sie wohl sicherlich nicht.«

Sofort setzte sie sich zur Wehr.

»Wie meinen Sie das, bitte?«

»Ich meinte Menschenkenntnis –«

Er kehrte ihr die Fläche einer erhobenen Hand zu, erschreckt und um Frieden bittend.

»Menschenkenntnis meine ich. Nicht jeder hat die; die ist schwer und bitter.«

Um ihre Gunst nicht zu verlieren, um sich ihr zu nähern, weil er sie brauchte, weil sie ihm Furcht machte, gab er etwas von sich preis, mehr als sonst das Volk zu sehen bekam.

»Und bitter. Erkannt aber fürwahr muß man sie haben, um sie sich dienstbar zu machen und, sie verachtend, über sie zu herrschen.«

Sie hatte verstanden.

»Nich wahr? Is das 'ne Kunst, aus dem Pack was rauszuschlagen!«

Sie zog sich einen Stuhl heran.

»Haben Sie 'ne Ahnung von dem Dasein. Jeder, der hier reinkommt, meint, man hat bloß auf ihn gewartet. Alle wollen was, und nachher, das glaubt man gar nich, droht einer womöglich mit der Polizei! Sie –«

Und sie berührte mit der Fingerspitze sein Knie.

»– kommen einem mit der gleich vorher. Das hat was für sich.«

»Die einer Dame geschuldete Ehrerbietung wollte ich dadurch keineswegs verletzen«, erklärte er.

Ihm war nicht heimlich. Diese bunte Frauensperson sprach von Dingen, in die er nicht mit seiner gewohnten Klarheit eindrang. Überdies befanden sich ihre Knie nun schon zwischen seinen eigenen. Sie merkte, daß sie auf dem Wege, ihm zu mißfallen, war, und machte auf einmal ein stilles, vernünftiges Gesicht.

»Da läßt man lieber den ganzen Dreck und bleibt anständig.«

Da er nichts einwendete:

»Hat der Wein gut geschmeckt? Den haben nämlich Ihre Schuljungen gestiftet. Die legen sich mächtig ins Zeug, sag ich Ihnen. Einer is da, der hat Pinke-Pinke.«

Sie goß ihm sein Glas nochmals voll. Im Wunsch, ihm zu schmeicheln:

»Ich lach mir ja 'n Ast, wenn die Bengels nachher wiederkommen, und Sie haben ihnen alles weggepichelt. Mich kann es manchmal freuen, wenn einer irgendwie zu Schaden kommt. Man wird allmählich so.«

»Wahrlich doch«, stotterte Unrat, und mit dem Glas in der Hand schämte er sich, weil er von Lohmanns Wein getrunken hatte. Denn der Schüler, der ihn bezahlt hatte, war Lohmann. Lohmann war hier gewesen; er war vor den andern entkommen. Vermutlich war er noch in der Nähe. Unrat schielte nach dem Fenster: die Gardine trug noch immer den etwas formlosen Abdruck eines Gesichts. Er wußte, wenn er darauf lossprang, würde es weg sein. Das war Lohmann: Unrat erfuhr es durch tiefe Ahnung. Lohmann, der Allerschlimmste, mit seiner unnahbaren Widersetzlichkeit, der ihn nicht einmal bei seinem Namen nannte: der war der unsichtbare Geist, mit dem Unrat kämpfte. Die beiden andern waren keine Geister, und Unrat fühlte, daß jene ihn schwerlich bis hierher gebracht haben würden, bis zu den ungewöhnlichen Handlungen, die er nun beging, und dahin, daß er in einem Hinterzimmer, wo es nach Schminke und verfänglichen Gewändern roch, bei der Künstlerin Fröhlich saß. Um des Schülers Lohmann willen aber mußte Unrat bleiben. Ging er, dann saß wieder Lohmann hier und sah der Künstlerin Fröhlich, die ihren Stuhl heranzog, in das bunte Gesicht. Bei dem Gedanken, daß dies nun glücklich ausgeschlossen sei, goß Unrat, ehe er es sich versah, das ganze Glas hinunter. Es brannte wohlig in seinen Gedärmen.

Die beiden dicken Leute im Saal hatten eine weitere Nmnmer ihres Programms unter hörbarem Atmen zu Ende gebracht.

Jetzt schmetterte das Klavier etwas Kriegerisches, und gleich darauf setzten die zwei Stimmen ein, mit überzeugender Wucht, ehrlich dröhnend von vaterländischer Begeisterung:

»Stolz weht die Flagge Schwarz-Weiß-Rot
Von unsres Schiffes Mast,
Dem Feinde Weh, der sie bedroht,
Der diese Farben haßt!«

Die Künstlerin Fröhlich sagte:

»Das is ihre Zugnummer, das müssen Sie sich mal ansehen.«

Sie öffnete vorsichtig die Tür, darauf bedacht, sich und Unrat den Blicken der Zuschauer vorzuenthalten. und ließ Unrat zwischen den Angeln durch den Spalt spähen. Er sah die beiden dicken Leute, mit einem schwarzweißroten Flaggentuch um Magen und Bauch, auf der Eisenstange eines Turnrecks stehen und, jeder kühn auf einen Pfosten gestützt, sieghaft die Kiefer aufreißen.

»Allüberall, wo auf dem Meer
Empor ein Mast sich reckt,
Da steht die deutsche Flagge sehr
In Achtung und Respekt.«

Man fühlte, das Publikum war tief aufgehoben von innerlichem Drängen. In einer schwindelnden Wallung ließ der und jener seine schwieligen Handflächen aufeinander krachen.

Nach jeder Strophe mußte von Besonnenen der Beifall mühsam unterdrückt werden. Am Schluß des Gesanges sprengte er die Kehlen. Die Künstlerin Fröhlich äußerte, und sie beschrieb hinter der Tür eine umfassende Geste über den Saal hin:

»Nu sagen Sie mal selbst, ob das nich Affen mit Eichenlaub sind! Jeder einzelne von der Menschheit kann doch das olle Flottenlied besser singen als die gute Guste mit ihrem Kiepert. Und zu allermindest denkt er sich auch was bei. Kiepert und Guste wissen ja zu genau, daß sie bloß Fisimatenten machen fürs Geschäft. Und Stimme haben sie gar keine und Gehör beinahe ebensoviel. Aber man die Fahnen um 'n Bauch, und die Leute stellen ein Leben an, daß ein feiner Besaiteter sich platterdings dafür bedanken würde, und die Dicken müssen was zugeben. Nu sagen Sie selbst!«

Unrat gab ihr recht. Er und die Künstlerin Fröhlich nickten sich zu, in ebenbürtiger Volksverachtung.

»Passen Sie mal auf, was nu los wird«, sagte sie und steckte, bevor die beiden dicken Leute ihre Extranummer anbrachen, plötzlich den Kopf in den Saal.

»Hohohohohol« machte es draußen.

»Haben Sie gehört?« fragte sie belustigt. »Die haben mich nu den lieben langen Abend angeglupscht, aber zeig ich bloß die Nasenspitze, wo sie nich drauf gefaßt sind, dann muhen sie wie das Vieh!«

Unrat dachte an die verwandten Laute, die in der Klasse entstanden, sobald irgend etwas Unerwartetes vorfiel, und er entschied:

»So sind sie immer!«

Die Künstlerin Fröhlich seufzte.

»Nu bin ich gleich wieder dran und muß raus zu der Menagerie.«

Unrat ward von Hast gepackt.

»Schließen Sie nun denn also die Tür!«

Er tat es selbst.

»Wir sind von unserem Gegenstande abgekommen. Sie müssen die Wahrheit preisgeben über den Schüler Lohmann. Ihr Leugnen kann seine Sache nur verschlimmern.«

»Fangen Sie wieder davon an? Das muß 'n sanfter Wahn von Ihnen sein.«

»Ich bin der Lehrer! Dieser Schüler ist ein so beschaffener, daß er die höchsten Strafen verdient. Seien Sie eingedenk Ihrer Pflicht, damit kein Verbrecher der Gerechtigkeit entkomme!«

»Liebes Gottchen! Sie wollen gewiß Wurst machen aus dem Menschen! Wie heißt er? Überhaupt habe ich für Namen kein Gedächtnis. Wie sieht er denn aus?«

»Er ist gelblich von Gesicht; er hat einerseits eine breite Stirn, welche er auf eine gewisse überhebliche Art in Falten legt, andererseits aber schwarze Haare in derselben. Von mittelgroßer Gestalt, bewegt er dieselbe mit einer sozusagen nachlässigen Geschmeidigkeit, hierdurch bereits die Zuchtlosigkeit seines Sinnes bekundend . . .«

Unrat formte das Bildnis mit den Händen. Der Haß machte ihn zum Porträtisten.

»Und?« fragte die Künstlerin Fröhlich, mit zwei Fingern am Mundwinkel. Aber sie hatte Lohmann schon wiedererkannt.

»Er ist – traun fürwahr – recht geschniegelt und erachtet es für angemessen, seiner Eleganz durch ein schwermütig-unbeteiligtes Verhalten das Ansehen zu geben, als sei sie von selbst da und nicht vielmehr eine Tochter seiner, der Verachtung des Weisen würdigen Eitelkeit.«

Sie stellte fest:

»Das genügt. Mit dem kann ich nich dienen, tut mir leid.«

»Nachgedacht! Vorwärts!«

»Schade. Der wird nicht gereicht«, und sie schnitt eine Clownsfratze.

»Ich weiß, daß er hier gewesen ist; ich habe Beweise!«

»Denn können Sie ihm die Krawatte ja alleine zuziehn und brauchen mich nich dazu.«

»Ich habe da in meiner Tasche das Aufsatzheft des Lohmann; wenn ich Ihnen dasselbe zeigen würde, dann zweifle ich nicht, daß Sie sofort zugeben würden, ihn zu kennen ... Drum denn, soll ich es Ihnen zeigen, Künstlerin Fröhlich?«

»Ich bin ganz närrsch drauf.«

Er griff in seinen Rock, errötete wolkig, zog die Hand leer zurück, wagte es noch einmal ... Sie las endlich Lohmanns Verse, angestrengt, wie ein Kind über der Fibel. Dann aufwallend:

»Das ist aber wirklich 'ne Niedertracht. ›Und kommst du erst mal in die Wochen.‹ Wer woll eher in die Wochen kommt.«

Und nachdenklich:

»Aber so dumm, wie ich dachte, is er nich mal.

»Sehen Sie wohl, Sie kennen ihn!«

Sie, sehr schnell:

»Wer sagt das? Nee, Männeken, fangen gibt's nich.«

Unrat sah sie giftig an. Plötzlich stampfte er auf; so viel hartnäckige Verlogenheit nahm ihm die Fassung. Ohne nachzudenken, log er selbst.

»Ich weiß es, ich habe ihn ja gesehen!«

»Denn is alles in Ordnung«, sagte sie gelassen ... »Übrigens, jetzt möchte ich ihn wohl kennenlernen.«

Sie beugte unerwartet ihre Büste vor, tastete mit ganz leichten Fingern unter Unrats Kinn, auf die kahlen Flecken zwischen seinen Barthaaren, und machte einen Mund wie zum Saugen.

»Stellen Sie ihn vor, ja?«

Aber sie mußte lachen; es sah aus, als ob ihre zwei leichten Finger ihn erdrosselten.

»Ihre Schüler sind überhaupt flotte Jungen. Das kommt gewiß, weil sie so 'nen flotten Lehrer haben.«

»Welchen mögen Sie von den jungen Leuten denn nun wohl am liebsten?« fragte Unrat, unerklärlich gespannt.

Sie ließ ihn los und bekam ohne Übergang wieder ein ganz stilles Gesicht.

»Wer sagt Ihnen, daß ich von den dummen Jungen überhaupt einen mag. Wenn Sie wüßten, unsereiner – all die Windbeutel gäb ich mit Freuden hin für einen bessern Mann in reifern Jahren, dem es nich bloß wegen dem Amüsieren is, sondern mehr wegen dem Herzen und wegen dem Reellen ... Das wissen die Männer man nich«, setzte sie hinzu, mit leichter Trauer.

Die beiden dicken Leute kamen zurück. Die Frau fragte, noch ehe sie verschnauft hatte:

»Nu, wie hat er sich geschickt?«

Das Klavier machte sich sofort an das Nächste.

»Na, rin ins Vergnügen«, und die Künstlerin Fröhlich legte sich einen Schal über die Schultern und ward dadurch noch bunter.

»Sie wollen nu woll nach Haus?« fragte sie. »Das begreif ich, 'n Paradies is hier ja nich. Aber Sie müssen morgen wiederkommen, wissen Sie, sonst machen Ihre Schuljungen hier Unfug, das können Sie sich selber sagen.«

Und sie ging.

Unrat war noch verwirrt durch den seltsamen Abschluß ihres Gesprächs, er ließ wortlos über sich bestimmen. Der Artist öffnete die Tür.

»Gehen Sie man immer hinter mir her, dann kommen Sie ohne Krawall durch.«

Unrat folgte ihm um den Saal herum, durch eine freie Bahn, die er vorhin verfehlt hatte. Ein Stück vorm Ausgang schwenkte der Artist ab. Unrat sah nochmals dahinten ein Paar Arme, eine Schulter, irgendein heftig beleuchtetes Stück Fleisch inmitten einer Drehung bunter Farben aufglänzen, über dem Rauch, über dem Lärm ... Er war draußen. Der Wirt kam eben wieder mit dem Bier, er rief:

»'n Abend auch, Herr Professor, und beehren Sie mein Lokal bald wieder!«

Im Torgang verweilte Unrat noch und suchte sich wiederzufinden. Er verspürte die Wirkung der kalten Luft auf seinem Kopf und bemerkte, daß ohne Wein und Bier zu der ungewohnten Stunde dieses ganze Erlebnis schwer zustande gekommen wäre ... Er machte einen Schritt auf das Gäßchen und erschrak: an der Hauswand lungerten drei Gestalten. Er schielte hin aus den Brillenecken, und es waren Kieselack, von Ertzum und Lohmann.

Unrat machte eine scharfe Wendung; hinter sich hörte er ein Schnaufen, das aus der breitesten der drei Brüste kommen mußte, aus Ertzums Brust, und das nach Empörung klang. Da erscholl Kieselacks Quetschstimme:

»In dem Haus, wo eben einer rausgekommen is, soll es aber 'ne ganze Menge sittlichen Unrat geben.«

Unrat zuckte empor; vor Wut und Angst fletschte er die Zähne:

»Ich werde Sie alle zerschmettern. Morgen bringe ich – wahrlich doch! – das Geschehene zur Anzeige!«

Niemand antwortete. Unrat machte nochmals kehrt und schlich zwei, drei Schritte weiter in einem drohenden Schweigen. Da, ganz langsam, sagte Kieselack, und Unrat zuckte bei jedem der zwei Worte mit dem Nacken:

»Wir auch!«

Charles Bukowski
Das ausbruchsichere Paradies

Ich saß in einer Bar an der Western Avenue. Es war gegen Mitternacht, und ich befand mich in meinem üblichen Zustand der Konfusion. Ich meine, ihr wißt ja, wenn sich alles gegen einen verschworen hat: Frauen, Jobs, keine Jobs, das Wetter, die Hunde. Am Ende ist man einfach irgendwie am Boden zerstört und hockt da und wartet, als würde man an der Bushaltestelle auf der Bank sitzen und auf den Tod warten.

Na, ich sitze also da, und es kommt diese Alte an, langes schwarzes Haar, gut gebaut, traurige braune Augen. Ich drehte mich nicht nach ihr um. Ich ignorierte sie, obwohl sie sich auf den Barhocker direkt neben mir setzte, wo es doch noch ein ganzes Dutzend leere Hocker gab. Um genau zu sein, wir waren die einzigen in der Bar, abgesehen vom Barkeeper. Sie bestellte sich einen trockenen Wein. Dann wollte sie wissen, was ich trinke.

»Scotch and Water.«

»Geben Sie ihm einen Scotch and Water«, sagte sie zum Barkeeper.

Tja, das war ungewöhnlich.

Sie machte ihre Handtasche auf, holte einen kleinen Drahtkäfig heraus und dann ein paar winzig kleine Menschen, die sie auf die Bar stellte. Sie waren alle so um die acht Zentimeter hoch, und sie lebten, und sie waren ordentlich gekleidet. Es waren vier, zwei Männer und zwei Frauen.

»Die machen sie jetzt«, sagte sie. »Sie sind sehr teuer. Als ich sie erstanden habe, kosteten sie noch $ 2000 pro Stück. Inzwischen kosten sie $ 2400. Ich weiß nicht, wie man sie herstellt, aber es ist wahrscheinlich verboten.«

Die kleinen Menschen gingen auf der Bar hin und her. Plötzlich ging einer der kleinen Kerle zu einer der kleinen Frauen hin und schlug sie ins Gesicht.

»Du Zicke«, sagte er, »mit dir bin ich fertig!«

»Nein, George, das kannst du doch nicht machen!« heulte sie. »Ich liebe dich! Ich werd' mich umbringen! Ich muß dich haben!«

»Mir ganz egal«, sagte der kleine Kerl. Er holte eine winzige Zigarette heraus und steckte sie sich an. »Ich hab ein Recht auf mein eigenes Leben.«

»Wenn du sie nicht willst«, sagte der andere kleine Kerl, »dann nehme ich sie. Ich liebe sie.«

»Ich will dich aber nicht, Marty. Ich liebe George.«

»Aber er ist ein Drecksack, Anna, ein richtiger Drecksack!«

»Ich weiß, aber ich liebe ihn trotzdem.«

Der kleine Drecksack ging zu der anderen kleinen Frau hin und küßte sie.

»Da hab ich ein Dreiecksverhältnis am Laufen«, sagte die Lady, die mir den Drink bestellt hatte. »Das da sind Marty und George, und das Anna und Ruthie. George ist groß im Lutschen, macht es wirklich gut. Marty ist irgendwie spießig.«

»Ist es nicht traurig, sich das anzusehen? Äh, wie heißt du eigentlich?«

»Dawn. Schrecklicher Name. Aber es gibt eben immer wieder Mütter, die ihren Kindern so was antun.«

»Ich heiße Hank. Aber ist es nicht traurig ...«

»Nein, es ist gar nicht traurig, sich das anzusehen. Ich habe in meinen Liebesaffären nie viel Glück gehabt, eigentlich schauderhaftes Pech ...«

»Wir haben alle schauderhaftes Pech.«

»Scheint so. Jedenfalls, ich habe mir diese kleinen Leutchen da gekauft, und jetzt seh ich ihnen immer zu. Es ist, als hätte man ein Verhältnis, aber ohne die ganzen Probleme. Nur wenn sie mit Sex anfangen, das macht mich furchtbar geil. Da wird es dann problematisch.«

»Sind sie sexy?«

»Sehr. Sehr sexy. Gott, macht mich das geil!«

»Warum läßt du sie's nicht mal machen. Ich meine, gleich hier. Wir können es uns zusammen ansehen.«

»Oh, man kann sie nicht zwingen. Sie müssen es schon von sich aus machen.«

»Wie oft machen sie's denn?«

»Oh, sie sind ziemlich gut. Sie bringen es so vier- oder fünfmal die Woche.«

Sie gingen auf der Bar hin und her. »Hör zu«, sagte Marty, »gib mir ne Chance. Gib mir doch nur ne Chance, Anna.«

»Nein«, sagte Anna, »meine Liebe gehört George. Was anderes gibt es nicht.«

George knutschte immer noch mit Ruthie herum. Er fummelte ihr jetzt an den Titten. Ruthie wurde allmählich geil.

»Ruthie wird allmählich geil«, sagte ich zu Dawn.

»Ja. Und wie.«

Ich wurde auch allmählich geil. Ich packte Dawn und küßte sie.

»Paß auf«, sagte sie, »ich will nicht, daß sie es in aller Öffentlichkeit miteinander treiben. Ich geh mit ihnen nach Hause und lass sie es dort machen.«

»Aber dann kann ich mirs nicht ansehen.«

»Tja, dann mußt du eben mitkommen.«

»In Ordnung«, sagte ich. »Gehn wir.«

Ich trank mein Glas leer, und wir gingen zusammen raus. Sie hatte die kleinen Menschen jetzt wieder im Käfig drin. Wir stiegen in ihren Wagen und stellten den Käfig zwischen uns auf die vordere Sitzbank. Ich sah mir Dawn näher an. Sie war sehr jung und schön. Sie schien auch innere Qualitäten zu haben. Weshalb hatte es mit ihren Männerbekanntschaften nie geklappt? Es gab so viele Möglichkeiten, wie etwas schiefgehen konnte. Die vier kleinen Menschen hatten sie $ 8000 gekostet. Und das nur, um von Verhältnissen mit Männern wegzukommen, ohne dann wirklich davon wegzukommen.

Das Haus war in der Nähe der Berge und machte einen gemütlichen Eindruck. Wir stiegen aus und gingen zur Haustür. Ich hielt den Käfig mit den kleinen Menschen, während Dawn die Tür aufschloß.

»Letzte Woche hab ich mir Randy Newman angehört, im Troubador. Ist er nicht großartig?« fragte sie.

»Ja, ist er.«

Wir gingen ins vordere Zimmer, und Dawn nahm die kleinen Menschen heraus und stellte sie auf den Kaffeetisch. Dann ging sie in die Küche, wo sie den Kühlschrank aufmachte und eine Flasche Wein herausholte. Sie kam mit zwei Gläsern wieder.

»Entschuldige die Frage«, sagte sie, »aber du kommst mir ein bißchen crazy vor. Was machst du denn so?«

»Ich bin Schriftsteller.«

»Wirst du über das hier was schreiben?«

»Man wird mirs zwar nicht glauben, aber ich werde drüber schreiben.«

»Sieh mal«, sagte Dawn, »George hat Ruthie den Schlüpfer runtergezogen. Er macht Stinkfinger bei ihr. Eis?«

»Ja, ich seh's. Nee, kein Eis. Pur ist mir grade recht.«

»Ich weiß nicht«, sagte Dawn, »aber es macht mich wirklich geil, wenn ich den beiden so zusehe. Vielleicht, weil sie so klein sind. Bringt mich wirklich in Wallung.«

»Ich weiß, was du meinst.«

»Sieh mal, jetzt steigt George bei ihr drüber.«

»Er bringts, was?«

»Sieh dir das an!«

»Allmächtiger Gott!«

Ich packte Dawn. Wir standen da und küßten uns. Ihre Augen gingen ständig zwischen meinen und den beiden Leutchen hin und her.

Klein-Marty und Klein-Anna sahen ebenfalls zu.

»Sieh mal«, sagte Marty, »die beiden sind am Machen. Da können wirs ja auch machen. Sogar die großen Leute werden es gleich machen. Sieh die dir an!«

»Hast du das gehört?«, fragte ich Dawn. »Die sagen, wir würden es gleich machen. Ist das wahr?«

»Das will ich hoffen, daß das wahr ist«, sagte Dawn.

Ich bugsierte sie rüber zur Couch und krempelte ihr das Kleid bis zu den Hüften hoch. Ich küßte ihren Hals. »Ich liebe dich«, sagte ich.

»Wirklich? Wirklich?«

»Ja, irgendwie, ja ...«

»Na schön«, sagte Klein-Anna zu Klein-Marty, »da können wirs ja auch machen. Aber lieben tu ich dich trotzdem nicht.«

Sie umarmten sich mitten auf dem Kaffeetisch. Ich hatte inzwischen Dawns Schlüpfer runter. Dawn stöhnte. Die kleine Ruthie stöhnte. Marty machte sich an Anna zu schaffen. Überall passierte es. Mir kam der Gedanke, daß es in diesem Augenblick die gesamte Erdbevölkerung machte. Dann vergaß ich den Rest der Welt. Irgendwie kamen wir ins Schlafzimmer rein. Dann stieg ich bei Dawn auf, für den langen langsamen Ritt ...

Als sie aus dem Badezimmer kam, las ich gerade eine entsetzlich langweilige Story im ›Playboy‹.

»Ach, war das gut«, sagte sie.

»Gern geschehen«, antwortete ich.

Sie kam wieder zu mir ins Bett. Ich legte das Magazin weg.

»Meinst du, wir beide könnten es schaffen?« fragte sie.

»Was meinst du damit?«

»Ich meine, würdest du uns beiden ne Chance geben, für länger?«

»Ich weiß nicht. Es passiert immer mal was. Der Anfang ist immer am leichtesten.«

Dann hörten wir aus dem vorderen Zimmer einen Schrei. »Oje«, sagte Dawn. Sie sprang aus dem Bett und rannte hinaus. Ich folgte ihr. Als ich ins andere Zimmer kam, stand sie da und hielt George in ihren Händen.

»O mein Gott!«

»Was ist passiert?«

»Anna hat ihn eingemacht!«

»Was hat sie denn gemacht?«

»Sie hat ihm die Eier abgeschnitten! George ist ein Eunuch!«

»Wow!«

»Bring mir Klopapier, schnell! Er verblutet mir sonst!«

»Dieser Dreckskerl«, sagte die kleine Anna auf dem Kaffeetisch. »Wenn ich George nicht haben kann, dann soll ihn niemand haben!«

»Jetzt hab ich euch beide für mich!« sagte Marty.

»Nein, du mußt zwischen uns wählen«, sagte Anna.

»Welche von uns beiden soll es sein?«, fragte Ruthie.

»Ich liebe euch alle beide«, sagte Marty.

»Er blutet jetzt nicht mehr«, sagte Dawn. »Er ist ohnmächtig geworden.« Sie wickelte George in ein Taschentuch und legte ihn auf den Kaminsims.

»Ich meine«, sagte Dawn zu mir, »wenn du nicht glaubst, daß wirs schaffen können, dann will ich mich bei dem Thema nicht länger aufhalten.«

»Ich glaube, ich liebe dich, Dawn.«

»Sieh doch«, sagte sie, »Marty und Ruthie umarmen sich!«

»Werden sie's machen?«

»Ich weiß nicht. Aber sie sind anscheinend in Stimmung.«

Dawn nahm Anna vom Tisch und steckte sie in den Drahtkäfig.

»Laß mich hier raus! Ich werd' sie alle beide umbringen! Laß mich hier raus!«

George stöhnte in seinem Taschentuch auf dem Kaminsims. Marty hatte Ruthies Schlüpfer runter. Ich riß Dawn an mich. Sie war jung und schön und hatte innere Qualitäten. Es sah so aus, als könnte ich mich wieder verlieben. Es war möglich. Wir küßten uns. Ich fiel in ihre Augen rein. Dann stand ich auf und begann wegzurennen. Ich wußte, wo ich war. Eine Wanze liebte einen Adler. Die Zeit war ein Idiot mit einem Banjo. Ich rannte weiter. Ihr langes Haar fiel mir übers Gesicht.

»Ich bring sie alle um!« kreischte die kleine Anna. Sie warf sich gegen die Gitterstäbe ihres Käfigs. Es war 3 Uhr morgens.

Irmtraud Morgner
Kaffee verkehrt

Als neulich unsere Frauenbrigade im Espresso am Alex Kapuziner trank, betrat ein Mann das Etablissement, der meinen Augen wohltat. Ich pfiff also eine Tonleiter rauf und runter und sah mir den Herrn an, auch rauf und runter. Als er an unserem Tisch vorbeiging, sagte ich »Donnerwetter«. Dann unterhielt sich unsere Brigade über seine Füße, denen Socken fehlten, den Taillenumfang schätzten wir auf siebzig. Alter auf zweiunddreißig. Das Exquisithemd zeichnete die Schulterblätter ab, was auf Hagerkeit schließen ließ. Schmale Schädelform mit rausragenden Ohren, stumpfes Haar, das irgendein hinterweltlerischer Friseur im Nacken rasiert hatte, wodurch die Perücke nicht bis zum Hemdkragen reichte, was meine Spezialität ist. Wegen schlechter Haltung der schönen Schultern riet ich zu Rudersport. Da der Herr in der Ecke des Lokals Platz genommen hatte, mußten wir sehr laut sprechen. Ich ließ ihm und mir einen doppelten Wodka servieren und prostete ihm zu, als er der Bedienung ein Versehen anlasten wollte. Später ging ich zu seinem Tisch, entschuldigte mich, sagte, daß wir uns von irgendwoher kennen müßten, und besetzte den nächsten Stuhl. Ich nötigte dem Herrn die Getränkekarte auf und fragte nach seinen Wünschen. Da er keine hatte, drückte ich meine Knie gegen seine, bestellte drei Lagen Sliwowitz und drohte mit Vergeltung für den Beleidigungsfall, der einträte, wenn er nicht tränke. Obgleich der Herr weder dankbar noch kurzweilig war, sondern wortlos, bezahlte ich alles und begleitete ihn aus dem Lokal. In der Tür ließ ich meine Hand wie zufällig über eine Hinterbacke gleiten, um zu prüfen, ob die Gewebestruktur in Ordnung war. Da ich keine Mängel feststellen konnte, fragte ich den Herrn, ob er heute abend etwas vorhätte, und lud ihn ein ins Kino »International«. Eine innere Anstrengung, die zunehmend sein hübsches Gesicht zeichnete, verzerrte es jetzt grimassenhaft, konnte die Verblüffung aber doch endlich lösen und die Zunge, also daß der Herr sprach: »Hören Sie mal, Sie haben ja unerhörte Umgangsformen.« – »Gewöhnliche«, entgegnete ich, »Sie sind nur nichts Gutes gewöhnt, weil Sie keine Dame sind.«

Robert Gernhardt
Körper in Cafés

Körper in Cafés verstehn es,
nicht zu sagen, was sie meinen.
Trinken cool aus großen Gläsern,
statt vollrohr in sie zu weinen.

Haben kein Problem mit Gesten,
da die quasi null bedeuten:
Sich umarmen geht ganz easy,
man umarmt sich ja vor Leuten.

Aber dann in den vier Wänden
müssen Körper Flagge zeigen.
Voll hängt er in ihren Sielen
und die Hölle voller Geigen.

James Joyce
Eine kleine Wolke

Acht Jahre zuvor hatte er seinen Freund am North Wall verabschiedet und ihm glückliche Reise gewünscht. Gallaher war vorangekommen. Man merkte es sofort an seiner weltläufigen Miene, seinem gutgeschnittenen Tweedanzug und seiner unerschrockenen Aussprache. Wenige Burschen hatten Talente wie er, und noch wenigere wurden von einem solchen Erfolg nicht verdorben. Gallaher hatte das Herz am rechten Fleck, und er hatte seinen Triumph verdient. Es war schon etwas, einen solchen Freund zu haben.

Little Chandler hatte sich seit dem Mittagessen in Gedanken mit dem Wiedersehen mit Gallaher beschäftigt, mit Gallahers Einladung und mit der großen Stadt London, wo Gallaher lebte. Er wurde Little Chandler genannt, weil er klein wirkte, obwohl er nur wenig kleiner war als der Durchschnitt. Seine Hände waren weiß und klein, sein Leib zerbrechlich, seine Stimme ruhig und seine Manieren kultiviert. Sein helles seidiges Haar und seinen Schnurrbart pflegte er aufs sorgfältigste, und sein Taschentuch war dezent parfümiert. Die Halbmonde seiner Fingernägel waren makellos, und wenn er lächelte, erblickte man eine Reihe kindlich weißer Zähne.

Während er an seinem Pult in den King's Inns saß, dachte er an die Veränderungen, die diese acht Jahre mit sich gebracht hatten. Aus dem Freund, den er in einem schäbigen und ärmlichen Zustand gekannt hatte, war eine glänzende Figur der Londoner Presse geworden. Er sah oft von seiner ermüdenden Schreibarbeit auf, um aus dem Bürofenster zu blicken. Die Glut eines Spätherbstsonnenuntergangs bedeckte die Rasenflächen und Wege. Sie sprühte freundlichen Goldstaub auf die verschlampten Kindermädchen und hinfälligen Greise, die auf den Bänken dösten; sie flimmerte auf all den sich bewegenden Figuren – auf den Kindern, die kreischend die Kiespfade entlangrannten, und auf allen, die durch den Park gingen. Er beobachtete die Szene und dachte an das Leben; und er wurde (wie immer, wenn er an das Leben dachte) traurig. Eine sanfte Melancholie ergriff Besitz von ihm. Er spürte, wie zwecklos es war, gegen das Geschick anzukämpfen – darin bestand die Last der Weisheit, die die Jahrhunderte ihm vermacht hatten.

Ihm fielen die Gedichtbände auf seinen Bücherborden zu Hause ein. Er hatte sie in seinen Junggesellentagen gekauft, und manch einen Abend, wenn er in dem kleinen Zimmer neben dem Flur saß, war er versucht gewesen, einen vom Bord zu nehmen und seiner Frau etwas vorzulesen. Doch immer hatte ihn Schüchternheit abgehalten; und so waren die Bücher auf ihren Borden geblieben. Manchmal wiederholte er sich einzelne Verse, und das tröstete ihn.

Als seine Stunde geschlagen hatte, stand er auf und verabschiedete sich gewissenhaft von seinem Pult und den Kollegen. Er tauchte unter dem feudalen Bogen der King's Inns auf, eine ordentliche bescheidene Figur, und ging rasch die Henrietta Street hinunter. Der goldene Sonnenuntergang war im Schwinden, und die Luft war kühl geworden. Eine Horde schmieriger Kinder bevölkerte die Straße. Sie standen oder rannten auf dem Fahrdamm oder krochen die Stufen vor den gähnenden Haustüren hinauf oder hockten wie Mäuse auf den Schwellen. Little Chandler wendete keinen Gedanken an sie. Geschickt suchte er sich den Weg durch all dieses winzige ungezieferhafte Leben im Schatten der hageren geisterhaften Patrizierhäuser, in denen einst der alte Adel Dublins bramarbasiert hatte. Keine Erinnerung an die Vergangenheit berührte ihn, denn sein Sinn war voll einer gegenwärtigen Freude.

Er war noch nie bei Corless gewesen, aber er wußte, was der Name galt. Er wußte, daß die Leute dort nach dem Theater hingingen, um Austern zu essen und Likör zu trinken; und er hatte gehört, daß die Kellner dort Französisch und Deutsch sprachen. Wenn er abends schnell vorbeigegangen war, hatte er Droschken vor der Tür halten und reichgekleidete, von Kavalieren begleitete Damen aussteigen und rasch eintreten sehen. Sie trugen rauschende Kleider und viele Umhänge. Ihre Gesichter waren gepudert, und wie erschreckte Atalantas rafften sie ihre Kleider hoch, wenn diese den Boden berührten. Er war immer vorbeigegangen, ohne den Kopf zu wenden. Selbst bei Tag war er gewohnt, auf der Straße schnell zu gehen, und immer, wenn er sich spät abends in der Stadt befand, eilte er furchtsam und aufgeregt seines Wegs. Zuweilen jedoch forderte er die Ursachen seiner Angst heraus. Er suchte dann die dunkelsten und engsten Straßen auf, und während er tapfer weiterging, ängstigte ihn die Stille, die um seine Schritte gebreitet war, ängstigten ihn die schweifenden schweigenden Figuren; und zuweilen ließ ihn der Klang leisen flüchtigen Gelächters wie ein Blatt erzittern.

Er bog nach rechts, Richtung Capel Street. Ignatius Gallaher bei der Londoner Presse! Wer hätte das vor acht Jahren für möglich gehalten? Dennoch, als er jetzt auf die Vergangenheit zurückschaute, konnte Little Chandler sich an viele Anzeichen künftiger Größe bei seinem Freund erinnern. Die Leute sagten, Ignatius Gallaher wäre nicht zu bändigen. Natürlich hatte er damals einen ziemlich liederlichen Umgang gehabt, reichlich getrunken und von allen Seiten Geld gepumpt. Schließlich war er in irgendeine fragwürdige Affäre verwickelt gewesen, irgendeine Geldtransaktion: jedenfalls war das die eine Erklärung für seine Flucht. Doch Talent sprach ihm niemand ab. Immer gab es ein gewisses Etwas in Ignatius Gallaher, das einen wider Willen beeindruckte. Selbst wenn er völlig abgebrannt war und keine Ahnung mehr hatte, wo er Geld herbekommen sollte, trug er ein hochgemutes Gesicht zur Schau. Little Chandler erinnerte sich (und die Erinnerung ließ ein wenig stolzes Rot auf seine Wangen treten) an eine von Ignatius Gallahers Redensarten, wenn er in der Klemme war:

– Nun mal langsam, Jungs, sagte er dann heiter. Wo ist meine Denkkappe?

Das war der ganze Ignatius Gallaher; und zum Teufel, man konnte nicht umhin, ihn dafür zu bewundern.

Little Chandler beschleunigte seinen Schritt. Zum ersten Mal in seinem Leben fühlte er sich den Leuten, an denen er vorüberkam, überlegen. Zum ersten Mal rebellierte seine Seele gegen die öde Uneleganz der Capel Street. Es gab keinen Zweifel: wenn man Erfolg haben wollte, mußte man fortgehen. In Dublin konnte man nichts werden. Als er über die Grattan Bridge ging, blickte er flußabwärts zu den unteren Quays und bedauerte die armen verkümmerten Häuser. Sie kamen ihm vor wie eine Bande von Vagabunden, zusammengekauert am Flußufer entlang, die alten Mäntel mit Staub und Ruß bedeckt, betäubt von dem Panorama des Sonnenuntergangs und in Erwartung der ersten Nachtkühle, die sie aufstehen, sich schütteln und weiterziehen heißen würde. Er fragte sich, ob er ein Gedicht schreiben könnte, das diese Idee ausdrückte. Vielleicht wäre Gallaher in der Lage, es für ihn in einer Londoner Zeitung unterzubringen. Konnte er etwas Originelles schreiben? Er war nicht sicher, welche Idee er auszudrücken wünschte, doch der Gedanke, daß ein poetischer Augenblick ihn gestreift hatte, erwachte in ihm zum Leben wie eine aufkeimende Hoffnung. Tapfer schritt er voran.

Jeder Schritt brachte ihn London näher, weiter weg von seinem eigenen nüchternen unkünstlerischen Leben. Ein Licht begann am Horizont seines Geistes zu flackern. Er war gar nicht so alt – zweiunddreißig. Sein Charakter hatte sozusagen den Punkt der Reife gerade erreicht. Es gab so viele verschiedene Stimmungen und Eindrücke, die er in Versen auszudrücken wünschte. Er fühlte sie in seinem Innern. Er versuchte, seine Seele zu wägen, um zu sehen, ob sie eine Dichterseele war. Melancholie war der Grundton seines Charakters, dachte er, doch es war eine Melancholie, die durch wiederkehrende Phasen des Glaubens und der Resignation und einfacher Freude gemildert war. Wenn es ihm gelang, sie in einem Gedichtband zum Ausdruck zu bringen, würde die Menschheit vielleicht aufhorchen. Populär würde er nie sein: das war ihm klar. Die Menge konnte er nicht entflammen, aber vielleicht fände er bei einem kleinen Kreis verwandter Geister Anklang. Die englischen Kritiker würden ihn aufgrund des melancholischen Tons seiner Gedichte vielleicht zu der keltischen Schule rechnen; außerdem würde er Anspielungen einfügen. Er begann, Sätze und Wendungen aus den Rezensionen seines Buches zu erfinden. *Chandlers Begabung für beschwingte und anmutige Verse ... Eine wehmütige Trauer durchzieht diese Gedichte ... Der keltische Ton.* Es war ein Jammer, daß sein Name nicht irischer wirkte. Vielleicht wäre es besser, vor dem Nachnamen den Namen seiner Mutter einzufügen: Thomas

Malone Chandler, oder besser noch: T. Malone Chandler. Er würde mit Gallaher darüber reden.

So hingegeben fuhr er in seinen Träumen fort, daß er seine Straße verpaßte und zurückgehen mußte. In der Nähe von Corless überwältigte ihn seine frühere Erregung, und er blieb unentschlossen vor der Tür stehen. Schließlich öffnete er die Tür und trat ein.

Das Licht und der Lärm der Bar hielten ihn eine kurze Zeit am Eingang zurück. Er sah sich um, doch der Glanz vieler roter und grüner Weingläser verwirrte seinen Blick. Die Bar schien ihm voller Leute, und er hatte das Gefühl, daß die Leute ihn neugierig beobachteten. Schnell schaute er nach links und rechts (und runzelte dabei leicht die Stirn, um seinem Hiersein den Anschein der Ernsthaftigkeit zu geben), doch als sein Blick etwas klarer wurde, sah er, daß niemand sich nach ihm umgedreht hatte: und da war ja auch Ignatius Gallaher, mit dem Rücken an den Tresen gelehnt und sehr breitbeinig aufgepflanzt.

– He, Tommy, altes Haus, da bist du ja! Was soll's denn sein? Was nimmst du? Ich einen Whisky: besser hier als das Zeug, das wir da drüben am andern Ufer kriegen. Soda? Lithiumwasser? Kein Mineral? Für mich auch nicht. Verpatzt den Geschmack ... Hallo, *garçon*, bringen Sie uns zwei halbe Malzwhisky, seien Sie so gut ... Na, und wie ist es dir denn so ergangen, seit wir uns zum letzten Mal gesehen haben? Großer Gott, was werden wir alt! Sieht man mir an, daß ich älter werde – hm, wie? Ist ein bißchen grau und gelichtet oben, wie?

Ignatius Gallaher nahm den Hut ab und entblößte einen großen kurzgeschnittenen Schädel. Sein Gesicht war schwer, bleich und glattrasiert. Seine Augen, die von bläulichem Schiefergrau waren, belebten seine ungesunde Blässe und leuchteten auffällig über dem lebhaften Orange seiner Krawatte. Zwischen diesen rivalisierenden Zügen erschienen die Lippen sehr lang und form- und farblos. Er senkte den Kopf und befühlte mit zwei teilnahmsvollen Fingern das dünne Haar um seinen Scheitel. Little Chandler schüttelte verneinend den Kopf. Ignatius Gallaher setzte seinen Hut wieder auf.

– Das schafft einen, sagte er. Diese Presse. Immer auf Zack, immer auf Trab, immer auf der Suche nach Stoff, und manchmal findet sich keiner: und dann soll immer auch noch etwas Neues dabeisein. Korrekturen und Drucker können mir ein paar Tage gestohlen bleiben, hab ich mir gesagt. Ich bin verflixt froh, wieder mal in den heimatlichen Gefilden zu sein, das kann ich dir sagen. Tut einem gut, ein bißchen Urlaub. Ich fühl mich viel wohler, seit ich wieder im lieben schmuddeligen Dublin an Land gegangen bin ... Hier, das ist für dich, Tommy. Wasser? Sag halt.

Little Chandler ließ sich seinen Whisky sehr verdünnen.

– Du weißt ja nicht, was gut für dich ist, alter Knabe, sagte Ignatius Gallaher. Ich trinke meinen pur.

– Ich trinke in der Regel sehr wenig, sagte Little Chandler bescheiden. Gelegentlich mal einen Halben, wenn ich einen von dem alten Haufen wiedersehe; mehr nicht.

– Na dann, sagte Ignatius Gallaher fröhlich, auf uns und auf die alten Tage und die alte Bekanntschaft.

Sie stießen an und tranken.

– Ich hab heute ein paar aus der alten Runde getroffen, sagte Ignatius Gallaher. Mit O'Hara scheint es schlimm zu stehen. Was macht er?

– Nichts, sagte Little Chandler. Er ist auf den Hund gekommen.

– Aber Hogan hat eine gute Stellung, nicht?

– Ja; er ist in der Land Commission.

– Ich habe ihn einmal abends in London gesehen, und er schien gut bei Kasse ... Der arme O'Hara! Suff, vermute ich?

– Auch anderes, sagte Little Chandler knapp.

Ignatius Gallaher lachte.

– Tommy, sagte er, ich sehe, du hast dich kein bißchen geändert. Du bist immer noch derselbe ernsthafte Kerl, der mir sonntagmorgens Predigten gehalten hat, wenn ich einen dicken Kopf hatte und eine pelzige Zunge. Du solltest dich ein wenig in der Welt umtun. Bist du denn nie wo gewesen, wenigstens kurz mal?

– Ich bin auf der Insel Man gewesen, sagte Little Chandler.

Ignatius Gallaher lachte.

– Die Insel Man! sagte er. Fahr nach London oder Paris: Paris zum Beispiel. Das würde dir guttun.

– Kennst du Paris?

– Das kann man wohl sagen! Ich habe mich da ein bißchen umgetan.

– Und ist es wirklich so schön, wie es heißt? fragte Little Chandler.

Er nippte ein wenig an seinem Whisky, während Ignatius Gallaher den seinen verwegen hinunterkippte.

– Schön? fragte Ignatius Gallaher und verweilte bei dem Wort und dem Geschmack seines Whiskys. So schön ist es eigentlich nicht. Natürlich ist es schön ... Aber es ist das Pariser Leben; das ist die Chose. Ach, es gibt keine Stadt sonst, die wie Paris ist, so lebenslustig, so munter, so aufregend ...

Little Chandler trank seinen Whisky aus und brachte es nach einiger Mühe zuwege, den Blick des Barmanns zu erhaschen.

Er bestellte noch einmal das Gleiche.

– Ich war im Moulin Rouge, fuhr Ignatius Gallaher fort, als der Barmann ihre Gläser weggenommen hatte, und in all den Künstlercafés. Dolle Kiste. Nichts für eine brave Haut wie dich, Tommy.

Little Chandler sagte nichts, bis der Barmann mit den zwei Gläsern zurückkam: dann stieß er leicht mit seinem Freund an und erwiderte den Toast von vorhin. Er fing an, sich etwas desillusioniert zu fühlen. Gallahers Aussprache und Redeweise gefielen ihm nicht. Sein Freund hatte etwas Ordinäres an sich, das ihm früher nicht aufgefallen war. Aber vielleicht kam das nur von dem Leben in London bei der Hetze und dem Konkurrenzkampf der Presse. Der alte persönliche Charme war unter seiner neuen großtuerischen Art immer noch da. Und schließlich hatte Gallaher gelebt, hatte die Welt gesehen. Little Chandler sah seinen Freund neidisch an.

– Alles in Paris ist lebenslustig, sagte Ignatius Gallaher. Sie finden, man soll das Leben genießen – und meinst du nicht, daß sie recht haben? Wenn du was vom Leben haben willst, mußt du nach Paris. Und weißt du, für Iren haben sie da viel übrig. Als sie gehört haben, daß ich aus Irland bin, haben sie mich geradezu verhätschelt, Mensch.

Little Chandler trank vier oder fünf Schluck aus seinem Glas.

– Sag mal, begann er, stimmt es, daß Paris so ... unmoralisch ist, wie man behauptet?

Ignatius Gallaher machte eine weltumfassende Geste mit dem rechten Arm.

– Alle Orte sind unmoralisch, sagte er. Natürlich ist in Paris manches schon ganz happig. Du brauchst bloß mal auf einen der Studentenbälle zu gehen. Da geht es hoch her, allerdings, wenn die Kokotten loslegen. Du weißt, was Kokotten sind, ja?

– Ich habe von ihnen gehört, sagte Little Chandler.

Ignatius Gallaher trank seinen Whisky und schüttelte den Kopf.

– Ach, sagte er, du kannst sagen, was du willst. Keine Frau ist wie die Parisienne – keine hat soviel Stil, soviel Schwung.

– Dann ist es also eine unmoralische Stadt, sagte Little Chandler mit schüchterner Hartnäckigkeit – ich meine im Vergleich zu London oder Dublin?

– London! sagte Ignatius Gallaher. Das gibt sich nichts. Frag mal Hogan, mein Lieber. Ich hab ihn ein bißchen in London herumgeführt, als er drüben war. Er würde dir die Augen öffnen ... Also Tommy, mach keinen Punsch aus deinem Whisky: gieß dir noch einen hinter die Binde.

– Nein, wirklich ...

– Ach was, los, einer mehr wird dir schon nicht schaden. Was soll's sein? Dasselbe noch mal, ja?

– Hm ... na gut.

– *François*, noch mal dasselbe ... Möchtest du was rauchen, Tommy?

Ignatius Gallaher zog sein Zigarrenetui hervor. Die beiden Freunde zündeten ihre Zigarren an und pafften schweigend, bis ihre Getränke kamen.

– Wenn ich dir meine Meinung sagen soll, sagte Ignatius Gallaher und kam hinter den Rauchschwaden zum Vorschein, in denen er eine Zeitlang Zuflucht gesucht hatte, es ist schon eine irre Welt. Was heißt hier Unmoral! Ich habe von Fällen gehört – was sage ich? – ich habe sie miterlebt: Fälle von ... Unmoral ...

Ignatius Gallaher paffte nachdenklich an seiner Zigarre und hob dann an, seinem Freund mit der Gelassenheit eines Historikers ein paar Bilder der Verderbnis, die im Ausland wucherte, zu umreißen. Er resümierte die Laster vieler Hauptstädte und schien geneigt, die Palme Berlin zuzugestehen. Für manches konnte er nicht bürgen (er hatte es von Freunden gehört), aber anderes hatte er selber erlebt. Er schonte weder Rang noch Stand. Er enthüllte viele der Geheimnisse von religiösen Häusern auf dem Kontinent und beschrieb einige der Praktiken, die in der guten Gesellschaft im Schwange waren, und erzählte zum Abschluß in allen Einzelheiten eine Geschichte über eine englische Herzogin – eine Geschichte, die wahr sei, wie er wisse.

Little Chandler war erstaunt.

– Na ja, sagte Ignatius Gallaher, hier sind wir in dem alten Trott von Dublin, wo man von solchen Sachen keine Ahnung hat.

– Wie öde mußt du es finden, sagte Little Chandler, nach all den Orten, wo du gewesen bist!

– Na ja, sagte Ignatius Gallaher, es ist ganz erholsam, wieder mal rüberzukommen, weißt du. Und schließlich sind es die heimatlichen Gefilde, wie man so sagt, nicht? Dafür hat man nun einmal eine gewisse Schwäche. Das liegt in der Natur des Menschen ... Aber jetzt erzähl mir von dir. Hogan hat mir erzählt, daß du ... von den Wonnen der ehelichen Freuden gekostet hast. Vor zwei Jahren, nicht?

Little Chandler wurde rot und lächelte.

– Ja, sagte er, ich habe im Mai vor einem Jahr geheiratet.

– Ich hoffe, es ist nicht zu spät am Tag, dir meine herzlichsten Wünsche auszusprechen, sagte Ignatius Gallaher. Ich habe deine Adresse nicht gehabt, sonst hätte ich's seinerzeit getan.

Er streckte seine Hand aus, die Little Chandler nahm.

– Also, Tommy, sagte er, da wünsche ich dir und der Deinigen alle Wonnen des Lebens, altes Haus, und Berge von Geld, und daß du nicht stirbst, bis ich dich erschieße. Und das wünscht dir ein aufrichtiger Freund, ein alter Freund. Das weißt du doch?

– Das weiß ich, sagte Little Chandler.

– Wie steht's mit dem Nachwuchs? fragte Ignatius Gallaher.

Little Chandler wurde wieder rot.

– Wir haben ein Kind, sagte er.

– Sohn oder Tochter?

– Einen kleinen Jungen.

Ignatius Gallaher schlug seinem Freund dröhnend auf den Rücken.

– Bravo, sagte er, ich hatte auch nicht an dir gezweifelt, Tommy.

Little Chandler lächelte, blickte verwirrt auf sein Glas und biß sich mit drei kindlich weißen Vorderzähnen auf die Unterlippe.

– Ich hoffe, du kommst uns einen Abend besuchen, sagte er, ehe du zurückfährst. Meine Frau wird sich freuen, dich kennenzulernen. Wir können etwas Musik machen und –

– Tausend Dank, altes Haus, sagte Ignatius Gallaher, schade, daß wir uns nicht früher gesehen haben. Aber morgen abend muß ich wieder weg.

– Vielleicht heute abend?

– Tut mir schrecklich leid, alter Freund. Weißt du, ich bin mit jemand anders hier, ein gescheiter junger Kerl übrigens, und wir wollten ein bißchen Karten spielen gehen. Sonst gerne ...

– In diesem Fall natürlich ...

– Aber wer weiß? sagte Ignatius Gallaher rücksichtsvoll. Nächstes Jahr mache ich vielleicht mal wieder eine Spritztour herüber, jetzt wo ich das Eis gebrochen habe. Aufgeschoben ist nicht aufgehoben.

– Also gut, sagte Little Chandler, wenn du das nächste Mal kommst, müssen wir einen Abend zusammen verbringen. Das steht fest, nicht?

– Ja, das steht fest, sagte Ignatius Gallaher. Nächstes Jahr, falls ich komme, *parole d'honneur.*

– Und um das zu besiegeln, sagte Little Chandler, trinken wir jetzt noch einen.

Ignatius Gallaher zog eine große goldene Uhr hervor und schaute darauf.

– Ist es dann auch der letzte? fragte er. Weil, wie gesagt, ich habe nämlich eine Verabredung.

– Ja, absolut, sagte Little Chandler.

– Also schön, sagte Ignatius Gallaher, trinken wir noch einen als *deoc an doruis* – das ist gute Landessprache für einen kleinen Whisky, glaube ich.

Little Chandler bestellte die Getränke. Die Röte, die ihm einige Augenblicke zuvor ins Gesicht gestiegen war, behauptete sich. Jede Winzigkeit ließ ihn jederzeit rot werden: und jetzt fühlte er sich warm und aufgeregt. Die drei kleinen Whiskys waren ihm zu Kopf gestiegen, und Gallahers starke Zigarre hatte seine Gedanken durcheinandergebracht, denn er war fragil und enthaltsam. Das Abenteuer, Gallaher nach acht Jahren wiederzusehen, mit Gallaher zusammen in dem Licht und Lärm von Corless zu sein, Gallahers Geschichten anzuhören und für eine kurze Weile Gallahers unstetes und triumphales Leben zu teilen, brachte sein sensibles Wesen aus dem Gleichgewicht. Scharf fühlte er den Kontrast zwischen seinem eigenen Leben und dem seines Freundes, und er schien ihm ungerecht. Gallaher war ihm nach Herkunft und Bildung unterlegen. Er war sicher, daß er etwas Besseres leisten könne, als sein Freund je geleistet hatte oder je leisten könne, etwas Höheres als bloßen billigen Journalismus, wenn er nur die Chance bekäme. Was war es, das ihm im Weg stand? Seine unglückselige Schüchternheit! Er wünschte, sich irgendwie zu rechtfertigen, seine Männlichkeit unter Beweis zu stellen. Er durchschaute Gallahers Ablehnung seiner Einladung. Gallaher ließ sich durch seine Freundlichkeit nur gönnerhaft zu ihm herab, so wie er sich zu Irland durch seinen Besuch herabließ.

Der Barmann brachte ihre Whiskys. Little Chandler schob ein Glas seinem Freund hin und hob das andere verwegen.

– Wer weiß? sagte er, als sie ihre Gläser hoben. Wenn du das nächste Jahr kommst, habe ich vielleicht das Vergnügen, Herrn und Frau Ignatius Gallaher ein langes Leben und viel Glück zu wünschen.

Ignatius Gallaher kniff beim Trinken vielsagend ein Auge über dem Rand seines Glases zu. Als er ausgetrunken hatte, schmatzte er entschlossen mit den Lippen, setzte das Glas ab und sagte:

– Da brauchst du weiß Gott keine Angst zu haben, mein Lieber. Ich tobe mich erst aus und lerne das Leben und die Welt ein bißchen kennen, ehe ich den Kopf in den Sack stecke – wenn ich das je tue.

– Eines Tages tust du's bestimmt, sagte Little Chandler ruhig.

Ignatius Gallaher wandte seine orange Krawatte und seine schieferblauen Augen voll dem Freund zu.

– Meinst du? sagte er.

– Du steckst den Kopf in den Sack, wiederholte Little Chandler wacker, wie alle anderen, wenn du nur die Richtige findest.

Er hatte seinem Ton etwas Nachdruck gegeben, und er merkte, daß er sich verraten hatte; aber obwohl die Farbe seiner Wangen intensiver geworden war, wich er dem Blick seines Freundes nicht aus. Ignatius Gallaher beobachtete ihn eine kurze Zeitlang und sagte dann:

– Wenn das je passiert, dann kannst du deinen letzten Dollar verwetten, daß keine Gefühlsduselei dabei ist. Ich habe vor, Geld zu heiraten. Sie hat entweder ein gutes dickes Bankkonto, oder sie ist nichts für mich.

Little Chandler schüttelte den Kopf.

– Also Menschenskind, sagte Ignatius Gallaher heftig, was denkst du eigentlich? Ich brauche nur ein Wort zu sagen, und morgen kann ich die Frau und die Kohlen haben. Du glaubst das nicht? Ich weiß es aber. Es gibt Hunderte – was sage ich? – Tausende von reichen Deutschen und Jüdinnen, die im Geld ersticken und nur zu froh wären ... Wart's nur ab, mein Lieber. Paß auf, ob ich meine Karten richtig ausspiele. Wenn ich mir was vorgenommen habe, dann meine ich es ernst, das sag ich dir. Wart's nur ab.

Er riß das Glas zum Mund, trank aus und lachte laut. Dann blickte er nachdenklich vor sich hin und sagte in ruhigerem Ton:

– Aber ich habe keine Eile. Die können warten. Ich denke nicht daran, mich an eine Frau zu binden, weißt du.

Er bewegte die Lippen, als koste er von etwas, und zog ein schiefes Gesicht.

– Muß ziemlich öd werden, denk ich, sagte er.

Little Chandler saß in dem Zimmer neben dem Flur und hielt ein Kind in den Armen. Um Geld zu sparen, hatten sie kein Mädchen, aber Annies jüngere Schwester Monica kam vormittags und abends für je etwa eine Stunde und half. Monica jedoch war längst nach Hause gegangen. Es war Viertel vor neun. Little Chandler war spät zum Tee nach Hause gekommen, und außerdem hatte er vergessen, Annie das Paket Kaffee von Bewley mitzubringen. Natürlich war sie schlechter Laune und kurz angebunden. Sie sagte, daß sie auf den Tee auch verzichten könne, aber als die Zeit heranrückte, da der Laden an der Ecke zumachte, beschloß sie, selber ein Viertelpfund Tee und zwei Pfund Zucker zu holen. Sie legte ihm das schlafende Kind geschickt in die Arme und sagte:

– Hier. Mach ihn nicht wach.

Eine kleine Lampe mit weißem Porzellanschirm stand auf dem Tisch, und ihr Licht fiel auf eine Photographie in einem Rahmen aus Hornsplittern. Es war Annies Bild. Little Chandler betrachtete es und verweilte auf den dünnen, fest geschlossenen Lippen. Sie trug die hellblaue Sommerbluse, die er ihr eines Samstags als Geschenk mitgebracht hatte. Zehn Shilling und elf Pence hatte sie ihn gekostet; aber welche Nervenqualen dazu! Wie hatte er damals gelitten, als er an der Ladentür wartete, bis der Laden leer war, als er am Ladentisch stand und ungezwungen zu wirken versuchte, während das Mädchen Damenblusen vor ihm aufhäufte, als er am Pult bezahlte und den Penny zu nehmen vergaß, den er herausbekam, und der Kassierer ihn zurückrief, und als er sich schließlich bemühte, sein Erröten beim Verlassen des Ladens zu verbergen, indem er untersuchte, ob das Paket sicher verschnürt war. Als er die Bluse nach Hause brachte, küßte Annie ihn und sagte, sie sei sehr hübsch und schick; doch als sie den Preis erfuhr, warf sie die Bluse auf den Tisch und sagte, es sei glatter Betrug, einem dafür zehn Shilling und elf Pence abzunehmen. Zuerst wollte sie sie wieder zurückbringen, aber dann probierte sie sie an und fand sie entzückend, vor allem den Schnitt der Ärmel, und sie küßte ihn und sagte, daß es sehr lieb von ihm sei, an sie zu denken.

Hm! ...

Er blickte kalt in die Augen des Photos, und kalt antworteten sie. Gewiß waren sie hübsch, und das Gesicht selbst war es auch. Aber er fand etwas Gemeines darin. Warum war es so bewußtseinsleer und damenhaft? Die Gefaßtheit der Augen irritierte ihn.

Sie stießen ihn ab und boten ihm Trotz: es war keine Leidenschaft in ihnen, keine Verzückung. Er dachte an das, was Gallaher über reiche Jüdinnen gesagt hatte. Diese dunklen orientalischen Augen, dachte er, wie sie voll sind von Leidenschaft, von wollüstiger Sehnsucht! ... Warum hatte er die Augen auf dem Photo geheiratet?

Er ertappte sich bei der Frage und sah sich nervös im Zimmer um. Er fand etwas Gemeines in den hübschen Möbeln, die er für sein Haus auf Ratenzahlung gekauft hatte. Annie hatte sie selber ausgesucht, und sie erinnerten ihn an sie. Auch sie waren steif und hübsch. Ein dumpfer Groll gegen sein Leben erwachte in ihm. Konnte er seinem kleinen Haus nicht entfliehen? War es für ihn zu spät, ein so verwegenes Leben zu versuchen wie Gallaher? Konnte er nach London gehen? Die Möbel mußten noch bezahlt werden. Wenn er nur ein Buch schreiben und veröffentlichen könnte, das würde ihm vielleicht die Bahn frei machen.

Ein Band mit Gedichten von Byron lag vor ihm auf dem Tisch. Er öffnete ihn vorsichtig mit der linken Hand, um das Kind nicht wach zu machen, und begann das erste Gedicht im Buch zu lesen:

Der Wind verstummt, der Abend düstert sich,
Kein leiser Zephyr wandelt durch den Hain,
Zu Margarethens Grabe wend' ich mich,
Um Blumen dem geliebten Staub zu streun.

Er hielt inne. Um sich her im Zimmer spürte er den Rhythmus der Verse. Wie melancholisch er war! Ob auch er so schreiben, die Melancholie seiner Seele in Versen ausdrücken könnte? Es gab so vieles, das er zu beschreiben wünschte: seine Empfindung auf der Grattan Bridge ein paar Stunden zuvor beispielsweise. Wenn er sich in jene Stimmung zurückversetzen könnte ...

Das Kind wurde wach und begann zu schreien. Er blickte von der Seite auf und versuchte, es zu beruhigen; aber es ließ sich nicht beruhigen. Er begann es in den Armen zu wiegen, doch sein plärrendes Geschrei wurde nur noch heftiger. Er wiegte es schneller, während seine Augen die zweite Strophe zu lesen begannen:

In dieser engen Zelle ruht ihr Staub,
Der Staub, den erst ...

Es war zwecklos. Er konnte nicht lesen. Er konnte überhaupt nichts machen. Das Geplärr des Kindes zerriß ihm das Trommelfell. Es war zwecklos, zwecklos! Er war lebenslänglich gefangen. Seine Arme zitterten vor Zorn, und sich plötzlich zum Gesicht des Kindes hinabbeugend brüllte er:

– Hör auf!

Das Kind hörte einen Augenblick lang auf, krümmte sich in Panik zusammen und begann dann laut zu kreischen. Er sprang vom Stuhl auf und ging mit dem Kind im Arm hastig im Zimmer auf und ab. Es weinte herzzerreißend, kam vier oder fünf Sekunden lang außer Atem, dann brach es von neuem aus ihm hervor. Die dünnen Wände des Zimmers warfen das Geschrei zurück. Er versuchte, es zu beruhigen, doch die Weinkrämpfe wurden nur schlimmer. Er blickte in das zusammengekniffene und zuckende Gesicht des Kindes und bekam Angst. Er zählte sieben Schluchzer ohne eine Pause dazwischen und drückte das Kind in Panik an die Brust. Wenn es starb! ...

Die Tür wurde aufgestoßen, und eine junge Frau kam außer Atem hereingestürzt.

– Was ist los? Was ist los? rief sie.

Als das Kind die Stimme seiner Mutter hörte, wurde sein Weinen paroxystisch.

– Es ist nichts, Annie ... es ist nichts ... Er hat angefangen zu schreien ...

Sie schleuderte ihre Päckchen auf den Boden und riß ihm das Kind weg.

– Was hast du ihm getan? schrie sie und starrte ihm ins Gesicht.

Little Chandler hielt einen Augenblick lang den Blick ihrer Augen aus, und sein Herz zog sich zusammen, als er dem Haß in ihnen begegnete. Er begann zu stammeln:

– Es ist nichts ... Er ... er ... hat angefangen zu schreien ... Ich konnte nicht ... Ich habe nichts getan ... Was?

Ohne ihn zu beachten, begann sie im Zimmer auf und ab zu gehen, drückte das Kind fest in die Arme und murmelte:

– Mein Kleiner! Mein Kleinchen! Ha' du Angst gehabt, Schätzchen? ... Nicht doch, Schätzchen! Nicht doch! ... Schäfchen! Mamas kleines Lämmerschwänzchen! ... Nicht doch!

Little Chandler fühlte Schamröte auf seinen Wangen und trat aus dem Lichtschein der Lampe. Er hörte, wie das paroxystische Weinen des Kindes mehr und mehr nachließ; und Tränen der Reue traten ihm in die Augen.

Gunter Gerlach
Ein letztes Treffen im Café Unter den Linden

Ich weiß auch nicht, warum ich mich noch einmal mit Vera verabredet habe. Ich weiß es nicht. Ehrlich. Ich habe keine Ahnung. Mir fällt nichts ein. Nichts Vernünftiges. Aber es war dringend. Ich hatte den Telefonhörer in der Hand. Es wäre ganz wichtig, unbedingt, hörte ich die Person sagen, die ich war. Ich war es. Es war dringend.

Vielleicht bin ich krank. Mir geht es nicht gut. Wirklich nicht. Ich mag dieses Café nicht. Nicht mehr. Ich bin viel zu früh gekommen. Und jetzt sitze ich hier. Ich hätte nach ihr kommen sollen. Einfach später. Es ist immer besser, wenn man später kommt. Ich mag dieses Café nicht. Seine Stühle schwanken. Sie knarren. Sie knurren, wenn ich mich bewege. Man kann sich hier nicht normal bewegen. Und der Tisch wackelt. Alle Tische wackeln. Meine Cola ist über den Rand des Glases geschwappt. Und hat eine Pfütze gebildet. Und Vera wird kommen, und eine Pfütze ist auf dem Tisch. Man darf keine Cola trinken, wenn man sich mit Vera verabredet. Wie war das mit Vera? Ich weiß es nicht. Ich kann mich nicht daran erinnern. Es muß mir wieder einfallen. Vielleicht gehe ich wieder. Gehe noch spazieren.

Ich muß ruhig bleiben. Ganz ruhig. Mit dem Bauch atmen. Der ist zu eng. Ich sollte mich langweilen. Auf etwas konzentrieren, das mich nicht interessiert. Ich lasse meine Arme über die Stuhllehne herabhängen. Ich lege den Kopf zurück. Meine Augen suchen an der Decke etwas, etwas ganz Langweiliges. Sie kommt. Sie kommt doch. Sie zögert. Sie hat ein graues Gesicht. Sie geht, als hätte sie einen Trauerkranz mit einer Schleife in den Händen. Ich neige mich schnell nach vorn. Ich bin nicht tot. Ich bin's doch, Vera, ich. Der Stuhl knurrt. Ich bin's nicht. Ich stoße gegen den Tisch. Die Colapfütze rollt zu mir. Halt. Ich stoppe sie mit einem Bierfilz. Bin doch schnell. Gut in Form. Vera. Ich will etwas zu ihr sagen. Ganz normal. Aber aus meiner Kehle kommt nur ein Geräusch platzender Schleimblasen. Vielleicht sterbe ich gerade. Gerade jetzt.

Sie sagt nichts. Sie sieht mich nicht an. Sie zieht sich aus der Jacke. Arm für Arm. Das kenne ich an ihr. Sie versucht, die Jacke über die Stuhllehne zu hängen. Das geht nicht. Hätte ich ihr sagen können. Die Jacke fällt. Sie bückt sich, kommt wieder hoch und läßt ihr Gesicht ganz müde aussehen. Arme Vera. Ich möchte aufspringen, sie in die Arme nehmen, sie umarmen. Alles wird gut. Aber sie ist plötzlich ganz schnell, daß ich ihr kaum folgen kann. Sie greift die Jacke, knüllt sie zusammen, setzt sich, steckt die Jacke zwischen sich und die Stuhllehne, sitzt und balanciert ihren Oberkörper auf dem schwankenden Stuhl wie eine Kobra. Sie sieht mich an. Ihre Pupillen verengen sich zu zwei stechenden schwarzen Punkten. Ich bekomme bestimmt Kopfschmerzen.

Sie sagt nichts. Sie sieht mich an. Ich wage nicht, mich zu bewegen. Sie bestellt Kaffee. Der Kellner wartet noch. Sie schweigt. Der Kellner geht beleidigt davon. Sie dreht ihren Kopf etwas zur Seite, wendet ihn mit einem Ruck wieder nach vorn, und ein scharfes Nun verläßt ihre Lippen.

– Nun.

Eine kleine Rauchwolke folgt. Ringt sich wie nach einem Schuß. Ich zucke zusammen. Aber sonst keine Blöße. Ich lasse das Nun in meinem Kopf kreisen. Es findet nichts. Es gibt keine Antwort. Auf ein Nun gibt es keine Antworten. Nie. Meine Lippen sind blutleer. Sterben ab. Bald das ganze Gesicht. Glatt. Tot. Dann bewegt sich mein Mund, sagt etwas, sagt, daß es ihm leid tut, daß es an der Zeit ist, die Wahrheit zu sagen.

Was hat das zu bedeuten? Vom Hals her kriecht das Blut wieder in mein Gesicht, überzieht es langsam mit einem dünnen Schweißfilm. Ich bin doch krank. Siehst du nicht, ich bin krank. Jemand sagt, daß er sie um Verzeihung bittet, weil er nicht anders handeln konnte.

– Verzeih mir, Vera.

Es ist meine Stimme. Ich bin es. Ich muß es sein.

Es ist eng und heiß. Mein Kopf drückt auf meinen Hals, und meine Beine wollen sich an den Bauch heranziehen. Ich bin eingeklemmt. Ich komme nicht mehr heraus. Ich huste. Ich drücke die Hände auf die Knie. Ich rolle meine Schultern ein bißchen. Etwas stärker. Du weißt doch, das alte Leiden. Die Nackenmuskulatur. Immer verspannt. Muß gelockert werden. Ganz natürlich. Der Kellner bringt den Kaffee, schiebt ihn über die Tischplatte, umschifft die Colapfütze. Seine Nase riecht etwas, das ihm nicht gefällt. Ich schüttle meine Oberschenkel. Ich bin krank, Vera. Siehst du das? Du könntest mich ein bißchen massieren. Das wäre gut. Massieren. Dann ist da etwas in meinem Kopf. Etwas Helles. Etwas nimmt Gestalt an. Und ich rede, rede. Es wird schon gutgehen. Ich sage, daß ich gemein war, rücksichtslos. Das kommt immer hin. Ich habe mich mit ihr gestritten. Das kann stimmen. Daß ich sie vernachlässigt habe. Klar. Aber alles nur, weil ich sie liebe. Natürlich. Ich habe es für sie getan.

Ich wollte ihr die Trennung erleichtern. Weil ich sie verlassen muß. Meine Firma, ja genau, meine Firma schickt mich ins Ausland.

– Ich wollte, daß du hier bleibst, daß du frei bist. Ich mußte für dich entscheiden.

Das ist toll. Irre. Super. Ich bin doch große Klasse. Das bin ich. So bin ich. Mir geht es gut. Wirklich, ich habe nichts. Keine Sorge. Es ist ein bißchen gelogen. Es stimmt nicht. Es ist alles gelogen. Aber ich habe es gesagt. Jetzt ist es Wahrheit. Jetzt bin ich ein Held. Helden sind so. Helden entscheiden für Frauen. Klar. Sie verzichten auf die Liebe. So ist es. Sieh mich an, Vera.

Veras Mund hat sich leicht geöffnet. Jetzt tut sie mir leid. Mit einer Hand greift sie nach der Tischkante. Zittert ihre Hand? Ihr Gesicht wird weich und flächig. Das mußte so kommen. Sie neigt sich mir zu und zerfließt ein bißchen an den Rändern. Sie spricht leise. Das muß so sein. Sie wird sagen, daß sie mich liebt. Aber etwas stimmt nicht. Es sind ihre Lippen. Sie sind zu schmal. Die Worte passen nicht. Wie kann sie sagen, daß auch sie die Trennung wollte? Hat sie mich nicht verstanden?

– Vera, ich ...

– Unterbrich mich jetzt nicht.

Sie hebt ihre Tasse. Sie sieht mich an. Sieht in ihre Tasse. Da kann nur Kaffee sein. Sie nimmt vorsichtig einen Schluck. Ich muß jetzt stillsitzen. Ich muß jetzt warten und stillsitzen. Sie ist meine Lehrerin. Ich darf keine falsche Bewegung machen. Dann sagt sie langsam, daß es zu spät ist. Es ist alles zu spät. Und Kaffee poltert laut ihre Kehle hinunter. Der Tisch neigt sich. Kaffee schwappt aus der Tasse. Die Colapfütze strömt zu ihr. Es geht nicht. Ich erreiche sie nicht. Sie springt auf. Cola regnet vom Tisch. Ich muß Vera aufhalten. Sie darf nicht gehen. Nicht jetzt. Ich höre sie von oben herab. Über mir sagt sie, daß es aus ist, wirklich aus, und daß es gut ist, daß ich ins Ausland gehe. Ich verstehe das nicht. Und plötzlich läßt mich mein Gehirn fallen. Es rollt einfach seine Nervenenden zusammen und läßt mich fallen. Es läßt mich fallen wie eine Marionette.

– Es stimmt nicht, das mit dem Ausland. Ich habe es doch nur gesagt, weil ich dachte, ich weiß nicht, ich dachte, ich könnte vielleicht, kann ja sein, ich meine, daß du, verstehst du, ich wollte, daß du, daß wir, daß ich, vielleicht.

– Es ist egal. Es ist wirklich aus zwischen uns. Ich habe einen anderen.

– Nein.

– Doch.

Aber sie setzt sich wieder. Sie lügt. Klar. Sie muß lügen. Sie sagt das nur. Sie hat es gesagt. Sie ist schlecht. Sie ist eine Hexe. Nicht normal. So nicht. Warte. Etwas grinst in mir. So nicht. Mein Körper richtet sich auf. So nicht. Wenn ich will, wachsen mir überall Haare. Also los.

– Übrigens, dort hinten, an dem Tisch dort. Weißt du, das Mädchen da.

Und jetzt begreife ich, was ich vorhabe. Ich bin schon gut. Ich komme hier raus.

– Das Mädchen da, das ist meine neue Freundin. Verstehst du, sie ist eifersüchtig, sehr eifersüchtig. Sie wollte es. Sie wollte, daß ich mich mit dir treffe. Und sie wollte es beobachten. Weißt du, wenn wir Schluß machen. Verstehst du? Tut mir leid. Ging nicht anders.

Mein Körper läßt meine Augenlider etwas herabsinken, als wäre er müde. Müde von Veras Gegenwart. Ein bißchen überzogen. Aber ganz gut. Doch.

Ein hilfloses Lächeln. Das muß ein hilfloses Lächeln sein in Veras Gesicht. Das muß jetzt so sein. Sie kann jetzt nichts mehr sagen, nur noch aufstehen, aufstehen und gehen. Wortlos. Sie steht tatsächlich auf. Sie steckt ihre Arme in die Jacke. Sie gräbt ihre Hände tief in die Taschen. Ganz dicke Taschen. Aber sie geht nicht, sie kommt. Sie kommt zu mir herum. Sie neigt sich mir zu. Ich verstehe. Sie gibt nicht auf. Kann sie nicht. Ich soll ihr Parfüm riechen. Sie gibt eben nicht auf. Aber ihre Lippen zischen. Zischen, daß sie das Mädchen kennt. Aus dem Kirchenchor.

– Die ist alles andere als deine Freundin!

Sie dreht sich um, geht. Geht, ohne Schritte. Ein Schweif kleiner zuckender Blitze in ihrer Spur. Ganz kleine scharfe Blitze, die in den Augen schmerzen. Sie dreht sich nicht um. Ascheflokken schweben herab. Ich hebe die Arme. Muß das abwehren. Hebe die Arme, und mein Magen, der sich an meine Speiseröhre geklammert hatte, läßt plötzlich los und fällt. So tief, daß ich mich krümmen muß. Immer mehr. Muß unter den Tisch kriechen, damit alles wieder zusammenpaßt. Krieche unter den Tisch und krümme mich, lege mich um die Mittelsäule und ziehe die Füße zu mir heran. Hier ist es sicher. Von der Tischkante regnet es Cola und Kaffeetropfen. Hier unten bin ich geschützt. Ganz sicher. Ein schöner Platz. Wirklich gut. Den hat mein Körper ganz allein gefunden. Manchmal brauch' ich mich eben nicht.

Erich Kästner
Wer fürchtet sich vorm Schwarzen Mann?

Es saßen zwei Männer in der Kneipe und haderten lautlos vor sich hin. Die Luft war ihnen zu dick. Das Bier war ihnen zu dünn. Die Mädchen waren ihnen hier zu dünn, dort zu dick, je nachdem. Nichts war den beiden recht, und sie schwiegen derartig, daß es gewissermaßen zum Himmel schrie. Und der Steinhäger war ihnen zu teuer. Es gibt solche Tage. Jeder kennt das. Außerdem war es gar kein Steinhäger.

Wie sie so saßen und maulten, kam der Dritte ins Lokal, hatte etwas Liedähnliches auf den Lippen, klopfte der Wirtin generös aufs Altenteil, warf mit dem Hut nach dem Garderobehaken, setzte sich zu den zweien, musterte ihre dunkelgrüne portierenschwere Düsternis und wiegte das Haupt. »Ihr leidet«, sagte er, »man sieht es bis auf die Straße. Kopf hoch. Ich will versuchen, euch aufzuheitern. Das bin ich unserer Freundschaft schuldig.« Nachdem er aus dem großen und dem kleinen Glase getrunken hatte, die ihm gebracht worden waren, griff er mit Schwung in die Brusttasche. »Was ihr hier seht«, erklärte er, »ist das Amtsblatt des Hessischen Ministeriums für politische Befreiung, und zwar die Nummer 45 dieser gratis zur Verteilung kommenden periodischen Publikation. Darin wird, mutig und nicht frei von Grazie, eine Frage angeschnitten, die euch gefallen wird. Denn sie lautet: ›Darf ein Minderbelasteter als Bezirksschornsteinfegermeister tätig sein?‹ Nun, ihr Lieben, will sich einer von euch sachdienlich zu dem Thema äußern?«

»So leicht bringst du uns nicht zum Lachen«, knurrte der Erste. Und der Zweite sagte: »Wenn ich darauf eingehe, so eigentlich nur, um nicht ungefällig zu erscheinen. Bevor ich freilich meinen Scharfsinn spielen lasse, drängt es mich zu erfahren, was Bezirksschornsteine sind.«

»Markiere, bitte, nicht den Begriffsstutzer!« erwiderte der Dritte. »Ein Bezirksschornsteinfegermeister fegt nicht Bezirksschornsteine, sondern die Schornsteine seines Bezirks. Aber er übt, und das behaltet im Auge, nicht nur dieses Gewerbe aus. Das tun schließlich alle Schornsteinfegermeister, keineswegs nur die Bezirksschornsteinfegermeister. Nein, er ist obendrein – und zwar nach § 27, Absatz 1 der Verordnung über das Schornsteinfegerwesen vom 28.7.1937 – Feuerstättenbeschauer. Versteht ihr?«

»Mitnichten«, antwortete der Erste. »Feuerstättenbeschauer waren wir schließlich mehrere Jahre alle miteinander. Das ist nichts Besonderes.« – »Anno 1937 war's aber noch keine obligatorische Beschäftigung. Es muß was anderes bedeuten«, entgegnete der Zweite. »Tut's ja auch«, sagte der Dritte. »Feuerstätten, die vom Bezirksschornsteinfegermeister beschaut werden, sind im vorliegenden Falle brennende Öfen und Kamine, nicht Häuser, Straßenzüge und Stadtviertel!« – »Meine Feuerstätte«, meinte der Erste, »hat noch nie jemand betrachtet, beziehungsweise beschaut.« – »Kein Wunder«, bemerkte der Zweite ziemlich bitter. »Unsere Öfen waren in den letzten Wintern keine Feuerstätten im eben definierten Sinne.« Der Dritte klopfte ärgerlich auf den Tisch. »Müßt ihr denn immer gleich persönlich werden und euch damit den erforderlichen Weitblick verderben? Daß es keine Kohlen gab ...« – »Es gab Kohlen«, stellte der Erste ruhig fest, »nur für uns gab's keine. Darüber hilft kein Weitblick weg.« – »Ruhe!« rief der Dritte. »Der Bezirksschornsteinfegermeister in seiner Eigenschaft als Feuerstättenbeschauer ...« – »So ein Quatsch!« konstatierte der Zweite. »Das einzige, was diese schwarzen Männer tun, ist, daß sie von Zeit zu Zeit jemanden mit einem Stückchen Kreide schicken, und der schreibt dann ›Montag kehren!‹ auf eine Treppenstufe. Mehr ist mir nicht bekannt. Nicht von Bezirksschornsteinfegermeistern und nicht von Feuerstättenbeschauern.« – »Meiner unmaßgeblichen Meinung nach«, höhnte der Erste, »ist der ganze Beruf eine bloße Erfindung. Ein luftiges Spiel der Göttin Phantasie. Schornsteinfeger sollen Glück bringen, wenn man sie trifft. Man trifft sie nie. Es gibt sie gar nicht. Die Leute, die zu Sylvester rußgeschwärzt, mit rosigen Ferkeln im Arm, Trinkgelder kassieren, sind geschäftstüchtige Masken.«

Der Dritte knirschte leicht mit den Zähnen. »So kommen wir nicht weiter. Hört gefälligst zu! Belehrt euch! Staunt! Als Gewerbetreibender gehört der Bezirksschornsteinfegermeister dem Handwerk an. Als Feuerstättenbeschauer hingegen ist er ein Beauftragter der Polizeibehörde. Das müßt ihr festhalten. Sehr fest sogar. Sonst versteht ihr weder das Problem, noch seine Feinheiten. In seiner Eigenschaft als Handwerker dürfte der minderbelastete Bezirksschomsteinfegermeister während seiner ihm auferlegten Bewährungsfrist kehren und fegen, soviel er will. Denn er ist ein Kleinbetrieb und beschäftigt nur wenige Arbeitnehmer. In seiner Eigenschaft als Feuerstättenbeschauer, mithin als Beauftragter der Polizeibehörde, könnte er nun aber für einen Beamten oder etwas Ähnliches gelten, – und dann und insofern dürfte er nicht!«

»Noch ein Dünnbier!« rief der Erste zur Theke hinüber. Der Dritte ließ sich nicht beirren. »Da der Feuerstättenbeschauer jedoch von der Polizeibehörde keine Vergütung erhält, ändert sich das schwankende Bild von neuem. Er nimmt, laut Amtsblatt, eine ähnliche Stellung wie ein Notar insoweit ein, als er auf Gebühren angewiesen ist und seine Angestellten zu bezahlen hat.« – »Das nenne ich Logik!« sagte der Zweite mürrisch. »Genau so gut kannst du behaupten, daß der Hund am Baum eine ähnliche Stellung einnimmt wie der Flamingo im Teich, insoweit beide Tiere eines ihrer Beine hochhalten.« – »Dein Vergleich ist reichlich abgeschmackt«, mäkelte der Dritte. »Außerdem darf man, laut Amtsblatt, nicht übersehen, daß der Bezirksschornsteinfegermeister eben doch, im Gegensatz zum Notar, kein ganz richtiger Beamter ist. Denn in der Präambel zur Verordnung über das Schornsteinfegerwesen wird geäußert, der Bezirksschornsteinfegermeister sei zwar der Aufsicht und der Ordnungsstrafgewalt einer Behörde unterstellt, habe aber trotzdem nicht Beamteneigenschaft.« – »Das wäre ja auch noch schöner«, meinte der Erste. »Wenn sämtliche Menschen, die der Aufsicht und Strafgewalt einer Behörde ausgeliefert sind, schon deswegen Beamteneigenschaft hätten, gäb's ja überhaupt nur noch Beamte auf der Welt!«

Der Dritte wurde giftig. »Haltet lieber den Mund!« eiferte er. »Ihr sollt nicht den Mund aufsperren, sondern die Ohren! Also, soweit der Bezirksschornsteinfegermeister als Feuerstättenbeschauer Beauftragter der Polizeibehörde ist, liegt ein öffentlichrechtliches Auftragsverhältnis vor. Dieses ähnelt der Stellung eines Beauftragten im Sinne des § 662 BGB, der durch einen solchen Auftrag von seiner Selbständigkeit nichts einbüßt. Kurz und gut, der Mann darf arbeiten!« – »Na, Gott sei Dank!« – »Es sei denn, man berufe sich auf § 47, Ziffer 10 der Verordnung über das Schornsteinfegerwesen aus dem Jahre 1937, wonach die Bestellung eines Bezirksschornsteinfegermeisters zu widerrufen ist, wenn Tatsachen vorliegen, die seine politische Unzuverlässigkeit erweisen.«

»Entschuldigung«, murmelte der Erste, »aber mir wird, glaube ich, übel«, und er sank im Zeitlupentempo in sich zusammen. »Und das Resultat all dieser Erwägungen?« fuhr der Dritte unerbittlich fort. »Es liegt kein gesetzliches Tätigkeitsverbot für minderbelastete Bezirksschornsteinfegermeister vor. Doch hat die Aufsichtsbehörde die Möglichkeit, einem solchen die Tätigkeit durch Widerruf oder Versagung der Bestellung unmöglich zu machen!« Da kippte auch der Zweite ohnmächtig um. Sein Kopf sah aus wie feinstes Lübecker Marzipan.

Der Dritte bestellte drei zweistöckige Steinhäger. »Falls die beiden sich nicht wieder erholen sollten«, vertraute er der Wirtin an, »trinke ich die drei Gläser allein.« Hierauf rappelten sich der Erste und der Zweite wieder hoch, mit ihrer letzten Kraft, als hätten sie Angst, zum Jüngsten Gericht zu spät zu kommen, und setzten sich hin, wie sich's gehört. »Du hast Nerven!« erklärte der Erste. Und der Zweite fragte: »Aufheitern nennst du das?« – »Ihr habt keinen Sinn für Humor«, sagte der Dritte, »und für die Finessen der Gerechtigkeit schon gar nicht. Prosit!« Sie tranken ihre zweistöckigen Steinhäger, schüttelten sich, machten »Brrr!« und wollten das Thema wechseln.

Doch da mischte sich der Herr Schikaneder, der am Nebentisch saß, ins Gespräch. »Ihre Schornsteinfegergeschichte war ganz nett«, meinte er, »aber meine Straßenkehrergeschichte ist besser.« Und ohne recht um Erlaubnis zu fragen, fuhr er fort: »Es kehrte jemand die Straße, und ein anderer, der ihm gedankenvoll zuschaute, fragte: ›Ein gelernter Straßenkehrer sind Sie wohl nicht?‹ – ›Nein‹, erwiderte der Mann, ›ich tu's zur Strafe.‹ – ›Warum denn?‹ – ›Weil ich 'n der Partei war.‹ Der andere nahm ihm wortlos den Besen aus der Hand und fegte die Straße mit einer Sachkunde, daß es eine wahre Lust und Wonne war. ›Alle Wetter!‹ rief der Mann, ›Sie sind aber vom Fach!‹ – ›Jawohl‹, antwortete der andere, ›doch ich darf nicht.‹ – ›Warum denn?‹ – ›Zur Strafe! Weil ich in der Partei war.‹« Herr Schikaneder rieb sich die Hände. »Ist das eine schöne Geschichte?«

»Vor allem ist sie kürzer«, erklärte der Dritte und bestellte vier doppelte Steinhäger. Obwohl es gar kein Steinhäger war.

Bernhard Windisch
Nelly und Sylvia

Sie betraten lachend das Lokal, bist mein Gast, sagte Nelly, is mein Geburtstag, unten feiert eine Brigade, in Ehren fett geworden, kommentierte Nelly, und Sylvia kicherte in den Mantelkragen, wenn ich nicht aufpasse, geht's mir genauso, in Ehren unansehnlich. Als sie die Stufen zum Rang hinaufstiegen, drückte Nelly ihren Hintern heraus wie einen Ball und schwenkte ihn wie eine Fahne, und einer dieser fiesen Typen von unten machte natürlich seine Bemerkung, und sie hätte am liebsten den Rock gehoben und ihren Allerwertesten mitten in seine blöde Visage gedrückt, ja. Beim Weitergehen ließ sie ihn, auf den es hier allein ankam, einmal, der Wirkung sicher, schwungvoll um die eigene Achse kreisen, und prompt regten sich einige von den Weibern auf, macht den Kopp zu, Nelly lachte, die Kellner hier waren okay. Hallo, haben die beiden Schönen noch was vor heute, fragte Karli gleich, Piet grinste freundlich, nein, dreckig, wie Sylvia fand, überhaupt war sie enttäuscht, Nelly hatte so von den beiden geschwärmt, wir gäben doch ein gutes Quartett ab, was, sagte Karli, als er eine Flasche Veltliner auf den Tisch stellte, er beugte sich vertraulich zu Nelly herab und entblößte fleckige Zähne, Sylvia schaute weg, nun hör mal her, Süßer, sagte Nelly, mit mir kannst du das vielleicht machen, vielleicht, aber nicht mit Sylvia, verstanden, die ist nämlich anständig, Piet legte *Ich möchte noch mal zwanzig Jahre sein und so verliebt wie damals* auf, und die Alten unten schmunzelten wie auf Bestellung, Nelly verleierte die Augen, neulich klopft's doch nachts um zwei an meine Tür, erzählte sie Sylvia beim zweiten Glas, ob du's glaubst oder nich, ich hab' schon einen sitzen, also neulich nachts, und wer steht draußen: Karli, splitterfasernackt, na ja, ein Handtuch hatte er schon um die Hüften gewickelt, jetzt fangen die da unten auch noch an zu tanzen. Sylvia rauchte, hörte zu, trank, wurde aber nicht betrunken, die Kellner ödeten sie an, miese, verdorbene Kerle, und die Brigade im Parterre, wäre ich lieber zu Hause geblieben und hätte mir was im Fernsehen angeschaut, vielleicht hätte Ralf mit mir geschlafen, und vielleicht wäre es so schön gewesen wie beim letzten Mal, Scheibenhonig, so vertut man sein Leben, Nelly erzählte weiter: Sie werden entschuldigen, sagte Karli, stellte ein Bein über das andere und lehnte sich an den Türpfosten, hätten Sie nicht Lust, zu uns rüberzukommen? Waas, jetzt? fragte ich, ich schlaf' ja immer splitterfasernackt, na ja, nich so ganz, irgendwas Kleines werd' ich schon angehabt haben. Karli schaute sie ungeniert an aus trüben Augen, und Nelly fühlte sich überrumpelt, wie war das angenehm. Sie hätte sich sofort umgedreht, wenn er es verlangt hätte, und ihm ihre Rückenpartie gezeigt, auf die alle Männer so scharf waren, Karli fragte, ist es zu spät oder zu früh, und Nelly drehte sich herum und schlüpfte in die Schuhe mit den hohen Absätzen, die immer vor ihrem Bett standen, begab sich auf die Suche nach einem Pulli zum Drüberziehen, gleich, sagte sie, gleich, zog aber die Suche ein wenig in die Länge. Die Nachbarin war Medizinstudentin, mit so einem Vorbau, sagte Nelly und blies die Backen auf, sie lag auf ihrem Bett, und ich brauch' wohl nicht zu sagen, wie, sagte Nelly, ein Projektor warf ein stehendes Bild an die Wand, Nelly stockte der Atem, es war stickig in dem Zimmer, am Apparat stand ein Kerl mit einer halben Erektion, es roch nach Schweiß und nach etwas anderem, Nelly konnte sich schon denken wonach, auf dem Bild machten es sich zwei Frauen, und das nächste zeigte einen Neger mit einer Asiatin, wartet, es kommt noch schöner, sagte der Kerl am Projektor, Nelly fühlte ihr Herz im Halse pochen, eine zweite Welle der Überrumpelung, wie war das toll. Grüß dich, sagte die dicke Studentin matt, die stach Nelly doch lässig aus mit ihrer flotten Figur, das da ist Piet. Muß ich mir jetzt einen Lendenschurz umbinden, fragte der, und Nelly lachte schön aufgedreht, Sylvia beobachtete die Brigade unten, wo man sich mit erhitzten Gesichtern menschlich näherkam. Man tanzte und geriet dabei noch mehr ins Schwitzen, und während die Männer mit schwerer werdender Zunge Zweideutigkeiten immer lauter herausposaunten, rötete sich das Fleisch der Frauen unter den Dederonstrümpfen. Die Männer drückten ihre Tanzpartnerinnen an sich, versuchten sie zu küssen, und die Frauen entwanden sich zuerst, seufzten und kreischten auch mal auf und lachten und quiekten. Einige verboten sich die Übergriffe, sie gaben ihre Empörung über das allzu willfährige Verhalten ihrer Kolleginnen kund, mit ihnen konnte man das nicht machen, sie waren nämlich anständig, anständig, die stinken bis hier rauf, die Alten, sagte Nelly, ein Paar stolperte hin, und der Mann legte sich zum Gekreisch der Frauen auf seine Partnerin, spaßeshalber, die nich nich schrie und nach Luft japste, nun sieh dir das an, sagte Nelly, ich könnte kotzen, ein Glück, daß WIR nicht so sind, ja, sagte Sylvia, ja, und Karli: prima, Nelly, daß deine Freundin nicht so eine widerspenstige Zicke is, gehen wir.

Eckhard Henscheid
Die Gage

Es ist wie es ist
und es ist fürchterlich
(Jahnn, Fluß ohne Ufer)

Also bitte, natürlich, von Rechts wegen (aber was heißt schon Recht?) dürfte ich die folgende Geschichte gar nicht erzählen bzw. weitererzählen, denn mein Informant (der gleichzeitig einer der Hauptakteure ist!) hat sie mir vorgestern nur unter dem Siegel der allergrößten Verschwiegenheit gesteckt – und ich brächte ihn also in ziemliche Schwulitäten, wenn ich sie hier coram publico ausbreitete bzw. ausbreite – nun, was das angeht nebst evtl. juristischen Folgen (man hört und liest heute wieder vermehrt davon, gerade im belletristischen Genre!), so greife ich hier einfach zu einem kleinen und bewährten Kunstgriff und ändere die Namen ein bißchen, so daß nur der intime und sowieso Eingeweihte die wirklichen Personen voll erahnt und ich meinerseits aus dem Schneider bin – und übrigens auf der anderen Seite: Ich finde die Geschichte, wie ich sie neulich an der Theke gehört habe (apropos genau der gleichen Theke, an der sie auch begann!) einfach zu hübsch und interessant, als daß also ihre Kenntnis nur einem winzigen Zirkel vertraulich Eingeweihter vorbehalten bleiben sollte – ich vermute meinerseits allerdings andererseits, daß mein Kronzeuge sie inzwischen ja sowieso mindestens einem Dutzend weiterer Menschen unter dem Siegel der Verschwiegenheit weitergetratscht hat – kurzum, ich schreibe die Geschichte hier also auf und nieder, nachdem ich den gestrigen Tag über auch noch einiges nachrecherchiert und gecheckt habe, betone aber, was die Hauptsache angeht, hier schon mal und nochmals und für alle Fälle: Relata refero! Volle juridische Verantwortung für ihren Wahrheitsgehalt kann ich bei der Geschichte nicht übernehmen, noch will ich es! Vielleicht hat ja schon mein Informant, Rosenhag, etwas geschwindelt und stark pro domo referiert – er ist ja auch gewissermaßen der Triumphator bei der ganzen knalligen Affaire, die, um das hier schon klarzustellen, im wesentlichen ja auch nur eine ganz trivale Dreiecksgeschichte war bzw. vielleicht sogar noch immer ist, letztlich – allerdings schwört Rosenhag Stein und Bein, daß sich alles akkurat so abgespielt hat, und nach der inneren Logik der Dinge bzw. der damit befaßten Charakter kann ich mir das auch sehr gut vorstellen, o ja – und übrigens: im ersten Teil der Geschichte war ich sogar nolens volens bzw. genauer: unwissentlich dabei und mit von der Partie und sozusagen fast integrierend involviert; im nachhinein bilde bzw. bildete ich mir sogar ein, die Dinge, die da kommen sollten, sogar ein bißchen nicht gerade als déjà vu, aber doch irgendwie als etwas sich nun nachgerade notwendig Vollziehendes vorausgeahnt zu haben, dochdoch; aber das mag Unsinn sein, denn genaugenommen hatte ich den Kneipenabend längst vergessen und ad acta gelegt – hätte ich ihn vergessen, wenn mir eben Rosenhag nich vorgestern, nein, gestern war's erst, fast raunend – wie schwerblütig raunend! – diesen ganzen Folgen mit ihren ebenso einleuchtenden wie überraschenden Facetten geschildert und – manchmal wie betreten stockend! – auseinandergelegt hätte.

Wo beginnen?, Nun, selbstverständlich an der Theke des Pizza-Peter, unseres langjährigen Stammlokals im Stadtnorden – und wann? Voilà, wie immer so gegen zehn Uhr kamen die Unseren so allmählich zusammen bzw. eine Auswahl davon – es waren wohl so sechs, sieben Leute, die da wie jeden anderen Tag auch um den kugelrunden Ecktisch saßen, neuerdings sozusagen unter der Direktive eines lärmigen zugewanderten Schweizers namens Prosper Nebel, des angeblichen Chefredaktors einer angeblichen Schweizer Gartenfachzeitschrift, der hier seit kurzem gesellschaftlich das große Wort führt und den unermüdlichen Humoristen spielt – nach meiner Erinnerung bzw. Rekonstruktion aber standen (mag sein, um Nebel zu entgehen) gleichzeitig fünf Leute an der Theke, standen und lehnten und vertraten sich die Beine – es war der schiere Zufall, daß ich auch dabei war, denn meistens sitze ich viel lieber, um sicherer alles zu überschauen; diese fünf Leute an der Theke aber waren Rosenhag, ich, die Musikstudentin Ott und eben das Ehepaar Pfeiffer, um das sich die Geschichte hauptsächlich dreht.

Lassen wir die Musikstudentin vorderhand beiseite. Ich weiß bzw. wußte, daß diese propere kleine Person mit Pferdeschwanz immer wieder mal und in Abständen sozusagen das Interesse Pfeiffers hervorrief bzw. -ruft, meiner Einschätzung nach kein elementares doch auch nur gravierendes – nein, im wesentlichen stand und steht Pfeiffer wohl schon immer hinter seiner Ehe mit Jutta Pfeiffer – seiner Oberstudienrätin, seiner »Frau Rat«, wie er gelegentlich, offenbar in Anspielung auf Goethe, zu schäkern pflegt. Ob sich die beiden wirklich lieben (bzw. je geliebt haben), das entzieht sich meiner Kenntnis – unleugbar aber ist, daß

Pfeiffer schon immer wieder mal seine goldrandbebrillten ruhelosen Äuglein anderswohin schweifen läßt und darin nicht kleinlich ist, so zum Beispiel als sie, Jutta Pfeiffer, im Vorjahr einen neuntägigen Klassenausflug nach Canterbury machen mußte; gegenwärtig munkelt man auch etwas von einer gar nicht so verhohlenen Liaison Pfeiffers mit einer gewissen Mitzi Witlatschil – und, wichtig!, sie, die Pfeiffer, weiß derlei auch, sie läßt es zwar theoretisch-prinzipell nicht durchgehen, kann (bzw. konnte!) aber letztlich nichts dagegen machen. Sondern beißt (bzw. biß!) ihr kleines Unglück mit Pfeiffer gleichsam verdrossen und melancholisch in sich hinein, ja sie läßt es sich gewissermaßen gern unausgesprochen anmerken, so als ob ihre leise Trauer über Pfeiffers Streiche ihr sozusagen einen spürbaren Hauch von Adel gäbe. Oder geben sollte. Jutta Pfeiffer ist schätzungsweise 35, Pfeiffer selbst dürfte auf die 43 gehen. Der Ehe entsprang auch ein Kind, Gabriel Boris Alexander, das heute sieben sein könnte und (das habe ich aber nur läuten gehört) schon in der zweiten Volksschulklasse sitzengeblieben ist.

Ich selber muß an der Theke wohl zu dieser Zeit primär mit Rosenhag geplaudert haben – um aber dies nicht zu vergessen: Jutta Pfeiffer ist eine keineswegs unhübsche Frau, sondern verfügt über etwas durchaus Anmutiges und Anmutendes – dochdoch, ich selber, hätte ich sie rechtzeitig kennengelernt bzw. wäre ich nicht durch meine eigene leidige Affaire mit dieser doofen Schnalle aus Bonn vollauf beschäftigt, ich selber wäre zuzeiten nicht abgeneigt gewesen – aber andererseits ist Jutta Pfeiffer meines Wissens auch vollrohr treu bzw. war es jedenfalls offensichtlich bis zu jenem Abend – und, um auch diese Prämisse noch rasch vorab zu klären: Frl. Ott ist zwar etwas jünger, indessen keineswegs hübscher als Frau Pfeiffer, eher im Gegenteil, sie neigt ein wenig zum Molligen, sicherlich die vielen kleinen Bierchen, die sie sich hier im Pizza-Peter mehr oder weniger täglich einpfeift und dabei von den Wonnen und Strapazen der Chopinschen g-moll-Ballade schnattert, ich möchte nur wissen, wann sie die übt – und, um auch das noch hinter mich zu kriegen: Rosenhag seinerseits und Jutta Pfeiffer kennen/kannten sich zwar schon seit ungefähr vier Jahren (sagt er mir), waren aber, darauf leistet Rosenhag jeden Eid, vorher, vor diesem Abend, noch nie einander nähergerückt noch auch nur auf die Idee gekommen – ja, wenn ich Rosenhag hier korrekt wiedergebe: Er mochte bzw. mag Jutta Pfeiffer überhaupt nicht, sondern hält sie, sagt er selber, für eine ziemlich dumme Zicke.

Ich persönlich erahne, die Tatsache, daß Frau Pfeiffer Oberstudienrätin für Englisch und Französisch (!) ist, dieser Fakt ist dem Esel Rosenhag zutiefst obskur, ja unheimlich! Denn Rosenhag ist mehr oder weniger – meines Wissens eher weniger – freiberuflicher Funkmann, in der Unterhaltungsabteilung, angeblich auf Reportagen und populäre Features angesetzt und spezialisiert – nennt sich aber unverbrüchlich »Redakteur«. Woran ich persönlich irgendwie nicht glaube ...

Allora, Pfeiffer war an diesem Abend früher als normal eingerückt, mit seiner Frau im Schlepp und übrigens ungewöhnlich aufgeräumt – und der Grund für Pfeiffers gute Laune stellte sich recht bald heraus, ja, es war, als ob Pfeiffer ihn gar nicht mehr zurück- und überhaupt an sich halten konnte. Dieser Grund war aber ganz eindeutig ein Telex, welches der Kaufmann (»Industriekaufmann« steht im Telefonbuch!) tagsüber erhalten hatte – und zwar, wie sich im folgenden ergab, ein Telex von einem Saudi-Scheich aus Genf – bzw. um genau zu sein, war es so: Weil wiederum ich gelegentlich für Pfeiffer gewisse PR-Tätigkeiten verrichte, genau deshalb verfügte Pfeiffer über die gute Gelegenheit und den glücklichen Anlaß, nicht nur von dem brillanten Fernschreiben zu erzählen (das wäre vielleicht doch zu peinlich gewesen), sondern mir an der Theke das Fernschreiben – bwz. eine Kopie davon – gewissermaßen zur Auswertung und Weiterbearbeitung zu überreichen – d. h. ich laboriere gerade an einem Werbe-Emblem für Pfeiffers Firma, in diesem sind u. a. Pfeiffers wichtigste Kunden aufgeführt, in Form eines grafisch gestalteten Eichenbaums, und wenn ich nun Pfeiffers halb leidenschaftlich verwegenes, halb doch wohl über sich selbst verlegenes Gefasel richtig erinnere, überreichte er mir also den Telex-Schrieb sozusagen zur weiteren Auswertung. Was mich nun hier wiederum in die glückliche Lage versetzt, von dem Fernschreiben nicht nur so lala zu berichten, sondern es hier wortwörtlich zu zitieren. Was ich hiermit tue:

415802 pfeiffer d
attn: mr. reinhold pfeifer feb 08 1984
dear pfeifer,
with regards to the subjects we discussed in our last meeting in munich together with moellemann, teves, knapp and roesselmann, which are of great interest of mine and would like to see you again on my next visit to europe for further discussion. I would also have to consult our mutual friends before our foreseen meeting.

best regards
salman bin mohammed bin khalid bin hethlain
200253 hazar sj
415802 pfeiffer d
200253 hazar sj

Also: Nicht daß dies Fernschreiben in meiner bzw. unserer eigentlichen Geschichte einen zentral-kausalen Stellenwert gehabt hätte – wichtig aber war es (und vielleicht sogar folgenreich!) zumindest insofern, als es für die frühe Heiterkeit, Ausgelassenheit, ja Euphorie Pfeiffers an diesem Abend verantwortlich zeichnete – ein blinkender Lichtfleck, dessen entsinne ich mich seltsamerweise, tanzte in diesem Stadium der Telex-Vorweiserei und Übergabe buchstäblich zehn Minuten lang und wie schäkernd Geld erjagend im Spiegel seiner Brille über dem vor kommerzieller Abenteuerlust lachend aufgerissenen Mund herum – dochdoch, ich kenne meinen Pfeiffer seit sechs gottverfluchten Jahren. Pfeiffer schien mehrfach vor Wonne geradezu zu beben und zu schaukeln – und sein hellbeiger, wie Rohseide schimmernder Business-Leinenanzug gleißte mit einem stark ins Violette phosphoreszierenden weißen Hemd darunter um die Wette, während Pfeiffer halb ernsthaft, halb mit komisch-fürwitzigem Understatement von allerlei Projekten mit dem Scheich unkte – um Autobremsen für den Orient ging es und um Plastikfabriken, deren Kauf der Scheich schon avisiert habe, und dann (ja, jetzt fällt's mir wieder ein) war auch noch fast donnernd vom Export von Germania-Bier die Rede – gleichzeitig bin ich mir allerdings auch relativ sicher, daß Pfeiffer das vom Scheich vergessene zweite »f« in seinem Namen sehr schmerzte; zumal ich Gründe zu der Annahme habe, daß Pfeiffer früher schon öfter und inständig über seinen Namen nachgebrütet hat, den er nämlich zuzeiten auch mit »Reinhold O. Pfeiffer« auf Geschäftspapiere u. dgl. drucken ließ; ehe er wieder, warum auch immer, zu »Reinhold Pfeiffer« zurückkehrte.

Ja, mindestens eine Stunde währte es, daß Pfeiffer nun mir, Rosenhag und vor allem auch Frl. Ott von der Bedeutung dieser Genfer Geschäftsverbindung mit dem Scheich redete – ich entsinne mich: der Scheich wurde dabei als Mann seiner, Pfeiffers, Generation hingestellt, er war in England erzogen worden; von einem irgendwie mit den Saudi-Projekten befaßten Zürcher Rechtsanwalt Tuille (oder ähnlich) ging dann einige Zeit die Rede und einem Kaufmann Wegener (auf diese Verbindung schien Pfeiffer fast noch stolzer als auf die Freundschaft mit dem

Scheich) – wie herablassend witzelnd kam dann Pfeiffer auch noch (aber das schien mir ziemlich gekünstelt und getürkt) auf des Scheichs starkes Interesse an deutschen Frauen zu sprechen – und bei diesen seinen schmetternd lachenden Worten legte Pfeiffer, wie um Verständnis für das Faible des Scheichs zu mimen, den Arm kurz um die Taille von Frl. Ott – kurz: Eine ganze Stunde lang schien Pfeiffer wie überdreht und bedauerte vermutlich nur, daß er nicht auch noch die am Rundtisch sitzenden und Prosper Nebel lauschenden Figuren in seinen Deal mit dem Scheich und all den anderen Ehrenmännern einweihen konnte.

Das Telex lagerte derweil schon in meiner Brusttasche. Klar, daß der Sinn seiner Übergabe an mich nur darin bestand, von Scheich und Export und exotischen Connections zu gaukeln – Pfeiffer hätte mir die Kopie genausogut auf dem Klo oder drei Tage später übergeben können –, und übrigens hat er mich bisher dann tatsächlich nicht weiter angerufen, um mich mit relevanten Instruktionen zu versehen. In gewisser Weise, ja doch, muß man ihn sogar für die Frechheit bewundern, mich und die anderen an der Theke mit so leicht durchschaubaren Brillanterien übertölpeln zu wollen.

Irgendwann, sofern ich es recht erinnere, hatte Pfeiffer mit seinem Gemache und Getue sogar noch beim Wirt höchstpersönlich Erfolg: Wenn ich nicht sehr träume, gaben sich die beiden plötzlich wie glückwünschend die Hand und tranken augenzwingernd einen Schnaps zusammen.

Und Frau Oberstudienrat Jutta Pfeiffer? Da funktioniert mein Gedächtnis nun wieder sehr viel besser. Während Pfeiffer sich gleichsam dauernd selbst hochleben ließ und allerdings auch genug anerkennende Blicke und Winke von Frl. Ott und mir erntete (Rosenhag schien mir eher abwesend), während alledem stand seine Frau eher teilnahmslos und vielleicht auch vorwurfsvoll brav neben ihm – sie schien das Telex auch schon längst zu kennen und überhaupt – ja, wie soll ich sagen? – ja: dauernd ausdrücken zu wollen, daß sie das Leben an der Seite Pfeiffers ohnehin als Zumutung empfinde. Ja, mir scheint, gerade Pfeiffers Telex-Lärm und Protzerei veranlaßte sie zu sanft ironischen, leicht wehen Blicken (ich sah sie meist nur im Profil), die ebenso analytisches Durchdringen wie einen furchtbaren Überdruß an Pfeiffer verrieten – vorausgesetzt, daß ich mir das im nachhinein nicht nur einrede. Und während Pfeiffers Berichte und Tiraden immer schweifender und festlicher wurden (ja, wieder liefert mir die Erinnerung das Bild, wie das bleiche Thekenlicht in Pfeiffers Brillengläsern funkelte und diese fast zum Schillern brachte!) – während Pfeiffer redete und redete und dann auch schon mal häufiger den Arm um Frl. Ott herumschwang und das Ohr weit zu ihr hinab an ihren Mund senkte, währenddem stand Jutta Pfeiffer immer ein wenig starr und wie kummerbefrachtet und vor allem kummergewohnt fast wortlos nebenbei und strich hin und wieder (was sie immer tut) ihren grauen engen Rock glatt und zupfte ab und zu am schwarzen Kaschmirpullover.

Ich kenne Jutta Pfeiffer seit langem. Einerseits ist sie, was man eine taube Nuß nennen könnte, sofern man ihre nicht ganz zu leugnende, obzwar mattschläfrige Intelligenz mit ihren fast ein wenig bösartig gleichgültigen Zügen bwz. Mienen verrechnet – ja, eine mattschläfrige, verdrossene, unwillige und gleichsam willig dem langsam Eingeschläfertwerden entgegendämmernde Intelligenz ist es, die sie ab und zu sogar zu artikulieren bereit ist – aber ohne Frage ist auch etwas durchaus Attraktives an ihr und gerade an dieser wie kummergewohnten Interesselosigkeit – von ihrem schönen schlanken Körper und (vor allem!) von ihrem stramm proportionierten Hinterteil mal ganz zu schweigen, welches man unter dieser hohen Gestalt und biegsam schlanken Taille vielleicht gar nicht vermuten möchte – doch, alles, was recht ist, das muß der Neid ihr bzw. Pfeiffer lassen: Eine Blume, die, schon halb verwelkt und etwas zopfig geworden, noch immer gar zu sehr im Verborgenen blüht – ja, so könnte man es durchaus sagen.

Reinhold Pfeiffer ist übrigens etwas kleiner als diese hohe, schlanke und sehrsehr ansehnliche Frau. Er spricht sie meist mit »Herzchen« an – indessen sie, und das finde ich (auch über unsere Geschichte hinaus) bemerkenswert, nur »Pfeiffer« zu ihm sagt; jedenfalls in der Öffentlichkeit. Das gemeinsame Kind heißt, wie gesagt, Boris – und getrunken wurde übrigens an der Theke des Pizza-Peter mehrteils Calvados. Pfeiffer hatte nach meiner Schätzung schon vor Mitternacht mindestens fünf intus, dazu zwei-drei Biere. Jutta Pfeiffer hatte sich wohl bis dahin zwei Calvados zum Mineralwasser genehmigt – Rosenhag, Frl. Ott und ich dürften an diesem Abend so jeder seine vier Bier und vier Calvados zusammengekriegt haben – nein, korrigiere: Frl. Ott trank die ganze Zeit über Grappa. Und Pfeiffer selbst schüttete, wie um seine freudvoll aufgepeitschten Sinne zu besänftigen, zwischendurch mal zwei Kaffee in sich hinein.

Am Rundtisch in der Ecke schien Prosper Nebel um diese Zeit tatsächlich Witze zu erzählen. Hart schlug seine Faust dabei begeistert mehrfach auf das Tischholz. Diese Schweizer ...

Rosenhag? Ja – wie ihn charakterisieren? Rosenhag ist, wie gesagt, ein allzeit heiterer Funkesel und zweifellos infantiler Charakter – er redet wenig und nur (wie geheimnisträgerisch!) halblaut, äugt meist ein bißchen schmierig – fast möchte ich sagen »schmiegsam« – vor sich hin. Fährt sich fast selbstverliebt ab und zu in die dunklen Kräusellocken und zieht an seinem Schnauzbart oder aber an seiner schlaufen- und taschenreichen rehbraunen Lederjacke (ja, auch diesmal, am fraglichen Abend, trug er sie, und sehr bewußt gleichfarbig waren die Stiefelchen gewählt!) – und meist lächelt Rosenhag sehr schweigsam, in einer Manier, die er selber vermutlich für verschlagen hält – nein, wenn ich ihn mit einem mot juste bezeichnen sollte (und ich habe keinen Grund zu lügen): Rosenhag ist schlicht und einfach der geborene Freizeitler, ein futuristischer und zugleich auch schon sehr aktueller Typus also, ständig bereit zu allem Schnickschnack an Unernst und Herumhängerei und eben Zeitvertreib, ein homo ludens infantilis oder so ähnlich also, und natürlich fallen da auch immer einige Frauen darauf rein und für ihn ab – kurz, ich glaube, selbst wenn Rosenhag von Geburt an zu härterer Gedankenarbeit erzogen worden wäre, sein Naturell hätte sich einfach gesträubt, und der Nichtsnutz hätte doch nie etwelchen eigenen Gedanken zu erzeugen vermocht – und genau dies nun wieder, meine ich, hängt durchaus irgendwie mit der Affaire zusammen, so wie ich sie eben dann von Rosenhag gesteckt gekriegt habe.

Nun bin ich allerdings der Überzeugung, daß sich jene Affaire selbst eine halbe Stunde nach Mitternacht noch immer nicht recht abzeichnete – wenn auch, a posteriori geurteilt, gleichsam jetzt allmählich ihre Voraussetzungen evidenter wurden. Der Pizza-Peter hatte sich eher noch mehr gefüllt – irgendwann erwähnte Pfeiffer, wie nachkartend, noch, er habe sich damals mit dem Scheich sowie Knapp und Teves in irgendeinem Steigenberger Parkhotel zum Meeting getroffen und da habe man dann auch tatsächlich dem Scheich eine Frau aus Tirol zugeführt – in diesem Augenblick, das sehe ich nun wieder fotografisch deutlich vor mir, kniff Jutta Pfeiffer mit einer leichten Drehung (zu mir und Rosenhag herum!) beide Augen zusammen und beugte dann den Kopf zurück: so als ob entweder Pfeiffers Schnurren oder aber die Zusammenrottung der deutsch-orientalischen Geschäftsleute (die mir persönlich viel Vergnügen machte!) ihr noch in der Vorstellung Magenschmerzen verursache und nicht mehr erträglich sei. Pfeiffer seinerseits schmauchte prunkend feixend ein Zigarillo zu Ende und verzehrte dann, wie um seine Verbundenheit mit dem simplen Volk zu versinnlichen, eine Fleischbulette – gleich darauf, die Linke lagerte in der Hosentasche, schlang sich die Rechte zum wiederholten Male um die Strickjackentaille von Frl. Ott – ja, insgesamt war das Interesse am Scheich wohl auch bei ihm jetzt ziemlich erlahmt und hatte zu Frl. Ott hinübergewechselt – schon wieder und fast kameradschaftlich bekam diese von seiner großen sommersprossigen Handpranke einen tapsig-sexuellen Hieb auf den Buckel ab – und endlich, es muß kurz vor eins gewesen sein, zog Pfeiffer mit der Ott im Schlepp zu guter Letzt noch um und ließ sich am Gruppenrundtisch nieder – wagte aber, ich schaute genau hin, nicht, auch dort noch einmal sein Telex (evtl. das Original?) zu zeigen. Sondern spendierte sofort eine Runde Calvados, vor allem zu Nebels lauter und jäh fuchtelnder Freude, charmierte hin zur Ott, nicht ohne freilich den starken Rumpf auch immer wieder zu Lothar Klingenspiel, einem Großraumbüroausstatter, und Fickert-Rosa hinüber zu bäumen; und zahlte dann noch eine Runde – so quasi nach Art erfolgreicher Geschäftsleute, die den Tag zu nutzen gewußt hatten und jetzt großherzig auch das geringere Gesinde am Ertrag teilnehmen ließen. Ich bin aber davon überzeugt: Wäre Pfeiffer noch betrunken gewesen, er hätte sich das Telex schnurstracks wieder von mir geben lassen, sich rücksichtslos noch einmal damit zu brüsten.

Zu uns drei Verbleibenden an die Theke gesellte sich jetzt noch ein gewisser Willi Schönen, ein hiesiger Rechtsbeistand, mit dem ich gerade im Zuge einer Haftpflichtsache zu schaffen habe, wir kamen ergo rasch und eifrig ins Gespräch, so daß – stelle ich mir vor – Rosenhag mehr oder weniger zwingend Jutta Pfeiffer ein wenig betreuen mußte und dabei – reime ich mir gleichfalls im nachhinein zusammen – auch seine braunen Schmalzaugen aus allen Löchern rollen ließ; das macht er Frauen gegenüber immer und sozusagen notorisch. Klar sehe ich aber jetzt wieder vor mir die gleichsam zermürbte Miene Jutta Pfeiffers, ihr gleich wie von Gram gebleichtes Profil mit den nervösen Wimpernausschlägen – ja, es war, als ob da wahrscheinlich Schwindsucht à la Traviata bei ihr im Anzug wäre, so bleich, ja durchscheinend wirkten Stirn und Wangen – ein durchaus erotisierendes Bild (doch, da kann ich Rosenhag verstehen), das einzige, an das ich mich noch hundertprozentig erinnere (und dazu dieser schöne Hintern, der nackt direkt dem prachtvollen der Velázquezschen Venus gleichen muß!). Ganz gut weiß ich aber auch noch, daß Reinhold Pfeiffer plötzlich wieder an der Theke erschien und herummachte und dann vom Wirt einen Scheck über 1000 Mark »cash« einlöste – das heißt, dies Wörtchen »cash« fiel immer wieder – er, Pfeiffer, komme nämlich morgen nicht mehr auf die Bank, weil wegen eines geänderten Termins sein Flieger umgebucht worden sei. Ja, richtig, und dann zog der Wirt offenbar auch gleich Pfeiffers und seiner Frau Zeche ab, und Pfeiffer ließ den etwas auffällig nachgezählten Rest von 940 Mark mit Pomp in seinem Jackett verschwinden. Und eilte an den Rundtisch zurück, um (ah! auch das fällt mir jetzt wieder ein, erstaunlich!) seine Rechte auf Frl. Otts zierlicher Schulte zur Ruhe zu legen – genau, Frl. Otts halblanges Braunhaar war zu etwas zwischen Pferdeschwanz und Schopf gebunden und ließ dabei von hinten (von der Theke aus) nicht nur den schönen weichen Hals sehen, sondern auch leicht abstehenden, vom Schopf nicht mit erfaßten Haarflaum. Sehr animierend. Ich wette aber, daß Pfeiffer diese Delikatesse gar nicht richtig mitbekam.

Andererseits muß ich doch sehr engagiert und benebelt mit Schönen geredet und gezankt haben, denn der sich nun langsam abzeichnenden und dann zügig ausgeführten Pointe des Abends entsinne ich mich erstaunlicherweise nur recht fragmentarisch – genauer, ich würde sie wohl m. E. so gut wie vergessen bzw. versäumt haben, hätte Rosenhag, der Schuft, sie mir nicht eben ziemlich exakt zwei Wochen später in allen Details und in etwas penetranter Verschmitzheit voll erzählt.

Alsdann, hier die Facts:

Es muß wohl gegen 1 Uhr gewesen sein, daß Pfeiffer von seinem Erfolgsrausch und von Frl. Ott (ich hätte übrigens auch mal beinahe was mit ihr angefangen und war jedenfalls ziemlich erpicht auf sie!) gleichzeitig genug hatte, sicher hatte er inzwischen auch den Kragen ziemlich voll – jedenfalls muß er nun zum Aufbruch gerüstet haben, und jetzt hatte er sich wohl auch (wahrscheinlich war ich in diesem kitzligen, ja sensationellen Augenblick gerade auf dem Klo, sonst hätte ich mir den Eklat sicherlich nicht entgehen lassen) seiner Ehefrau Jutta wieder erinnert – er sei also (sagt Rosenhag, und das kann ich mir optisch sehr gut vorstellen) kurz und knapp und schon das Mäntelchen auf dem Leib zu Jutta an die Theke und habe sie herrisch, ja ruppig, lapidar aufgefordert mit heimzukommen – und jetzt eben sei es, so Rosenhag, an der Theke zur Sensation gekommen dergestalt, daß Jutta Pfeiffer zu verstehen gegeben habe, sie bleibe noch – nämlich bei Rosenhag! Fast lautlos, so Rosenhag, habe sie gesprochen – aber wie störrisch und sehr entschlossen. Verdutzt habe Pfeiffer einen Moment lang gestutzt – dann aber habe er »souverän« (Rosenhag) zu seiner Frau gesagt: gut, wie sie meine. Sie müsse wissen, was sie tue. »Schwungvoll« (Rosenhag) habe er sich noch seinen Schal übergeworfen, gleichzeitig ein Zigarillo entfacht, und dann sei er »wortlos grinsend« (Rosenhag) auch schon zur Tür hinaus.

Tatsächlich erinnerte ich mich später, damals Rosenhag und Jutta Pfeiffer allein an der Theke stehen gesehen zu haben – allein, viel war dabei nicht zu denken noch zu wittern, derlei geschieht bei den Unsrigen häufiger, daß Ehepaare kneipentechnisch ihre eigenen Wege gehen, Gott ja, sind ja selbständige Personen – und dennoch: In eben dieser letzten halben Stunde, schon vor Pfeiffers Aufbruchmahnung gegenüber seiner Frau, muß es zwischen Rosenhag und ihr »gefunkt« (Rosenhag) haben.

Rache? Die neue Frauenfreiheit? Ein Coup de foudre? Kaum. Aber lassen wir das dahingestellt. Der Rest jedenfalls ist insofern rasch erzählt, als ich selber nicht mehr dabei war und alles Wissen um die Dinge brühwarm Rosenhag verdanke, der halt wieder mal seine Schnauze nicht halten konnte – und das war gut so. Denn kurz: Jutta Pfeiffer ging mit Rosenhag nach Hause, in dessen Appartementwohnung, ließ sich von diesem »zweimal durchbumsen« (Rosenhag) – und blieb auch über Nacht.

Am anderen Morgen, immer nach Rosenhag, habe die Pfeiffer zuhause bei ihrem Alten bzw. in dessen Büro angerufen, sie, die Pfeiffer, sei bei Rosenhag, und er, Pfeiffer, solle Boris von der Schule abholen usw. – und sie bleibe nämlich auch noch heute bei Rosenhag. Darauf habe Pfeiffer, so Rosenhag, der es natürlich von Frau Pfeiffer haben muß, mächtig ins Telefon gelacht – und ihr zu dieser »Eroberung« (Rosenhag bzw. Pfeiffer) gratuliert. Er hoffe nur, habe Pfeiffer gesagt, daß sie, die Pfeiffer, sich dabei in ihrem Lebensstil nicht verschlechtere (die Pfeiffers wohnen in einem sehr schicken Jugendstilhaus, Rosenhags Appartement ist Teil einer schäbigen Mietskaserne) – denn der Funk müsse neuerdings auch sehr an Mitarbeitern und Honoraren sparen. Daraufhin nun (das hörte Rosenhag natürlich wieder wörtlich) habe Jutta zweimal ins Telefon gesagt, das hier, ihr Techtelmechtel mit Rosenhag, sei für sie ein »Lernprozeß« und insofern sehr wichtig – zu ihrer Entwicklung oder Reifung oder dergleichen. Nach einigem weiteren und zähen Hin und Her sei das Telefonat beendet worden – und er, Rosenhag, habe bei der Pfeiffer, die dann auch sehr geweint und ihn aber gleichzeitig mit einer Adhoc-Reise ins Elsaß schwer genervt habe, mehr aus Mitleid noch »zwei-, dreimal einen draufgelegt«.

Der Höhepunkt, Umschlag und Abschluß der Geschichte, Rosenhag rollte vielversprechend listig die braunen Augen, sei dann aber erst am nächsten Tag, am Vormittag, passiert. Es habe da nämlich plötzlich an der Tür geschellt, die Pfeiffer sei sofort zusammengezuckt – draußen aber habe der Geldtelegrammbote gestanden und habe Rosenhag 26.80 Mark ausbezahlt – und auf der Zahlungsanweisung habe gestanden: »Eine Stunde Vergütung 26.80 Mark« – Absender: Pfeiffer, Postamt sowieso. Und keine Viertelstunde später, Rosenhag quiekte kurz auf, habe es erneut geschellt – und diesmal sei es der Eilbriefträger gewesen, und dieser haben einen Eilbrief abgeliefert, diesen da – Rosenhag zog bedenkenlos einen Brief aus seiner Jackett-Tasche, schmunzelte genußvoll und reichte den Brief mir zum Lesen. Ich muß diesmal aus dem Gedächtnis zitieren (eine Kopie hatte Rosenhag leider nicht bei sich) – kann mich aber in dieser Beziehung ziemlich auf mich verlassen, trotz meiner 42:

> Lieber Rosenhag, ich erlaube mir, für den Lernprozeß, den Sie meiner Frau gütigerweise angedeihen ließen, den heute durchschnittlichen Stundenlohn eines Facharbeiters zu überweisen, so wie ich ihn nach Rückfrage bei der Gewerkschaft Druck und Papier, der ich Sie aufgrund Ihrer funkischen Tätigkeit wohl zuschlagen darf, in Erfahrung gebracht habe. Ich gebe mich der Hoffnung hin, daß Ihre Bemühungen damit adäquat abgegolten sind und verbleibe mit verbindlichsten Empfehlungen
>
> Ihr Pfeiffer.

Jutta Pfeiffer, so der jetzt eine bedenkliche Schnute ziehende Rosenhag, habe sofort losgeheult und auch den 20-Mark-Schein zerreißen wollen – fast im gleichen Augenblick aber habe wieder das Telefon geschellt, es sei Pfeiffer gewesen, der zuhause oder in seinem Büro nach dem zweiten nächtlichen Ausbleiben seiner Frau wohl doch Muffensausen gekriegt habe – Pfeiffer habe dann in einem langen und offenbar äußerst unguten Telefonat seine Frau doch nach Hause gebeten, vor allem »wegen des Kindes« – zuerst, so Rosenhag, der es von Jutta Pfeiffer hat, habe Pfeiffer noch sehr energisch gesprochen, dann ziemlich bittend. Das habe, nach Rosenhags Einschätzung, den Ausschlag gegeben. Er, Pfeiffer, sei bereit, so angeblich Pfeiffer, das Vorgefallene zu vergessen. Zumal für heute abend Gäste ins Haus stünden und er morgen nach Zürich zum Rechtsanwalt müsse.

Die dumme Kuh – vollendete sehr behaglich seufzend Rosenhag und zündete sich gerissen eine Pfeife an, indessen die ersten Abendessensgäste in den Pizza-Peter drangen – die dumme Kuh sei schon während des Telefonats immer stiller und leiser geworden, dann habe sie nochmals geheult, dann habe sie ihm, Rosenhag, gesagt, sie müsse morgen ohnehin wieder in die Schule (die Pfeiffer unterrichtet kurzzeit), sie werden die beiden Nächte aber nicht vergessen usw. – und dann sei sie auch immer zappeliger geworden und nach etlichem Trara ab und aus dem Haus in ein Taxi – zu seiner Erleichterung, so Rosenhag, seine Beichte fast eilfertig und gleichzeitig wie relaxed hier beschließend.

Mir gefiel nicht, mit welch süffisanter, fast fieser Miene Rosenhag den letzten Teil referierte und dabei ungerührt in seinem Kaffee rührte. Nicht ohne erregte Freude, zugegeben, wollte ich trotzdem noch wissen, wo jetzt die 26.80 Mark seien; und noch erregter fast versuchte ich mir (heraus damit!) vorzustellen, wie Jutta Pfeiffer bei ihrer Hingabe an Rosenhag sich von diesem das sicherlich weiße (rosane?) seidene (batistene?) Sliphöschen vom knackigen Hintern abstreifen ließ; und, hingerissen von ihrer eigenen erotischen Attraktivität, die schlankelastischen Schulterflügel (ich habe die Pfeiffer mal im Bikini gesehen) in die (vielleicht parfümiert perlmuttfarbenen?) Kissen von Rosenhags tütelig französischem(!) Bett drückte, aah! Oder hatte sie doch, wie ich fast vermute, eine dicke strickwollene Unterhose angehabt, durch die Rosenhag dann erst mal hindurch mußte? Ja, doch, ich wäre gern ein Mäuschen unterm Schandbett gewesen, ich wäre auch schon zufrieden damit gewesen, das Grammophon vom Nebenzimmer aus zu bedienen, zur Untermalung (und vielleicht trägt die Pfeiffer ja sogar unverhofft die sündhaftesten Winzigslips, auf jeden Fall in Weiß!) – genug, Rosenhag unternahm eine letzte Anstrengung, durchtrieben und gleichzeitig ein wenig umflort dreinzuschauen, und nuschelte wiederum wie raunend, die 26.80 Mark habe er der Pfeiffer natürlich wieder mitgegeben – den Brief habe er auch retour geben wollen, seufzte Rosenhag nun wie verschmitzt und bestellte eine Tasse Tee mit Milch, aber die Pfeifferin habe gesagt, den solle er, Rosenhag, »vorerst aufheben und später vernichten, wenn du willst, mein Schatz«, habe die Pfeiffer wortwörtlich gesagt.

Womit die Affaire Pfeiffer-Rosenhag dann wohl definitiv geendet hatte, wenn ich Rosenhags Auflachen und die dann folgenden Blicke ins Leere der Theken-Schnapsvorräte richtig deutete. Und tatsächlich kam gleich darauf eine Mamsell in den Pizza-Peter gehuscht, ein Mädchen, das Jutta Pfeiffer sogar ein bißchen ähnlich sah, Rosenhag sofort schnell und aufgeregt abschleckte und gleich darauf freilich wieder verhement abschwirrte. Hah!

Nochmals: Warum ich die Geschichte, trotz Rosenhags Schweigegebot, hier weitergebe und sogar zu Papier bringe? Weil ich sie 1. erregend und 2. schön finde. Und warum finde ich sie schön, ja hübsch? Nun, vielleicht hat mein Freund Eilemann, dem ich sie natürlich dann auch weitererzählt habe, nicht unrecht, wenn er die Geschichte so deutet: Es ist eine seltsam herzerfrischende Geschichte. Zwar verhalten sich alle drei Hauptakteure noch übers gewohnte Maß hinaus albern, töricht, ohne Anmut, ja in einem gewissen strengen Betracht widerwärtig – und alle drei, wie ich ergänzen darf, sind es ja wohl auch wirklich. Aber andererseits macht doch auch wieder jeder in dem Trio gute Figur: 1. Der flachsinnige Rosenhag, weil er, vor nichts zurückschreckend, immerhin sein Heu heimgebracht hat; 2. die schusselige Ehefrau Pfeiffer, die, durchaus nicht unkühn, eine der sicherlich rarer werdenden Gelegenheiten beim Schopf packt, sich ihre Fraulichkeit und im gleichen Atemzug ihre Emanzipation zu bestätigen (und dabei endlich auch mal einen neuen Schwanz kennenzulernen, hahaha!); 3. und endlich und nicht zuletzt freilich auch Pfeiffer selber mit der gewissermaßen apotheotischen Epiphanie seiner majestätischen, erhabenen, ja siderischen Knalldeppenhaftigkeit, dochdoch.

Wäre nicht der Anruf bei einer »Künstleragentur« u. U. noch bezaubernder gewesen? Nein, Eilemann hat abermals recht: der »Facharbeiter«-Tarif ist schon noch besser und gemeiner. Zwar hätte ich persönlich – und da gehen Eilemanns Ansicht und die meine etwas auseinander – es noch lieber gesehen (bzw. gehört), daß Pfeiffer seinen Geld- und Eilbrief-Schmäh noch etwas eskaliert und spezifiziert hätte, etwa dergestalt: »Eine halbe Stunde Theorie 12.20 DM, eine halbe Stunde Praxis 14.60 DM. Quelle: Sockeltarifliste DGB 1984« (nebenbei glaube ich nicht einmal, daß Rosenhags Leistungen 26.80 DM wert waren) – oder daß Pfeiffer (wenn schon, denn schon!) etwas in seinen Brief geschrieben hätte der Art: »Ich darf annehmen, daß Sie bei der mir seit neun Jahren bekannten Gelehrigkeit meiner Frau mit 1 Stunde ausgekommen sind. Die Unkosten für die dabei vermutlich notwendig gewordenen zwei Flaschen Schampus zu übernehmen, kann ich mich beim besten Willen nicht entschließen noch bereit erklären« –

– etc. pp. – eines aber finde ich bei der ganzen schönen Geschichte doch am allerschönsten und rechne es (Eilemann gibt mir hier recht, und das bestätigte am Telefon auch Hanno Rink) allen Beteiligten hoch an – vor allem der Einfallskraft und Energie Pfeiffers (die Scheich-Schule, haha!): Wunderschön finde ich, fast wundersam, daß die gute alte Post auch noch in den unselig dusseligen Kram mit eingeschaltet wurde – und sich auch einschalten ließ! Daß diese verschlafene und so unendlich gutmütige Behörde auch hier, wie täglich hunderttausendmal, noch gute Miene zum doofen Spiel machte und auch noch diesen leidenschaftlichen Scheißdreck perfekt und anstandslos beförderte und erledigte. Ein Hoch deshalb zum guten Ende auf die Post – evviva!

Hans Fallada
Am Anfang war der Schnaps

Vorsichtig ging ich den Weg zu meinem Geschäft, vorsichtig, denn ich wollte es um jeden Preis vermeiden, Magda auf der Straße zu treffen. Dann stand ich auf der anderen Straßenseite im Schatten einer Einfahrt und sah zu den fünf Parterrefenstern meiner Firma hinüber. Zwei, mein Chefbüro, waren erleuchtet, und manchmal sah ich auf den Milchglasscheiben die Schattenrisse zweier Gestalten: Magdas und die meines Buchhalters Hinzpeter. ›Sie machen Bilanz!‹ sagte ich mir mit einem tiefen Erschrecken, und doch war diesem Erschrecken ein Gefühl der Erleichterung beigemischt, weil ich nun die Führung des Geschäftes in den tatkräftigen Händen Magdas wußte. Das sah ihr so recht ähnlich, sofort nach Erfahren der schlimmen Nachrichten sich volle Klarheit zu verschaffen, die Bilanz zu ziehen! Mit einem tiefen Seufzer wandte ich mich ab und ging durch die Stadt hindurch, aus ihr hinaus, aber nicht meinem Heim zu. Was sollte ich auf dem Büro, was in meinem Heim? Die Vorwürfe noch aufsuchen, die mir notwendig gemacht werden mußten, eine Rechtfertigung versuchen, dort, wo nichts zu rechtfertigen war? Nichts von alledem – und, indem ich wieder in das langsam immer dunkler werdende Land hinauswanderte, wurde mir mit schmerzhafter Gewißheit klar, daß ich ausgespielt hatte. Ich hatte, endgültig, meine Stellung und meinen Sinn im Leben verloren, und ich fühlte nicht die Kraft in mir, eine neue zu suchen oder gar um die verlorene zu kämpfen. Was sollte ich noch? Wozu lebte ich noch? Da ging ich dahin, wanderte fort von Kontor, Frau, Vaterstadt, ließ das alles hinter mir – aber ich mußte doch einmal wieder heimkehren, nicht wahr? Ich mußte mich Magda gegenüberstellen, ihre Vorwürfe anhören, mich mit Recht Lügner und Betrüger schelten lassen, mußte zugeben, daß ich versagt hatte, auf eine schmähliche und feige Art versagt! Unerträglich war dieser Gedanke, und ich fing an, mit dem Gedanken zu spielen, gar nicht wieder heimzukehren, in die weite Welt hinauszugehen, irgendwo im Dunkel unterzutauchen, in einem Dunkel, in dem man auch untergehen konnte – ohne Nachricht, ohne letzten Ruf. Und während ich mir das alles – in leichter Rührung über mich selbst – ausmalte, wußte ich doch, daß ich mir etwas vorlog, nie würde ich den Mut haben, ohne Zureden, ohne die Geborgenheit des heimischen Herdes zu leben. Nie würde ich auf das gewohnte weiche Bett verzichten können, die Ordnung des Heims, die pünktlichen, nahrhaften Mahlzeiten! Ich würde heimkehren zu Magda, all meinen Ängsten zum Trotz, diese Nacht noch würde ich heimkehren, in mein gewohntes Bett – nichts da von einem Leben draußen im Dunkel, von einem Leben und einem Sterben in der Gosse! – ›Aber‹, sagte ich mir dann wieder und beschleunigte meine eiligen Schritte noch, ›aber was ist denn eigentlich los mit mir? Ich bin doch früher ein leidlich tatkräftiger und unternehmungslustiger Mensch gewesen. Ein wenig schwach war ich stets, aber das habe ich so gut zu verbergen gewußt, daß es bis heute wohl nicht einmal Magda gemerkt hat; woher kommt die Schlaffheit, die mich seit einem Jahr immer stärker befällt, die mir Glieder und Hirn lähmt, die aus mir, einem immer leidlich anständigen Menschen, einen Betrüger an seiner Frau macht, der den Busen seines Hausmädchens mit befriedigter Lüsternheit betrachtet! Der Alkohol kann es nicht sein, ich trinke ja erst seit heute Schnaps, und die Schlaffheit liegt schon so lange über mir. Was ist es nur?‹ – Ich riet hin und her. Ich dachte daran, daß ich soeben die Vierzig überschritten hatte; ich hatte einmal etwas von den ›Wechseljahren des Mannes‹ reden hören – aber ich wußte von keinem Mann meiner Bekanntschaft, der beim Überschreiten der Vierzig sich so verändert hatte wie ich mich. Dann fiel mir mein liebloses Dasein ein. Ich hatte immer nach Anerkennung und Liebe gedürstet, in aller gebotenen Heimlichkeit natürlich, und ich hatte sie in einem reichen Maße gefunden, sowohl bei Magda wie bei meinen Mitbürgern. Und nun hatte ich sie allmählich verloren. Ich wußte selbst nicht, wie das alles gekommen war. Hatte ich diese Liebe und diese Anerkennung verloren, weil ich schlecht geworden war, oder war ich schlecht geworden, weil mir diese Aufmunterungen gefehlt hatten? Ich fand auf alle diese Fragen keine Antwort: ich war es nicht gewöhnt, über mich nachzudenken. Ich ging immer schneller, ich wollte endlich dorthin kommen, wo es Frieden vor diesen quälenden Fragen gab. Endlich stand ich wieder vor meinem Ziel, vor demselben Dorfgasthaus, das ich an diesem verhängnisvollen Vormittag aufgesucht hatte; ich sah durch die Fenster der Wirtsstube nach jenem Mädchen mit den blassen Augen aus, das mein Mannestum nach einem schamlosen Blick so gering eingeschätzt hatte. Ich sah es sitzen unter dem trüben Schein einer einzigen kleinen Glühbirne, mit irgendeiner Näherei beschäftigt, ich sah es lange an, ich zögerte, und ich fragte mich, warum ich gerade es aufgesucht hatte, in einem Gefühl schmerzender, wollusterfüllter Selbsterniedrigung. Und auch auf diese Frage fand ich keine Antwort.

Aber ich war all dieses Fragens müde, ich lief fast den Plattenweg zum Gasthof hinauf, tastete im dunklen Flur nach der Klinke, trat rasch ein, rief mit verstellter Munterkeit:

»Da bin ich, mein schönes Kind!« und warf mich in einen Korbsessel neben sie. All das, was ich eben getan hatte, glich so wenig dem, was ich sonst zu tun pflegte, wich so sehr von meiner früheren Gesetztheit, meinem gemessenen Benehmen ab, daß ich mir selbst mit einem unverhohlenen Staunen zuschaute, ja, mit einer fast ängstlichen Betretenheit, wie man vielleicht einem Schauspieler zuschaut, der eine sehr gewagte Rolle übernommen hat, von der ganz und gar nicht sicher ist, daß er sie auch überzeugend zu Ende spielen kann.

Das Mädchen sah von seiner Näherei auf, einen Augenblick waren die hellen Augen auf mich gerichtet, die Spitze ihrer Zunge erschien rasch im Mundwinkel. »Ach, Sie sind es!« sagte es dann bloß, und in diesen vier Wörtchen lag wiederum ihr Urteil über meine Person.

»Ja, ich bin es, meine Holde!« sagte ich eilig mit jener mir so fremden Zungengeläufigkeit und Anmaßung. »Und ich möchte gerne wieder eins oder zwei oder auch fünf Ihrer so vorzüglichen Stängchen trinken, und wenn Sie es mögen, trinken Sie mit mir.« »Ich trinke nie Schnaps«, sagte das Mädchen mit kühler Abwehr, stand aber auf, ging an die Theke, holte ein kleines Glas und eine Flasche und schenkte mir am Tisch ein. Sie setzte sich und stellte die Flasche auf den Boden neben sich.

»Übrigens«, sagte sie dann, ihre Näherei wieder aufnehmend, »schließen wir in einer Viertelstunde.«

»Um so schneller werde ich trinken«, sagte ich, setzte das Glas an und trank es aus. »Wenn Sie aber keinen Schnaps trinken«, fuhr ich fort, »so will ich auch gerne eine Flasche Wein oder auch Sekt, wenn es so etwas hier gibt, für Sie bezahlen. Es soll mir nicht darauf ankommen.«

Sie hatte unterdes mein Glas wieder gefüllt, und wieder leerte ich es auf einen Zug. Schon hatte ich alles Vergangene und vor mir Liegende vergessen, ich lebte nur dieser Minute, diesem spröden und doch wissenden Mädchen, das mich mit so offenkundiger Verachtung behandelte. »Sekt haben wir schon«, sagte sie, »und ich trinke ihn auch gerne. Ich mache Sie aber darauf aufmerksam, daß ich mich weder betrinken werde, noch wegen einer Flasche Sekt ins Bett bringen lasse.«

Jetzt sah sie mich wieder an, mit einem vollen schamlosen Blick begleitete sie ihre schamlosen Worte. Ich mußte meine Rolle weiterspielen: »Wer denkt an so etwas, meine Hübsche?« rief ich unbekümmert. »Holen Sie sich Ihren Sekt. Sie sollen ihn unbelästigt in meiner Gegenwart austrinken dürfen. Sie sind«, sagte ich stärker, nachdem ich wieder getrunken hatte, »für mich wie ein Engel von einem anderen Stern, ein böser Engel, den mir mein Schicksal in den Weg gesandt hat. Es genügt mir, Sie anzusehen.«

»Anschauen kostet nichts«, sagte sie mit einem kurzen Auflachen, das böse klang, »Sie sind mir ein seltsamer Heiliger, aber ich denke, ich erfahre noch heute abend, warum Sie so – aufgeregt sind.«

Damit schenkte sie mir wieder ein und stand auf, den Sekt zu holen. Diesmal blieb sie länger fort. Sie zog die Vorhänge vor die Fenster, dann ging sie aus dem Hause, und ich hörte sie die Läden, dann die Haustür schließen. Während sie wieder durch die Gaststube ging, sagte sie im Vorübergehen zu mir: »Ich habe schon geschlossen, es kommt doch keiner mehr. Und die Wirtsleute liegen auch schon im Bett.« Dies sagte sie im Vorübergehen, blieb dann stehen und sagte mit spöttischer Betonung: »Aber deswegen brauchen Sie sich keine Hoffnungen zu machen!« Ehe ich noch antworten konnte, war sie wieder gegangen. Ich benützte die Zeit ihrer Abwesenheit, mir ganz schnell zwei, drei Gläser hintereinander aus der Flasche einzuschenken. Dann kam sie zurück, mit einer goldgeköpften Flasche in der Hand.

Sie stellte ein Spitzglas vor sich auf den Tisch, löste den Draht geschickt mit einigen Biegungen und drehte den Korken aus der Flasche, ohne es knallen zu lassen. Der weiße Schaum troff über den Rand, sie goß rasch ein, wartete einen Augenblick und goß wieder ein. Dann hob sie das Glas zum Mund.

»Ich trinke nicht auf Ihr Wohl«, sagte sie, »denn dann möchten Sie mit mir anstoßen, und für den Augenblick haben Sie genug getrunken.«

Ich widersprach ihr nicht. Mein ganzer Körper war tatsächlich so von Trunkenheit erfüllt, daß sie wie ein schwärmendes Bienenvolk in ihm zu summen schien: keine Stelle war frei von ihr. Sie setzte das Glas ab, sah mich mit eingekniffenen Augen an und fragte spöttisch: »Nun, wieviel Schnäpse haben Sie sich in meiner Abwesenheit eingeschenkt? Fünf? Sechs?«

»Nur drei!« antwortete ich und lachte. Ich kam überhaupt nicht auf die Idee, mich zu schämen, vor diesem Mädchen vergingen einem solche Gefühle vollständig.

»Wie heißt du übrigens?«

»Willst du öfter kommen?« fragte sie dagegen.

»Vielleicht«, antwortete ich etwas verwirrt. »Wieso – ?«

»Wozu willst du sonst meinen Namen wissen? Für die halbe Stunde, die wir hier noch sitzen, reicht ›kleine Hübsche‹ oder wie du sonst sagst, vollkommen ...«

»Also sag deinen Namen nicht«, rief ich, plötzlich gereizt.

»Wie egal mir das ist!«

Ich griff zur Flasche und schenkte mir wieder ein. Schon jetzt war mir klar, daß ich völlig betrunken war und daß ich nicht mehr weitertrinken durfte. Dennoch blieb der Hang weiterzutrinken stärker. Das farbige Gespinst in meinem Hirn verlockte mich, die nie betretenen dunklen Dickichte in meinem Innern reizten meinen Fuß; ferne rief leise nach mir eine Stimme, ich wußte nicht was, jedenfalls Lockung ...

Ich weiß nicht, ob ich öfter hierherkommen werde«, sagte ich hastig. »Ich kann dich nicht ausstehen, ich hasse dich, und trotzdem bin ich heute abend zu dir zurückgekehrt. Heute früh habe ich den ersten Schnaps meines Lebens getrunken, du hast ihn mir eingeschenkt, du hast dich mit ihm eingeschlichen in mein Blut, vergiftet hast du mich! Du bist wie der Geist des Schnapses: schwebend, trunkenmachend, feil ...«

Ich sah sie an, atemlos, selbst am meisten überrascht von diesen Worten, die aus mir sich hinausschleuderten, ich wußte nicht woher ... Sie saß mir gegenüber. Ihre Näherei hatte sie nicht wieder aufgenommen. Die Beine ohne Strümpfe in roten Schuhen hatte sie übergeschlagen, und den Rock ein wenig von den Knien zurückgeschoben. Die Beine waren etwas derb, aber lang und schön gefesselt. An der rechten Wade sah ich ein fast pfenniggroßes, braunes Muttermal – das schien mir schön. In der Hand hielt sie eine Zigarette, sie blies den Rauch breit durch die fast geschlossenen Lippen, ohne Zwinkern sah sie mich an.

»Nur weiter, Väterchen«, sagte sie, »du entwickelst dich ... nur weiter ...«

Ich versuchte nachzudenken. Wovon hatte ich eben noch geredet? Das Verlangen, sie zu umarmen, sie zu betasten, wurde fast übermächtig in mir. Aber ich lehnte mich fest in meinen Korbsessel zurück, ich klammerte mich mit meinen Händen an die Lehne. Plötzlich hörte ich mich dann wieder sprechen. Ich sprach ganz langsam und sehr deutlich, und doch war ich atemlos vor Erregung. »Ich bin ein Kaufmann«, hörte ich mich sagen. »Ich hatte ein recht gutes Geschäft, aber jetzt stehe ich vor dem Bankrott. Sie werden mich auslachen, alle, alle, meine Frau zuerst ... Ich habe viele Fehler gemacht, Magda wird sie mir alle vorhalten. Du weißt doch, Magda ist meine Frau ...?«

Sie sah mich unverwandt an, mit ihrem sehr weißen, wie gepuderten Gesicht, das etwas Gedunsenes hatte; hoch und gewölbt standen in ihm über den fast farblosen Augen die dunklen Brauen.

»Aber ich kann noch Geld herausziehen, aus dem Geschäft, ein paar tausend Mark. Ich täte es schon, um Magda zu ärgern. Magda will das Geschäft retten. Ist sie mehr als ich? Ich könnte das Geschäft verkaufen, ich weiß auch schon an wen, es ist eine ganz junge Firma. Er würde mir zehn-, vielleicht auch zwölftausend Mark dafür geben, wir würden auf Reisen gehen ... Warst du schon einmal in Paris?«

Sie sah mich an, keine Zustimmung oder Verneinung war auf ihrem Gesicht zu lesen. Ich redete weiter, schneller, atemloser.

»Ich war auch noch nicht dort«, fuhr ich fort, »aber ich habe davon gelesen. Es ist die Stadt der baumbestandenen Boulevards, der weiten Plätze, der laubigen Parks .... Als Junge habe ich ein bißchen Französisch gelernt, aber ich kam zu früh von der Schule, die Eltern hatten nicht Geld genug. Weißt du, was das heißt: ›Donnez-moi un baiser, mademoiselle‹?«

Kein Zeichen von ihr, nicht ja, nicht nein.

»Es heißt: ›Geben Sie mir einen Kuß, mein Fräulein.‹ Aber zu dir müßte man sagen: Donnez-moi un baiser ma reine! Reine, das heißt Königin, und du bist die Königin meines Herzens, du bist die Königin des Giftes, das in Flaschen verkorkt wird, gib mir deine Hand, Elsabe – ich werde dich Elsabe nennen, Königin – ich will deine Hand küssen ...«

Sie goß mir das Glas voll.

»Da, trink das noch, und dann gehst du nach Hause. Genug – du hast genug getrunken, und ich habe genug von dir. Du kannst die Flasche Korn mitnehmen, du mußt die ganze Flasche bezahlen, zum Gaststubenpreis. Das ist kein Nepp, komm mir morgen nicht, daß ich dich geneppt habe; du hast dir selber eingeschenkt, ich weiß nicht, wieviel ...«

»Rede nicht, Elsabe«, sagte ich prahlerisch-weinerlich. »Nie würde ich so etwas tun! Was ist Geld -!«

»Lehre du mich die Männer kennen! Wenn ihr voll und geil seid, schreit ihr: ›Was ist Geld?‹ Und am nächsten Morgen kommt ihr mit dem Gendarmen und schreit von Nepp. Der Korn und der Sekt und meine Zigaretten – das macht zusammen ...«

Sie nannte eine Summe.

»Wenn es nicht mehr ist!« rief ich wieder prahlerisch und riß meine Brieftasche hervor. »Hier hast du -!«

Ich legte ihr das Geld hin.

»Und hier ...«, ich nahm einen Hundertmarkschein und legte ihn daneben, »der ist für dich, weil ich dich hasse und weil du mich vernichtest. Nimm ihn, nimm ihn schon. Ich will nichts von dir, gar nichts! Geh. Ich habe dich schon so im Blut, ich kann dich nie mehr besitzen, als ich dich in mir habe. Wahrscheinlich bist du öde und langweilig, du bist nicht von hier, natürlich aus irgendeiner Großstadt, wo du alles gelassen hast – das sind ja nur Reste!«

Wir standen uns gegenüber, das Geld lag auf dem Tisch, das Licht war düster. Ich schwankte leise über meinen Füßen, die fast halb geleerte Kornflasche hielt ich am Halse in meiner Hand. Sie sah mich an.

»Steck dein Geld ein!« sagte sie flüsternd. »Nimm dein Geld vom Tisch ... Ich will dein Geld nicht ... Geh ...«

»Du kannst mich nicht zwingen, das Geld wieder zu nehmen, ich lasse es liegen ... Ich beschenke dich, Königin des klaren Korns, Elsabe genannt, ich gehe ...«

Ich ging mühsam auf die Tür zu, der Schlüssel steckte von innen, ich mühte mich, ihn im Schloß zu drehen ...

»Du«, sprach sie dicht hinter mir, »du ...«

Ich drehte mich um. Ihre Stimme war leise gewesen, aber voll und sanft, alles Spröde war aus ihr gewichen.

»Du ...«, wiederholte sie, und in ihren Augen war jetzt Farbe und Licht, »du – willst du?«

Jetzt war ich es, der sie nur schweigend ansah.

»Zieh deine Schuhe aus, sei leise auf der Treppe, die Wirtsleute dürfen dich nicht hören. Komm, mach schnell ...«

Schweigend tat ich, wie sie mir geheißen. Ich wußte nicht, warum ich es tat. Ich begehrte sie jetzt nicht, so begehrte ich sie nicht.

»Gib mir die Hand!«

Sie knipste das Licht aus und führte mich an der einen Hand, in der anderen Hand hielt ich noch immer die Kornflasche. In der Schankstube war es völlig dunkel, ich schlich ihr nach. Durch ein kleines staubiges Fenster fiel auf die verwinkelte enge Stiege Licht vom Mond. Ich schwankte, ich war sehr müde. Ich dachte an mein Bett daheim, an Elsabe, voller Wünsche an den weiten Weg nach Haus.

Es war alles zuviel. Der einzige Trost war die Flasche Korn in meiner Hand, sie würde mir Kraft spenden. Am liebsten wäre ich stehengeblieben und hätte schon jetzt einen Schluck aus der Flasche genommen, so müde war ich. Die Stufen knarrten, die Tür zur Kammer ächzte leise, als sie geöffnet wurde. Auch in der Kammer war Mondschein. Ein Bett, das zerwühlt war, ein eiserner Waschständer, ein Stuhl, ein Kleiderrechen an der Wand ...

»Zieh dich aus«, sagte ich leise, »ich komme dann gleich.« Und mehr zu mir: »Gibt es hier Sterne?«

Ich trat ans Fenster, das den Blick in einen Obstgarten freigab. Ich öffnete einen Flügel; lau wie eine zarte Liebkosung kam die Frühlingsluft herein, voll von Düften und sanftem Wind. Unter dem Fenster lag das schräge Teerdach eines Schuppens.

»Das ist gut«, sagte ich wieder leise, »dieses schräge Dach ist sehr gut ...«

Ich konnte den Mond nicht sehen, er stand hinter dem Hausdach mir zu Häupten. Aber sein Licht erfüllte mit einem weißlichen Schein den Himmel, nur die stärksten Sterne waren zu sehen und auch sie nur matt. Ich war unzufrieden und gereizt.

»Komm schon«, rief sie ärgerlich vom Bett her. »Mach ein bißchen schnell! Denkst du, ich brauch keinen Schlaf?!« Ich drehte mich um, ich neigte mich über das Bett. Sie lag auf dem Rücken, bis zum Halse zugedeckt. Ich streifte die Decke zurück und legte einen Augenblick mein Gesicht gegen ihre nackte Brust. Kühl und fest. Sachte atmend, kühl und fest. Es roch gut – nach Haar und Fleisch.

»Mach doch zu!« flüsterte sie ungeduldig. »Zieh dich aus – laß den Unsinn! Du bist doch kein Schüler mehr!«

Mit einem tiefen Seufzer richtete ich mich auf. Ich ging an das Fenster, nahm die Flasche und schwang mich hinaus auf das Schuppendach. Ich hörte einen ärgerlichen zornigen Ruf hinter mir. Aber ich ließ mich schon hinab in den Garten.

»Besoffener alter Trottel!« rief sie oben, dann schlug das Fenster zu.

Ich stand zwischen Büschen, ich roch den Duft des Flieders. Die Frühlingsnacht war ganz rein. Ich setzte die Flasche an den Mund und trank lange –.

Gisbert Haefs
Liebe, Tod und Münstereifel

Es war einer dieser lausigen Sommerabende. Die Sonne wollte nicht sterben; der sengende Ball hing oben in blauer Öde. Unten titschten Spiegelbilder auf dem Rhein, der leise plätscherte und laut stank. An solchen Tagen hasse ich Flüsse, weil sie zu einem Meer unterwegs sind, während ich in der Maserung meines Schreibtischs einen Punkt suche.

Es war heiß wie in einem gläsernen Käfig. Wenn der Himmelskokon aufreißt, heißt das sonst, daß etwas aus der Absurdität des Kosmos über uns hereinbricht, die vernünftigen Inselchen, die man sich einbildet, überflutet und den versponnenen Larven beweist, daß sie Puppen sind und das ordentliche Universum Gespinst. Aber an diesem Tag hätte ich viel für ein bißchen Chaos gegeben; Hauptsache, mit Wind.

Ich mühte mich mit einem Psychokrimi, aber die Personen wollten nicht wie ich. Sie waren überaus gründlich entworfen;

mit diesem Rüstzeug machten sie sich nun selbständig. Eigentlich sollten sie einander in der Hitze einer Großstadt umbringen. Doch wie ich da saß und schrieb, glitschten sie mir aus den feuchten Fingern. Im Gewebe, mit dem ich sie umgeben hatte, fand ich keinen Riß, das Chaos einzulassen und düstere Lawinen ins Gleiten zu bringen. Die beiden entwickelten sich zueinander hin, begannen eine erfolgverheißende Romanze und wollten zusammen in Urlaub fahren, auf irgendeine verdammte Insel.

An diesem Punkt gab ich auf, deprimiert von soviel Harmoniesucht und Vernunft. Ich überlegte, wen ich anrufen könnte, mich aktiv auszuweinen. Blicke auf Kalender und den wuchernden Stapel Ansichtskarten belehrten mich jedoch eines Schlechteren. Alle Bekanntschaften mit zugänglichem Bermudadreieck waren auf den Bahamas, Seychellen, Aleuten oder Kanaren.

Also zog ich ein frisches Hemd an und in *Die Fremde*. Der Name des kleinen Lokals am rechten Rheinufer ist mißverständlich. Hein, der Besitzer, hat keine auswärtigen Verhältnisse; (er redet jedoch oft von sejner kalten Hejmat, einer verklärten Insel im Ostland. Hein ist Profivertriebener. Anders als der große Schlesier Hupka wurde er zwar nicht auf Ceylon geboren, aber jedenfalls fern von Keenichsbarch, und zwar nach dem Krieg. Er wuchs im Rheinland auf. Nach einem läßlichen Studium der Volkswirtschaft hat er die Kneipe übernommen. Seitdem poliert er an einem ostischen Akzent herum, spricht aber immer sauber, wenn echte Ostpreußen am Tresen hängen. Oder wenn er nicht aufpaßt.

»Na, Mannchen, schon so früh fertig mit dem Dichten?« Er musterte mich kühl, und weil ihm, was er sah, wie üblich mißfiel, runzelte er die Stirn.

»Fix und. Hast du mal nen sauren Wein mit Wasser für mich?«

»Passend zur Laune, was? Jungchen, siehst aus wie n Kindersarch.« Er steckte die vom Akzent schwielige Zunge in die Luft, bückte sich ächzend und kramte im Flaschenkühlschrank. »Das rejcht nech wejt, das est man nur noch n Restchen. Ech hol was Nachschub. Du siehst nech so drejn, als werdste jlejch wieder jehn.« Er rümpfte die Nase und schlurfte von hinnen.

Wenn er nicht gerade stirbt, öffnet Hein immer Punkt fünf. Egal, ob jemand was trinken will oder nicht. An diesem späten Nachmittag waren wir beide allein im Lokal. Ich drehte den Barhocker so, daß ich durch die offene Tür hinausschauen konnte, aber auch das deprimierte mich. Nebenan befindet sich ein Reisebüro, und die großbusige Brünette auf dem Poster warb für Zonne, Zand, Zurf und Zex. Sie hatte weiße Zähne und quoll aus der geringfügigen Garderobe. Ich war dabei, mich einzuseufzen, als Hein zurückkam.

»Ssso, da. Drej Fläschchen. Mejnste, s rejcht firs erste?«

Er holte zwei Pokale aus einem Schrank, türmte Eisklumpen hinein und goß Wein und Kribbelwasser darüber. »Nu sach, was est los met dem Jedecht?«

Ich trank einen großen Schluck und legte die Zigaretten auf den Tresen. »Na, nix is. Die wollen alle nich so wie ich.«

»Ach was! Erzähl mal.«

»Im Prinzip ist das ganz einfach. Zwei junge Leute, er und sie; beide aus heilen Familien ...«

»Schrejpste nu auch schon Ketschromane?«

»Nee. Soll n Psychokrimi werden. Nicht so einer, wo jemand ne böse Kindheit hatte und dann was Böses tut; das ist ja banal. Nee – einer mit netten Leuten, die wirklich unheimlich nett sind, und plötzlich bricht im Netten das Unheimliche auf. Passiert im Leben ja dauernd; vielleicht ist das auf Papier aber besser organisiert als in der Wirklichkeit. Wie gesagt, heile Familien, alles gesund, keine politischen Überzeugungen oder andere erbliche Geisteskrankheiten, nicht zu viel Geld, aber auch nicht zu wenig. Liebe Eltern, alles Friede, Freude, Eierkuchen. Und die beiden jungen Leute rutschen in was rein – so ähnlich, hab ich mir gedacht, wie *Wer hat Angst vor Virginia Woolf*, aber irgendwie ... Ich weiß nicht, irgendwie stimmen die Zutaten nicht. Alles, was dabei rauskommt, ist *Romeo und Julia* ohne böse Verwandte.«

»Ah bah bah, kamman nechts machen, wie?« Hein deponierte seine Wampe auf dem Spülbecken und ließ in unregelmäßigen Abständen einen Hosenträger, den er mit dem Daumen spannte, auf sein kariertes Hemd klatschen. Eine Form der chinesischen Wasserfolter. Der Schweiß troff ihm von der Glatze. Ich will nicht behaupten, daß ihn meine Geschichte nicht interessierte, aber es war mühsames Wetter. Wir tranken eine Weile stumm gegeneinander an.

»Harrum, humph, humph. Echa, echa. Eh, ah – Räuberskat?«

Ich schob Glas und Zigaretten sowie Aschbecher beiseite und nickte.

Hein kramte ein Spiel hervor, mischte, legte die Karten auf dem Tresen zurecht, zur Hälfte offen, zur Hälfte verdeckt. »Du best.«

Wir spielten und tranken. Irgendwann fühlte ich mich beobachtet und drehte mich um, aber es war nur die großbusige Brünette auf dem Poster. Vielleicht hatte sie den bösen Blick.

Einige Zeit später fuhr Hagen draußen vor. Das Röhren und Nadeln seines alten Diesel war nicht zu überhören. Hagen lebt von all jenen, die zuviel Geld oder zuwenig Zeit für öffentliche Verkehrsmittel haben. Woran man sieht, daß Zeit nicht immer Geld ist. Er gehört zu jener Sorte Rheinländer, die meint, sie spreche ohne Akzent. Er ist klein, dunkelhaarig und trägt ein Menjoubärtchen, das er für schmuck hält. Beim Reden faßt er sich oft an die Nase, und da er viel redet, ist sie ziemlich abgegriffen. Er begrüßte uns – es war kurz vor Sonnenuntergang, endlich – mit einer komplizierten Formel, die er einem norddeutschen Fahrgast abgelauscht hat.

»Moin moin. Tuste mir n Wasser, Hein? – Puh, wat en Tach.« Er kletterte auf den Schemel zu meiner Rechten, hechelte wie ein Saharawanderer, folgte Heins Bewegungen mit gierigen Stechaugen, packte das Glas und gurgelte. »Ahhh. Jetz jeht et besser.«

Er leckte sich die Lippen und sah uns abwechselnd an, mit jenem lauernden Ausdruck, der Hein und mir verriet, daß nun eine Geschichte kommen würde. Kein Witz, nein, eine Story. Der Wettbewerb zwischen uns dreien lief seit etwa einem Jahr. Hein hatte sich mal beklagt, daß abgesehen von den Amokläufen der Irren auf dem anderen Ufer, als wie Bonn, nichts passiert; daß man, abgesehen von Witzen mit langen Bärten, keine vernünftigen Geschichten mehr zu hören bekommt. Es stand inzwischen 20:10:10 für Hagen, der als Taxifahrer mehr hört, als Hein und ich erfinden können.

»Also, isch hatt heut en Fuhre nach Wahn, zum Fluchhafen. Wie isch mein Passagier abjesetz hab, will isch noch ene Kaffe trinken. Un jetz rat mal, wen isch da treff?«

Hein schloß die Augen. »Den ganzen Effzeh.«

Der Vorschlag war plausibel; Hagen ist zahlendes und fanatisches Mitglied des 1. FC Köln.

»Nää, Quatsch, die ham doch Sommerpaus. Nee. Hoffmanns Willi.«

»Hoffmanns Willi? Nejn aber auch. Wie kommt der nach Wahn? Säuft er jetzt Fluuchbenzin?«

Auch das war plausibel. Willi Hoffmann ist, wie man so sagt, Sportinvalide; ein ehemaliger Lehrer, der es durch jahrelanges konzentriertes Trinken zum Frühpensionär gebracht hat.

»Den hab ich ewig nicht gesehn«, sagte ich. »Nicht, daß ich ihn vermißt hätte.«

Hagen antwortete zunächst nicht. Er zupfte an seiner Nase, legte die Schlüssel auf den Tresen, steckte den Finger durch den Schlüsselring und zog damit Kreise auf sonorem Untergrund. »Tja, Hoffmanns Willi«, sagte er schließlich. »Isch steh da un trink Kaffe, un da komp de Willi an, sieht misch, wink un fährt mit de Rolltrepp nach unten.«

Hein schüttelte den Kopf. »Wieso kommt er an? Etwa wie met dem Fluuchzeuch?«

»Jenau. Isch trink aus un lauf runter. Unten steht Willi mi'm Flachmann inner Hand un jlotz auf et Rollband, wo se de Koffers spazierenfahren tun. Isch hau ihm auf n Rücken un sach: ›Mann, Willi, wo kompße her?‹ sach isch. ›Lang nit jesehn. Wo waaße?‹ Mensch, also der haat en Fahn, da hätt en janz Rejiment denen ihr sein Fahneneid drauf ableje künne, un dann wär se noch nit abjenutz.«

Hein brummelte irgendwas Unverständliches.

Ich sagte: »Hör mal, die Fahne hat der Willi seit Jahren. Die ist eingebaut. Das ist nichts Neues. Aber was macht Willi im Flughafen?«

Ich hatte Mühe, mir das vorzustellen. Willi Hoffmann war eine Ruine, der man die frühere Wehrhaftigkeit kaum noch ansah. Er gehörte zu den Säufern, die nicht aufquellen, sondern schrumpeln. In Kneipen, auf Parkbänken, notfalls im Gully konnte ich ihn mir ausmalen, aber nicht als aussteigenden Passagier im Flughafen Köln-Wahn.

»Hab isch misch auch jefraach. Er kuck misch so komisch an un sach: ›Biste frei?‹ Isch sach: ›Klaa‹. ›Jutt‹, sacht er, ›fährße misch na Bonn, dann erzähl isch disch n Jeschisch.‹ Dann komp sein Koffer vorbeijeschwommen, un wir jehn zum Waaren. Un dann hat er erzählt. Junge, Junge, Mann, also nee.«

Hein hängte die Linke ins Spülbecken, klemmte sich mit dem rechten Arm hinter die Zapfhähne und starrte an die Decke.

»Nun mach schon!« sagte ich.

Hagen rümpfte die Nase und schielte mich an, von der Seite. »Wat für disch, du Schriffsteller. Jlaubt einem keiner, wemman et schreip. – Also. Willi war Weihnachten et letzte Mal hier im Lokal, Hein. Dahinten, am zweiten Tisch, da hat er mit wem jeflüstert un Jeschäfte jemach. Wißter noch?«

»Ich war nicht dabei.«

»Mechte sejn, mecht es. Aber est das werklech so lange her?«

»Sacht er jedenfalls. Also, der Willi war ja mal verheirat, ne? Dem sein Frau is aber at lang dood. Un die Mutter vun die Frau, Willi sein Schwiejemutte, die haat jett an de Föößß. Als wie dem Willi sing Frau jestorve is, da hat die Ahl ihr Testamang jeändert. Weil se ja jewuß hat, dat de Willi schluck, da hat se, wie ihr Tochter affjekratz is, all ihr schön Jeld dem Willi sein Tochter vermach, ihr sein Enkelin, damit nit de Willi alles kritt un versaufe tut. Klar? Jutt. Also, dem Willi sein Tochter, dat war en lecker Määdsche ...«

Hein hob die kahle Stirn. »Esse nech jestorben, em vorjen Jahr? Un war se nech ejn wänech ...« Hier nahm er die Hand aus dem Spülbecken und deutete mit dem tropfenden Zeigefinger auf seine Schläfe.

»Ja. Schlitzofrähn, dat war se. Se is ävver nit jestorve, se hätt sisch opjehange.«

Ich dachte an das zierliche Mädchen mit dunklem Haar und huschenden Augen. Dann riß ich mich zusammen. »Moment. Zement mal. Das wird doch wieder eine von deinen kastratophalen Bandwurmgeschichten. Wo ist da zum Bleistift vorn? Von hinten nicht zu reden. Willis Frau ist tot, seine Schwiegermutter hat ein Testament zugunsten von Willis Tochter gemacht, die Tochter ist schizophren, und Willi steigt in Köln aus nem Flugzeug. Gibts da auch ne Pointe?«

»Kommt alles. Ein Jeeschlisches hat sein Zeit. Sing Zick. Steht schon in der dings, Bibbel. Paß op. Willi sein Tochter hat sisch nämlisch nit einfach so aufjehänk, sondern weejen Obdachslosischkeit. Dabei hatte se ne Eijentumswohnung in Münstereifel. Aber die war vermietet.«

An dieser Stelle nahm Hein den Arm von den Zapfhähnen, deutete anklagend auf Hagen, schüttelte den Kopf, grunzte, hängte auch die zweite Hand ins Spülbecken und öffnete sehr langsam den Mund. »Nejn, ech werd es nech saaren. Hat ja doch alles kejn Zweck nech.«

Hagen räusperte sich. »Also, so weit is alles klar, ne? Dem Willi sein Tochter hatte ne Fründ. Aber wie dat nun mal so is, der hat auch nen Wischer. Nen Hau. Der Jung is nämlich rauschjiftisch.«

Ich zuckte zusammen. »Bitte, *was* ist er?«

»Rauschgiftick. Elleßdeh un so. Un der wohnt zu Haus. Isch jlaub, de Vater is Anwalt oder Arz. Un ihr wiß ja, wie die junge

Lück so sin, mit Moral un Rücksisch op de Famillisch un esu – auch nit besser wie wir. Jedenfalls hat der Jung sin Fründin, dem Willi sein Tochter, bei sisch zu Haus einquartiert.«

»Du hast aber doch eben gesagt, sie hat sich wegen Obdachlosigkeit aufgehängt. O Mann, das halt ich nicht aus. Hein, mach mir noch n Weinchen.«

Hagen rülpste prophylaktisch. »Un mir noch en Wasse. Isch muß noch fahren. – So. Jetz hat die Sach aber ene Haken.«

»Einen Haken? Einen bloß? Hein, er hat gesagt, die Sache hat einen Haken.«

»Schnauze. Dä Haken is der. Dem Jung sing Vadder hat nämmlisch Krepps. Un kurz vor Weihnachten hat er jesach: ›Das ist wohl meinen letzten Weihnachten zu Haus. Ein rauschjiftiger Sohn un Krepps, dat reisch. Dat fremd Määdsche mit ihr komische Aure will isch nit och noch am Weihnachten dabeihan.«

»Nech janz onverständlich, mecht ech saaren.«

»Klar. Sowieso alles ganz klar und verständlich. Der Vater ist krank, der Sohn ist rauschgiftig, wie du so schön sagst, Willis Tochter ist einquartiert, hat außerdem ne Eigentumswohnung in Bad Münstereifel, hängt sich aber wegen Obdachlosigkeit auf, und Willi steigt in Köln mit ner Fahne aus nem Flugzeug. Sollen wir jetzt nen Wettbewerb machen – wer konstruiert daraus die blödeste Geschichte?«

»Nit nöddisch. Hat das Leben schon jeschrieben, wie es heiß. Also. Dä kranke Vadder will Weihnachten im Schoß vunne Famillisch feiern. Dä rauschjiftije Sohn versuch, Willi sein Tochter, ihm singe Fründin, im Krankenhaus zum bringe, für über die Taare. Der jing et nämlisch jrad besonders dreckelisch. Die war ja schizodinges, un ausjereschnet bei *dem* Zeitpunk war se auwem Schubs, heißt dat, jlaub isch. Un et war jrad aaschkalt, da kunnt mer nit drusse übernäschtije. Aber: Keiner will se haben, nit emal et Ellkahah. Also jeht se nach ihre Vadder, Hoffmanns Willi, Profisäufer. Der Vadder vom Fründ hat Krepps, de Fründ jeht auf enem Weihnachtstrip, dat Määdsche hat enen Schubs, un Willi is jrad breit wie ne Natter un voll wie ne Zecke, im Delirigum. Un da hat die Kleen sich opjehange, auwem Speischer, mit en Wäschelein.«

Wir waren ganz andächtig. Eine ganze Weile sagte keiner etwas. Ich sann.

Irgendwann seufzte Hein. »Ja ja. Ach ja. Nein nein nein. Nejn.«

Hagen schlürfte sein Wasser, als ob es sich um alten Burgunder handelte, von dem er nichts versteht. Dann schmatzte er und kam zum Höhepunkt. »Dat war aber nit de einzije Todesfall in de Famillisch. Paa Monat oder Woche fürher war nämlisch dem Willi sein Schwiejemutte jestorve, die mit dem Testamang. Und die haat ihr Enkelin, als wie dem Hoffmanns Willi sein Tochter, an die achtzischtausend in bar vermach, un die vermietete Eijentumswohnung im Rentnerparadies Bad Münstereifel. Haat se ihr Enkelin vermach, damit dat de versoffene Herr Schwiejesohn et nit all kritt. Un wie die Kleen sich aufhänk, da kritt Willi jetz doch alles, wo er ja de nääxte Verwandte von sein Tochter is. – Isch muß mal. Rest komp nach.«

Hagen setzte sein Wasserglas ab und verschwand. Immer, wenn er längere Geschichten zu erzählen hat, geht er vor der Pointe aufs Klo – übrigens ein feiner rhetorischer Trick. Jemand wird ihn dafür mal umbringen.

»Mannchen, Mannchen, nu wie wird das bloß ausjehn? Ond, nech zo verjessen, wie kommt Willi em Fluuchzeuch?« Hein beugte sich vor; er schien zutiefst besorgt.

»Na, mit dem Geld, das er von seiner Tochter geerbt hat, das sie von ihrer Oma geerbt hat, das Willi nicht kriegen sollte. Ist doch ganz einfach. Bloß – warum fliegt er durch die Gegend, wo er doch in Bonn genauso absaufen kann?«

»Ach ja. Todesfälle ond Erbschaften. Soll man de Finger von lassen. Emmer bloß Dorchejnander. Hastu das aus Australien gelesen?«

»O bitte nein. Nu komm du nich auch noch mit so was an. Was ist denn in Australien? Hat da ein totes Känguruh einen gebügelten Bumerang vererbt?«

»Nejn nejn nejn. Viel schöner. Ejn älteres Ehepaar. Haben emmer Kender haben jewollt, aber nech kriejen jekonnt kejne. Ich jlaub, de Frau hat se nech können austraaren. Erjendwas war bej ihr zo wejch, da onten. Oder so. Nu hat aber doch de Technek Fortschrette jemacht.«

»Bloß Hagens Erzähltechnik nicht.«

»Eh, ja. Nu send aber diese Australier, de bejden, stenkrejch send se jewesen, deshalb hat es doch noch jeklappt met dem Nachwochs, sonst hätten se sech das auch nech lejsten jekonnt.«

»Was? Das Klappen?«

»Quaatsch, Mannchen. Die ham den Embryo rausjenommen ond ejnjefroren. Se ham ihm em Testament jesetzt ond ejne Frau jesucht, die wo ihm soll austraaren. Fier viel Jeld. Die ham se aber noch nech jefonden, da send se bejde met dem Fluuchzeuch ronterjefallen. Viellejcht auch met dem Auto vor ejnen Baum jefahren.«

»Eukalyptus?«

»Ejal – jedenfalls send se bejde kapores.«

»Und du meinst, jetzt ist der Willi in Australien gewesen, mit dem Flugzeug, und hat den Embryo samt Röhrchen und Kühlschrank adoptiert?«

»Nejn. So nech. Nech so. Aber die Australier, de bejden, die ham ejnijes an Milliönchen henterjelassen. Ond em Testament steht, das est alles fier das Kendchen. Das Kend est aber noch em Röhrchen. Ond nu zerbrechen se sech da onten den Kopf, ob ejn jefrorener Embryo em Erbe rejntreten kann.«

»Toll. Ich weiß, wie man das noch komplizierter machen kann. Waren die Eltern katholisch?«

»Wejß ech nech. Wieso?«

»In der katholischen Kirche gibt es, oder gab es mal, eine Taufe unter Vorbehalt. Die wird oder wurde erteilt, wenn man nicht sicher sagen kann, ob das, was da im Taufbecken krault, wirklich ein Mensch ist.«

»Ej. Ejejej. Was soll es sonst sejn?«

»Na, ne Mißgeburt, n Minotaurus, n Bayer, n Ostprejße. Was wejß ech denn. Jedenfalls kann ein Kind erst nach der Geburt getauft werden. Eine Seele hat es schon vorher, sonst dürfte man ja katholisch abtreiben. Die Seele darf aber erst nach der Geburt durch die Taufe gerettet werden, vorher is nix mit Erlösung. Taufe im Mutterleib gibts nicht. Da stellt sich nun die Frage – gibst du mir noch was zu trinken? – ob ein tiefgekühlter Embryo nicht streng nach Kirchenrecht das Ergebnis einer kalten Abtreibung ist. Ob man in diesem Fall die Seele schon vor der Geburt retten kann. Ob Abtreibungen getauft werden dürfen, wenn sie nur tief genug gekühlt sind. Und ob jemand, bevor er katholisch getauft werden kann, eine bestimmte Mindesttemperatur haben muß.«

Er sah mich tieftraurig an. »Do best jenau so verröckt wie der da.«

Der da kam beschwingten Ganges wieder zu uns, erklomm den Schemel, nahm einen Schluck Wasser und gurgelte. »Grrmp. Wo waa isch? Ah ja. Also, dä rauschjiftije Jung kann dat Määdsche nit im Ellkahah loswerden, dä eine Vadder is krank, dä andere im Delirigum, da hänk se sisch auf. Un Hoffmanns Willi erbt von seine Tochter alles – achtzischtausend in bar un die Wohnung in Münstereifel. Wert unter Schwestern hundertfuffzisch.

Ävve satt. – So. Un wat meint ihr, wat er mit de Wohnung jemach hat?«

Wir schwiegen, eisern und erbarmungslos.

»Verscheuert hat er se. Hier, Hein, in deim Lokal, do drübe an dä Tisch, wie er et letzte Mal hier war. Bar übern Tisch hat er de Wohnung verscheuert. Für fuffzischtausend.«

Ich war stumm und ergriffen und wartete auf das Ende der Geschichte. Vor dem ich mich fürchtete. Hein blies die Wangen auf und ließ die Luft mit einem Knall entweichen.

»Fumsich Mille fier ne Wohnung en Minsterejfel?! En mejner Knejpe? Ech jlaub, mech beharkt n Kolibri!«

»Disch behark jleisch noch janz wat anderes. Dat jeht nämlisch noch weiter. Also wigge. Willi hat sein Tochter einäschern lassen. Wie er dat jemacht hat, weiß isch nit, ävve dä hat et jeschaff, dabei de Urn zu klemme oder zu vertausche. Zuhaus hat er die Asch von sein Tochter in klein Säckschens omjefüllt. Mir hat er jesach, er wär ja schließlisch och n bißjen Schuld an sein Tochter ihr Tod. Un da wär dann so ne Beerdijung in Bonn zu wenisch. Ihr wiß ja, dä kann schon mal so jelehrt labern. War ja och n Lehrer, bis er sich da rausjesoffen hat. Jedenfalls hat er mir jesach: ›Meine Tochter hat eine weitschweifige Beerdigung verdient. Sie soll zu den Elementen heimkehren, aus denen sie gemacht ist. Vier sind es in der klassischen Sehweise – Feuer, Wasser, Erde, Luft. Se is verbrannt worden; en Teil von ihr is als Rauch in de Luff jejange. En Teil liesch inne Ääd. Et fehlt dat vierte Elemang: Wasse.‹«

Hein holte tief Luft. »Hahhh! Und?«

»Un jetz fliesch er mit dem Jeld um de Welt un verstreut überall von sein Tochter die Asch in die jroße Flüsse. Er nimp imme en paar Säcksche mit Asch mit. Momang, wat hat er jesach? Wo er schon war? Also, am Jangzejang oder wie der heiß, am Janges, am Rhein sowieso, am Tibber, isch jlaub auch am Öifrat. Nääxte Monat, sacht er, fliesch er nach Südamerika. Am Rio de la Plata un beim Amazonas. Un heut, wo isch ihn in Wahn treff, is er jrad aus Ejipte zurück, vum Nil. – – – Na?«

Hein griff stumm zur Cognacflasche und füllte drei Gläser. Das ist immer so, wenn einer eine gute oder furchtbare Geschichte erzählt hat. Hagen strahlte. Ein Punkt mehr für ihn. Er riskierte mit dem Cognac zwar seine Lizenz, aber was ist das schon, verglichen mit dem Leben, dem Tod, der Asche, dem Nil und einer Geschichte?

Ich sagte, um überhaupt etwas zu sagen: »O Mann o Mann. Und ich wollte immer mal nach Gizeh fahren, um der Sphinx Sand in die Augen zu streuen. Aber das hier schlägt alles. Prost, Hagen.«

Wir tranken auf ihm und seiner Geschichte herum und auf dem Wohl der Hinterbliebenen und der australischen Embryos und der Weltreisen. Hagen zupfte an seiner Nase, strich das Menjoubärtchen und nickte uns zu. Er ging zur Tür. Als er mit dem Blick der vollbusigen Brünetten kollidierte, nahm er einen Moment Haltung an. Dann schlich er zu seinem Taxi.

Hein und ich hockten um den Tresen, tranken und starrten einander wortlos an. Plötzlich begann Hein wieder, seinen Hosenträger zu flitschen. Mit der anderen Hand kratzte er sich im Nacken. Dann hob er die Brauen und sah mich an. »Ech wejß was.«

»Mannchen, nej, sach bloß. Was wejste?«

»Dejne Jeschechte met die jonge Lejt, wo sech nech wollen ombrengen. Moßtu anders aufbauen, de Lejtchen.«

Ich wagte kläglichen Widerspruch. »Ich hab sie aber liebevoll großgezogen und gesäugt; ich will sie nicht einfach massakrieren. Das sollen sie selbst erledigen. Ich hab da Skrupel, mit dem Ergebnis meiner langen Arbeit.«

Hein verdrehte die Augen und schaute gen Himmel. »Der andere Urheber, droben, der hat kejne solche Skrupel nech.«

Ich nickte. »Er hat einen Hang zu perversen Scherzen, das stimmt. Er hat aber auch mehr Geschöpfe zum Auslöschen als ich. – Wie stellst du dir denn meine Geschichte umgebaut vor?«

»Janz ejnfach. Moßtu nech so machen, daß se fresch verliebt send. Tu se em abnehmenden Stadium von Beziehung, wie den Mond. Das wär erstens. Zwejtens kann sech jeder met jedem vertraaren, wenn Sommer est ond man fährt auf ejne Ensel, nach Hawej oder was. Mach se älter, wenn das Leben sech abjenotzt hat ond Resse krecht. Ond laß se Wejhnachten in Minsterejfel fejern. Jarantiert der totale Horror.«

Ich bedachte dies. Sie könnten zum Beispiel in der berühmten Eigentumswohnung hausen, die einer ihrer Väter in einer Bonner Kneipe erstanden und ihnen zur Hochzeit geschenkt hatte, und auf der ein Fluch lag ... »Und du meinst, das bringts?« Im Geiste sah ich das Meer des Chaos sich bäumen und durch die Risse des Lebensgewebes schäumen.

Hein nickte majestätisch. »Das brengts. Jrausen. Absolut kastratophal.«

Blaise Cendrars
Dicke Luft

»... Es war gerade drei. Die ›Taupinière‹ war gerade erst aufgemacht worden, da war sie schon rappelvoll, wie jede Nacht: Metzgergesellen und Bürger, Chauffeure, Laufjungen, Fresser und Säufer und eine Menge Jugend und eine Menge Weiber. Ich hielt mich ganz am Ende der Theke und trank mein Glas roten Burgunder. Der ist in der ›Taupinière‹ erstklassig. Ich hielt mich also ganz still, und da gab's nichts zu meckern. Ich trank mein Glas und ein zweites, drittes und viertes, ich amüsierte mich, und ich wartete auf mein Stichwort, und ich besah mir die Visagen der Leute, und ich hatte meinen Spaß, denn in der ›Taupinière‹ ist immer was los, Streit und Auseinandersetzungen und Rempeleien, die ich so gern habe, und Hickhack, soviel Sie wollen. Ich hielt die Augen offen, denn man kann nie wissen, wie weit das geht. Irgendeine blöde Bemerkung, womit niemand gemeint war, das kann mehr Unheil anrichten und mehr Krach geben als eine Panzerfaust. Also, ich trank meinen Burgunder und lachte in mich hinein und freute mich im voraus, und jetzt paß auf: die dicke Charlotte, die an der Kasse sitzt und die mich schon die ganze Zeit anglotzt wie ein Frosch, sieh mal an: jetzt merke ich, wie sie ihrem Mann ein Zeichen macht, um ihm irgendwas ins Ohr zu brabbeln, und jetzt dreht sich dieser große Affe von Julot, den ich noch nie verknusen konnte, nach mir um und glotzt mich auch an, und dann kommt er mit seinem Glas in der Hand und grinst und will mit mir anstoßen und Bekanntschaft machen; also, ich tu ihm den Gefallen nicht, ich knalle ihm eine und schütte ihm mein ganzes Glas ins Gesicht, diesem Flickschuster von einem Kneipenbesitzer, der mich vor die Tür gesetzt hat, als ich noch klein war, und der mich noch nicht mal nachts, wenn es regnete, an seinem Ofen sitzen ließ ... Zack! Geh baden, du altes Schwein, und sofort ist der Krach im Gange, als ob die Leute nur drauf gewartet hätten, endlich anzufangen und über Tische und Bänke zu gehen und sich gegenseitig die Zähne einzuschlagen und alles kaputtzuhauen. Die Siphons flogen durch die Gegend, die Gläser und Flaschen. Sämtliche Tische waren sofort abgedeckt, die Regale krachten zusammen, die Serviertischchen, die aufgestapelten Teller, die Platten mit Vorspeisen, Salatschüsseln ... Einer tauchte gestärkte Servietten in die Saucen und feuerte sie mitten in das Getümmel. Dicke Luft, kann ich euch sagen! Mit den Metzgergesellen, die den Schanktisch gestürmt hatten, angeblich weil sie den Wirt in Schutz nehmen wollten, in Wirklichkeit plünderten sie ihn aus und klauten, was sie kriegen konnten, und schlugen sich die Wurstketten um die Ohren, wie im Kasperltheater ... Das sah aus wie ein Schlachtfest, mit ihren weißen Kappen und Schürzen, die vom Schlachten noch ganz voll Blut waren. Ich hatte einen Stuhl gepackt und machte Windmühle, um mir Platz zu schaffen. Ich konnte vorne und hinten alles gut im Auge behalten, weil die Wandspiegel alle noch heil waren. Ich hörte die dicke Charlotte am Telefon kreischen, sie rief das Überfallkommando. Die anderen Frauen heulten und machten sich dünn. Auf der Straße liefen die Leute zusammen. Dann kam der Einsatzwagen. Die Herren schmeißen sich zu sechs Mann auf mich, und ich lasse mir alles gefallen, ohne mich zu wehren, trotz der Faustschläge und der Fußtritte vors Schienbein, nämlich das ist mein großer Trick mit der Polizei, sollt ihr gleich sehen, ich schlage nicht einfach um mich, ich lasse mir nichts zuschulden kommen, kommt gar nicht in Frage, höchstens auf dem Weg zur Wache, da stoße ich sie von Zeit zu Zeit so mit der Schulter, als wollte ich mich losreißen, oder ich stelle ihnen ein Bein, einfach um sie in Wut zu bringen, sollt ihr gleich sehen, und um sie am Wickel zu haben, und damit sie weit genug gehen und zuschlagen und mir in die Rippen boxen. Das ist total verrückt, was ich da mache, aber ich hab meinen Spaß und ziehe den Kopf ein und lache mir ins Fäustchen, wegen dem Tanz, der nachher auf der Wache losgeht. Aber jetzt müssen wir mal erst wieder einen heben, Leute, wie wär das? Ist ja gleich Mittag ...«

Das ist wieder seine Runde. Émile schenkt den Anis ein, daß die Gläser überlaufen. Man stößt an, großes Gemurmel, Émile ruft mit einer Armbewegung alles zur Ruhe und erzählt weiter:

»... Diesen Dreh habe ich nicht einmal gemacht, sondern zehnmal. Das heißt, meine Technik ist auf dem letzten Stand. Einen größeren Bluff hat's noch nicht gegeben. Garantiere ich euch. Überzeugt euch selber. Ich, ich bin durchtrainiert. Und nachdem ich den Trick schließlich erfunden habe, verbessere ich ihn von Mal zu Mal. Versager gibt es nicht. Die Schweinerei ist, daß ich langsam zu bekannt bin im Viertel und daß die Polypen bald nicht mehr mitmachen werden, und dann bleibt mir nichts anders übrig, als nach Montmartre auszuwandern oder zur *Rive gauche*, wo man nichts Anständiges zu trinken kriegt, soviel ich weiß. Na, jedenfalls, sobald wir die Polizeiwache in der Rue Prouvaires betreten, heißt es: aufgepaßt! Ich muß fit sein wie ein

Akrobat, der gleich in die Arena springt und seine Nummer vorführt und sich vielleicht dabei den Hals bricht, und bevor die Flics blankziehen und mich vermöbeln und sobald wir in der Tür sind, reiße ich mich von denen los und stürze mich direkt auf den Brigadier vom Dienst und brülle ihn an, aus nächster Nähe: ›Mann, lassen Sie Ihre Leute strammstehen! Sie haben nicht das Recht, mich so zu behandeln. Ich bin Ritter der Ehrenlegion ...‹ Und wenn ich Anlauf nehme, muß ich den Schreibtisch des Brigadiers immer genau anvisieren, und dann springe ich vor und schmeiße ihn vor mir um, so daß der Kerl zwischen dem Tisch und der hinteren Wand eingesperrt ist; und wenn ich ihn angebrüllt habe, dann klemme ich mich auf seine Seite und gehe hinter dem umgekippten Tisch in Deckung und drücke mich an die Wand, damit ich nicht von hinten eins drüberkriege, denn mit diesen Schlappschwänzen da kann man nicht vorsichtig genug sein, und jetzt aber hole ich das Kreuz aus der Tasche und stecke es mir mit einer Sicherheitsnadel hier auf die linke Seite. Tableau! Im allgemeinen ist der Kerl total aus der Tüte. Ich lasse ihn auch gar nicht erst wieder zu sich kommen, aber jetzt schreie ich nicht mehr, sondern sage ganz ruhig, ganz beherrscht: ›Chef‹, sage ich und mache ihn zur Autorität, nicht wahr, ›Chef, lassen Sie den Kommissar holen. Ich erwarte, daß Ihre Leute sich bei mir entschuldigen. Ich verlange Gehorsam, ich bin Capitaine ...‹ Wenn der Brigadier nicht gehorchen will, dann halte ich ihm meine Papiere unter die Nase, meinen Gestellungsbefehl, meine Ernennung zum Fallschirmoffizier, Kommandochef, meinen Invalidenpaß, meinen Kriegsteilnehmerausweis, meinen Widerstandskämpferausweis usw. usw. Und wenn er noch mehr sehen will, auch noch meine Konzession als Kneipenbesitzer. Aber normalerweise pariert der Mann auf Anhieb und schickt einen seiner Leute den Kommissar holen, und der kommt an und entschuldigt sich ... und keine fünf Minuten und ich bin frei ... und lache mich kaputt. Auf die Weise halte ich die Polizei methodisch zum Narren. Also ist das nun eine Sache, das Kreuz? Aber heute morgen, vor Tagesanbruch, da hielten sie mich in der Rue Prouvaires ein bißchen länger fest als gewöhnlich, vielleicht weil sie den Kommissar erst aus dem Bett holen mußten ... aber jetzt, was meint ihr wohl, wer da mit einer ganzen Bande von falschen Zeugen auf die Wache kommt und flennt und krakeelt: die dicke Charlotte von der ›Taupinière‹! Sie fordert hundertfünfzigtausend Piepen Schadenersatz wie nichts, und mich macht sie verantwortlich! Das ist die Höhe. ›Herr Kommissar‹, sage ich zu dem kleinen Biedermann, der schließlich hereinkommt und sich die Krawatte festzieht und gähnt und sich geradeınacht und die Jacke über seinem Spitzbauch zuknöpft, ›Herr Kommissar‹, sage ich, ›wollen Sie bitte die Anklage dieser Frau aufnehmen, wenn Madame durchaus ihren Prozeß haben will, aber um Himmels willen, bringen Sie sie zum Schweigen, sie trampelt mir auf den Nerven herum! Sie beschuldigt mich hier einer Sache, mit der ich überhaupt nichts zu tun habe, höchstens mit ihrem Mann auf gute Freundschaft zu trinken. Wenn ich Windmühle mit einem Stuhl gemacht habe, dann nur, weil man bei so einer Schlägerei seines Lebens nicht sicher ist, im übrigen habe ich gar nicht daran teilgenommen, außer, was ich Ihnen eben gesagt habe, in Notwehr. Ich bin Invalide, 100 % dienstuntauglich, und ich kann bei dem kleinsten Stoß umfallen. Ich habe nicht die geringste Gewalttätigkeit begangen. Ich habe kein Glas und keine Tasse kaputtgemacht, das können Ihnen hundert Zeugen bestätigen, und Ihre Beamten, wenn sie ehrlich sein wollen, dann müssen sie zugeben, daß ich ihnen keinerlei Widerstand geleistet habe, als sie sich auf mich geschmissen haben, ich frage mich warum, und der wirkliche Anstifter der ganzen Sache konnte inzwischen in aller Ruhe verduften. Hundertfünfzigtausend Francs Schadenersatz, ich danke! Gehen wir vor Gericht, bitte schön, hier ist die Karte von meinem Rechtsanwalt. Ich habe Bürgen. Ich zahle meine Gewerbesteuer, genau wie Madame übrigens, deren Mann, Julot, ein ehrlicher Wirt ist, denn sein Wein ist gut, das gebe ich gerne zu, vor allem sein Burgunder wie bei mir der Anis, der der beste in ganz Paris ist. Ich habe den Keller voll davon. Hinweis für Liebhaber ...‹ Nach dieser Einladung, denn auf den ersten Blick hatte ich erkannt, daß der Polizeikommissar Südfranzose ist, ging ich mit hocherhobenem Kopf ab durch die Mitte, ich will nicht sagen: unter Ehrenbezeigung, aber beinah ... Und sie ließen mich durch, Beweis: da bin ich, wie ihr seht. Nicht übel, was?«

Günter Bruno Fuchs
Pennergesang

1

Kneipe,
mein dicker Lumpensammler, schöner Morgen,
der uns umhüllt mit schnapsgetränkten Klamotten,
du weißt, elendes Loch, wir sind
ein Planschbecken für Krebse und hungrige Möwen,
eine Schlafstelle für den Gesang des Hafenarbeiters:
Freu dich, Fritzchen, morgen gibt's Selleriesalat! –
Eine Handvoll Baumblätter,
wir treiben
am Denkmal des großen Straßenkehrers vorbei,
ein Wurf salutierender Katzen,
wenn zwischen Ober- und Untergebiß
der Alkohol seine stinkende Fahne entrollt.

2

Her mit dem Handwerkszeug!
Die Pulle macht einen Sonntag froh! Kneipe, rostiger
Spiegel, zeig uns die Fratzen deiner Kumpanen!
Wer dir am besten gefällt, wirft heute den Fußboden an:
Paß auf, die Luftschaukel nimmt ihre höflichsten
Diebe an Bord: Jetzt wird der Himmel erleichtert,
sachte von innen nach außen gekehrt.
Alarm, Ritter der Funkwagenstreife, Alarm!
Pralldicke Taschen voll geklauter Stunden, juckt uns
der weltbewegende Fang: Das Weib hinter der Theke
kann höchstens zwanzig Jahre alt sein! Wir sitzen
auf quietschenden Stühlen, wir dampfen schon ab
mit 'ner Ladung Bettgeschichten frei Haus.

3

In den morgendlichen Kneipen
fällt der Tag über uns her, der wacklige Stehaufmann.
Wenn er zu sprechen beginnt,
schöne alberne Sätze mit Worten aus Hü und Hott,
stellt er draußen die Pferdewagen bereit:

Taxis für Nullkommanichts, Brautkutschen
von Ost nach West, von Bier nach Schnaps -
Klärchens alte Kaschemme auf Rädern.
Wir fahren durch den Tunnel, der uns fressen will.
Kommt näher, Grenzpolizisten, packt euch beim Kragen,
kommt näher im Gänsemarsch! Die Pißbudenväter
schenken euch allen ein Autogramm.
Bitte nicht drängeln!

4

Hier sind wir, blakendes Licht! Unsre werte
Faulenzerei legt sich nieder aufs Stempelkissen -
nach getaner Arbeit, Rücken an Rücken mit uns,
hört sie im Schlaf das Kommando der Aktenzeichen,
unsre Namen werden gebündelt, der vaterländische
Tintenkuli erläßt einen Tagesbefehl!
Kneipe, hier sind wir, lungernde Nacht -
ein verstaubter Satz heiliger Affen -
unser Gelübde, das Maul zu halten, Auge und Ohr
nicht sehen und hören zu lassen:
wir haben alles an deinen Nagel gehängt.
Gib uns ein Stückchen Brot, wir werden essen,
gib uns ein Paar Rabenflügel, wir sagen Adieu! -
gib uns den großen doppelstöckigen Furz,
damit wir antworten können, wie sich's gehört.

Thomas Schulz
Frühstück

Die Punker-Kneipe war der beste Platz, sonntagmorgens zu frühstücken. Andere hatten wohl auch schon ab sechs Uhr geöffnet, aber man kam dort nicht zur Ruhe, weil der ganze aufgedrehte Rest des Nachtvolks herumlärmte und sich aufführte wie eine Herde Buchhalter auf dem Betriebsausflug. In der Punker-Kneipe konnte man ungestört vor sich hin kauen und herzlich über die Flops in der Sonntagszeitung lachen.

Zwischen neun und halb zehn ist es immer am angenehmsten. Auch an diesem Sonntag saßen nur drei Frühaufsteher am runden Tisch hinten rechts an der Wand. Zwei Vollbärtige, von denen der eine so gemütlich-triefäugig aussah wie Helmut

Qualtinger, und eine blasse junge Frau, die über einem roten T-Shirt zwei Pullover mit V-Ausschnitt trug und trotzdem fror.

Die Scheibe der Eingangstür vibrierte leicht, als die beiden Punks eintraten. Der größere hatte schwarze Trainingshosen und Wanderstiefel an, eine dunkelgrüne Lederjacke, und seine Haare waren karminiert. Der andere war komplett in schwarzes Leder gepackt, das schon lange nicht mehr glänzte, hatte glänzende schwarze Haare, die wie Borsten von seinem Kopf abstanden, und trug eine Ratte auf der rechten Schulter, mit pinkfarbenen Ohren, einem pinkfarbenen Schwanz und pinkfarbenen Streifen auf dem Rücken.

Die beiden stolperten weiter in den Raum hinein und lehnten sich mit dem Oberkörper weit über die Theke. Die Ratte saß friedlich auf der Punk-Schulter und schien die Gläser in der Vitrine anzuschauen.

»Zwei doppelte Kaffee. Und haste mal 'ne Zigarette für mich?« haspelte der mit der Ratte. Der Junge hinter der Theke kannte die beiden oder war zu müde, um die Ratte zu bemerken. Jedenfalls verzog er keine Miene, als er zwei Zigaretten aus der Packung fingerte und dann Kaffee eingoß.

Hinten an der Wand war die Unterhaltung abrupt zu einem Ende gekommen. Das Mädchen starrte auf die Ratte, ein angebissenes Brötchen in der rechten Hand, den Mund halb offen.

»Sieh mal, der hat 'ne Ratte auf der Schulter«, fistelte sie dem Qualtinger-Verschnitt in sein Quarkbrötchen. Er drehte sich langsam um, guckte kurz und drehte sich wieder zum Tisch.

»Wem's Spaß macht«, bemerkte er tonlos, was aber dem Mädchen offensichtlich als Erklärung nicht ausreichte.

»Aber er läßt sie frei da rumlaufen«, protestierte sie, wobei ihre Stimme noch einen halben Ton höher kletterte.

»Ratten gelten in der bürgerlichen Gesellschaft als Inbegriff der Heimtücke, deshalb werden sie abgelehnt. Und deshalb mögen die Punks sie«, versuchte der andere Mann am Tisch zu erklären. Aber die Frau konnte mit der soziologischen Begründung ihren Horror nicht bekämpfen.

»Sie ekelt mich an. Guck, jetzt putzt sie sich die Ohren. Iiiiih, eine Ratte in der Kneipe, das find' ich gar nicht gut.«

Die Ratte hockte derweilen seelenruhig auf der Punk-Schulter und schnüffelte dem Zigarettenrauch hinterher, den ihr Besitzer in kleinen Wölkchen an die Decke steigen ließ. Die beiden Punks lehnten mit weit abgespreizten Beinen an der Theke, was ziemlich schräg aussah.

Da stieß sich der mit der Ratte vom Tresen ab und watschelte langsam auf die drei an der Wand zu. Dabei ließ er seine Arme weit vom Körper abstehen und schlenkerte sie synchron vor und zurück.

»Was will der denn von uns?« fröstelte das Mädchen in sich hinein und nahm noch schnell einen Schluck Kaffee. Jetzt fror sie noch ein bißchen mehr.

Der Punk war inzwischen am Tisch angekommen.

»Naaa? Wie ist das Frühstück heute?« Er zeigte gelbe Zähne mit zwei auffallenden Lücken, legte den Kopf schief und zog tief an seiner Zigarette. Die beiden Vollbärtigen mampften betont gleichgültig weiter. Das Mädchen saß wie erstarrt auf ihrem Hocker und hielt sich an ihrer Tasse fest.

»Naaa? Was gibt's denn Gutes?« nölte der Punk und zeigte noch mehr gelbe Zähne. »Eier mit Schinken und Sesambrötchen, aaaah.«

Die Ratte sah es wohl genauso. Sie wurde deutlich lebhafter. Als sich der Punk leicht vornüberbeugte, schien sie für einen Moment den Halt zu verlieren, fing sich dann aber wieder und krallte sich in die abgenagten Schulterstücke der Lederjacke.

Das Mädchen war erleichtert, daß die Ratte nicht auf ihren Teller gefallen war und sagte: »Ich dachte schon, die Ratte fällt runter.«

»Aaaah, nein, die Ratte fällt nicht runter«, freute sich der Punk über das Interesse, »Ratten sind sehr vorsichtige Tiere, nicht wahr, Pinky?«

Pinky drehte sich um und wollte die Schulter rücklings verlassen. Aber der Punk schnappte ihn geübt schnell und sicher und hielt ihn ihr plötzlich vors Gesicht.

Sie zog verkrampft ihren Pullover oben zusammen, nahm Teller und Kaffeetasse und rutschte damit auf ihrem Hocker zwanzig Zentimeter weiter weg von der Ratte.

»Danke«, sagte der Punk und setzte Pinky auf den frei gewordenen Platz zwischen dem Geschirr.

Die beiden Bärtigen waren sich nicht ganz einig, wie sie reagieren sollten. Der eine äugte interessiert auf die Ratte, und der junge Qualtinger brachte nur ein »wir essen noch« heraus.

»Rattus norvegicus«, sagte der Punk mit seinem gelben Grinsen, »zu deutsch: Wanderratte. Aus der Gattung der Echtmäuse mit zahlreichen Arten. Körperlänge zehn bis dreißig

Zentimeter, Schwanz meist länger. Äußerst anpassungsfähig und intelligent, ausgeprägter Allesfresser.«

Das schien das Stichwort für Pinky gewesen zu sein, der sich zunächst auf dem Tisch grob orientiert hatte und jetzt auf den Teller der Frau zutippelte, wo er ein Stück Käserinde entdeckt hatte.

Sie katapultierte sich aus ihrem Sitz und stand im nächsten Moment an der Wand, während der halbe Qualtinger seine Frühstücksgabel drohend auf den Punk richtete.

»Nimm das Vieh da weg. Das ist unhygienisch und ekelt uns an.«

Der Punk spitzte seinen Mund, blies Zigarettenrauch an die Decke und drückte die Kippe auf dem Teller des anderen Bärtigen aus.

»Keine Panik, Keule, wir wollen doch alle nur fressen, oder?«

Der andere Punk mit den roten Haaren war mittlerweile auch dazugekommen, um sich das Schauspiel anzugucken. Er nickte dem Mädchen zu, das sich an die Wand hingepreßt hatte und die Ratte anstarrte.

»Ratten sind friedlich, weiß doch jeder«, brummte er ihr zu, aber das leuchtete ihr nicht so recht ein.

»Nimm sie weg, nimm sie weg, nimm sie weg ...«

Sie hätte es wohl noch öfter wiederholt, wenn nicht der eine Vollbärtige beruhigend unterbrochen hätte: »Laß doch, wir sind ja eh fast fertig gewesen.« Er hatte wahrscheinlich keine Lust, sich schon so früh herumzustreiten und schien sogar eine gewisse Sympathie für Pinky zu entwickeln, der die Käserinde systematisch zerkleinerte und in sich hineinstopfte.

Die beiden Punks hatten ihren großen Auftritt.

»Du glaubst gar nicht, was du Ratten alles beibringen kannst. Sie können schwimmen und klettern und springen. Zu Haus haben wir noch vier andere. Die sind noch nicht soweit, daß wir sie mit nach draußen nehmen können. Aber sie machen Fortschritte. Blue zum Beispiel kann auf einer Paketschnur balancieren. Mann, das solltest du mal sehen. Die Schnur schwankt hin und her, aber die Ratte fällt nicht runter ...«

Das Mädchen war von den Vorzügen der Nagetiere nicht überzeugt. Jedenfalls überwogen für sie die Nachteile.

»Ist ja gut«, wimmerte sie, »aber nimm endlich das Viech da vom Tisch, mir wird ganz schlecht.«

Die beiden Punks waren richtig glücklich, ihre Opfer gefunden zu haben. Der größere setzte nach: »Dem Ekel ins Angesicht schauen, das muß man sich trauen. Aber ich glaube fast, es ist die

Ratte, die sich hier ekelt, hähähähä.« Er schnaufte heftig und fand den Gag ungeheuer gut.

Die beiden mit dem Vollbart hatten sich in die Defensive zurückgezogen und saßen mit verschränkten Armen stumm am Tisch. Die Ratte war mit der Käserinde fertig und schnüffelte interessiert am nächsten Teller, auf dem ein Teebeutel lag. Dann vergrub sie ihren Kopf in eine leere Eierschale, um sich den Rest vom Eigelb zu holen. Ein paar Sekunden später hatte sie das halbe Brötchen entdeckt und machte sich über die Sesamkörner her.

»Pinky mag euer Frühstück«, sagte der Punk mit den gelben Zähnen. »Ja, Mann, obwohl er schon zu Hause gefrühstückt hat, höhöhö.«

Er kicherte dumpf und schob das Brötchen ein Stück von Pinky weg. Die Ratte hüpfte hinterher. Der Punk fuhr mit dem Sesambrötchen Auto auf dem Tisch, und Pinky tippelte ihm gierig nach. Das Mädchen hatte sich etwas von der Wand gelöst und sagte gerade zu Klein-Qualtinger: »Komm, gehen wir«, als die Tür aufging und der Mann im Trenchcoat eintrat.

Er blieb kurz auf der Schwelle stehen und ließ seine Augen durch die Kneipe wandern. Als er die Gruppe am Tisch entdeckte und sah, wie Pinky mit dem Sesambrötchen Verfolgungsjagd spielte, trat er einen Schritt vor und schloß die Tür.

Er war älter als der Durchschnitt der hiesigen Kneipenbesucher, groß und kräftig, mit tiefen Furchen im schmalen, bartlosen Gesicht. Etwas schien ihn unter Spannung zu halten. Er bewegte sich auf eine Art, die einen glauben machte, er könne jederzeit aus dem Stand über einen Zaun springen. Außerdem war sein Trenchcoat auf der linken Seite ausgebeult, als ob er einen halben Kürbis mit herumschleppte. An der Theke bestellte er Kaffee und lockerte den Gürtel ein wenig.

Der Junge hinter der Theke machte ein wichtiges Gesicht und bemühte sich, den Kaffee besonders professionell einzugießen.

»Da ist Milch und Zucker«, sagte er, doch der andere reagierte nicht. Er griff sich den Kaffeepott, nahm einen Schluck, drehte sich um und blickte zu dem Tisch, an dem die Ratte gerade eine Soloeinlage gab.

Pinky hatte aufgegeben, dem Sesambrötchen nachzurennen, blieb statt dessen in der Mitte des Tisches sitzen und wartete darauf, daß das Stück von selbst wieder näher kam. Dem Punk wurde es schließlich langweilig, und er ließ es liegen.

Der fremde Trenchcoat-Träger schritt langsam zu ihnen hinüber. »Morgen zusammen, schön ruhig heute, nicht?«

Darauf waren vor allem die Punks nicht gefaßt. Sie hatten keine Antworten auf freundliche Begrüßungen. Der Fremde sah Pinky gelassen zu, wie er Sesamkörner nagte.

»Gut genährt«, lobte er und nickte dem einen Punk zu.

»Jepp«, sagte der nur, während der andere vorstellte: »Das ist Pinky.«

»Aha«, erwiderte der Fremde. Die anderen schienen erleichtert, eine souveräne Verstärkung bekommen zu haben. Das Mädchen löste sich aus ihrer Verkrampfung und rückte ihre Pullover zurecht. »Gib mir mal 'ne Zigarette«, bat sie Halb-Qualtinger und setzte sich an den Nebentisch.

Der Fremde musterte die Ratte interessiert. »Schätzungsweise ein dreiviertel Jahr alt«, faßte er seine Studien zusammen.

Die beiden Punks waren einigermaßen verblüfft. Das sieht man Punks selten an, doch diese beiden konnten es nicht verbergen.

»Äääh«, machte der eine, »kommt hin, Mann. Aber woher weißt du so gut Bescheid über Ratten?«

»Hab' schon einige gesehen.«

»Sind doch tolle Tiere«, biederte sich der größere Punk an, »intelligent, anpassungsfähig ...«

»... sie stinken«, fiel der Fremde dem Punk ins Wort.

»Aber, äh, ich dachte, du magst Ratten?«

Die Punks waren sichtlich irritiert, und auch die anderen drei wußten nicht, was sie von der Vorstellung halten sollten. Das Mädchen hatte Schiß, es könnte Zoff geben.

»Ich hasse Ratten«, sagte der Fremde im Trenchcoat. »Sie stinken nicht nur, sondern sie sind auch feige. Opportunisten, die sich das nehmen, was sie kriegen können, Schwierigkeiten aus dem Weg gehen und nicht für die Zukunft planen.«

Das traf die Punks beinhart.

»Hör mal«, blaffte der mit den schwarzen Borsten, »warum machst du nicht, daß du hier verschwindest – eine Ratte hier drin reicht.«

Der Typ im Trenchcoat blickte nach wie vor freundlich in die Runde. Die ganze Zeit hatte er sich kaum bewegt. War nur ruhig dagestanden, hatte ab und zu an seinem Kaffee genippt und die Beule in seinem Mantel gestreichelt.

»Ich geh' gleich«, lächelte er.

»Na dann fuck off, alter Kacker«, höhnte der größere Punk mit den roten Haaren, und den anderen war klar, daß es jetzt wirklich Zoff geben würde.

Die beiden Punks waren dem Fremden näher gekommen und schickten Drohgebärden in die Luft.

»Moment noch«, grinste der Fremde, »ich geh' ja gleich, aber dann wird es euren Pinky nicht mehr geben.«

Der Trenchcoat klappte auf der linken Seite auf; im selben Moment kreischte das Mädchen auf wie eine Kreissäge, die auf Stein trifft, sprang vom Stuhl hoch, riß ihn dabei um und rannte zur Theke. Die Punks wurden bleich, wichen einen Meter zurück und klammerten sich an die Lehnen der Stühle, auf denen die beiden Vollbärtigen wie angewurzelt festsaßen.

»Python molurus«, grinste der Fremde und kniff die Augen zusammen, »zu deutsch Tigerpython. Aus der Familie der Würgeschlangen, Heimat Vorder- und Hinterindien. Bis zu sieben Meter lang und 250 Kilo schwer. Ernährt sich von Kleinsäugern, Enten, Hühnern und streunenden Hunden. Sie ist völlig ungiftig und liebt die Wärme. Sie beißt nicht zu, sondern umschlingt ihre Beute und erwürgt sie. Ratten mag sie übrigens besonders gern. Vor allem gutgenährte.«

Die Schlange war eineinhalb Meter lang, so dick wie eine Salatgurke und hatte große, rötlichbraune Flecken auf der Oberseite. Ihr schlanker Kopf hatte eine hübsche Form, und sie bewegte sich elegant im Trenchcoat-Futter.

»Victor«, sagte der Fremde leise. »Er ist äußerst friedlich. Bloß wenn er Hunger hat, wird er kribbelig.« Die Punks und die anderen sahen aus wie Figuren aus einem Wachsfigurenkabinett und rührten sich nicht vom Fleck. Das Mädchen an der Theke rief ihren vollbärtigen Begleitern zu: »Kommt raus hier, ich halte das nicht aus.« Aber die beiden konnten sich nicht bewegen.

Die Ratte hatte von alledem überhaupt nichts mitbekommen und knabberte immer noch an dem Rest des Sesambrötchens.

Der Fremde lächelte still und nahm die Schlange behutsam aus dem Mantel. »Er ist wirklich ganz harmlos. Völlig ungiftig. Ein liebes Tier. Und mit Instinkten gesegnet, von denen wir Menschen nur träumen können. Pythons können zum Beispiel kaum sehen, aber sie spüren jede Erschütterung und können von der Vibration ableiten, welche Größe das Beutetier hat. Sie jagen nicht, sondern warten. Sie warten und warten, bis ein Tier in ihre Nähe kommt. Unbeweglich, aber unter höchster Anspannung ihrer Sinne. Mit ihrer Zunge, die sie schnell hin und her flattern lassen, erfassen sie wie ein Sensor die Körperwärme vorbeilaufender Tiere und können so ihren Standort ermitteln. Sie selbst passen sich mit ihrer Temperatur der Umgebung an. Ein fremdes

Tier kann also keinen Temperaturunterschied zwischen Steinen, dem Boden und der Schlange ausmachen. Sie liegt still da und wartet. Bis ein Tier in Reichweite kommt.«

Jetzt hatte er die Schlange komplett aus dem Trenchcoat geangelt und auf dem Tisch abgesetzt, wo Pinky seine pinkfarbenen Ohren putzte und überhaupt keinen Begriff davon hatte, wer sich da zu ihm gesellte.

»Nimm das Teil da weg, du Arsch«, fuhr der Borsten-Punk den Fremden an, traute sich aber nicht, Pinky vom Tisch zu nehmen.

Die Bärtigen waren bleich wie Pergament, und der eine versuchte, sich am Kopf zu kratzen, konnte aber seine Armbewegungen nicht koordinieren.

Das Mädchen an der Theke bestellte sich einen Ouzo. »Das gibt's ja wohl nicht«, schnaufte sie.

Die Schlange hatte sich auf dem Holztisch zurechtgeringelt und hob leicht ihren Kopf. Ihre Haut mit winzigen Schuppen sah aus wie eine extrem feine Feile. Sie verschob die Windungen ihres Körpers, ohne sich tatsächlich von der Stelle zu bewegen.

Dann lag sie still da und schien das Terrain zu sondieren. Die blauviolette Zunge schoß ununterbrochen aus dem Maul, in dem keine Zähne zu erkennen waren. Sie ortete, wo die Ratte genau sitzen mußte.

Sie hatte Pinkys Position schnell ausgemacht und senkte ihren Kopf auf die vorderen Windungen ihres schlanken, rötlichbraunen Leibs. Dann holte sie den restlichen Körper nach, wie eine Ziehharmonika, die langsam, ganz langsam zusammengezogen wird. Ein ästhetischer Vorgang. Elegant, gleichmäßig. Die Schlange war sich ihrer Überlegenheit voll bewußt. Sie strahlte Souveränität aus, gemischt mit einem Hauch Gefährlichkeit. Die Ratte merkte nichts.

»Das Traurige dabei ist«, fuhr der Fremde im Trenchcoat fort, »ich meine, das Traurige für die Ratte, daß sie für eine Schlange keinen Gefahreninstinkt entwickelt hat. Die wenigsten Säugetiere haben Angst vor Schlangen. Sie können ja schlechte Erfahrungen mit Schlangen anschließend nicht mehr vererben, hehehe.«

Die Kneipe vibrierte vor Spannung. Keiner rührte sich oder wagte zu sprechen. Das Duell auf dem Holztisch ging in die nächste Runde. Die Schlange hatte die Windungen ihres Körpers jetzt komplett unter sich angeordnet, dabei war eine regelmäßige Struktur entstanden. Nun schoben sich die beiden vordersten Windungen noch etwas weiter nach vorn, wobei der Kopf unbeweglich an seinem Platz blieb. Die blauviolette Zunge ortete unaufhörlich den Standort der Ratte.

»Gleich ist's soweit«, sagte der Fremde mit der beruhigenden Stimme des Henkers.

Die Ratte saß vielleicht 30 Zentimeter vom Kopf der Schlange entfernt auf ihren Hinterpfoten und schnüffelte gerade in Richtung Teller, als es von der anderen Tischseite aus aufblitzte. Innerhalb einer Zehntelsekunde hatte die Schlange etwa die halbe Länge ihres Körpers nach vorn geschleudert und dabei ihr Maul weit aufgerissen. Sie packte die Ratte im Genick, und ein paar Zehntelsekunden später hatte sich der Schlangenkörper um die Ratte gewickelt. Pinky versuchte verzweifelt, sich frei zustrampeln, aber er konnte auf der Tischplatte keinen Halt finden. Inzwischen hatte die Schlange vier Windungen um Pinky geschlagen und holte immer noch einen halben Meter Reserve nach. Die Ratte pumpte, ihr kleines Herz pochte schneller und schneller. Sie mußte atmen. Und sie mußte ausatmen.

»Das ist das Geniale«, sagte der Fremde. »Die Schlange drückt nicht mit Gewalt, sondern sanft, genau im richtigen Moment.«

Die Ratte pumpte weiter und gab leise, tragische Pfeiftöne von sich. Immer wenn sie ausatmete und sich der Brustkorb dabei leicht verengte, hatte die Schlange ihre tödlichen Spiralen schon wieder ein paar Millimeter enger gedreht. Jetzt blieb der Ratte noch weniger Platz zum Atmen. Sie pumpte immer schneller, doch jedes Mal, wenn sie nur ein bißchen Luft herausließ und dabei nur einen winzigen Bruchteil ihres kleinen Brustkorbs freigab, zog sich die Schlinge der schönen rötlichbraunen Python elegant um genau diesen Bruchteil zusammen.

»Drei bis vier Minuten dauert es normalerweise«, klärte der Fremde die Umstehenden auf, »dann ist es vorbei.«

Die Ratte wurde schwächer, die hohen Pfeiftöne ließen nach. Sie zuckte nur noch schwach im Gewirr der kräftigen Ziehharmonika. Die Schlange ließ nicht locker und spielte ihr gnadenloses Spiel weiter.

Die Hinterbeine der Ratte suchten noch einmal vergeblich Halt und flatterten kurz ziellos umher, dann streckten sie sich ganz lang aus und blieben reglos in der Luft hängen.

»Hm«, machte der Fremde nur.

Die Schlange war ein mißtrauisches Tier. Es dauerte noch über eine Minute, bis sie langsam ihr Maul öffnete, das Genick der Ratte freigab und sich vom leblosen Körper löste. Dann vollführte sie einen richtigen Bogen um die Ratte herum und näherte sich ihrem Kopf direkt von vorn. Doch die Ratte war eigentlich viel zu groß für den schmalen Schlangenhals.

»Würgeschlangen können Ober- und Unterkiefer ausklinken. Dazwischen befindet sich eine elastische Haut.«

Und tatsächlich: Die Schlange klappte ihr Maul unmittelbar vor dem Kopf der toten Ratte auf und begann, sich über sie zu stülpen. Ganz langsam, Millimeter um Millimeter arbeiteten sich die Rippen der Schlange über den Körper der Ratte hinweg. Die rötlichbraune Haut wanderte über das Fell wie ein Handschuh.

Die Vorder- und Hinterbeine der Ratte klappten dabei einfach nach hinten weg, so daß sich im Schlangenhals nichts verhaken konnte. Minutenlang war nur der lange pinkfarbene Rattenschwanz zu sehen, wie er unendlich langsam im Schlangenmaul verschwand, das sich ganz zum Schluß friedlich über der pinkfarbenen Schwanzspitze schloß.

Das Mädchen an der Theke würgte und bestellte sich noch einen Ouzo bei dem Jungen, der jetzt wach und anschließend gleich wieder blaß geworden war. »Seht, wie die Ratte durch den Körper wandert«, quälte der Fremde die vier Männer, die immer noch nicht wußten, was sie sagen sollten. Aber vermutlich gab es auch nicht viel zu sagen.

Deutlich war zu sehen, wie der Rattenkörper durch die Schlange wanderte: eine kleine Beule, die langsam durch den Schlund bis zum Magen geschoben wurde. Etwa auf halber Schlangenlänge hörte die Beule auf zu wandern.

»Das ist der Magen«, sagte der Mann im Trenchcoat zufrieden. »Drei oder vier Tage dauert die Verdauung. Die Magensäfte zersetzen den Rattenkörper fast vollständig. Knochen- und Fellreste werden danach als kompaktes Päckchen wieder ausgeschieden.« Jetzt hatten es die beiden Bärtigen am Tisch geschafft, sich aus ihrer Hypnose zu lösen. Sie gingen mit leicht schwankenden Schritten zur Theke. Die beiden Punks guckten sich an und sagten nichts. Der Fremde öffnete seinen Trenchcoat, nahm behutsam die Python vom Tisch, die sich sanft um seinen Unterarm ringelte, und verstaute sie wieder im Futter des Mantels. Er rückte die Schlange noch ein wenig hin und her und war schließlich mit ihrer Lage zufrieden. »Also dann«, sagte er freundlich. »Auf Wiedersehen, bis zum nächsten Mal.« Er trat zur Tür und drehte sich noch einmal kurz zu dem Jungen hinter der Theke um. »Äh, sag mal, gibt's hier in der Gegend eigentlich noch eine Punker-Kneipe?«

Padraig J. Higgins
Mehr Glück als Verstand

Es hatte ganz locker angefangen: Männer hatten um ein Pfund gepokert und hatten um fünf Pence Siebzehnundvier gespielt, aber als die Tage nur so verflogen und eine zweite Woche sich ankündigte, zeigte sich deutlich eine Veränderung in ihrem Verhalten. Der Grund dafür war, daß einem Großteil der spielenden Leute das Bargeld langsam ausging, und das bedeutete, daß die Zocker aussteigen und zusehen mußten, statt sich selbst dem Spiel ergeben zu dürfen. Ihr Kummer darüber war augenfällig und herzzerreißend. Aber ein noch immer zahlungskräftiger Mann hatte eine Idee.

Sean Regan, ein Farmer und Viehschieber aus Ballybawn, war ein eingefleischter Spieler. Groß und dünn, fünfunddreißig Jahre alt und ledig war er und hatte blonde Haare und ein hartes, humorloses Lachen. Er trug immer große gelbe Stiefel unter seinen aufgekrempelten Hosenbeinen und hielt meistens eine mit Kuhdung und Viehhaaren verschönerte Eschengerte in der Hand. Am Ort hieß es, er sei ein Macher, der sich nicht zum Narren halten ließ, und die brennende selbstgedrehte Zigarette zwischen seinen Lippen ließ ihn immer wie Clint Eastwood die Augen zusammenkneifen. Er wirkte angespannt und sehr erpicht darauf, das Bargeldproblem der spielenden Bruderschaft zu lösen. Er äußerte sich zu dieser Frage mit Ernsthaftigkeit und Weisheit.

»Ach was, Jungs, Geld ist auch nicht alles.«

»Doch, wenn du nämlich keins hast.«

»Himmel, du hast gut reden, Regan, du hast doch Geld wie Heu in der Tasche, an dem ein Esel ersticken könnte.«

»Jesus, ich hab noch nie irgendeinen Arsch mit Geld gesehen, der nicht behauptet hat, das spielte keine Rolle.«

Hier lachte Mr. Regan sein hartes Lachen, aber er hatte noch mehr zu sagen.

»Ich meine, Jungs, daß wir auch ohne die paar Pfund unsere Spielchen durchziehen können.«

»Und um was sollen wir spielen – ums Vergnügen?«

»Um Streichhölzer!«

»Um die Liebe zum Spiel!«

Wieder das humorlose Lachen.

»Nein, nein, wartet einen Moment, wartet doch einen Moment. Ich will folgendes sagen: Ihr seid doch auch ohne Geld alle wohlhabende Männer.«

»Worauf willst du hinaus?«

»Ich will verdammt noch mal sagen, daß ihr alle Vieh auf eurem Stück Land stehen habt, oder? Und ich hab hier ein paar Pfund, oder? Also setzt ihr euer Vieh gegen meine Kohle, und wir können Karten spielen, bis die Kühe nach Hause kommen, kapiert?«

Die Männer brauchten genau eine Minute von Gottes Zeit, um die Sache zu entscheiden.

»Richtig, Regan, gute Idee.«

Die Sorgen waren vergessen und die guten Zeiten wieder da, aber Mr. Regan wollte noch etwas hinzufügen.

»Wir machen das so: Ich sag euch ungefähr, wo's langgeht, und das Glück beim Spiel entscheidet, wie der Hase läuft. Wenn ihr zum Beispiel eine Gans setzt, dann setze ich fünfzehn Eier dagegen, ein Ganter bringt zehn, eine gute Milchziege vierzig, ein Ziegenbock zwanzig, eine Eselin fünfundzwanzig Eier, ein Esel fünfzehn. Eine junge Färse bringt einhundertfünfzig, ein Bulle hundert; und ich glaube, wir belassen's dabei.«

»Was ist mit einem guten Pony?«

»Das Pony müßte ich erst sehen.«

»Kein Problem.«

»Müssen wir die Viecher herholen – oder führst du Buch?«

»Meine Fresse, Buch führen – bringt sie hierher zu Joe. Oh, und noch was, hier sind noch ein paar andere Burschen mit ein paar Pfund, und sie werden genauso setzen wie ich. Auf diese Weise können wir alle glücklich sein.«

»Gutes Scheißspiel, Mann.«

Dann gingen die Männer in alle vier Himmelsrichtungen auseinander, bevor eine Tierschau begann und allerhand Viehzeug Joes Pub belebte. Die Esel, die Ziegen, die Gänse und die Kälber wurden freundlich von den spielenden Gentlemen willkommen geheißen, nur ein Shetlandpony und einige Hühner entlockten Sean Regan ablehnende Kommentare.

»Wer hat diese verdammten Hühner hergebracht? Verdammt, die scheißen alles voll und sind nichts wert.«

»Ach, was redest du denn da, eine Legehenne ist doch ihr Gewicht in Gold wert!«

»Die ist ihr Gewicht in Hühnerscheiße wert, nicht mehr und nicht weniger. Aber gut, ich setze ein Pfund pro Huhn, was bin ich doch für ein weichherziger Idiot. Aber wer um Himmels willen hat dieses Drecksstück von einem Shetlandpony herbeigeschafft? Das taugt wirklich zu nichts und frißt genausoviel

Gras wie ein echtes Pferd. Und, bei Gott, um alles noch schlimmer zu machen – das ist ein verdammter Hengst! Himmel, den wirft doch ein Windstoß schon um. Ach, ich geb's auf.«

»Also, Regan, weißt du, was ich dir jetzt sage?«

»Nein, weiß ich nicht und will ich auch nicht wissen.«

»Dieses Pony ist für den richtigen Käufer ein Vermögen wert. Ich hab neulich irgendwo gelesen, daß eins fast tausend Pfund gebracht hat.«

»Verarschen kann ich mich allein, um Himmels willen.«

»Nein, nein, ich meine das wirklich ernst. Das war in irgendeinem Zirkus oder so.«

»Ach ja, bei Gott, das kann ich mir vorstellen, im Zirkus. Langsam hab ich das Gefühl, das hier wird auch zu einem verdammten Zirkus, und ich bin der verfluchte Clown. Na gut, ausnahmsweise setz ich fünfzig Eier auf den geilen kleinen Rammler, greif zu oder laß es sein.«

»Anständig von dir.«

Nun spielten sie weiter in lebhaftem Tempo Karten und tranken weiter, und alles war wieder in Ordnung in diesem verehrten Hause. So ging es einige Stunden, bis der Eigentümer, Mr. McGuinness, die Aufmerksamkeit auf einige Einzelheiten lenkte.

»Meine Herren, darf ich Sie um Gehör bitten!«

Aber seine Gäste interessierten sich nur für ihre Karten, für ihr Glück oder ihr Pech, und deshalb mußte Joe seine Bitte wiederholen, indem er mit einer Bierflasche auf den Tresen klopfte.

»Meine Herren, zuhören bitte!«

Nach längerem Klopfen und Bitten gab er dann sein Anliegen bekannt.

»Tut mir leid, euch unterbrechen zu müssen, Jungs. Aber langsam wird hier alles ganz schön dreckig, und stinken tut's auch.«

»Ach, was ist denn in dich gefahren? Wo Dreck ist, ist auch Glück.«

»Dieser Dreck hier bringt kein Glück, wenn ihr mich fragt. Regan gewinnt doch die ganze Zeit.«

»Tut mir leid, Jungs, wir können eben nicht alle gewinnen. Ich würde vorschlagen, Jungs, daß jeder, der ein Tier gewonnen hat, es auch nach draußen bringt und daß wir versuchen, den Laden sauberzumachen. Auf dem Damenklo ist eine Eselin, die hat den Ort wirklich übel zugerichtet, und das Pony ruiniert den

Schankraum. Seht euch bloß an, was die Hühner und die Gänse in der Bar mit dem Tresen angestellt haben.«

Mr. Sean Regan zeigte volles Verständnis. »Na gut, Joe, alles klar. In Monte Carlo würde das auch nicht gehen. Aber wir sind sowieso fast fertig. Gib uns noch fünf Minuten, und dann schaffen wir das ganze Viehzeug weg, zum Lastwagen und dann auf die Felder.«

Nach drei Stunden oder noch viel später endete die Kartenpartie, nach großem Geschrei, Gebrüll und Gefluche und unter ziemlichem Lärm der eingepferchten Tiere. Die Eselin aus dem Damenklo und das Pony aus dem Schankraum wurden gerade entfernt, als Mr. John Barton »Halt!« rief. Er hatte einen Blick für Details und bemerkte sofort, daß die Eselin brünstig war; da sah er sofort eine Möglichkeit, um etwas von dem zurückzugewinnen, was er an Sean Regan verloren hatte.

»He, Regan! Hast du Lust, deinen unrechtmäßigen Gewinn auf etwas Interessanteres als diese Karten zu setzen?«

»Was ist denn mit dir los, John?«

»Du siehst doch hier diesen winzigen Wicht; siehst du, wie klein der im Vergleich zur Eselin ist?«

»Bei Gott, im Vergleich zu dem Wicht ist sie wirklich ein Riesentier.«

»Und ich sag dir jetzt was, Mr. Sean Regan. Ich setze fünfzig zu fünfzig, daß er die Eselin bedient, so groß die auch ist.«

»Die hat gerade ihre Zeit, oder was?«

»Genau so ist es.«

»Ach, ich weiß nicht. Dieses Drecksstück von einem Ponyhengst würde doch sogar Joe besteigen.«

»Himmel, Jesus, die ist fast zweimal so groß wie er. Was ist denn los mit dir, hast du Schiß, was anderes als Karten zu spielen?«

»Na gut, Barton, ich sag dir, wann ich dabei bin. Wir machen eine Tonne draus – hundert zu hundert.«

»Verdammt hohe Wette.«

In diesem Moment glaubte der Gastwirt, intervenieren zu müssen.

»Um Gottes willen, Jungs, ihr habt schon einen Bauernhof aus meinem Laden gemacht, und jetzt soll er auch noch zur Zuchtfarm werden. Jetzt reicht's wirklich, Jungs, genug ist genug.«

»Aber Zuchtfarmen sind ein Vermögen wert, Joe.«

»Also wirklich, Jungs, macht das Theater doch draußen. Draußen auf der Straße ist der richtige Ort für so was.«

Mr. Barton war in der Stimmung für Kompromisse.

»Joe hat recht. Dreht die Eselin vor der Tür um und führt sie zur Stufe. Und wir bringen den Alten an die Tür, und dann werden wir ja sehen, ob er die richtige Größe für den Job hat.«

Mr. Bartons Idee war ziemlich clever, denn die Stufe war fast vier Zoll hoch, und das hieß, daß sich die beiden Tiere jetzt größenmäßig um eine Handbreit näher gerückt waren. Aber es gab noch andere Probleme: Die Eselin wollte wie verrückt, das Pony eindeutig nicht. Aber Barton war nicht bereit, so schnell aufzugeben. Er trat hinter das Pony, drehte, schlug und trat es, er kratzte und kitzelte es, er streichelte und umschmeichelte es – aber das Pony wollte seine Pflicht nicht tun. Mr. Barton pfiff ihm etwas vor, er pfiff es an, er beugte sich dicht an sein Ohr und pfiff ein unmelodiöses, langweiliges Stück, aber es half nichts. Das kleine Pony hatte kein Interesse, und Mr. Barton mußte die Kommentare seiner Trinkkumpane über sich ergehen lassen.

»Vielleicht braucht der hohe Absätze, Barton.«

»Oder das Eselsvieh Lippenstift.«

»Der arme kleine Teufel ist schüchtern. Der macht das nicht gern in aller Öffentlichkeit.«

»Vielleicht kommt er in Stimmung, wenn du ein bißchen mit ihm schmust, John.«

»Ich werd schon mit dem Arsch schmusen.«

Mit diesen Worten breitete Mr. Barton seine Affenarme aus, beugte sich über das Pony, hob es mühelos auf und versuchte, es auf der Eselin in Stellung zu bringen. Das kleine Pony wehrte sich und wich zurück, es fiel die Stufe herunter und kippte um, stand aber rasch wieder auf. In einem Anfall von Frustration näherte sich Mr. Barton dem Pony von hinten und trat das kleine Tier brutal zwischen die Hinterbeine. Als er ein zweites Mal treten wollte, hielt ihn Regan zurück.

»Hör jetzt auf, John, hör auf. Das ist doch nicht die Schuld von diesem armen Vieh.«

»Was zum Teufel willst du damit sagen?«

»Leg ihm mal die Hand zwischen die Hinterbeine. Na los, mach schon.«

Barton gehorchte, und nach einigem Drücken, Tasten und Suchen mußte er widerwillig feststellen, daß der Hengst in Wirklichkeit gar kein Hengst war. Aber ein wütender John Barton kann selbst ganz schnell zum Tier werden, und er schrie und brüllte alle Anwesenden an, vor allem Mr. Sean Regan.

Barton gab sich alle Mühe, seine Stallgefährten zu beißen, während Sean Regan versuchte, ihn zu beruhigen.

»Moment mal, John, Moment mal. Das ist keine Wette, John, das ist doch überhaupt keine Wette. Ich wußte doch, daß das Vieh kein Hengst ist.«

Nach einem Weilchen beruhigte sich der Hengst in Mr. Barton, und dann war Barton wieder ganz er selber.

»Ach leck mich doch, Regan, aber du hast immer irgendeine krumme Sache am Laufen. Kein Wunder, daß du Lachender Luzifer genannt wirst, du verdammter Henker.«

»Also, John, das ist wirklich nicht nötig. Das Ganze sollte doch bloß ein kleiner Scherz sein.«

»Na gut, Regan, wenn du schon so ein Scherzkeks bist, wollen wir doch mal sehen, ob der Scherzkeks auch wirklich der Spieler ist, für den er sich hält. Ich hab jetzt eine Wette für dich, wenn du Manns genug bist, sie anzunehmen.«

»Bei Gott, ich hab mich noch nie vor einer Wette gefürchtet. Woran denkst du?«

»Wir lassen diesmal das Geld und die verdammten Tiere aus dem Spiel.«

»Von mir aus, John, von mir aus, aber wozu sollen wir spielen, wenn wir nichts dabei gewinnen können?«

»Der Gewinner wird etwas gewinnen und der Verlierer auch – na, wie klingt das?«

»Ich bin ganz Ohr.«

»Der Gewinner bekommt eine Frau, und der Verlierer kriegt auch eine.«

»Jetzt red um Himmels willen keinen Scheiß.«

»Ich red hier überhaupt keinen Scheiß, sondern nur von etwas, das Hand und Fuß hat. Hör mir jetzt zu: Es gibt zwei Frauen im Dorf, die wirklich ganz scharf darauf sind, abends, morgens und mittags; und der Gewinner einer Pokerpartie kriegt die bessere, der Verlierer die andere. Was sagst du nun dazu, Mr. Regan?«

»Du spinnst doch total, Barton, das steht jetzt fest.«

»Absolut nicht. Ich bin nicht wie das Pony; ich kann den Job machen, aber du schaffst das vielleicht nicht.«

»Der Suff tut dir nicht gut, Barton – hör auf mit dem Stuß.«

»Nein, nein, jetzt hör mir doch zu. Da ist einmal diese Lehrerin, die Muldoon unten bei der Schule flachlegen wollte, und die hat nichts anderes im Kopf, das weiß doch jeder. Und dann ist da noch Kate Ryan, noch eine, die für eine gute Bullenpartie ihre rechte Titte hergeben würde, das weiß ich ganz genau.«

»Meine Güte, Barton, wirklich höchste Zeit, daß du deine Bullen loswirst – du glaubst ja schon, daß alle gerade scharf sind. Ich würde sagen, du leidest an Bullinitis.«

Hier lachte Sean Regan sein hartes Lachen, und viele der Trinker lachten mit ihm, aber John Patrick Barton fand das überhaupt nicht witzig.

»Ich hab's ja gewußt – du bist nur ein kleiner Wichser. Du weißt weniger als ein Bulle vom Spielen und Wetten; du kannst bloß mit gezinkten Karten spielen und deine Nachbarn ausplündern.«

In der kurzen, spannungsgeladenen Stille, die nun folgte, hätte man eine Stecknadel fallen hören können. Aber Sean Regan lachte nur sein trockenes Lachen und zündete sich noch eine Zigarette an, die er beim Rauchen zwischen seinen Lippen hin und her rollte. Bei dieser Gelegenheit entdeckte er, daß er so etwas wie einen Fanclub hatte, denn viele der anwesenden Zecher fingen an, ihn lauthals zu ermutigen und zu beraten.

»Nimm die Wette an, Regan.«

»Zeig ihm, was du kannst, Sean.«

»Na los, Sean.«

»Okay, okay! Wo sind die Karten?«

Ein Schrei ging durch die Menge, und alle stürmten zum nächstbesten Kartentisch. Hier versammelten sie sich um die beiden Kartenspieler, und ein erwartungsvolles Schweigen hüllte alle ein. Rasch wurden die Karten zusammengesucht, gemischt und verteilt, und die beiden Spieler fixierten einander stumm über den Tisch hinweg. Nachdem sie die fünf Karten, die sie erhalten hatten, wieder und wieder stumm gemustert hatten, legte John Barton zwei Karten mit umgedrehtem Gesicht auf den Tisch; Regan folgte mit dreien. Erneut wurden Karten ausgeteilt, und die Menge schwieg noch immer.

»Okay, Mr. Regan, laß sehen, was du hast.«

»Ich hab gegeben, du zeigst.«

»Ich hab drei wunderschöne Damen, drei hübsche Königinnen.«

»Ach, verdammt, und mir selber hab ich bloß zwei Scheißbuben gegeben.«

»Immer schon Glück bei den Damen gehabt, Regan. So war das schon immer bei mir, und so wird es auch bleiben ...«

»Welt ohne Ende, amen. Na gut, na gut, und was passiert jetzt, Barton?«

»Na, ich weiß nur, daß ich diese kleine Färse von einer Lehrerin gewonnen habe; und da hat sie wirklich Glück, weil ich besser als irgendwer sonst in Ballybawn weiß, wie man mit so einer lebhaften Kleinen umzugehen hat. Aber was beklagst du dich überhaupt, Regan, hast du nicht auch was gewonnen? Manch einer kommt als Zweiter und gewinnt nichts.«

»Himmel, Herrgott, ich will nun wirklich nichts mit Kate Ryan zu tun haben.«

»Also echt, Regan, Wette ist Wette; das Ehrenwort eines Mannes ist alles, was er hat. Wenn er sein Ehrenwort nicht hat, dann hat er gar nichts.«

»Aber was soll ich denn tun?«

»Das werd ich dir schon verklickern, nur keine Panik. Ich hab doch seit Jahren Erfahrung mit dem Job, wo ich doch die Bullen hab und meine Alte und überhaupt. Vor allem spielen Alter und Erfahrung eine wichtige Rolle. Sieh dir eine junge Färse wie diese Lehrerin an. Nun, mit einer jungen Färse heißt es: Hier bin ich, ob du's willst oder nicht. Sie sind ein bißchen scheu, und am besten kriegst du sie durch direkten Angang ruhig, weißt du, kein Hin und Her und kein Rumblödeln. Aber bei deiner, bei Miss Kate Ryan, sieht die Sache schon ganz anders aus. Die ist ein ziemlich steiler Zahn, und das ist nur gut für dich, denn dann ist sie nicht unentschlossen oder scheu. Sie weiß, was sie will, und sie weiß, woher sie das kriegt, und sie wird verdammt froh sein, wenn sie es kriegt.«

»Himmel, das ist eine große Hilfe, Barton. Du hättest Eheberater werden sollen. Und was, wenn sie uns gar nicht wollen?«

»Die schreien und jammern danach, das sag ich dir doch.«

»Na gut, bringen wir's hinter uns.«

»Aber, aber, jetzt verdirb nicht alles durch übergroße Eile. Zuerst müssen wir ein paar Jungs ausgucken, die dich im Auge behalten, damit du den Job auch bringst.«

»Wenn ich eine Wette eingehe, dann zieh ich sie auch durch. Bisher hab ich noch nie gekniffen.«

»Das schon, aber trotzdem geht Sean Joyce mit und paßt auf. Und ehe wir gehen, trink ich ein Bier, dann steht er mir, und du trinkst auch noch ein Glas, dann macht es extra Spaß.«

Plötzlich ging John Barton auf, daß er gereimt und somit Poesie geschaffen hatte, und er lachte laut, und viele seiner Genossen lachten mit, nur Regan blieb ernst. Nach einigen weiteren Whiskeys und vielen ermutigenden Worten verließen beide Männer in Topform und bester Laune zusammen mit dem

Zeugen Joes Pub. Kaum daß sie sich einmal umgedreht hatten, waren sie auch schon bei Miss Ryans Haus angekommen, wo sie sich trennten, da Bartons Ziel zwei Häuser weiter lag. Sie schwiegen, als sie auseinandergingen, und streckten nur ausgiebig die Daumen in die Höhe und schleuderten ihre Unterarme energisch in die Luft, um nicht den geringsten Zweifel an ihrem Vorhaben aufkommen zu lassen. Dann begab sich Mr. Barton zu seinem Bestimmungsort, während Mr. Sean Regan durch ein niedriges Tor auf ein kleines Haus zusteuerte und sich sein Zeuge neben einen Pfeiler am Tor hinhockte.

Regan war auf dem Weg zu Miss Ryans Tür noch nicht sehr weit gekommen, als er stehenblieb. Auf dem schmalen Betonpfad fand Regan es ziemlich schwierig vorwärtszukommen, da der Weg immer wieder Anstalten machte, vor ihm in die Höhe zu wachsen und sich zu gabeln. Regan schüttelte einige Male den Kopf und sah sich dann suchend um, dabei fiel sein Blick auf Miss Ryan. Das heißt, er entdeckte sogar zwei Miss Ryans, die in einer Ecke des Gartens über einem Blumenbeet gebeugt standen und ihm ihre Hinterteile entgegenstreckten. Augenzwinkernd verließ er den engen Weg und steuerte auf sie zu. Als er ein Auge schloß, sah er ein bißchen klarer, schließlich tippte er mit seinem Stock das übriggebliebene Hinterteil an und sagte: »Hallo da!«

Das Ergebnis dieser unorthodoxen Einführung war, daß Miss Ryan kopfüber in das kleine Blumenbeet fiel, sich aber im Fallen drehte und auf dem Rücken landete – die Beine strampelnd in die Luft gestreckt. Ihr Besucher stand schwankend und blinzelnd über ihr und wollte einige profunde Bemerkungen anbringen.

»Ich sehe Paris, ich sehe Franzosen, ich sehe ein Loch in deinen Hosen.«

Miss Ryan stellte sofort ihre Beine ab, rappelte sich mühsam hoch, rannte auf ihre Haustür zu und stieß dabei eine Mischung aus trotzigen und ängstlichen Lauten aus. Regan folgte ihr und rief »Warte, Kate«, aber nachdem er ins Blumenbeet gefallen und beim Versuch aufzustehen, noch weitere drei Male umgekippt war, hatte sie sich schon hinter der verschlossenen Tür verbarrikadiert, als er endlich dort ankam. Um sein den Kumpanen gegebenes Ehrenwort dennoch zu halten, versuchte er, ins Haus zu gelangen, indem er die einzigen Verse rezitierte, an die er sich aus seiner Schulzeit noch erinnern konnte:

»Ich scherze und lache gar munter,
und zieh dir die Hosen herunter.«

Nachdem er die Tür mit Faustschlägen und Fußtritten bearbeitet hatte, zitierte er noch so einen Klassiker:

»Komm in deinen Garten, Kate,
und laß dich endlich sehn,
ob Regen oder Sonnenschein,
ich hab jetzt einen stehn.«

Nach einer kurzen Pause flehte er weiter:

»Kate, Kate, ich will doch bloß reden, ich hab dich beim Pokern gewonnen. Du gehörst mir, Kate, mir allein!«

Nun blieb Regan nichts anderes mehr übrig, als einige Runden ums Haus zu drehen, und er winselte und rezitierte an der Hintertür und an den Seitenfenstern, aber alles blieb verrammelt und verriegelt. Nach zwanzig Minuten vergeblichen Liebeswerbens meinte er, nun genug zu seiner Ehrenrettung geleistet zu haben. Außerdem brauchte er jetzt dringend etwas zu trinken. Leise ging er zum Tor und versuchte, sich eine überzeugende Geschichte für seinen Begleiter auszudenken, von wegen er sei zur Hintertür eingelassen worden und habe drinnen ein umwerfendes Erlebnis gehabt. Aber als er beim Tor ankam, sah er diesen in regelmäßigen Zügen schnarchend neben dem Pfeiler liegen. Nachdem er ihn ein paarmal mit seinem Stock angestoßen hatte, ohne eine Reaktion hervorzurufen, war Regan gleich sehr viel munterer. Er lachte ein Weilchen sein hartes Lachen und begab sich schmunzelnd auf den Weg zu Joe.

John Barton allerdings lachte auch. Er war gar nicht bei Miss O'Keanes Haus gewesen und hatte dies auch nie vorgehabt. Er hatte sich lediglich an Regan rächen wollen, und nun genoß er seine Rache in vollen Zügen. Er hatte von einem nahe gelegenen, versteckten Punkt aus Regans Bemühungen beobachtet, er hatte alles gesehen und alles gehört, und nun würde er es allen voller Begeisterung erzählen, wenn er erst wieder bei Joe wäre.

Elisabeth Langgässer
Das Wirtshaus am Dorfende

Es liegt an der Gabelung, wo das Kreuz steht und die Häuser zu Ende sind; dort, wo die leeren Dreschballen sich (ganz ausgeblasen von lauter Wind) gedächtnislos erheben – Webstühle, die sie im Sommer waren, als die summenden Schiffchen, die zukkenden Spulen ihre Fäden übereinander geworfen und den Jahresteppich gewoben haben: schicksalsträchtig und dicht von Gestalten, von Bauern und Hunden, Burschen und Mädchen, von Rosen, Weizen und Mais. Dieses Summen hat auch das Wirtshaus erfüllt; dieses Brausen und Brummen der großen Maschinen: der Dreschmaschinen, der Häckselmaschinen; hörte man sie von der Wirtsstube her, so wurden die Gebilde aus Rädern, aus Lederriemen, Kolben und Stangen zu weiter nichts als Geräusch, zu einem mythologischen Singsang, einem Rundgespräch alter und weiser Parzen, die hier auf den römischen Fundamenten ihr Garn gesponnen haben. Welcher Götterklatsch um die ewigen Themen von Liebe, Geburt und Tod! Ein Faden, der bis an das Ende der Tage nicht abreißt, geschweige am Jahresschluß in dem Wirtshaus hinter der Welt ...

Das Wirtshaus ist eigentlich immer leer, seit es Winter geworden ist. Die Bauernwagen fahren die Rüben, die letzte Dickwurz an ihm vorbei, bevor der Frost den Boden verhärtet und die Mieten geschlossen werden. Noch einmal, zum letztenmal, war ein kleiner unbedeutender Ausdrusch am Andreastag; an dem gleichen Tag, wo die Andresel alle sich einen Roßhaarbart vor das Gesicht und Kuhketten über die Schulter hängen, um den Kindern und den untreuen Mädchen einen Rauhnachtschreck einzujagen. Wahrscheinlich hat der Zwerg auf dem Ausschank an diesem Tag den Besuch der Andresel mit ihren rasselnden Höllenketten oder mindestens den eines ziehenden Händlers, der nach Gänsefedern und Hasenfell ruft und sich durstig gebellt hat, erhofft – aber alle sind ausgeblieben. Der Zwerg ist ein Gartenzwerg, den die Wirtin, als Chrysanthemen und Astern sich unter dem Nachtfrost krümmten, hereingenommen hat – ein buntes Scheusal aus schwerem Gußstein, das zwischen zwei lächerlich kleinen Fäusten eine Ziehharmonika hält. Warum er eigentlich nicht in dem Garten, wo er doch hingehört, bleiben darf, ist – wie manches in diesem gespenstischen Wirtshaus – im Grunde nicht einzusehen. Die Wirtin pflegt ihn am Wochenende mit einem großen prächtigen Wedel aus schillernden Hahnenfedern sorgfältig abzustauben. Sie nennt ihn ›mein Kleiner‹, und wenn sie den Kleinen von oben bis unten abgestaubt hat, bleibt sie noch eine geraume Zeit in Gedanken versunken, bald heiter, bald traurig, vor ihrem Penatchen stehen; sie vergißt sogar darüber ihren Mann, der mißmutig mit dem Reisigbesen die leere Stube ausgefegt und sein Glasauge nach ihr hindreht, wie immer, wenn er findet, daß es, bei Gott, nicht mehr lohnt, den Bierausschank anzusehen. Sie vergißt selbst das Wasser in ihren Beinen und den schweren atembeklemmenden Ball, der den Sommer über in ihrem Leib weitergewuchert ist und von dem sie weiß, daß der Doktor ihn bald mit dem Messer herausschneiden wird. So steht sie Auge in Auge mit diesem schrecklichen kleinen Zwerg und hört ihn wahrscheinlich in ihrer Seele die Ziehharmonika spielen; wenigstens glaubt man es ihrem Gesicht, dessen Ausdruck zu einem verwelkten Lächeln wie die frostbraunen Astern im Garten aufblüht, ganz deutlich anzusehen.

Über dem Bierausschank baumelt, fast schon in Deckenhöhe, eine Birne von zwanzig Watt. Sie gibt eine trübe Beleuchtung ab, die den Raum wie eine Zigarrenspitze, wenn die Eisenbahn durch den Tunnel fährt, notdürftig erhellt; das heißt, sie erhellt ihn natürlich nicht, sondern drückt nur in ihrem Umkreis aus, daß das Licht noch nicht ganz gestorben und völlig erloschen ist.

Links von dem Ausschank hängt an der Wand ein längst überholter Fahrplan, welcher von Fliegenschmutz starrt. ›Arrivée‹ und ›Départ‹ und die Nummer des Zuges samt dem Zielbahnhof steht auf den gelben Plakaten, die kein Auge jemals befragt. Niemand verreist, und niemand kommt an, niemand verlangt daher auch zu wissen – wie ein Geldstück, das durch die durchlöcherte Tasche eines Handwerksburschen gerutscht, aber im Zwischenfutter hängengeblieben ist: er weiß wohl, daß er das Geldstück besessen, aber nicht mehr den Wert, den es angezeigt hat; er fühlt nur dumpf, daß es irgendwo sitzt, an irgendeiner Stelle – und ebenso fühlt auch der Wirt und die Wirtin, daß es richtig ist, in dem Wirtshaus den Fahrplan aufzuhängen, ob er nun stimmt oder nicht.

Im übrigen hat das Wirtshaus nichts, was ihm zur Verschönerung dient. Käme tatsächlich irgendein Gast, zum Beispiel einer der Schnittwarenhändler, die am Ausgang des Dorfes den Überschlag über die schwarz verkauften Kattune, die Hosenträger, den schlechten Gummi und die elenden Knöpfe machen, so würde sein Blick immer wieder aufs neue von den nackten

Wänden zurückgeworfen und auf das abgegriffene Büchlein mit den hellblauen Linien hingelenkt werden, das seine Bilanz enthält. Seht ihr ihn, wie er da vor dem Bierglas in der Nähe des eisernen Ofens sitzt und seinen Verdienst bedenkt? Den letzten Verdienst des verflossenen Jahres, der noch kleiner ist, als er gefürchtet hat, aber zu groß, als daß jetzt Manasse endgültig sagen könnte: »Nein, niemals. Niemals wird jetzt Manasse mehr den Kasten mit seinem Lederriemen über die Schultern nehmen, um aufs neue hausieren zu gehen.« Er sitzt und zählt. Er zählt seine Scheine, er zählt im Unterbewußtsein die Glieder seiner weitverstreuten Familie, die er verloren hat: Jakob Goldstein in Auschwitz; Abraham Levi und Siegfried in Lublin; in Warschau seine Kusine Berta, in Riga die Tante Helene samt den Kinderchen. Er würde noch weiterzählen, wenn der Wirt ihn nicht fragte: »Noch was zu trinken? Wir haben auch neuen da.« Nein. Keinen neuen. Der wirft ihn um, so alt und schwach wie er ist. »Alla, auf Wiedersehn«, sagt der Wirt und steckt jetzt den Ofen an.

Es kommen schließlich doch ein paar Gäste: ein Brautpaar, das sich im Flüsterton schüchtern und leise unterhält; ein paar Bauern, die miteinander schweigen, und ein Maurer, der jede Viertelstunde einen Schluck aus dem Bierglas nimmt. Die Wirtsleute setzen sich zu ihren Gästen; die Wirtin mit ihrem wollenen Strickstrumpf, dessen Nadeln unwillig weiterrücken, der Wirt mit der kurzen Meerschaumpfeife, in welcher der selbstgebaute Tabak seine Wölkchen zur Decke schickt. Das Geräusch der Nadeln, das Flüstern des Brautpaares und das Knacken der Holzscheite in dem Ofen verbinden sich miteinander zu Worten eines geisterhaften Gesprächs.

Die Dunkelheit quillt jetzt aus allen Ecken und steigt um die Knie und Hüften der Gäste wie Lethewasser an; wie schwarzes, eiskaltes Lethewasser, das die kleine Glühbirne – ach, wie vergeblich – zurückzudämmen sucht. Doch die Dunkelheit nimmt noch an Mächtigkeit zu. Sie überschwillt jetzt die ganze Stube und liegt gleichzeitig wie ein dämonisches Wesen: formlos und um so bedrohlicher in den zwei Fensterhöhlen, die ohne Vorhang den Überfall der Finsternis erdulden. Auch die Fahrpläne sind von ihr eingeschluckt – ›Arrivée‹ und ›Départ‹ und die falschen Zeiten, die nicht mehr gültig sind. Wer will verreisen, und wer kommt an? Alle Züge, die hier aus der Wirtsstube fahren, fahren hinaus aus dem Altjahr, hinab in die Unterwelt. Die Gäste warten. Sie flüstern leise, sie rauchen ihre Pfeife zu Ende, sie halten sich still an der Hand. Die Zeit geht dahin, fast könnte man sagen: sie fliegt wie ein Schiff dahin. Das Kielwasser rauscht, das Holzfeuer braust in dem glühenden Eisenofen ...

Nur der Zwerg auf dem Bierausschank, der kleine Penate des Hauses, wartet nicht mit, weil er weiß, daß er hierbleiben muß. Immer wieder, wenn alle die Stube verlassen, um über die saturnische Schwelle des verflossenen Jahres zu gehen, muß er hierbleiben – hilflos gefesselt an seine Erinnerung. Denn er weiß alles, er hat ein Gedächtnis, wie die tausendjährigen Trolle es haben, die unter der Erde wohnen. Er kennt dieses Wirtshaus von innen und außen, das für alle Herbergen dieser Welt in der Zeit der eisigen, kürzesten Nächte zum Sinnbild und Gleichnis wird. Wie traurig sind sie, die Dorfwirtshäuser, an denen das traute, hochheilige Paar vorübergewandert ist, ohne aufgenommen zu werden! Sie sind bedeutungslos wie ihr Fahrplan, der längst schon überholt ist, und öde wie eine erkaltete Pfeife, die einer jetzt umdreht und auf der zerschrammten, befleckten Tischplatte ausklopft; sie sind matt wie ein Aschenhaufen. Wie schwermütig ist das vertane Leben, der schal gewordene Rausch! Wie trostlos das Dasein in Nacht und Nebel, das kein Anruf mehr heimsuchen kann!

An den Tischen sitzt niemand mehr außer dem Wirt und seiner schläfrigen Frau. Er stützt verdrossen die Ellbogen auf und sieht mit dem blinden glashellen Auge zu dem Gartenzwerg auf dem Bierausschank hin, der sich angestrengt, aber vergeblich bemüht, seiner Ziehharmonika einen Ton, einen einzigen nur, zu entlocken, der die Stille durchdringen könnte. Ein Lastwagen rollt an dem Wirtshaus vorüber, die Wände zittern, die Glühbirne zuckt – und erlischt, weil der rötlich glimmende Faden endgültig durchgebrannt ist.

So liegt das Wirtshaus bis Epiphanie verlassen und armselig da. Dann hebt sich eine Hand aus dem Dunkel, die zwischen Daumen und Zeigefinger ein großes Stück Kreide hält. Sie bewegt sich wie einst die mächtige Hand, die sich zu Nebukadnezars Auge in Babylon bewegt hat; doch sie schreibt nicht wie jene ein Todesurteil, sondern drei Buchstaben auf den Pfosten der Wirtshaustür, welche selig erschrocken dieses heilige Zeichen empfängt: drei Buchstaben durch zwei weiße Kreuze verbunden – das C + das M + das B ...

Anna Seghers
Heimatverloren

Die Gäste sahen offen oder verstohlen zu dem Fremden hinüber, der allein in einem Winkel saß, ohne sich in ihr Gespräch zu mischen. Was war denn das für ein Mann, der plötzlich hier eingedrungen war? Die Kneipe lag wie eine Höhle in einer der vielen Gassen, die sich um die Berge herum bis zum Meer schlängelten. Sie war auch wie eine Hohle mit Waffen und goldenem Gefunkel ausgefüllt, mit wilden und listigen, räuberhaften Gesichtern. Zahllose fremde Schiffe lagen jahraus, jahrein drunten im Hafen. Ihre Mannschaften sagten sich untereinander in entlegenen Gegenden: »So, dahin wollt ihr. Wenn ihr wirklich dort ankommt, vergeßt diese Kneipe nicht!« Die Ältesten setzten hinzu: »Sie war in unserer Jugend berühmt. Gibt es sie immer noch?« Und Junge, die gerade von dort kamen, antworteten: »Gewiß. Warum soll es sie nicht mehr geben? – Die Stadt war zwar zusammengeschossen. Man hat aber doch in den Trümmern irgendwo etwas trinken müssen.«

Die Gäste stritten, in welcher Sprache ihnen der Fremde antworten könnte, denn unerträglich gleichmütig, unbewegt saß er da mit seinem strahlenden Kopf, um seine Schultern ein goldgelbes, schwarzgesprenkeltes Fell. Das Sonderbarste an seiner Erscheinung war: Obwohl er ihnen bestürzend fremd vorkam, hatte doch jeder bei seinem Anblick das Gefühl, schon einmal irgendwo auf ihn gestoßen zu sein, und sei es auch vor langem gewesen, vielleicht als Kind, vielleicht nur auf einen Augenblick.

Die Tochter des Wirts wagte zuerst die Erkundung. Es war nicht sicher, ob der Wirt sie mit Recht seine Tochter nannte. Sie stand in jedem Fall seiner Wirtschaft vorzüglich vor. Die Hände, mit denen sie Gläser und Flaschen richtete, streiften die Gäste flüchtig wie Blätter. Ihr kleines weißes Gesicht erinnerte die Seefahrer, die aus dem Osten oder aus dem Süden kamen, an die Magnolien und Zitronenblüten ihrer verlassenen Gärten, und solche, die aus dem Norden kamen, an Schneeflocken. Sie war an die sechzehn Jahre. Ihr glattes schwarzes Haar unter dem frischen Taschentuch war mit einem bunten Wollstrang in einen Zopf geflochten. Sie trug oft Ohrringe. Die schenkte ihr ein junger Mensch aus der Stadt. Er saß jeden Abend an demselben Platz in der Schenke. Er galt als ihr Bräutigam.

Das Mädchen fragte den Fremden in ihrer Sprache, die die einzige war, die sie kannte, wie ihm der Wein geschmeckt hätte. Der Fremde erwiderte lächelnd zu aller Erstaunen nicht nur in derselben Sprache, sondern in der Mundart der Stadt, er habe ihm vorzüglich geschmeckt. Er bat noch einmal genau um den gleichen.

Das Mädchen erzählte bald den neugierigen Gästen, der fremde Mann heiße Jason, er sei hier geboren, aber schon früh in der Welt herumgekommen. Er sei der Kapitän eines großen Schiffes gewesen, das Schiff sei im Schwarzen Meer gestrandet. Er sei an Erfahrungen und auch an Geldmitteln reich; er setze sein Seefahrerleben fort. Er sei nur hierhergekommen, um seine Vaterstadt wiederzusehen.

Das Mädchen brachte dem Jason Wein und stellte dabei die Fragen, die man ihr auftrug. Ob er die Herberge schon gekannt habe? Gewiß, er hätte auch früher hier manchmal getrunken. Ob er sie verändert finde? Keine Spur von verändert. Die ganze Welt habe sich zwar inzwischen verändert, die Stadt selbst habe manche starke Veränderung aufzuweisen. Die Kneipe aber, die sei dieselbe geblieben. »Und auch der Wein«, sagte Jason, er legte die Hand zugleich auf das Glas und die Hand des Mädchens.

Er verschluckte noch rechtzeitig den Satz: »Auch du bist dieselbe geblieben.« Er brauchte ihr nicht ein Geheimnis zu verraten, das doch offen vor aller Augen lag. Das Goldene Vlies auf seinen Schultern! Der Raub aus dem Tempel von Kolchis!

Das sechzehnjährige Mädchen konnte unmöglich dasselbe sein. Ein kleines weißes Gesicht erinnerte ihn zwar, sooft er herkam, an die Zitronenblüten und Magnolien der südlichen und östlichen Gärten, die er durchstreift hatte, oder an die Schneeflocken seiner Nordlandfahrten. Ein blutjunges Mädchen, das zu Recht oder zu Unrecht als die Tochter des Wirtes galt, hatte hier von jeher vorzüglich die Gäste bedient. Ihre Ohrringe hatten geklimpert. Ein eifersüchtiger Bräutigam hatte ihr Gebaren verfolgt wie dieser da, der ihn finster betrachtete.

Er fühlte, das Mädchen umkreiste ihn, obwohl sie die Gäste in allen Winkeln bediente. Sie kam in immer engeren Kreisen, in immer kürzeren Abständen um seinen Tisch herum. Sie goß ihm sein Glas zum drittenmal voll. Sie redete leise auf ihn ein, sie schloß manchmal ihre Augen, als ob sein Anblick sie blende. Er sagte ganz erstaunliche und ganz gewöhnliche Sachen. Er sagte: »Was ich auf der weiten Welt nicht gefunden habe, das finde ich plötzlich daheim.« Er sagte: »Ein Mädchen wie du kann gar keinen Falschen wählen. Sie braucht nicht nach Herkunft, nicht nach Zukunft zu fragen. Sie kann wie die Sonne selbst keinen Falschen wählen.« Je tiefer die Nacht sank, desto dichter wurde der Qualm. Betrunkene Gäste zischten und gurgelten absonderliche Gebete und Flüche und Schiffahrtsbefehle in allen Sprachen, und manche riefen gequält oder glücklich einen Namen, der ihrem Gott oder ihrer Liebschaft oder ihrer Mutter gehörte, oder sie fingen ein Lied an, das sogar hier noch niemand gehört hatte. Bis plötzlich, auf wenige Minuten, das erste, das flachste Tageslicht durch eine Kellerluke hereindrang. Die Sonne rückte dann wieder über die Luke, sie schien nicht mehr in die Kneipe, die Gäste fühlten sich wieder in ihrer Höhle vor dem Sonnengott sicher, mit ihren Beschwörungen, ihren ungezügelten Träumen.

Das Mädchen lief unterdes so rasch von einem Tisch zum anderen, daß die Gäste hinter ihr her ins Leere griffen. Sie kam immer dichter an Jason vorbei. Sie berührte seine Schulter. Sein Vlies schützte ihn wie ein Panzer vor allem, was einen Menschen bedroht. Es ließ zugleich wie eine Haut jeden Freudenschimmer in sein Inneres herein.

Jason stand auf; er folgte ihr in eine tiefere Wölbung, von dort aus durch eine Seitentür in den Hof und schließlich in ihre kleine Kammer, in der es nach Kräutern und Leinen roch.

Das Mädchen legte den Kopf an seine Brust. Sie steckte ihn unter sein Fell. Sie fühlte sich dabei sicher wie nie. Sie zog den Kopf ahnungslos wieder heraus.

Sie rannte ein wenig später durch die Schenke, um Wein in ihre Kammer zu bringen. Rasch, rasch, damit auch kein Augenblick verlorengehe. Die Wirtschaft war leer, die Schiffer waren zum Hafen gezogen. Der dicke Qualm, die Pfützen, die Reste von Mahlzeiten, Schalen und Scherben, das alles erschien ihr widerwärtig.

Der Mann, der als ihr Bräutigam galt, saß noch auf seinem alten Platz. Er sagte finster: »Was suchst du?« Wie elend war er, wie kläglich! Sie sagte: »Laß mich!« Und dann nur noch »Oh!« Und kehrte um und lief ohne Wein zurück. Sie sah noch den goldenen Schimmer um Jasons Schulter. Er stand aufrecht da. Er wich einen Schritt vor ihr zurück. Sein Blick war sofort auf den Horngriff des Messers gefallen, das ihr in der Brust stak. Ein derber Horngriff, wie er den meisten Einheimischen im Gürtel oder im Stiefel stak. Sie war schon zusammengebrochen. Ein Strudel Blut schoß dann aus dem Schnitt – ihm aber war nichts so zuwider wie ein Fleck auf seinem Goldenen Vlies. Obwohl er im voraus wußte, daß es nichts auf sich hatte, wenn ihn die Stadtpolizei ergriff und durch das Volk vor den Richter schleppte. Dabei belustigte ihn die amtliche Umständlichkeit, die mit jedem Urteil verbunden war, es mochte mit Strafe oder mit Freispruch enden. Wie überflüssig das alles war! Wie all diese Menschen Zeit verschwendeten! Nicht seine Zeit, ihre eigene! Denn seine war grenzenlos. Sie hätten ihm auch nichts anhaben können, wenn er schuldig gewesen wäre. Er wäre sicher entkommen. Durch einen Zufall oder durch Wunder? Darüber sollten sich die gewöhnlichen Menschen den Kopf zerbrechen. Für ihn kam es auf dasselbe heraus.

Ludwig Fels
Auf Frieden und Freiheit

Er ging über den Parkplatz. Der Boden war eine graue, grießige Brühe, Auspuffschlamm, der Himmel ein wogender Brei, keine Farbe in der Luft. Das Gehen tat ihm ein bißchen gut. Der Bus war nicht da. Georg überlegte, welche Kneipen an seinem Weg lagen, und beschloß, in jeder etwas zu trinken und irgendein Lied in die Musicbox zu drücken. Weit vor ihm schleiften Viktor und Esen den alten Karl der Stadt entgegen. Sie liefen schnell, um aus dem föhnigen Wind zu kommen. Im Schutz der ersten Häuser warteten sie auf ihn.

»Schleich doch nicht gar so langsam!« rief Viktor.

»Wir zischen noch eins«, sagte der alte Karl. Er hing zwischen Esen und Viktor, die ihn stützen mußten. »Verflucht, meine Alte haut mir den Christbaum aufm Buckel auseinander, wenn ich so heimkomm.«

»Kaffee«, sagte Esen, »Vivil, gutes Wasser, Frau nicht böse!«

»Hör dir den an«, sagte der alte Karl, »dem seine Fahne stinkt freilich nicht bis in die Türkei.«

Zuerst gingen sie in die »Jägersruh«. Dort wärmten sie sich auf, leerten ihre Blasen, und der alte Karl kotzte einen kleinen Schwall in die Brunzrinne. Georg hielt ihn fest. Es würgte ihn von den Dämpfen und Schwaden. Er stellte den alten Karl wieder auf die Beine, klopfte ihm den knochigen Rücken und hielt ihm die Hände unter den Wasserhahn. In der Gaststube wurden sie von Viktor mit Schnaps aufgemöbelt.

»Ich merk nie, wann ich genug hab«, sagte der alte Karl und tupfte sich die Tränen aus den Augen. »Im Krieg, die Russen, die hatten Wodka in den Feldflaschen. Herrgottnochmal, wenn wir die erbeutet hatten, wurde der Schützengraben zum Tanzsaal. Das war eine Zeit, da wißt ihr nichts davon. Ihr habt immer bloß Mitleid mit den Juden, aber wir sind auch verreckt, gottsjämmerlich krepiert, damit das klar ist. Ich bin auch nicht für den Adolf gewesen, aber gegen ihn schon gar nicht. Hitler«, wandte er sich an Esen, »kapierst, Adolf Hitler? Euch hätten wir auch noch erobert. In Afrika waren wir schon.«

»Nix Hitler!« sagte Esen. »Ist Schmidt!«

»Du kannst in deiner Moschee jodeln«, sagte der alte Karl, »aber an einem deutschen Stammtisch hast du dein Maul zu halten, Zitronenfresser, gräuslicher. Wie heißt du eigentlich?«

»Er heißt Esen«, sagte Georg, »weißt du doch.«

»Nichts für ungut!« sagte der alte Karl. »Manchmal geht der Gaul mit mir durch. Ihr seid arm, und wir sind blöd! Keiner ist vollkommen.«

»Ist ja gut«, sagte Viktor.

»Nichts ist gut«, sagte der alte Karl. »Betrogen hat sie mich, meine alte Schachtel, wie ich an der Front gewesen bin. Das hat mich besiegt, drum mag ich keinen Krieg mehr!«

Dann zogen sie weiter: ein wahrhaft seltsames Gespann. Der alte Karl, an dem die Ohren zu flattern schienen, furchte mit schleifenden Füßen den zertrampelten Schnee, wollte sich nicht führen lassen, prallte gegen Passanten, rempelte nach allen Seiten, verbeugte sich wiehernd vor den Schaufenstern und sang auf Teufel komm raus ungereimtes Zeug. Viktor ging traumtänzerisch sicher durch die Leute, dünn wie ein Stock und mit wirbelnden Haaren; lässig dirigierte er hin und wieder den alten Karl. Georg betrachtete neidvoll die schlanke Gestalt, hielt sie für schön. Esen schlotterten die Kleider am Leib. In seinem blauen Gesicht zuckte der Schnauzer wie eine zerzauste Mondsichel; in regelmäßigen Abständen spuckte er zischend durch eine Zahnlücke in den Rinnstein. Esen war der einzige, mit dem sich Georg messen konnte.

Im »Wildschütz« reizte dicker Qualm die Augen, Kartler schlugen auf die Tische ein. Georg bestellte eine Runde. Er fühlte sich dumpf und irgendwie woanders, er wurde nicht klar, kam nicht zu sich, nicht auf die Höhe. Die andern waren mordsfidel, als fehlte ihnen nichts.

»Wißt ihr«, sagte Viktor, »ihr seid eine müde Bande, ein rechter Lahmarschhaufen. Ich weiß, das Kaff hier ist Mist. Keine Studenten. Keine Scene. Da läuft nichts ab. Die quatschen hier doch alle bloß vom Hennenficken. Nix drin mit Trips'n'Flips! Wo ich herkomm, da habens die Puppen mit den Teddybären getrieben: tierisch geil, eh!«

»Warum bist du weg?« fragte Georg.

»Weil ich hier in eine Fotze verknallt war. War!« sagte Viktor.

»Ich sauf einen Schluck auf euer Wohl«, sagte Georg und gab sich Mühe, heiter zu grinsen. »Die Weiber können mir gestohlen bleiben!«

»Sie sind dir gestohlen worden!« sagte Viktor. »Du kümmerst dich zuviel ums Fressen und Saufen. Du darfst nageln, was wir dir übriglassen, und mußt noch froh und dankbar dafür sein. Sei ehrlich, Mann, du hast doch nichts drauf auf dem Gebiet.«

»He«, sagte Georg, »hab ich dir was getan?«

Viktor lachte schallend. »Du mir? Du bist mir zu brav, mein Lieber!« sagte er. »Du mußt dir erst noch das Horn abstoßen. Dann darfst du vielleicht freundschaftlich mit mir verkehren.«

»Ich will keinen Streit«, sagte Georg.

»Warum?« fragte Viktor.

»Ich bin kein Schläger.«

»Du bist ein Garnichts, bist du!«

»Schwamm drüber!« sagte der alte Karl. »Saufts, ihr Bankerten!«

»Deutschland!« sagte Esen.

Sie hoben die Gläser, stießen an.

»Nichts für ungut, Bleistein«, sagte Viktor.

Draußen war es dunkel geworden. Alle Geschäfte hatten geschlossen. Die Weihnachtsbeleuchtung schimmerte matt. Viktor riß eine bereifte Plastikkugel von einem der Bäume, die als Straßenschmuck aufgestellt waren, und schoß sie fort wie einen Ball. Hinter manchen Fenstern lauerten Kindergesichter.

Im »Roten Ochsen« fanden sie kaum noch Platz. Sie mußten sich an einen Tisch zu anderen Gästen setzen, die unwillig brummend zusammenrückten. Die grüne Tischdecke sah aus wie eine odelgedüngte Wiese. Es dauerte lange, bis die Wirtin an den Tisch kam.

»Wir schließen gleich«, sagte sie.

»Komm, Edith«, sagte Viktor, »mir und meinen Freunden gibst du schon noch was.«

»Na ja«, sagte die Wirtin.

»Hier wohne ich«, sagte Viktor.

Georg saß da wie ein Denkmal. Er lächelte, rauchte, hielt sein Glas umklammert. Wenn er den Blick hob, sah er Viktor, der die

Reden des alten Karl wegfächelte und den Türken mit Schweigsamkeit bedachte.

»Ich freu mich, daß ihr da seid«, sagte Georg und legte einen kalten Klang in seine Stimme. »Ich will keine schlechte Erinnerung mitnehmen. Prost, Viktor, ich schluck gern mit dir!«

»Meinetwegen, Elefantenbaby! Wenn du dann noch die Zeche zahlst, bist du mein Kumpel, auf ewig.«

Georg schleppte sich zur Musicbox. Viktor stand plötzlich hinter ihm. Georg warf eine Mark ein, Viktor drückte die Titel. Als sie wieder am Tisch saßen, war Esen eingeschlafen. Einer der Männer sagte, man solle den beschnittenen Hammelfresser über Nacht ins Scheißhaus einsperren.

»Und deine Alte dazu«, sagte Viktor.

»Du Rotzer!« sagte der Mann.

Viktor schüttete ihm einen vollen Aschenbecher ins Gesicht und sein Bier hinterher.

»Willst du das Glas auch noch in die Fresse?« fragte er. Der Mann schüttelte sein verschmiertes Gesicht und wischte sich an einem Tischtuchzipfel ab.

»Ihr meint wohl, wir haben Angst vor eurem Gorilla?« fragte einer der anderen Männer.

»Kameraden«, sagte Viktor salbungsvoll, »ihr kommt mir grad recht. Nichts ist schöner, als einem alten Nazischwein eins in die dumme Fresse zu haun. Ich bin nämlich ein Terrorist, hab Eierhandgranaten im Sack, damit spreng ich euch den Kalk und die Asche aus dem Schädel. Wenn noch einmal einer von euch aufmuckt, werde ich zur Wildsau, Freunde, für euch zieh ich mir erst gar nicht die Jacke aus.« Er war sitzen geblieben, bequem zurückgelehnt, verschränkte die Arme, leckte sich die Lippen. Der alte Karl zeigte ein stieres Geschau. Esen war nicht aufgewacht. Die anderen Männer schwiegen starr und düster. Aus ihren Mienen sprach, daß sie sich die Schande nicht verzeihen, ihre Feigheit nicht vergessen würden.

»Trinken wir lieber auf Frieden und Freiheit!« sagte Georg, der die Spannung nicht mehr aushielt.

Die Wirtin brachte dem tropfnassen Mann, dem schwarze Bierrinnsale aus den Haaren sickerten, einen Lappen; Viktor stiftete eine Wiedergutmachungsrunde.

Georg trank aus. »Ich geh jetzt!« sagte er, winkte der Wirtin und zahlte die Striche auf seinem Deckel. »Laßts euch gutgehn!«

Viktor, der alte Karl und Esen hoben die Hände zum Abschied. Georg nahm seine Tasche und ging.

Helmut Haberkamm
Subber Dübb, subber drauf

Hamm vo der stressin Erwerd
Feieroomd, Geld zoong, subber
Spoddaschn zammbaggd, briema drauf
Bombmverfassung, alles im Budder.

Na nei in Kann, midd Vollgaas
bredderder nauf.
Der mibbm Golf danzd
is fidd un kuul drauf.

Sechzerfendieler, Einspritzer
gsteild, djuund un diefergleechd
mibbm Spoiler auf Spritzduur werd
ieber di Schnellstraß niebergfeechd.

Nei ins Fiddneßsender
nausschwitzn, neistressn,
Zäh zammbeißn, Musgln härdn
lässi in di gmischde Sauna bressn.

Widder im Kann mid Kennwuddbauer
middi Bläiboikaniggl, wu rammln
mid aana Kibbm zwischer di Libbm
dudder na Dobb-Denn-Diddl noochstammln.

Na werd an der Stribbm
wos ausgmachd, Dschougs grissn
Glamoddn gsuuchd, Boddilooschn dscheggd
vorm Spiegl werdsi in Schooln gschmissn.

Audfiddmäßi haddersi sauber rausbutzd
der Oomd is scho gloffn
der Saggo werd nedd zugnepfd
is Hemmerd blabbd lässich offn.

Is Sdailing haud hie
is Geel häld is Hoor
Kaugummi in der Goschn
kuul drauf, alles gloor.

Naus in di Nachd etz
ins Audo, in di Stadd
er gehd nei in di Gneibm na
is scho doschdi vodder Fadd.

Erschd amoll ins Gloo nei
is Gsichd, di Hoor, obs bassn
is Aafderschäif riechd subber
heid dampfder in alla Gassn.

Na kumma a boor Kumbl
essn Bizza, sterzn a Bier.
Nedd frusdi drauf odder lasch!
Sie sinn di Scheff doo im Rewier.

Na derzellder vom Daung un Schiefohrn
vom Drachnflieng un Maundnbaiging
er zerreißdsi fier Kigg un Fiehling
mechd Banndschidschambing un Barraglaiding.

Na weider, kuul nei ins Gedimml
noo an di Deegn, aufn Hogger.
A Ziggi na oogsteggd
un rumgschaud, ganz iesi un logger.

Lauder Simulandn, blubbrerda Grawaddis
lauds Gehebber, ebberds Geduu.
Dausnd Bligg vor di Miezn gworfn
kanne mid Karaggder odder an gscheidn Ie-Ku.

Di Stundn laafn spuurlos weider
Gleeser, Gsichder weggslnsi oo.
In dem Logool, doo is nix loos
Is Gscheidsd wär, mer bleiberd am Gloo.

Na nei di Disgo, dodd is laud un driggerd
obber goornedd versiffd odder abgfaggd.
Er schaud un raachd un sterzd a Bils
Baa un Fieß zuggn im Daggd.

Di Mollekiele danzn un werng
di Hormone greisn un beidln na zamm.

Obber heid gidds nix zu holln
Auf frieh zu baggders, fährd hamm.

Un na schauder, wu di dolln Möbse hobbsn
Kädschn un Boxn un jeedn Dregg.
Wos kummd, is im Grund gnumma woschd
Haubdsach Äggdschn, gaal odder Gäg.

Am End lichder im Disainerbedd
ka Drumm, ka Splien isn zer deier.
Sei Leem leffd spitze, auf volla Duurn
bloß wuhie - waaß der Geier.

Ivan Angelo
Bar

Das Mädchen kam herein, in kleinen, flachen Schuhen, kurzem Rock, das glatte, dunkle Haar zu einem Pferdeschwanz gebunden, mit einem Lächeln ganz kleiner, weißer Zähne, wie Milchzähne, und sagte auf eine geradezu unwiderstehliche Art: »Kann ich mal telephonieren?«

Der Mann an der Kasse beobachtete das Treiben in der Bar, überwachte alles mit einer gewissen Trägheit, ohne sonderlich darauf zu achten, was der Junge hinter der Theke den beiden schweigsamen Kunden schon serviert hatte, seine Augen waren eine Zeitlang auf den Betrunkenen gerichtet, der auf den Eingang der Kneipe zuwankte und Anstalten machte hereinzukommen, und schließlich blieb sein Blick haften auf dem, was sich unter der ärmellosen, schwarzen Bluse vor ihm abzeichnete, plötzlich war er hellwach und fragte: »Und Sie, was möchten Sie?«

Das Mädchen stellte verärgert fest, daß sie ihre erste Portion Charme vergeudet hatte, und zeigte erneut ihre kleinen Zähne, spielte das arme kleine Ding, das es eilig hat, und sagte: »Kann ich telephonieren?«, als hinge alles von der Zustimmung des Mannes ab.

Der Mann sagte: »Ja, bitte« und nahm seine dickliche Hand von den Tasten der Registrierkasse, ließ sie sinken, sah zu dem Betrunkenen hinüber, der die Stufe am Eingang heraufstolperte, zog aus einem Regal unter der Kasse ein schwarzes Telephon hervor, auf dessen Wählscheibe noch immer das Etikett der alten

Brasilianischen Telephongesellschaft klebte, schob es dem Mädchen hin und sagte: »Aber nicht so lang, bitte, wir machen gleich zu.«

Das Mädchen nahm den Hörer von der Gabel und murmelte »Donnerwetter«, wog den Apparat demonstrativ in der Hand und sagte einschmeichelnd: »Ganz schön schwer, was?«

Der Mann lachte, der Schmeichelpfeil hatte ihn getroffen: »Jaaa, das ist noch eins von den alten.«

Das Mädchen hielt den Hörer ans Ohr und wählte 27 72 81 mit einem gepflegten Finger, lila lackiertem Fingernagel.

Der Mann an der Kasse wandte die Augen von dem Finger ab, zog einen Bleistift hinter seinem rechten Ohr hervor, schrieb eine Zahl auf, erklärte: »Ist für das Tierlotto«, ohne sich darum zu kümmern, ob das Mädchen zuhörte oder nicht, und steckte den Bleistift wieder zurück, während er den Betrunkenen betrachtete, der jetzt an der Theke entlangruderte.

Das Mädchen sagte: »Kann ich bitte mit Otacilio sprechen?« und wartete.

Ein Mann trat neben sie, er roch nach Zigaretten, sagte zum Kassierer: »Eine Marlboro, bitte«, blickte ihr tief in die Augen und dann gleich auf ihre Brust.

Das Mädchen errötete und betastete sich hastig auf der Suche nach einem offenen Knopf, den es nicht gab, und wie um sich zu schützen, atmete sie tief aus und schob die Schultern nach vorn, um die Rundungen ihrer Brust zu verdecken.

Die Kasse machte »tling«, ein Auto bremste mit quietschenden Reifen, und eine kräftige Stimme brüllte »Hurentochter« mit einem sehr langen u.

Der Mann an der Kasse gab dem Mann, der Zigaretten gekauft hatte, das Wechselgeld und sagte: »Tu so, als hättest du nichts gehört, Kleine, so ist das hier eben.«

Der Mann, der Zigaretten gekauft hatte, entfernte sich und ging zur Tür, um zu sehen, was auf der Straße los war.

Das Mädchen drehte sich freundlich zu dem Mann an der Kasse um, aber dann hielt sie inne, horchte aufmerksam in den Hörer, erst aufmerksam, dann enttäuscht, und sagte nach einer Weile: »Sag, es ist Julchen.«

Der Mann, der Zigaretten gekauft hatte, blieb an der Tür stehen, öffnete die Zigarettenschachtel, steckte sich eine an.

Der Mann an der Kasse sagte: »He, José, der da soll erst mal zahlen«, und der Junge an der Theke hörte auf, dem Betrunkenen Schnaps einzuschenken, und sagte irgend etwas zu ihm, während der Mann an der Kasse zur Erklärung hinzufügte: »Nachher zahlt er nicht, und außerdem verscheucht er die Kundschaft.«

Das Mädchen lächelte verständnisvoll.

Der Mann stand rauchend an der Tür und betrachtete ihre Beine.

Das Mädchen schob ein Bein vor das andere, halb wie zum Schutz, und sagte plötzlich fröhlich: »Hallo, hat aber gedauert, was?« und versuchte, sich ein bißchen zurückzuziehen, wandte sich ab und fragte: »Bist du mir böse?«

Der Mann an der Kasse gab sich zerstreut, aber er hörte, was sie sagte.

»Dachte ich mir, du hast nicht angerufen.«

Der Betrunkene umschiffte Klippen und kam bis zum Kassierer, einen Fünfhundert-Cruzeiro-Schein in der Hand.

»Nein, das ist es nicht, wirklich nicht.«

Der Mann an der Kasse sagte: »Kannst ihm einschenken, José.«

»Weiß ich nicht . . . ich hatte einfach nur Angst.«

Der Betrunkene segelte torkelnd wieder zurück.

»Nein, ach was, hat nichts mit dir zu tun. Das ist eben so, nicht?«

Die Kasse machte »tling« und zeigte fünfhundert Cruzeiros an.

»Na hör mal, Otacilio, überleg doch mal. Was einem in so einem Augenblick alles einfällt. Ihr meint immer, alles wär so leicht.«

Das Gesicht des Mannes an der Kasse wurde etwas wacher und boshafter.

»Natürlich ist es schwierig. Versetz dich doch mal in meine Lage, Mensch.«

Der Junge an der Theke nahm das halbvolle Glas und dieselbe Flasche und schenkte dem Betrunkenen nach.

»Prima. Finde ich auch: Laß uns das von gestern vergessen. Einverstanden.«

Der Betrunkene betrachtete aufmerksam das Glas, als dächte er nach, aber in Wirklichkeit wartete er nur auf den richtigen Augenblick, um auf seinem schwankenden Schiff das Glas zielsicher zum Mund zu führen, und als es ihm gelang, kippte er den ganzen Schnaps auf einmal hinunter, verzog sein Gesicht und schüttelte sich.

Das Mädchen hörte belustigt, was Otacilio sagte, lächelte, zeigte erregt seine weißen Zähnchen.

Der Mann an der Kasse sah zu dem Mann an der Tür, das stillschweigende Einverständnis zwischen Männern leuchtete in ihrem Blick auf.

»Nein, Samstag geht nicht. Dann ist es schon gelaufen. Na, wie denn. Dann ist es eben zu spät, Ota, geht nicht. Hier kann ich dir das nicht erklären. Du verstehst das nicht? Es gibt Tage, da geht es, und Tage, da geht es nicht, Mensch.«

Der Mann an der Kasse zwinkerte dem Mann, der an der Tür rauchte, zu, als wollte er sagen, du hattest recht.

»Erst in vierzehn Tagen. Natürlich hab ich mich erkundigt.«

Das Mädchen bemerkte den Blick des Mannes an der Tür und drehte ihm den Rücken zu.

»Heute? Spinnst du?«

Der Mann, der rauchte, betrachtete sie von hinten.

»Papa wird das nicht erlauben. Nur, wenn ... Nur, wenn ich mit Mama spreche und sie redet mit ihm.«

Jemand trat heran, sagte: »Ich zahle zwei Bier und hier noch so ein Pfefferminzdrops möchte ich.«

»Na, was soll ich denn sagen. Weiß ich doch nicht, Mann. Werd ich schon hinkriegen. Laß mal, ich schaff das schon.«

Die Kasse machte »tling«, und der Mann ging fort, ohne daß sie ihn bemerkt hatte.

»Nein, ich komme. Auf jeden Fall komme ich. Jetzt habe ich richtig Lust gekriegt.«

Das Mädchen sah zu dem Mann an der Kasse hinüber, dann wich sie schnell dem geilen Gesicht aus.

»Also warte auf mich. Bis gleich. Tschau.«

Das Mädchen legte den Hörer auf und sah einen Augenblick zu Boden, um sich Mut zu machen, dann fragte sie den Mann: »Kann ich noch mal telephonieren, nur einmal noch?«

Der Mann an der Kasse antwortete: »Ja, kannst du«, mit einem langen a, ganz freizügig, und er starrte von oben auf ihren vielversprechenden Ausschnitt.

Das Mädchen suchte mit den Augen einen unverfänglichen Punkt, ihr Blick fiel auf den Jungen, der hinter der Theke Gläser spülte, während sie auf das Signal im Telephon wartete, dann wählte sie 47 47 29 und sah sich um.

Eine bläulich phosphoreszierende Falle, die Fliegen durch Elektroschock tötete, wartete auf Opfer.

Der Junge an der Theke sah sie verstohlen an und murmelte zwischen den Zähnen: »Zum Anbeißen«.

Der Betrunkene wartete auf einen günstigen Augenblick, um die Stufe zur Straße hinabzusteigen, einen Fuß auf dem Boden, den andern in der Luft, wie einer, der versucht, aus einer fahrenden Straßenbahn auszusteigen.

Der Mann an der Tür legte die fünf Finger seiner rechten Hand zu einem Kuß auf den Mund und teilte so dem Mann an der Kasse seine Ansicht über sie mit.

Der Mann an der Kasse faßte sich zur Antwort an sein rechtes Ohrläppchen, um zu sagen: »Zum Fressen«.

Das Mädchen sagte wie zur Erklärung leise vor sich hin: »Ob sie weggegangen sind?«

Die beiden schweigsamen Männer, die an der Theke gelehnt zwei Biere getrunken hatten, waren fort.

Das Mädchen drehte sich zur Seite, und der Mann an der Kasse reckte sich vor, um durch den Armausschnitt ihrer Bluse etwas mehr von ihrer kleinen Brust zu erhaschen.

Das Mädchen atmete erleichtert auf, »Oh«, zog an der Telephonschnur, soweit sie reichte, wandte sich ab, ging fast in die Hocke und sagte: »Mama? Ich bin's, Julia«, ihre Stimme war von Armen und Händen bedeckt, sie konzentrierte sich ganz auf das, was sie sagen wollte.

Der Mann an der Tür, der Junge an der Theke und der Mann an der Kasse tauschten rasch Blicke.

»Hör zu, ich habe hier in der Stadt mit Marilda gegessen. Mama, so hör doch, du kennst Marilda, sie hat sogar schon bei uns übernachtet. Ja, die. Hör mal: Jetzt gehen wir ins Kino, ja? Ach was, Mama, es ist nicht so spät, um halb elf gibt es eine Vorstellung. Wenn es sehr spät wird, schlafe ich bei ihr. Nur weil es näher ist, Mama, sonst würden wir ja nach Hause kommen. Nein, du weißt doch, sie hat keins. Redest du mit Papa, tust du's für mich? Nein, ich nicht. Ist gut. Ich rufe nach dem Kino an. Nur um dir Bescheid zu sagen, ja, es ist besser, wenn wir zu ihr gehen. Küßchen. Holst du die Katze rein, ja? Tschau.«

Das Mädchen richtete sich auf, legte den Hörer auf und fragte: »Was macht das?«

Der Mann an der Kasse war nicht mehr da. »Für dich nichts, meine Süße«, sagte er direkt hinter ihr.

Das Mädchen drehte sich schnell um und sah, daß alle Türen der Bar geschlossen waren.

Die drei Männer, mit geweiteten Nüstern, bildeten einen Halbkreis um sie.

Quellenverzeichnis

Douglas Adams, *Die letzten Bestellungen, bitte!** aus *Per Anhalter durch die Galaxis*. Roman. Übersetzt von Benjamin Schwarz. Frankfurt am Main 1990, S. 31-34. Abdruck mit freundlicher Genehmigung des Rogner & Bernhard Verlags, Hamburg.

Ivan Angelo, *Bar* aus *Das Lied des Feuers*. Lateinamerikanisches Lesebuch. Übersetzt von Ray-Güde Mertin. München 1988, S. 281-286. Herausgegeben von Wolfgang Eitel. Abdruck mit freundlicher Genehmigung des R. Piper Verlags, München.

Lothar Günther Buchheim, *Bar Royal* aus *Das Boot*. Roman. München 1973, S. 26-35. Abdruck mit freundlicher Genehmigung des R. Piper Verlags, München.

Charles Bukowski, *Das ausbruchsichere Paradies* aus *Stories und Romane*. Übersetzt von Carl Weissner. Copyright © 1977 by Zweitausendeins, Postfach, D-60381 Frankfurt am Main.

Blaise Cendrars, *Dicke Luft** aus *Madame Thérèse*. Roman. Übersetzt von Jürgen Schroeder. München 1968, S. 62-66. Abdruck mit freundlicher Genehmigung des Arche Verlags, Zürich.

Hans Fallada, *Am Anfang war der Schnaps** aus *Der Trinker*. Roman. Berlin, Weimar 1953, S. 20-27. Abdruck mit freundlicher Genehmigung des Aufbau-Verlags, Berlin und Weimar.

Jörg Fauser, *Where Are You Tonight?** aus *Alles wird gut*. Roman. München 1990, S. 239-249. Abdruck mit freundlicher Genehmigung des Rogner & Bernhard Verlags, Hamburg.

Ludwig Fels, *Auf Frieden und Freiheit** aus *Ein Unding der Liebe*. Roman. Darmstadt und Neuwied 1983, S. 58-62. Abdruck mit freundlicher Genehmigung des R. Piper Verlags, München.

Günter Bruno Fuchs, *Pennergesang* aus *Gemütlich summt das Vaterland*. Gedichte. Wien 1984, S. 91-93. Abdruck mit freundlicher Genehmigung des Carl Hanser Verlags, München.

Gunter Gerlach, *Ein letztes Treffen im Café Unter den Linden*. Bisher unveröffentlicht. Abdruck mit freundlicher Genehmigung des Autors.

Robert Gernhardt, *Körper in Cafés.* aus *Körper in Cafés.* Gedichte. Zürich 1987, S. 128. Abdruck mit freundlicher Genehmigung des Haffmans Verlags, Zürich.

Helmut Haberkamm, *Subber Dübb, subber drauf* aus *Wie di erschdn Menschn.* Gedichte. Cadolzburg 1993, S. 96-98.

Gisbert Haefs, *Liebe, Tod und Münstereifel* aus *... zwischen Sekt und Selters.* Literarische Streifzüge durch Kneipen, Cafés und Bars. Herausgegeben von Friedrich Kehrer und Norbert Treuheit. Cadolzburg 1989, S. 72-81.

Ernest Hemingway, *Ein sauberes, gutbeleuchtetes Café* aus *Der Sieger geht leer aus.* 14 Stories. Übersetzt von Annemarie Horschitz-Horst. Hamburg 1982, S. 12-16. Abdruck mit freundlicher Genehmigung des Rowohlt Verlags, Reinbek.

Eckhard Henscheid, *Die Gage* aus *Frau Killermann greift ein.* Erzählungen und Bagatellen. Zürich 1985, S. 7-28. Abdruck mit freundlicher Genehmigung des Haffmans Verlags, Zürich.

Padraig J. Higgins, *Mehr Glück als Verstand** aus *Ballybawn.* Roman. Übersetzt v. Trautchen Neetix. Cadolzburg 1993, S. 117-128.

James Joyce, *Eine kleine Wolke* aus *Dubliner.* Roman. Übersetzt von Dieter E. Zimmer. Frankfurt am Main 1987, S. 71-86. Abdruck mit freundlicher Genehmigung des Suhrkamp Verlags, Frankfurt am Main.

Erich Kästner, *Wer fürchtet sich vorm Schwarzen Mann?* aus *Der tägliche Kram.* Chansons und Prosa. Frankfurt am Main 1978, S. 164-167. Abdruck mit freundlicher Genehmigung der Erich-Kästner-Erben, München.

Nikos Kazantzakis, *Bubulina** aus *Alexis Sorbas.* Roman. Übersetzt von Dr. Alexander Steinmetz. München 1962, S. 37-43. Abdruck mit freundlicher Genehmigung der F. A. Herbig Verlagsbuchhandlung GmbH, München.

Elisabeth Langgässer, *Das Wirtshaus am Dorfende* aus *Späte Erzählungen.* Frankfurt am Main 1980, S. 337-343. Abdruck mit freundlicher Genehmigung des Claassen Verlags, Hildesheim.

Malcolm Lowry, *Yvonnes Rückkehr** aus *Unter dem Vulkan.* Roman. Übersetzt von Susanna Rademacher. Reinbek 1984, S. 64-73. Abdruck mit freundlicher Genehmigung des Rowohlt Verlags, Reinbek.

Heinrich Mann, *Sittlicher Unrat** aus *Professor Unrat.* Roman. Reinbek 1980, S. 31-46. Abdruck mit freundlicher Genehmigung des Aufbau-Verlags, Berlin und Weimar.

Henry Miller, *Keine Geduld** aus *Stille Tage in Clichy.* Roman. Übersetzt von Kurt Wagenseil. Reinbek 1968, S. 12-18. Abdruck mit freundlicher Genehmigung des Rowohlt Verlags, Reinbek.

Antonio Muñoz Molina, *Lady Bird** aus *Der Winter in Lissabon.* Roman. Übersetzt von Heidrun Adler. Reinbek 1991, S. 9-19. Abdruck mit freundlicher Genehmigung des Rowohlt Verlags, Reinbek.

Irmtraud Morgner, *Kaffee verkehrt** aus *Leben und Abenteuer der Trobadora Beatriz nach Zeugnissen ihrer Spielfrau Laura.* Roman in 13 Büchern und 7 Intermezzos. Berlin und Weimar 1989, S. 171-172. Abdruck mit freundlicher Genehmigung des Luchterhand Literaturverlags, Hamburg.

George Orwell, *Furex, der Kommunist** aus *Erledigt in Paris und London.* Bericht. Übersetzt von Helga und Alexander Schmitz. Zürich 1978, S. 125-130. Abdruck mit freundlicher Genehmigung des Diogenes Verlags, Zürich.

Jacques Prévert, *Das Fest geht weiter* aus *Gedichte und Chansons.* Übersetzt von Kurt Kusenberg. Reinbek 1962. Abdruck mit freundlicher Genehmigung des Rowohlt Taschenbuch Verlags, Reinbek.

Lou A. Probsthayn, *So geht die Nacht im Goldenen Schwein.* Vom Autor überarbeitete Fassung aus *Bei Anruf Wort.* Roman. Hamburg 1993, S. 43-45. Abdruck mit freundlicher Genehmigung des Kellner Verlags, Hamburg.

Jens Rehn, *Der Zuckerfresser* aus *Erzählungen.* Neuwied 1961, S. 7-14.

Jean-Paul Sartre, *Einer dieser Tage** aus *Der Ekel.* Roman. Übersetzt von Uli Aumüller. Gütersloh 1981, S. 34-42. Abdruck mit freundlicher Genehmigung des Rowohlt Verlags, Reinbek.

Arthur Schnitzler, *Leutnant Gustl* aus *Gesammelte Werke.* Die erzählenden Schriften. Band 1. Frankfurt a. M. 1961, S. 337-366. Abdruck mit freundlicher Genehmigung des S. Fischer Verlags, Frankfurt am Main.

Rolfrafael Schröer, *Buccone – Die römische Vorhölle.* Bisher unveröffentlicht. Abdruck mit freundlicher Genehmigung des Autors.

Frank Schulz, *Bier* aus *... zwischen Sekt und Selters.* Literarische Streifzüge durch Kneipen, Cafés und Bars. Hrsg. von Friedrich Kehrer und Norbert Treuheit. Cadolzburg 1989, S. 138-140.

Thomas Schulz, *Frühstück.* Vom Autor überarbeitete Fassung aus *Der einarmige Zaubergeiger und andere Kneipengeschichten.* Cadolzburg 1990, S. 21-30.

Anna Seghers, *Heimatverloren** aus *Das Argonautenschiff* in *Der Bienenstock.* Ausgewählte Erzählungen in zwei Bänden. Band 1. Berlin und Weimar 1953, S. 339-361. Abdruck mit freundlicher Genehmigung des Aufbau-Verlags, Berlin und Weimar.

Manfred Seiler, *Leben wie ein Abzählvers* aus *Die Gottesanbeterin.* Roman. München 1987, S. 79-94. Abdruck mit freundlicher Genehmigung des R. Piper Verlags, München.

Georg Trakl, *Zu Abend mein Herz* in *Die Dichtungen,* 12. Auflage, Salzburg 1938, S. 71.

Sylvia Treudl, *Cafe Royal. Bestandsaufnahme.* Bisher unveröffentlicht. Abdruck mit freundlicher Genehmigung der Autorin.

Luis Antonio de Villena, *Lob der schlechten Gesellschaft* aus *Unmögliche Lieben.* Anthologie. Hrsg. von Hans-Jürgen Schmitt. Übersetzt von Petra Strien und René Strien. Frankfurt a. M. 1991, S. 223-239. Abdruck mit freundlicher Genehmigung der Büchergilde Gutenberg, Frankfurt am Main.

Joseph von Westphalen, *Warum ich trotzdem schreibe* (Auszug) in *Warum ich trotzdem Seitensprünge mache.* Fünfundzwanzig neue Entrüstungen. Zürich 1987. Abdruck mit freundlicher Genehmigung des Haffmans Verlags, Zürich.

Bernhard Windisch, *Nelly und Sylvia* aus *Comic strips.* Roman. Cadolzburg 1994, S. 108-110.

Michael Zeller, *Kaffeehausgemurmel* aus *Lust auf Blau und Beine.* Gedichte. Frankfurt am Main 1988, S. 107. Mit freundlicher Genehmigung des Autors.

Das Motto von Raymond Chandler am Anfang dieses Buches stammt aus dem Roman *Der lange Abschied.* Zürich 1975. Übersetzt von Hans Wollschläger. Abdruck mit freundlicher Genehmigung des Diogenes Verlags, Zürich.

* Die mit einem Stern versehenen Titelformulierungen stammen von den Herausgebern.

Gegenwartsliteratur

Kevin Coyne · Paradise
Gedichte, Prosa, Zeichnungen
Aus dem Englischen von Fitzgerald Kusz und Gottfried Röckelein
Broschur, 132 Seiten, DM 19,80

Gunter Gerlach · Sieben
Roman
Hardcover, 131 Seiten, DM 28,00

Eckhard Henscheid · Hersbrucker Trilogie
Illustriert von Michael Gölling
Faksimileausgabe mit drei Schmuckfarben
Broschur, 94 Seiten, DM 24,00

Padraig J. Higgins · Ballybawn
Roman
Aus dem Englischen von Trautchen Neetix
Hardcover, 207 Seiten, DM 29,80

Mari Osmundsen · Erbe
Roman
Aus dem Norwegischen von Gabriele Haefs
Broschur, 163 Seiten, DM 19,80

Thomas Schulz · Der einarmige Zaubergeiger und andere Kneipengeschichten
Mit Illustrationen von Walter Gerstung
Kartoniert, 144 Seiten, DM 12,80

Bernhard Windisch · Comic strips
Roman
Broschur, 121 Seiten, DM 25,00

Michael Zeller / Bobby Kastenhuber (Hrsg.) · einwärts : auswärts
Prosa einer Landschaft · Anthologie
Broschur, 340 Seiten, DM 25,00 · Hardcover, 340 Seiten, DM 44,00

ars vivendi